rororo

rororo

Maurizio de Giovanni wurde 1958 in Neapel geboren, wo er auch heute noch lebt. Er studierte Literatur, arbeitet aber hauptberuflich als Banker. Für «Das Krokodil», den ersten Fall in der Serie um Inspektor Lojacono, wurde er 2012 mit dem wichtigsten Preis für italienische Kriminalromane, dem Premio Scerbanenco, ausgezeichnet. De Giovanni ist einer der erfolgreichsten lebenden Krimiautoren Italiens. Seine Bücher werden in zahlreiche Länder verkauft, unter anderem nach Frankreich, England und in die USA.

«Neuer Kult-Kommissar ermittelt ... Mit Andrea Camilleri schreibt Maurizio de Giovanni inzwischen in einer Liga.» (Leipziger Volkszeitung)

«Eine bemerkenswerte Neuentdeckung.» (WDR)

«Maurizio de Giovannis ‹Das Krokodil› ist der feinste italienische Krimi seit langem.» (Elmar Krekeler, Die Welt)

Maurizio de Giovanni

DIE GAUNER VON PIZZOFALCONE

Lojacono ermittelt in Neapel

Kriminalroman

Aus dem Italienischen von
Susanne Van Volxem

Rowohlt Taschenbuch Verlag

Die Originalausgabe erschien 2013 unter dem Titel
«I Bastardi di Pizzofalcone»
bei Giulio Einaudi Editore s.p.a., Turin.

Veröffentlicht im Rowohlt Taschenbuch Verlag,
Reinbek bei Hamburg, September 2016

Redaktion Sabine Seifert
Umschlaggestaltung any.way, Barbara Hanke / Cordula Schmidt
Umschlagabbildung Paul Gooney / Arcangel Images
Satz aus der Dolly, PostScript, InDesign,
bei Pinkuin Satz und Datentechnik, Berlin
Druck und Bindung CPI books GmbH, Leck, Germany
ISBN 978 3 499 26839 7

Für Severino Cesari,
Seelenbruder in jeder Hinsicht

1

Das Meer ist überall.

Das Meer ist in der Luft. Das Meer ist auf der Straße.

Das Meer ist am Himmel, hochgestiegen bis zu den verrammelten Fensterläden in den oberen Etagen.

Das Meer ist in den Ohren, wo es selbst das Heulen des Windes übertönt.

Das Meer ist auf den Felsen, wo es zerbirst und raue Schreie ausstößt.

Das Meer fliegt. Das Meer ist in der Luft zerstoben, lauter winzige Wassertropfen.

Es ist wie dein verdammter Schnee, weißt du? Der fällt und fällt, alles ins Chaos stürzt, für einen Moment sogar den Horizont verdeckt und dann auf den Boden sinkt.

Genau genommen fällt er nicht immer auf den Boden. Manchmal lässt er sich auch seitlich nieder. Diesmal. Ich habe ihm zugeschaut, wie er sich seitlich niedergelassen hat, ganz langsam. Auf der gegenüberliegenden Seite.

Nur ein einziger Mensch hat sich auf die Straße getraut. Ich. Wer sonst würde sich um diese Uhrzeit, bei diesem Wetter nach draußen begeben? Auf die Gefahr hin, vom Wind weggefegt zu werden, vielleicht bis auf eine ferne Insel.

Wer weiß.

Ich kann nicht glauben, dass ich es getan habe. Und doch habe ich es getan. Ich wollte es nicht, es war nicht geplant. Ich dachte, wir würden miteinander reden, und am Ende hätte ich dich überzeugt. Ich dachte, du würdest sagen: «Okay, jetzt habe ich es begriffen.» Ich dachte, du würdest sagen: «Ja, du hast recht, du hast mich überzeugt. Ich werde reinen Tisch machen. Und gehen.»

Ich dachte, dir genügt ein kurzer Moment, um das Ganze mit den Augen der Vernunft betrachten zu können. Doch stattdessen? Stattdessen Fehlanzeige. Was für ein Dickkopf du doch bist!

Gewesen bist.

Mein Gott, wie viel Meer da ist in der Luft! Und was für ein Krach! Er betäubt mich. Verwirrt mich.

Ich musste es tun, das verstehst du doch, oder? Ich hatte keine andere Wahl.

Weil die Liebe so ist, wie sie ist. Du kannst sie eine Weile geheim halten, sie verstecken hinter alltäglichen Gesten und Blicken. Du kannst den Mantel des Schweigens über ihr ausbreiten, sie wie eine Pflanze hegen und pflegen. Aber ab dem Moment, da du sie rausgelassen hast, ans Tageslicht, ab dem Moment hast du sie nicht mehr im Griff. Dann hat sie dich im Griff, die Liebe. Sie entscheidet für dich, öffnet sich wie eine wundersame Blüte, will den ganzen Raum einnehmen.

Du hingegen – Fehlanzeige. Du hast der Liebe keinen Raum gegeben. Du hast diesen Schritt nicht gehen wollen. Das hast du nun davon.

Du hättest in meinen Blicken lesen sollen. Hättest es erkennen müssen. Du hattest Zeit genug zu begreifen, dass ich kein Nein akzeptieren, dass ich den Kopf verlieren würde. Man konnte es in meinen Blicken lesen.

Dieser Schnee. Dein verdammter Kunstschnee. Er ist wie das Meer, das mich von Kopf bis Fuß durchnässt wie ein Regenschauer. Das meinen Kopf vor lauter Wind und Wasser bald zum Bersten bringt.

Ich kann sie nicht sehen, deine Fenster, die du verrammelt hast. Zu viel Wind, zu viel Meer ist in der Luft.

Wie dein Schnee, den du so gerne angeschaut hast, wenn er in dem Glas aufstob und die Landschaft unter sich begrub. Hättest du gedacht, dass ausgerechnet dieser Schnee dein letzter sein würde?

Er ist tatsächlich aufgewirbelt. Ein allerletztes Mal, bis er dann langsam niedergesunken ist. Auf der einen Seite das Blut, auf der anderen der Schnee.

Als er sich endlich gelegt hatte, warst du nur noch eine Erinnerung.

2

Giuseppe Lojacono saß auf dem Beifahrersitz des Streifenwagens, den Rücken durchgedrückt, die Hände reglos auf den Oberschenkeln. Mit seinen hohen Wangenknochen, den schräg stehenden Augen, die zu zwei schmalen Schlitzen wurden, wenn er sich konzentrierte, dem ungebändigten schwarzen Haar, dem stets unter Spannung stehenden Körper, als müsse er jeden Moment losstürzen, sah er tatsächlich aus wie ein Chinese. Den Spitznamen hatten ihm die Kollegen gegeben, natürlich ohne dass er davon wusste, denn er war niemand, den man rasch ins Vertrauen zog. Die tiefen Falten neben den Mundwinkeln ließen erahnen, dass er die vierzig bereits überschritten hatte, wenn auch noch nicht lange.

Lojacono hing seinen Gedanken nach. Er dachte, wie schnell er doch all das verloren hatte, was er sich mit Mühe aufgebaut hatte. Und dass bei ihm zu Hause um diese Jahreszeit, Ende März, die Mandelbäume bereits in voller Blüte standen und die Sonne so warm war, dass man an den Strand gehen, aufs Meer schauen und die Seele baumeln lassen konnte. Hier hingegen schien der Winter alles noch in seiner Gewalt zu haben: Sturmböen, die sich mit Regenschauern abwechselten, Passanten, die hinter ihren vom Wind zerrupften Regenschirmen herjagten, zum Stillstand verdonnerte Autofahrer, die ihren Unmut durch permanentes Hupen zum Ausdruck brachten.

Aber sein Zuhause war weit weg, Lichtjahre entfernt, in Raum und Zeit. Vielleicht inzwischen sogar unerreichbar. Abgesehen davon, dass er dort ohnehin unerwünscht sein würde. Er war einfach zu unbequem. Als Freund, als Familienmitglied, als Kollege.

Er dachte an seine Unterredung mit Kommissar Di Vincenzo, seinem Vorgesetzten. Nicht, dass sie jemals gute Freunde gewesen wären, aber seit der Geschichte mit dem Krokodil war die Situation erst recht belastend.

Das Krokodil: Der verzweifelte Alte, der vier Kinder umgebracht hatte. Den er, ohne offiziellen Auftrag, dingfest gemacht hatte. Dessen Motiv und Identität er aufgedeckt hatte. Während sämtliche Polizisten der Stadt in den üblichen Schubladen gewühlt hatten – Camorra, organisiertes Verbrechen, Drogenhandel –, ohne den geringsten Erfolg zu landen.

Die Sache hatte ihn halbwegs rehabilitiert, aber bei den Kollegen erst recht unbeliebt gemacht. Einer, der weder Ortskenntnis noch Kontakte in die Szene besaß und einen so komplizierten Fall, eine Handvoll Serienmorde, allein durch logisches Denken gelöst hatte. Der für das Polizeipräsidium, das von Presse und Öffentlichkeit mit dem Rücken zur Wand gestellt worden war, die Kastanien aus dem Feuer geholt hatte.

An dem Punkt musste etwas mit ihm geschehen. Sie konnten ihn unmöglich in der Abteilung für Strafanzeigen sitzen lassen, in einem Kommissariat, das sich in dem Viertel mit der höchsten Kriminalitätsrate befand. Ihm stand zweifelsohne ein adäquater Job zu, sonst würde noch irgendein Boulevardblatt aus Mangel an zugkräftigen Schlagzeilen lautstark nachfragen, was denn aus dem Mann geworden sei, der das Krokodil geschnappt hatte.

Di Vincenzo hatte sich zunächst dagegen gesträubt, um am

Ende doch klein beizugeben und ihm ein paar «kalte Fälle» aufs Auge zu drücken, die seit Jahren ohne neue Erkenntnisse vor sich hin gammelten. Niemand konnte dem Kommissar schließlich vorschreiben, welche Aufgaben er wie an seine Leute verteilte.

Vor ein paar Tagen dann hatte er ihn zu sich rufen lassen. Und ihm von Pizzofalcone erzählt.

Seine Versetzung in dieses Kommissariat, dachte Lojacono, war vermutlich die beste Lösung für alle – etwas, was man immer denkt, wenn man vom Regen in die Traufe kommt.

Der junge Polizist, der am Steuer saß, hatte schon zweimal versucht, ein Gespräch anzufangen, aber jedes Mal waren seine Smalltalk-Sätze ins Leere gelaufen. In den letzten Minuten hatte er den Wagen daher schweigend durch den dichten Verkehr gesteuert und nur immer wieder flüchtige Seitenblicke auf seinen Beifahrer geworfen.

Dieser Sizilianer mit dem finsteren Profil war ihm unheimlich. Auch er hatte schon alle möglichen Geschichten über den Inspektor gehört, den sie beim Mobilen Einsatzkommando von Agrigent rausgeworfen hatten, weil ein Kronzeuge behauptet hatte, er versorge die Mafia mit internen Informationen. Soweit der Polizist wusste, hatte sich der Verdacht als nicht haltbar erwiesen, aber wie immer in solchen Fällen hatte man den Beschuldigten sicherheitshalber seines Amtes enthoben.

Er war ihm schon ein paarmal im Foyer des Kommissariats begegnet, und natürlich kannte er die Geschichte mit dem Krokodil. Die ganze Stadt hatte darüber geredet. Selbst nachdem der Fall abgeschlossen war, beherrschte er die Schlagzeilen weiter, berichteten die Medien Tag für Tag darüber, bis ein weiteres Verbrechen ihm den Rang ablief – frisches Blut, neue Morde. Wie die Sache tatsächlich abgelaufen war, konnte er nicht beurteilen. Aber so oder so fühlte er sich an der Seite dieses wortkargen Mannes ziemlich unbehaglich.

Schließlich fasste er sich ein Herz und fragte:

«Soll ich das Blaulicht einschalten, Ispettore? Wir kommen sonst keinen Schritt voran – sobald in dieser Stadt zwei Regentropfen vom Himmel fallen, springen sie alle in ihre Autos.»

Ohne den Blick von der Schlange vor ihnen zu lösen, sagte Lojacono:

«Nein, nicht nötig. Wir haben's nicht eilig.»

Ein sichtbares Zucken durchlief den Verkehrsstrom, der kurz darauf erneut erstarrte: vielleicht eine Ampel, die ein paar Kilometer weiter vorne auf Rot umgesprungen war.

Der Wind sprühte brackiges Regenwasser auf die Windschutzscheibe, direkt vom Meer. Scirocco.

Ohne den Blick von seinem Schreibtisch zu heben, wies Di Vincenzo Lojacono einen Stuhl zu.

«Bitte, bitte, nehmen Sie Platz.»

Er wühlte zwischen den Papieren, die vor ihm lagen. Dann nahm er seine Brille ab und lehnte sich in seinem Stuhl zurück.

«Und, Lojacono, man kämpft sich so durch seine Akten, was? Wer weiß, dank Ihres legendären Instinkts kriegen wir ja vielleicht sogar was bewegt. Olle Kamellen, ist mir schon klar. Aber einer, der gut ist, richtig gut, sieht auch Dinge, die andere übersehen haben.»

Der Inspektor schwieg, ohne die Miene zu verziehen.

Di Vincenzo trommelte mit den Fingern auf die Schreibtischplatte. Schließlich nahm er den Faden wieder auf.

«So einfach ist das alles nicht. Draußen denken sie, unsere

Arbeit würde so ablaufen wie in amerikanischen Fernsehserien – dass wir von Brücken auf fahrende Motorräder springen, uns mit Gangstern mitten auf der Straße Schießereien liefern und so weiter. Aber in Wahrheit: Akten, nichts als Akten! Abgesehen von ein paar Glückstreffern, versteht sich. So was kann immer passieren.»

Der Tumbe sieht den Erfolg des anderen allein im Glück begründet, dachte Lojacono. Er wünschte sich ein Geldstück für jedes Mal, da er diese Situation erlebte.

«Commissario, was kann ich für Sie tun? Ich stehe zu Ihren Diensten.»

Di Vincenzo nickte, ohne den Groll zu verbergen, der in ihm hochgestiegen war.

«Nun mal ehrlich, Lojacono: Dieser Coup, den Sie da gelandet haben, mit dem Krokodil, das war doch eine Mischung aus Show und reinem Glück. Flankiert von Ihrem seltsamen Verhältnis zu Dottoressa Piras, über das ich mir lieber kein Urteil anmaßen werde.»

Die Anspielung auf die Stellvertretende Staatsanwältin Laura Piras, die Lojacono in die Ermittlungen zur «Mordsache Krokodil» mit einbezogen hatte, sollte wohl ein Schlag unter die Gürtellinie sein, doch der Inspektor ließ sich davon nicht beeindrucken. Er konnte sich vorstellen, was man sich über ihn und Laura Piras erzählte, die schöne Unnahbare, die aus ihren Sympathien für ihn kein Geheimnis machte.

«Commissario, Sie können mich nicht leiden, und ich kann Sie nicht leiden. Beschränken wir unsere Begegnungen also auf das Notwendigste, in beiderseitigem Interesse. Deswegen frage ich Sie noch einmal: Was kann ich für Sie tun?»

Di Vincenzos Kiefermuskeln zuckten, und sein düsterer Blick sprach Bände. Doch es gelang ihm, sich zu beherrschen.

«Sie haben recht, Lojacono, ich kann Sie nicht leiden. Und genau aus dem Grund bin ich sehr froh, Ihnen das mitteilen zu können, was ich Ihnen jetzt mitteilen werde: Man hat mich gebeten, für eine unbefristete Zeit auf einen meiner Mitarbeiter zu verzichten, um ihn einem anderen Kommissariat zu überlassen. Der Einzige meiner Leute, der derzeit nachweislich nicht mit einem konkreten Fall befasst ist, sind Sie.»

Lojacono straffte die Schultern. Er wollte es seinem Gegenüber nicht unnötig einfach machen.

«Ich nehme an, es handelt sich um eine freiwillige Versetzung. Und mein Einverständnis wird vorausgesetzt. Mein schriftliches Einverständnis. Will sagen, wenn Sie mich loswerden wollen, müssen Sie mich erst von der Sache überzeugen. Stimmt's, Commissario?»

Di Vincenzo machte Anstalten, sich zu erheben, ließ sich dann aber wieder auf seinen Stuhl fallen, die Lippen zu einem schmalen Strich verzogen.

«Dass Sie die Richtlinien parat haben, wundert mich gar nicht. So was ist typisch für Leute, die sich vor ehrlicher Arbeit drücken wollen. Mit diesem Gewerkschaftskram kennen die sich am besten aus ... Ja, es stimmt. Aber genauso stimmt es, dass ich Sie mit irgendwelchem Pipifax betrauen kann, sollten Sie sich der Versetzung verweigern. Der Ruhm, den Ihnen das Krokodil eingebracht hat, ist nicht von ewiger Dauer.»

Lojacono wartete einen Moment, dann sagte er:

«Dann erzählen Sie mir mal von dieser neuen Herausforderung, Commissario. Vielleicht nehme ich sie ja an, wer weiß.»

Die Aussicht, den undurchsichtigen Sizilianer bald loszuwerden, mit dem er sich wegen der Piras besser nicht anlegte, erfreute den Kommissar nicht wenig. Außerdem würde er sich im Falle von Lojaconos Weigerung von einem seiner engsten Vertrauten trennen müssen, und das bedeutete wegen des geringen Personalstands Probleme im Alltagsgeschäft. Er musste ihn einfach überzeugen. Also versuchte er, so zuvorkommend wie möglich zu sein.

«Nun, es handelt sich in der Tat um eine Herausforderung, wenn man so will. Haben Sie schon mal was vom Kommissariat von Pizzofalcone gehört?»

Lojacono starrte den Kommissar unverwandt an. Dieser beschloss, sich davon nicht irritieren zu lassen.

«Es handelt sich um einen nicht sehr großen, aber dicht besiedelten Bezirk, der von den Quartieri Spagnoli bis runter zum Meer reicht. Vier Welten in einer, könnte man sagen: einfaches Volk, kleine Angestellte, neureiche Geschäftsleute und alter Adel. Das volle Programm, nur die Industrie fehlt. Und das auf einer Fläche von rund drei Quadratkilometern. Eines der ältesten Kommissariate der Stadt, klein, aber von strategischer Bedeutung.»

Di Vincenzo runzelte die Stirn und veränderte seinen Tonfall. Etwas Unangenehmes schien ihm in den Sinn gekommen zu sein.

«Vor etwa einem Jahr ist dort eine Riesenmenge ungeschnittenes Kokain beschlagnahmt worden, frisch in den Quartieri eingetroffen. Richtig viel Stoff, verdammt viel. Aber deklariert haben sie gerade mal die Hälfte.»

«Wer ‹sie›?», fragte Lojacono leise.

«Das hat man erst später rausgefunden. Die Kollegen waren zu viert. Alles Ermittler. Ein genialer Coup: Insidertipp, Hinterhalt, Angriff bei Übergabe. Keine Sekunde zu früh, um auch wirklich was zu finden, und keine zu spät, um die Jungs in die Falle laufen zu lassen. Absolut sauber, schnell und unblutig. Und natürlich war es im Interesse aller Beteiligten, den Fund deutlich runterzuspielen: für die Camorra, um das Strafmaß zu verringern, und leider eben auch für die Kollegen, die mit dem Zeug selbst angefangen haben zu dealen.»

Der Inspektor sagte nichts. Ausnahmsweise einmal konnte er mit dem Kommissar mitfühlen. Eine üble Geschichte. So richtig übel. Für jeden Polizisten, der auch nur einen Funken Ehre im Leib besaß.

Di Vincenzo fuhr fort.

«Einer von ihnen hatte einen kranken Sohn, Krebs. Ein anderer lebte in Scheidung, die Frau hat ihn vor die Tür gesetzt. Beim Dritten war gerade der Vater mit seinem Laden pleitegegangen, und der Vierte hat gezockt. Sie haben sich angeschaut, nur ganz kurz. Zwei von ihnen kenne ich, ich hätte meine Hand für sie ins Feuer gelegt. Tja, so kann man sich irren ... Jedenfalls, wenn in der Drogenszene, vor allem bei einer solchen Menge, die Machtverhältnisse dermaßen umgekrempelt werden, dann muss das mit den Clanchefs abgeklärt werden. Denn über kurz oder lang kriegt auch die Gegenseite mit, was da läuft. Und die Kollegen von der DIGOS haben's mitgekriegt. Beschattung über Monate, Fotos, Filme. Und am Ende haben sie sie geschnappt. Alle vier.»

Eine Windböe schlug gegen das Fenster.

Lojacono sagte:

«Verstehe. Eine üble Geschichte.»

Di Vincenzo seufzte.

«Auch den Kommissar hat's getroffen, Ruoppolo, ein älterer Kollege, kurz vor der Pensionierung. Ein wirklich integerer Mann, ich kannte ihn gut. Absolut anständig, dass Sie mich da richtig verstehen. Aber bei ein paar Kontrollen sind sie ihm zuvorgekommen. Sodass er am Ende frühzeitig in den Ruhestand gehen musste. Ein paar Monate lang war der Polizeipräsident kurz davor, das Kommissariat von Pizzofalcone dichtzumachen und die Tätigkeitsbereiche auf die benachbarten Dienststellen zu verteilen. Dann hat er es sich anders überlegt.»

«Und hier kommen wir ins Spiel.»

«Genau. Es sollen vier neue Ermittler eingestellt werden, und sie haben bei den vier größten Kommissariaten der Stadt nach geeigneten Kandidaten angefragt. Der neue Kommissar ist Palma, ein aufstrebender junger Kollege. Er kommt vom Vomero – vielleicht erinnern Sie sich an ihn, er war damals bei dieser Besprechung wegen der Geschichte mit dem Krokodil dabei. Wenn ich er wäre, hätte ich nie im Leben zugesagt. Er kann nur verlieren.»

Lojacono verzog das Gesicht.

«Und Sie haben mich als Mitarbeiter angeboten.»

Di Vincenzo zog eine Augenbraue hoch.

«Ich hätte es getan, wenn ich die Chance dazu gehabt hätte. In solchen Fällen nutzt doch jeder die Möglichkeit, seine faulen Äpfel in den Kompost zu geben. Aber Sie sind von Palma höchstpersönlich angefordert worden. Es scheint, Sie haben ihn bei jener Besprechung schwer beeindruckt. Er ist ein Dummkopf, das habe ich schon immer geahnt. Natürlich habe ich sofort meine Zustimmung gegeben. Also, was meinen Sie?»

Der Inspektor schwieg einen langen Moment. Schließlich fragte er:

«Und welches Risiko gehe ich ein, wenn ich annehme? Mit welchen Konsequenzen muss ich rechnen?»

Di Vincenzo gab ein empörtes Schnauben von sich und schlug mit der flachen Hand auf die Tischplatte. Seine Brille, ein paar Stifte und die Papiere vor ihm stoben auseinander.

«Dass der Versuch, den Verein aufrechtzuerhalten, in die Hose geht! Dass er dichtgemacht wird und ihr, im schlimmsten Falle, alle miteinander wieder dorthin zurückgeschickt werdet, wo ihr hergekommen seid! Oder vielleicht noch ganz woandershin, was ich mir nur wünschen kann – weil nämlich ich und die anderen Vorgesetzten dieser Traumkandidaten, die niemand haben will, in der Zwischenzeit alles daransetzen werden, Ersatz für euch zu kriegen. Ein einziger Haufen Lügner, Gauner und Versager!»

Lojacono ließ sich nicht beeindrucken.

«Commissario, ich wäre auch nach Patagonien gegangen, um von hier wegzukommen. Aber ich wollte Sie noch ein bisschen schmoren lassen. Also, wann kann ich meinen neuen Job antreten?»

3

Die Frau stürmt herein und wirft die Tür hinter sich zu.

Bevor sie endgültig ins Schloss fällt, hat der Mann noch Gelegenheit, einen Blick auf die Gesichter der Angestellten zu erhaschen, festgehalten wie in einem hyperrealistischen Gemälde, das Erstaunen, Verlegenheit, Angst in einem einzigen Gesichtsausdruck festhalten will. Einer hat sich sogar halb von seinem Stuhl erhoben, als wollte er sich der Hereinstürmenden in den Weg stellen. Als wäre es möglich, sich ihr in den Weg zu stellen.

Der Mann atmet tief aus, zieht den Kopf zwischen die Schultern, wie um den Aufprall der Tür gegen den Rahmen zu dämpfen.

«Was wirst du jetzt tun, verdammt noch mal? Hast du dich entschieden? Darf man wissen, wie es weitergeht?»

Sie hat die Hände in die Seiten gestemmt, breitbeinig steht sie da. Ihre Kiefer mahlen. Die roten Haare glänzen, als stünden sie in Flammen, ebenso die Augen. Wunderschön, denkt er. Wunderschön, sogar wenn sie vor Wut kocht.

Was in letzter Zeit ziemlich häufig geschieht, um ehrlich zu sein.

«Brüll hier nicht so rum! Bist du wahnsinnig geworden? Willst du, dass die halbe Welt mitkriegt, was mit uns ist?»

Sie senkt die Stimme, allerdings nur geringfügig.

«Ich muss wissen, was du zu tun gedenkst. Es reicht jetzt. Die Rolle vom naiven Dummchen, das sich vom tollen Karrierehengst an der Nase herumführen lässt, passt nicht zu mir. Ich lasse mir so etwas

nicht gefallen, ich kann dich fertigmachen, das weißt du ganz genau. Ich kann's kaum glauben, dass ich so lange stillgehalten habe.»

Ihm ist klar, dass sie sich nur noch mehr aufregen wird, wenn er an ihr Mitgefühl appelliert. Die Gedanken rotieren in seinem Kopf.

«Ich wollte dich nicht an der Nase herumführen. Die Sache ist kompliziert. Ein ganzes langes Leben ... Da geht's um viel Geld. Um Besitz. Das meiste ist auf sie überschrieben, aus steuerlichen Gründen. Und dann ist es auch eine Frage des Stils: Man kann nicht jemanden ... jemanden wie sie von heute auf morgen mit einem Tritt in den Hintern verabschieden. Und dann, die Freunde, die gemeinsamen Bekannten, auch geschäftliche Kontakte ... Das ist alles nicht so einfach.»

«Freunde? Geschäftliche Kontakte? Deine Kontakte sind mir so was von egal, verstehst du? Ich mache dich fertig, vor aller Augen! Keine Ahnung – denkst du etwa, der Herrgott verzeiht dir alles? Was glaubst du wohl, was Seine Eminenz dazu sagen würde, wenn er wüsste ... wenn er von mir wüsste, von meinem Zustand? Er würde dich zur Hölle jagen, zur Hölle würde er dich jagen.»

Er lehnt sich in seinem Schreibtischsessel zurück, faltet die Hände unter dem Kinn, versucht sich zu konzentrieren. Er darf den Kopf nicht verlieren.

«Großartige Idee. Auf die Weise haben wir am Ende gar nichts mehr. Ist es das, was du willst? Was du für dich willst, für ... Für uns? Wäre es nicht klüger, den richtigen Moment abzuwarten? Vielleicht müssen ja gar nicht wir die Entscheidung fällen. Ich rede mit ihr, das habe ich dir versprochen. Ich werde es tun. Ich muss es tun. Sie ist ein vernünftiger Mensch, verstehst du? Sie ist nicht dumm, ganz und gar nicht.»

Sie starrt ihn an, ohne mit der Wimper zu zucken. Aus ihren großen grünen Augen. Ihre Brüste heben und senken sich unter ihrem schweren Atem. Er kann nicht anders, als fasziniert hinzuschauen.

«Das würde ich dir auch raten. Sonst tue ich es nämlich und sage es ihr ins Gesicht. Vielleicht verstehen wir uns von Frau zu Frau ja sogar besser und müssen nicht lange um den heißen Brei herumreden. Ich bringe ihr ein kleines Geschenk mit und sage ihr, dass man nur verlieren kann, wenn man sich mit einer wie mir anlegt.»

Er weiß, dass sie dazu durchaus in der Lage wäre. Dass sie jemand ist, der vor einer solchen Konfrontation nicht zurückschreckt.

«Wenn du nicht endlich aufhörst, hier so rumzubrüllen, musst du dich gar nicht mehr zu ihr aufmachen. Weißt du, wie viele Spitzel sie hat, hier drinnen? Auf jeden Fall würde es eh nichts bringen. Dir wird sie niemals ihre Zustimmung geben. Sie wird glauben, dass es einen Kampf auszutragen gilt. Vielleicht würde sie sich sogar einreden, dass ich nicht den Mut habe, sie zu verlassen, weil ich es ihr nicht selbst gesagt habe, und es also etwas zurückzuerobern gibt. Gott bewahre! Wir würden uns in einen jahrelangen Rechtsstreit verwickeln – immerhin ist sie die Tochter eines noch immer einflussreichen ehemaligen Richters. Nein, ich muss selbst mit ihr reden.»

Die Frau macht einen Schritt auf den Schreibtisch zu, wie eine Löwin, die sich gleich auf ihre Beute stürzen wird. Sie legt die Hände auf die Tischplatte, ihre rot lackierten Fingernägel zeigen in seine Richtung.

Ihre Worte sind nicht mehr als ein Zischen.

«Dann tu es endlich! Rede mit ihr, und zwar schnell! Ich schwöre dir, sonst rede ich mit ihr, und das war's dann. Auf welche Weise auch immer.»

4

Das Kommissariat von Pizzofalcone war über den Innenhof eines älteren Gebäudes zu erreichen. Die Farbe blätterte von der bereits mehrfach übertünchten Fassade ab. Lojacono hatte den Eindruck von Schlamperei und Verfall, was in den Altstadtvierteln der Stadt jedoch keine Seltenheit war.

Nach einem kurzen Wortwechsel mit dem Fahrer des Streifenwagens, der mit quietschenden Reifen und eingeschaltetem Martinshorn davonbrauste, stieg er die wenigen Treppenstufen zum Foyer hinauf. Neonlicht erhellte den Raum, hierhin kam die Sonne nicht einmal zur Mittagszeit.

Hinter dem Empfangstresen fläzte sich ein Polizist auf einem Drehstuhl und las eine Sportzeitung. Es roch nach dem Kaffee aus dem Getränkeautomaten, vor dem zwei Wachleute standen und lachend diskutierten. Der Mann am Tresen schaute nicht einmal auf. Lojacono trat schweigend näher und wartete, ohne den Blick von dem Uniformierten zu lösen.

Nach einer Weile sah der Polizist von seiner Zeitung auf und sagte:

«Sie wünschen?»

«Ich bin Inspektor Lojacono. Der Kommissar erwartet mich.»

Der Mann nahm weder die Zeitung herunter, noch veränderte er seine Haltung.

«Erster Stock, letzter Raum.»

Lojacono rührte sich nicht.

«Aufstehen», murmelte er.

«Was?», entgegnete der Polizist.

«Aufstehen, du Schwachkopf. Name, Vorname, Dienstgrad. Und zwar dalli, sonst kippe ich dir diesen Tisch hier vor die Füße und verpasse dir einen in den Allerwertesten.»

Der Inspektor hatte weder Tonlage noch Gesichtsausdruck verändert, doch die Wirkung war, als hätte er gebrüllt. Die beiden Kaffeetrinker wechselten einen raschen Blick und eilten wortlos aus dem Foyer.

Der Polizist erhob sich ungelenk. Die Uniformjacke über dem dicken Bauch klaffte auf. Ebenso wie sein Gürtel waren die obersten Knöpfe seines Hemdes geöffnet und die Krawatte nur lose umgebunden. Er nahm Haltung an, den Blick ins Leere gerichtet.

«Polizeiwachtmeister Giovanni Guida vom Kommissariat Pizzofalcone.»

Lojacono sah ihn unverwandt an.

«Hör mir mal gut zu, Giovanni Guida vom Kommissariat Pizzofalcone: Du bist das erste menschliche Wesen, das die Leute zu Gesicht kriegen, wenn sie hier reinkommen, und folglich können sie gar nicht anders, als zu denken, der ganze Laden hier besteht aus verlotterten Typen. So verlotterten Typen, wie du einer bist. Und ich lasse mich nicht gerne von fremden Leuten für einen verlotterten Typen halten.»

Der Mann blieb stumm, seine Miene ausdruckslos. Einer der beiden Wachmänner, die am Kaffeeautomaten gestanden hatten, tauchte auf, um direkt wieder um die nächste Ecke zu verschwinden.

«Wenn ich dich noch einmal so hier erwische, wie ich dich

eben erwischt habe, dann zerre ich dich nach draußen in den Innenhof und prügele dich so lange windelweich, bis du anständig Rapport erstatten kannst.»

Der Polizeiwachtmeister erwiderte zerknirscht:

«Tut mir leid, Ispettore. Wird nicht wieder vorkommen. Das liegt daran, dass hier kaum mehr einer vorbeikommt. Die Leute gehen lieber ... sie gehen zu den Carabinieri, wenn sie Anzeige erstatten wollen. Das machen sie schon, seit das mit ... schon seit einer ganzen Weile.»

Lojacono erwiderte:

«Das ist mir vollkommen egal. Auch wenn sie ein Schweigekloster hier draus machen, hast du dich so zu benehmen, wie es sich gehört.»

Während sich Guida leise fluchend und mit hochrotem Kopf das Hemd in die Hose stopfte, trat Lojacono durch die innere Eingangstür auf den kurzen Flur, der auf eine Treppe zuführte. Überall bemerkte er dieselben Anzeichen von Schlamperei und Verfall. Er fühlte ein leichtes Unbehagen in sich aufsteigen und fragte sich, ob er wohl jemals seine alte Leidenschaft für den Beruf des Polizisten wiedererlangen würde.

Das Büro des Kommissars befand sich direkt neben der Treppe. Palma saß hinter seinem Schreibtisch und heftete Papiere in einen Aktenordner ab. Bei seinem Anblick erinnerte sich Lojacono sofort an ihre erste Begegnung. Der Mann war um die vierzig und schien mit seinen hochgekrempelten Ärmeln und dem Dreitagebart nicht gerade viel Wert auf ein untadeliges Äußeres zu legen. Vor allem aber wirkte er wie jemand, der ständig unter Strom steht.

Als der Kommissar Lojacono bemerkte, erhellte ein Lächeln sein Gesicht.

«Ah, Lojacono, endlich! Ich hatte gehofft, dich schon heute hier begrüßen zu können. Ich hätte auch selbst angerufen, aber der guten Ordnung halber musste ich warten, bis Di Vincenzo, der alte Griesgram, mit dir gesprochen hat. Bitte, setz dich.»

Der Inspektor trat vor. Das Fenster war geschlossen, doch durch die von Regenschlieren überzogene Scheibe konnte man das aufgewühlte Meer sehen, das zum millionsten Mal die mächtige Tuffsteinfestung auf der schmalen Landzunge zu überrollen versuchte. Diese Stadt schaffte es immer wieder, einen mit ihrer trügerischen Schönheit zu überraschen, dachte er.

«Phantastisch, oder? Der Ausblick hier ist wirklich phänomenal, aber wir dürfen uns trotzdem nicht von der Arbeit abhalten lassen: Es gibt genug zu tun. Setz dich doch. Möchtest du einen Espresso?»

«Nein danke. Wie geht es Ihnen, Commissario?»

Palma breitete die Arme aus.

«Nicht so, Lojacono! Wir sollten uns duzen, schließlich sind wir alle arme Schweine und müssen zusammenhalten. Außerdem sind die meisten von uns hier neu; ich selbst bin seit Montag da, die anderen sind in den letzten drei Tagen gekommen, und du bist das Schlusslicht. Ach, übrigens – jetzt, wo du hier bist, könnten wir eigentlich gleich unsere erste Konferenz abhalten, was meinst du? Oder möchtest du dich lieber erst mal umsehen?»

Der Inspektor war ganz überwältigt vom Enthusiasmus des Kommissars.

«Nein, kein Problem, wenn Sie möchten … Äh, ich meine, wenn du möchtest … Also gerne sofort.»

«Sehr schön, dann lass uns keine Zeit verlieren, ich habe nur auf dich gewartet. – Ottavia? Ottavia!»

Eine Seitentür öffnete sich, und eine Frau im Kostüm steckte den Kopf ins Zimmer hinein.

«Was kann ich für Sie tun, Commissario?»

«Was heißt hier ‹Sie›? Wir haben doch gesagt, wir duzen uns. Komm rein, komm schon. Das ist Inspektor Giuseppe Lojacono, der letzte Neuzugang des Kommissariats. Lojacono, darf ich vorstellen: Polizeimeisterin Ottavia Calabrese, sie hat bereits früher hier gearbeitet und ist uns eine wertvolle Stütze bei der Eingewöhnung.»

Die Frau trat auf Lojacono zu, der aufgestanden war, um ihr die Hand zu schütteln. Sie war eine attraktive, wenn auch nicht sehr auffällige Erscheinung, knapp über vierzig, mit straff nach hinten gebundenen Haaren und etwas müde wirkenden Gesichtszügen.

«Herzlich willkommen, Ispettore. Wenn Sie Hilfe brauchen: Ich stehe immer zu Ihrer Verfügung.»

Ihre leise Stimme klang zugleich warm und selbstbewusst. Lojacono bildete sich gern auf den ersten Blick ein Urteil über seine Mitmenschen, auch wenn er durchaus bereit war, es später zu revidieren. Die Polizeimeisterin machte jedenfalls erst einmal einen positiven Eindruck auf ihn.

Palma lachte.

«Na, so leicht geht dir das Du aber auch nicht über die Lippen, was, Ottavia? Lojacono, die Kollegin Calabrese ist ein echtes Computergenie. Was auch immer du im Internet suchen solltest, sie findet es für dich. Ottavia, könntest du den anderen Bescheid sagen, dass wir uns im Besprechungszimmer treffen? Lass uns ein paar Espressi und eine Flasche Wasser bestellen, um unser neues Team zu feiern. Komm, Lojacono, wir gehen schon mal vor und warten drinnen auf die anderen.»

5

Dieses Zimmer. Diese Wände.

Es sind sechseinhalb Schritte von Wand zu Wand, längs gemessen. Nein, falsch, noch einmal: Es sind achtdreiviertel. Und quer sind es acht Schritte. Ich weiß noch, wir haben es in der Schule durchgenommen: Um die Fläche eines Rechtecks zu berechnen, muss man die lange mit der kurzen Seite multiplizieren. Ich bin gerne zur Schule gegangen. Aber dann, nach der achten Klasse, war natürlich Schluss.

Beim Ausmessen der Querseite muss der Wandschrank mit einkalkuliert werden, weil man seinetwegen etwas ausweichen muss, was die Strecke um fast einen Viertelschritt verlängert. Und an der Längsseite hat eine der Kacheln eine kleine Macke, genau an der Stelle, wo man den Fuß nach dem dritten Schritt hinsetzen muss.

Man lernt viel, wenn man sich den ganzen Tag hier aufhält. Vom Balkonfenster aus kann man zum Beispiel in die fünf Wohnungen im Nachbarhaus gucken. Würde ich auf den Balkon gehen, könnte ich wahrscheinlich noch mehr sehen, aber lieber nicht. Neulich hat er ein Stück Papier vor die Balkontür gelegt und am nächsten Tag kontrolliert, ob es noch da war. Es war noch da, weil ich gar nicht auf die Idee gekommen bin, die Tür zu öffnen – aber wenn es nicht mehr da gewesen wäre, was hätte ich ihm gesagt? Gut, dass ich sie nicht aufgemacht habe.

Nun sind es schon zwei Wochen. Gestern war er da. Wer weiß, wann er wiederkommt. Er hat gesagt: «Hoffentlich bald.» Ja, hoffen wir mal.

Achtdreiviertel Schritte sind nach meiner Berechnung sieben Meter. Ein riesiges Zimmer. Nur für mich alleine. Und dann noch Schlafzimmer, Küche und Bad. Zu Hause, in unserem Kellerloch, haben wir zu fünft in einem Raum gewohnt, der nur halb so groß ist wie dieser. Und wir hatten trotzdem das Gefühl, uns geht's gut.

Ich kann mich wirklich glücklich schätzen.

Den Rollladen, den darf ich hochziehen. Nicht ganz – er hat gesagt, besser nicht, trotz der Vorhänge –, aber ein Stück, das hat er mir erlaubt. Ich schaue gerne zum Fenster raus, ich vertreibe mir die Zeit damit, die Leute zu beobachten. Zum Beispiel da drüben im dritten Stock: Da wohnt eine Alte, die genauso gerne wie ich aus dem Fenster guckt. Einmal hatte ich sogar das Gefühl, sie hat mich entdeckt.

Sieben Meter lang, sechs Meter breit. Über vierzig Quadratmeter, ein einziges Zimmer. Ich kann mich wirklich glücklich schätzen.

Und er hat mir ganz viel zu essen dagelassen. Der Kühlschrank platzt beinah aus allen Nähten. Hat man schon mal so viele Leckereien auf einem Haufen gesehen? Kaum zu glauben, dieser Luxus.

Manchmal fehlt mir allerdings die frische Luft. Er hat eine Klimaanlage einbauen lassen und mir die Fernbedienung in die Hand gedrückt. Was haben wir uns totgelacht, als ich einfach nicht begreifen wollte, wie das Ding funktioniert!

Ich habe auch eine Waschmaschine hier, die sogar die Sachen trocknet, die sie wäscht – wirklich unglaublich, ein echtes Wunder! Ich habe ihm gesagt, ich brauche so was nicht; die drei Teile, die ich hier trage, kann ich auch über der Badewanne aufhängen. Aber er wollte davon nichts wissen, hat gesagt, ich soll alles bekommen, was man so brauchen kann. Wie eine Königin. Genauso hat er es gesagt: «wie eine Königin». Wer hätte das gedacht, dass zu mir mal einer sagt, ich wäre eine Königin.

Ich halte alles pieksauber hier drinnen, auch wenn es nicht wirklich schmutzig wird. Wenn er kommt, soll er nicht denken, ich würde nicht auf Sauberkeit achten. Sobald ich fertig mit Putzen bin, setze ich mich vor die Glotze. Mit dieser Fernbedienung kann ich umgehen. Aber ich habe auf ganz leise gestellt, denn er hat mir eingeschärft, dass man mich auf keinen Fall hören darf, auch wenn die Stimme, die man hört, aus dem Fernseher kommt und nicht meine eigene ist.

Ich warte auf ihn, warte die ganze Zeit auf ihn. Manchmal ruft er an, die Telefonnummer von hier kennt nur er. Letztes Mal hat er mich kurz mit Mama sprechen lassen – wie schön das war, ihre Stimme zu hören. Und wie glücklich sie war! Sie hat mir erzählt, dass er ihr ganz viele Sachen gekauft hat, dass er Papa und zweien meiner Brüder einen Job verschafft hat und dass es ihnen allen gutgeht. Sie hat gesagt: «Danke, meine Schöne. Danke.» Und ich war total stolz.

Jetzt muss ich dringend etwas essen. Er hat gesagt, ich darf mich nicht gehenlassen. Ich wäre so schön, findet er, ich dürfte auf keinen Fall mein Aussehen vernachlässigen. Sonst müsste er mich wegschicken. Er hat es mit einem Lächeln gesagt, aber trotzdem habe ich Angst bekommen. Ich bin jetzt achtzehn, und er sagt, in meinem Alter kann man schnell hässlich werden, wenn man zu viel oder zu wenig isst. Deshalb hat er mir Sachen mitgebracht, die ich essen soll. Für jeden Tag hat er aufgeschrieben, was ich kochen soll. Und die Uhrzeit dazu.

Ich habe den Zettel mit einem Marienkäfer-Magneten am Kühlschrank festgemacht und lese ihn jedes Mal beim Kochen durch. Ich achte darauf, dass ich immer regelmäßig esse.

Vorhin habe ich mich ans Fenster gestellt, und da war die Alte, die genau in meine Richtung geguckt hat.

Sie macht mir Angst, die Alte.

Wer weiß, was sie von mir will.

6

«Da wären wir also», sagte Palma. «Ich habe mit der Besprechung so lange gewartet, bis auch Inspektor Lojacono, unser letzter Neuzugang, eingetroffen ist. Jetzt ist das Team komplett, und wir können mit der Vorstellungsrunde beginnen.»

Lojacono wünschte sich von Herzen, dass die joviale, gut gelaunte Art des Kommissars auch auf die anderen Anwesenden abfärben und sich nicht als reiner Zweckoptimismus erweisen würde. Die Truppe war ziemlich zusammengewürfelt und bestand, wie Di Vincenzo mit einem ironischen Unterton bemerkt hatte, aus den «Ausgestoßenen» der diversen Kommissariate der Stadt. Und diese Ausgestoßenen kamen nun zusammen, um die von ihren korrupten Kollegen hinterlassene Leerstelle zu füllen, jenen in Ungnade gefallenen Polizisten, die im ganzen Land nur als «Schande für ihren Berufsstand» bezeichnet wurden.

Andererseits, dachte Lojacono, gehörte auch er zu diesen Ausgestoßenen, auch von ihm hieß es, er sei korrupt und kriminell.

Palma fuhr fort:

«Ich will euch nicht verhehlen, dass unsere Aufgabe nicht leicht sein wird. Mir haben sie alle davon abgeraten, den Job hier anzunehmen, und selbst der Polizeipräsident war sich bis zum letzten Moment unsicher, ob er dieses Kommissariat nicht lieber dichtmachen soll. Aber mich haben Herausforderungen schon immer gereizt, und deswegen habe ich den Job akzeptiert. Wenn es gut läuft, dann läuft es für uns alle gut. Wenn nicht, dann werde vor allem ich dumm dastehen, weil ihr anderen, schätze ich, aus den verschiedensten Gründen kein Interesse daran haben werdet, dorthin zurückzukehren, wo ihr hergekommen seid.»

Während des nachfolgenden Schweigens musterte Lojacono unauffällig die Runde um den ovalen Tisch, dessen helles Holz Brandflecken von Zigaretten aufwies. Mit ihm zusammen waren sie zu siebt und bunt gemischt von Alter, Geschlecht und Typ her. Unwillkürlich fragte er sich, was die Kollegen wohl hierherverschlagen hatte, welche Geschichten sich hinter ihren Gesichtern verbargen.

Als hätte er seine Gedanken erraten, sagte der Kommissar:

«Ich möchte, dass ihr euch alle kurz vorstellt, damit wir uns besser kennenlernen. Ich bin Gigi Palma, Leitender Kommissar von Pizzofalcone. Ich stehe jederzeit zu eurer Verfügung, die Tür zu meinem Büro wird immer offen stehen. Ich bin fest davon überzeugt, dass unsere Arbeit hier, ehrliche Arbeit, früher oder später Früchte tragen wird. Und zwar reife Früchte. Ich werde versuchen, möglichst unvoreingenommen zu sein: Was in euren Personalakten steht, interessiert mich nicht. Von heute an seid ihr alle rehabilitiert. Ich wünsche euch viel Erfolg. So, und jetzt schlage ich vor, die Kollegen, die schon vorher hier waren, fangen an mit der Vorstellungsrunde, vielleicht könnt ihr uns anderen ja das eine oder andere über diesen Ort erzählen ...»

Er zeigte auf die Kollegin, die er Lojacono bereits vorgestellt hatte. Die Frau nickte und sagte mit ihrer leisen, melodischen Stimme:

«Ottavia Calabrese, Polizeimeisterin. Ich bin zuständig für die Recherche im Internet und fürs Sekretariat sowie die Pressearbeit. Was in letzter Zeit so ziemlich die Hölle war, auch wenn sich um die ganz heiklen Fragen der Sprecher des Polizeipräsidenten persönlich gekümmert hat. Wie ihr euch denken könnt, ist das Kommissariat von einer internen Untersuchungskommission von oben bis unten durchgecheckt worden. Wir dachten eigentlich, dass es dichtgemacht wird. Dieser Versuch hier ist eine positive Überraschung. Hoffen wir also das Beste.»

Ihr Stoßseufzer wurde vom nervösen Gelächter der ganzen Runde quittiert.

Ein glatzköpfiger, bereits in die Jahre gekommener Kollege ergriff das Wort.

«Giorgio Pisanelli, Stellvertretender Kommissar. Bevor ihr fragt, wie alt ich bin, sage ich es euch lieber gleich: Die sechzig habe ich schon seit einem Jahr hinter mir.»

Wieder lachte die ganze Runde, was der Mann mit stoischer Gelassenheit aufnahm. Mit seiner rauen Stimme fuhr er fort:

«Ich arbeite seit fünfzehn Jahren hier. Vielleicht hätte ich mehr Ehrgeiz an den Tag legen sollen, aber weil meine Frau ... Nun, es gab ein paar Probleme in meiner Familie, weshalb ich mich lieber auf andere Dinge konzentriert habe. Wenn man so will, bin ich das Gedächtnis von dem Laden hier, ich wohne seit Urzeiten in dem Viertel und kenne Tod und Teufel. Die Kollegen von der internen Untersuchungskommission haben jedes Papier, das ich in der Hand hatte, genauestens überprüft, um sicherzugehen, dass ich mit den Leuten, die vor euch hier waren, nicht unter einer Decke stecke. Ich kann also mit Fug und Recht behaupten, ein anständiger Mensch zu sein, wie mir bei dieser Gelegenheit bestätigt wurde.»

Mit einem sichtlich zufriedenen Gesichtsausdruck nahm er das allgemeine Gejohle entgegen, Palmas mit eingeschlossen. Ein ziemlich cleverer Schachzug, dachte Lojacono, dieser Versuch, die Atmosphäre aufzulockern.

Palma zeigte auf die einzige weitere Frau im Raum, die mit ihrer zierlichen Figur und der schlichten Kleidung fast wie ein junges Mädchen wirkte.

«Mein Name ist Di Nardo, Alessandra Di Nardo. Ich bin angehende Polizeioberwachtmeisterin. Vorher war ich beim Kommissariat Decumano maggiore.»

Sie hatte während des Sprechens niemanden in der Runde angeschaut, und auch ihr Tonfall hatte keinerlei Emotionen verraten.

Palma deutete auf Lojacono.

«Das ist Inspektor Giuseppe Lojacono vom Kommissariat San Gaetano.»

Dann zeigte er auf den jungen Mann, der neben ihm saß und nun wie ferngesteuert aufsprang. Er war ziemlich klein und trug lange Koteletten und eine Art Elvis-Tolle, die wohl seine beginnende Glatze verdecken sollte. Das weit geöffnete Hemd gab den Blick frei auf seine rasierte Brust. Sein Teint tendierte in Richtung Orange, was auf regelmäßige Besuche im Sonnenstudio schließen ließ. Als wollte er der Lächerlichkeit die Krone aufsetzen, nahm er nun mit einstudierter Langsamkeit seine blau getönte Sonnenbrille ab und sagte:

«Hi, ich bin Marco. Polizeioberwachtmeister Marco Aragona. Ich komme direkt vom Präsidium.»

Die Lage war schlimmer als befürchtet, stellte Lojacono fest. Er fragte sich, wie man dieses Kommissariat jemals auf ein halbwegs vernünftiges Niveau bringen sollte. Palma seufzte, und zum ersten Mal hatte der Inspektor das Gefühl, dass auch er nicht wirklich von den Erfolgsaussichten seines Teams überzeugt war.

«Ah, verstehe», sagte er vage. «Und du da hinten am Ende des Tisches?», beeilte er sich nach kurzem Zögern hinzuzufügen. «Du scheinst mir der Letzte in unserer Runde zu sein.»

Der stämmige Mann mit der finsteren Miene hatte sich die ganze Zeit nicht an dem allgemeinen Gelächter und Gefrotzel beteiligt. Mit den Fingern der linken Hand trommelte er auf die Tischplatte, die rechte hielt er unter dem Tisch verborgen. Der Bürstenhaarschnitt, der kurze Hals und das kantige Kinn unterstrichen den düsteren Ausdruck seiner Augen.

Widerwillig ergriff er das Wort.

«Francesco Romano, Polizeihauptwachtmeister. Ich komme vom Kommissariat Posillipo.»

Palma nickte, als er nichts weiter hinzufügte.

«Okay, die Vorstellungsrunde ist beendet. Im Vergleich zu anderen Polizeieinheiten haben wir insofern das Nachsehen, als wir fast alle neu hier sind; von Teamgeist kann also noch keine Rede sein. Dass jeder jeden kennt, den Vorteil haben wir einfach noch nicht.»

Der Solariumgebräunte lachte auf.

«Dafür haben es die vier Kollegen mit ihrer Drogennummer in Sachen Teamgeist wohl etwas übertrieben.»

Palma warf ihm einen bösen Blick zu. Lojacono konnte sich vorstellen, wie er als Kommissar auftrat, sobald die Gutmenschenmaske gefallen war.

«Kollege Aragona, noch so eine Bemerkung, und du gehst dahin zurück, wo sie dich mit einem Tritt in den Hintern weggejagt haben. Und glaub mir, ich kann gut treten.»

Aragona machte sich ganz klein auf seinem Stuhl, als wolle er unsichtbar werden.

Palma nahm den Faden wieder auf.

«Also, oberstes Gebot: Wir müssen uns so schnell wie möglich alle kennenlernen. Dafür werden sämtliche Ermittlungen ab sofort in Zweierteams geführt, pro Fall ein Team. Fürs Erste und um die Dinge besser managen zu können, werden Pisanelli und Calabrese, die beide das Kommissariat schon kennen, Innendienst schieben. Ihr anderen geht raus auf die Straße und lasst euch von den beiden Internen unterstützen. Alles klar?»

Die allgemeine Zustimmung nahm er mit einem zufriedenen Nicken entgegen.

«Gut. Ich habe sechs Schreibtische in einen der größeren Räume bringen lassen. So dicht aufeinander werdet ihr Gelegenheit genug haben, euch besser kennenzulernen. Viel Glück!»

Wenige Minuten später befand sich Kommissar Luigi Palma, genannt Gigi, allein in seinem Büro und studierte zum x-ten Mal die Liste, die ihm die Personalabteilung mit dem Vermerk «persönlich – vertraulich» hatte zukommen lassen.

Über Pisanelli und die Calabrese, die beide schon vorher in Pizzofalcone gearbeitet hatten, gab es kaum Informationen. Wie der Stellvertretende Kommissar gesagt hatte, waren ihre Curricula streng durchleuchtet worden, ohne dass irgendwelche Auffälligkeiten entdeckt worden waren, was besagte, dass es tatsächlich keine gab. Doch auf der anderen Seite waren sie beide reine Schreibtischmenschen, besaßen also wenig praktische Erfahrung.

Die Di Nardo war noch sehr jung, gerade einmal achtundzwanzig Jahre alt, mit einem eindeutigen Faible für Schusswaffen, was ihr bei Schießübungen regelmäßig die höchste

Punktzahl einbrachte. Doch genau diese Leidenschaft war ihr in ihrer alten Dienststelle zum Verhängnis geworden, als sich unter nicht näher bekannten Umständen eine Kugel aus ihrer Dienstpistole gelöst hatte.

Romano hingegen war ein echter Hitzkopf: Er hatte einen Verdächtigen in den Schwitzkasten genommen und seinem Kollegen, der ihn davon abhalten wollte, eine Riesendummheit zu begehen, ein blaues Auge geschlagen.

Palma stieß einen tiefen Seufzer aus und kratzte sich am Kopf. Aragona, der Solariumgebräunte mit der Angebermasche, war als Neffe eines höheren Verwaltungsbeamten aus der Basilikata ins Amt gelobt worden. Weil er Auto fuhr wie ein Verrückter, hatte er seinen Job als Begleitschutz zweier Staatsanwälte verloren. Während seiner Zeit im Präsidium hatte er offenbar kaum dazugelernt.

Und Lojacono? Ihm hing noch immer der Ruf als sizilianischer Mafia-Kollaborateur an. Doch Palma hatte erlebt, wie er die Sache mit dem Krokodil angegangen war, was großen Eindruck auf ihn gemacht hatte. Mehr noch als der Kollege Di Vincenzo den Inspektor hatte loswerden, hatte er, Palma, ihn haben wollen. Sein Instinkt verriet ihm, dass der Mann ein echtes Talent für seinen Beruf besaß. Und eine ehrliche Haut war er noch dazu.

Er konnte nur hoffen, dass sein Instinkt ihn nicht trog. Er, Kommissar Luigi Palma, den sie Gigi nannten, wünschte es sich von ganzem Herzen.

7

Donna Amalia saß auf ihrem Thron und hatte den Blick fest auf das Fenster im vierten Stock des Hauses gegenüber gerichtet. Auf den Balkon, um genau zu sein. Und Donna Amalia war immer genau. Äußerst genau.

Sie hatte sofort gemerkt, dass da drüben etwas nicht mit rechten Dingen zuging. Siebzehn Tage war das jetzt her. Sie hatte die Renovierungsarbeiten in der Wohnung beobachtet. Soweit sie das von ihrem Standort aus beurteilen konnte, war die Sanierung ebenso zügig wie sorgfältig erfolgt. Das Ganze musste ziemlich viel gekostet haben. Donna Amalia hatte sogar eine entsprechende Bemerkung zu Irina gemacht, und dieses Miststück hatte wie immer «Jaja» gesagt, aber in Wirklichkeit an etwas ganz anderes gedacht, wahrscheinlich an irgendeinen reichen Knacker, dem sie eine kleine Gefälligkeit erweisen konnte, wenn sie runter zum Einkaufen ging. Immer wollte sie sich etwas dazuverdienen, nie konnte sie genug Geld scheffeln, das Miststück. Entweder gab sie es für irgendeinen Tinnef in der Stadt aus oder schickte es in ihr Heimatdorf, wo auch immer sich dieses hässliche Kaff befand. Sie hatte ihr ein paar Fotos gezeigt, und selbst auf den Bildern sah es abscheulich aus, wie mochte es da erst in Wirklichkeit sein.

Donna Amalias Problem war, dass sie sich nicht vom Fleck rühren konnte, sie war vollkommen steif. Ihre Arthrose war von einer besonders fortgeschrittenen Form, wie sie nicht ohne Stolz verkündete; die Schmerzen waren unerträglich, sie konnte kaum alleine zur Toilette gehen. Aber bevor sie sich von dem Miststück auf den Topf setzen ließ, wäre sie eher auf allen vieren zum Klo gekrochen. Und so saß sie ab morgens nach dem Aufstehen, wenn das Miststück ihr beim Anziehen geholfen hatte, in ihrem Sessel, zu dem sie sich mit ihrer Gehhilfe geschleppt hatte. Den ganzen Tag saß sie dort bei laufendem Fernseher und schaute zum Fenster hinaus.

Ihr Sohn wohnte in Mailand und erfand immer neue Ausreden, warum er nicht mal mehr an den Feiertagen kam. Er lebte mit einer zusammen, die bestimmt genau so ein Miststück wie ihre Irina war und ihn davon abhielt, seine alte Mutter zu besuchen, die doch so viele Opfer für ihn gebracht hatte. Dieser Idiot dachte wohl tatsächlich, sein schlechtes Gewissen damit beruhigen zu können, dass er ihr Geld schickte. Als könnte man mit Geld alles kaufen.

Donna Amalias Beine funktionierten vielleicht nicht mehr richtig, aber ihr Geist durchaus. Im Kopf war sie hellwach, wie ein aufgewecktes junges Mädchen. Alle Zahnräder griffen perfekt ineinander, sie bekam genau mit, was auf der Welt vor sich ging, jede kleinste Veränderung nahm sie wahr. Wie oft hatte sie dem Miststück erklärt, das von nichts einen blassen Schimmer hatte, dass Veränderungen etwas über den Lauf der Welt verrieten. Jede Abweichung, egal, ob gewaltig oder geringfügig, hatte ihre Bedeutung im großen Ganzen.

Die Tante mit der Männerstimme im *Canale 5* machte eine Talkshow extra für Alte? Ein Zeichen! Der neue Papst ein Argentinier? Ein Zeichen! Ein Soldat brachte die eigene Frau um, weil er mit einer Soldatin zusammen sein wollte? Ein Zeichen! Die Kunst, mein liebes ukrainisches Miststück, ist, die

Zeichen miteinander zu kombinieren. Die Deutung war der Schlüssel. Das System der Zeichen, sprich der Veränderungen, zu verstehen, darum ging es.

Die Wohnung im Haus gegenüber war so ein Zeichen. Ein wichtiges Zeichen. Äußerst wichtig.

Vorher hatte dort eine ganz normale Familie gewohnt. Schrecklich, aber normal. Ein Vater, der nie da war. Eine Mutter, die den Tag am Telefon verbrachte; sie hatte die blöde Kuh vor dem Fenster auf und ab gehen sehen, den Hörer zwischen Kinn und Schulter geklemmt und immer am Gestikulieren. Wie sie es anstellte, vor lauter Telefonitis nicht taub zu werden, konnte Donna Amalia sich nicht erklären. Und dann noch die beiden halbwüchsigen Kinder, das Mädchen, das sich mit irgendwelchen Halbstarken in seinem Zimmer einschloss, und der Junge, der, statt zu pauken, Gitarre spielte und heimlich auf dem Balkon rauchte.

Dann waren sie plötzlich weg gewesen. Sie mussten ein attraktives Angebot bekommen haben, denn Donna Amalia hatte nicht das geringste Anzeichen für ihren bevorstehenden Auszug bemerkt. Eines Morgens hatte ein Umzugswagen vor der Tür gestanden, und nach zwei Tagen waren sie mit Sack und Pack verschwunden, wohin auch immer. Donna Amalia verspürte nicht ansatzweise Bedauern darüber; es hatte einfach nichts Neues mehr zu entdecken gegeben, sie kannte sie inzwischen viel zu gut.

Die anschließende Renovierung war ruck, zuck vonstattengegangen; soweit sie das erkennen konnte, hatte sich ein Dutzend Handwerker viele Stunden am Tag in der Wohnung aufgehalten. Von ihrem Beobachterposten aus hatte sie in fast jedes Zimmer Einblick, und die Männer arbeiteten bei weit geöffneten Fenstern und Türen. Sie hatten sogar in jedem

Raum ein Klimagerät eingebaut. Ein echter Luxus. Seit Monaten schon lag sie ihrem Sohn in den Ohren, dass sie auch eine Klimaanlage brauchte, aber dieser Nichtsnutz hatte nur im Wohnzimmer ein Gerät installieren lassen, mit der Begründung, die kalte Luft schade ihren Knochen. Als ob ihren Knochen noch etwas schaden könnte.

Dann war sie gekommen. Eine einzelne Person, eine junge Frau.

Sie musste über Nacht eingezogen sein, denn Donna Amalia hatte den ganzen Tag auf der Lauer gelegen, von Sonnenauf- bis Sonnenuntergang, ohne Erfolg. Erst hatten sie die Möbel gebracht, alle nagelneu, und dann ein paar Kisten mit Kleidern. Donna Amalia hatte den Schriftzug eines namhaften Geschäfts aus der Innenstadt erkannt. Und plötzlich waren ein paar Lichter angegangen, und das bläuliche Flimmern eines Fernsehers war zu sehen.

Einmal war ein Fenster geöffnet worden, vermutlich im Schlafzimmer, und ein dunkelhaariger Mann hatte an dem Griff hantiert. Dann war es wieder geschlossen worden, und seit dem Moment hatten sich die Gardinen nicht mehr bewegt. Die Gardinen in der ganzen Wohnung. Unmöglich, so was.

Der Typ am Fenster hatte sich auch nicht mehr gezeigt. Nur eine junge Frau konnte man hinter den Gardinen auf und ab gehen sehen. Ihre Silhouette war deutlich zu erkennen. Einmal hatte sie ihr Gesicht ganz nah an die Glasscheibe der Balkontür im Wohnzimmer gebracht, und Donna Amalia hatte die Luft angehalten, so schön war sie. Wunderschön. Sogar sie, die sonst bei jedem Menschen einen Makel entdeckte, musste zugeben, dass das Gesicht des Mädchens einfach perfekt war. Aber sie war sofort wieder verschwunden, ohne sich erneut zu zeigen.

Über das Miststück Irina hatte Donna Amalia vorsichtig Erkundigungen in den Geschäften der Nachbarschaft einholen lassen. Niemand, wirklich niemand konnte sagen, wer in die Wohnung eingezogen war. Niemand belieferte sie, niemand brachte ihr Lebensmittel, niemand hatte das schöne Mädchen als neue Kundin gewonnen. Absolut niemand.

Als Zeichen, dachte Donna Amalia, war das schwierig zu deuten. Äußerst schwierig. Also musste sich dahinter etwas anderes verbergen, etwas Großes. Denn wenn die Zeichen sich nicht in ein System fügten, dann musste da etwas sein, das sich der Betrachtung entzog.

Donna Amalia wartete. Und wartete. Im Viertel liefen die Dinge wie sonst auch, aber die Wohnung von gegenüber ließ sich noch immer in kein System einordnen. Sie versuchte, mit ihrem Sohn am Telefon darüber zu sprechen, leider rief er sie ja nur einmal pro Woche an, aber er sagte wie das Miststück Irina bloß «Jaja». Und unter einem Vorwand beendete er das Gespräch.

Donna Anna kam das alles so merkwürdig vor, dass sie am Ende Irina losschickte, um im Haus gegenüber zu klingeln. Sie hatte ihr genau erklärt, was sie in die Gegensprechanlage sagen sollte: dass sie zu Signora Esposito aus dem ersten Stock wolle, und wenn ihr jemand antworten würde, sollte sie sagen: «Oh, Entschuldigung, ich habe mich in der Etage vertan», ganz unschuldig und lammfromm. Und dann sollte sie auf schnellstem Wege zurück zu ihr, Donna Amalia, kommen und berichten, wie die Stimme aus der Gegensprechanlage geklungen habe. Aber da hatte keine Stimme geantwortet, obwohl das Miststück behauptete, zweimal geklingelt zu haben. Und doch war das Mädchen zu Hause, denn Donna Amalia hatte sie hinter den Gardinen vorbeihuschen sehen. Sie ging nicht an die Gegensprechanlage, warum bloß? Vielleicht war das Ding kaputt, das wäre ja nicht weiter ungewöhnlich. Verdammte Technik – vor ein paar Jahren hätte es noch gereicht, sich an den Pförtner zu wenden, aber inzwischen war alles so teuer geworden, dass sich kein Mensch mehr einen Pförtner leisten konnte.

Hinter ihrem Wohnzimmerfenster, während der Regen auf die Häuser niederprasselte und der Wind durch die Straßen pfiff, sodass die Passanten in die Toreinfahrten flüchteten, kniff Donna Amalia listig die Augen zusammen: Wenn ein Zeichen nicht zu deuten war, dann fügte es sich nicht ins System ein. Und das musste gemeldet werden.

Sie rief das Miststück Irina zu sich und befahl ihr, das Telefon zu holen.

8

Gerade als Lojacono sich zum Abendessen in sein Stammlokal aufmachen wollte, klingelte das Telefon: Marinella.

Inzwischen telefonierte er jeden Tag mit seiner Tochter, nach Monaten schmerzhafter Funkstille hatten sie sich wieder angenähert. Es war noch zu früh für ein Treffen, aber die Fortschritte waren nicht zu übersehen: Vom totalen Schweigen über ein paar einsilbige Worte und karge Mitteilungen zu ihrem Alltag hatte sich das Mädchen ihm ganz allmählich wieder geöffnet, ein langwieriger, mühsamer Prozess.

Lojacono liebte seine Tochter sehr, die Trennung von ihr hatte ihn beinah verrückt werden lassen. Doch als das Verfahren und seine Versetzung anstanden, war seine Frau schnell auf Distanz gegangen – weniger, weil sie an die gegen ihn erhobenen Anschuldigungen glaubte, als wegen der sozialen Ächtung, die damit verbunden war. Sich als Ausgestoßene zu fühlen, der die Türen vor der Nase zugeschlagen wurden und Freunde aus dem Weg gingen – für diese Schmach war kein Gerichtsurteil nötig.

Und schlimmer noch: Sonia und Marinella hatten nach Palermo umziehen müssen, angeblich um sie vor möglichen Vergeltungsschlägen in Sicherheit zu bringen. Lojacono konnte sich nicht vorstellen, mit welcher Begründung man sich an seiner Familie für etwas rächen wollte, das er nicht getan hatte. Doch es half nichts, sie mussten sich alle miteinander dem Gerichtsbeschluss unterwerfen.

Marinella war fünfzehn Jahre alt, und zu den üblichen Problemen von Jugendlichen ihres Alters kam noch hinzu, dass sie ein eher introvertierter Typ war, der allem Neuen, mögliche Bekanntschaften eingeschlossen, zurückhaltend begegnete. Dass man sie aus ihrem persönlichen Umfeld herausgerissen hatte, einer Kleinstadt wie Agrigent, in der seit Generationen alle alles übereinander wussten, war ein schwerer Schock für sie gewesen. Und dass die Mutter kein gutes Haar am Vater ließ und ihm die banalsten Dinge zur Last legte, tat sein Übriges: Lojacono hatte jeden Kontakt zu dem Mädchen verloren.

Die Abwesenheit Marinellas in seinem Leben war ihm erst recht unerträglich geworden, als er mit den unschuldigen Opfern des Krokodils zu tun bekam; der Trennungsvereinbarung und aller Vernunft zuwider hatte er sie angerufen, in der traurigen Erwartung, dass sie seinen Anruf ignorieren würde.

Doch zu seinem großen Erstaunen hatte Marinella nicht nur seinen Anruf entgegengenommen, sondern das Gespräch mit ihm in regelmäßigen Abständen fortgeführt. Peu à peu hatte sie ihm von ihren Schwierigkeiten erzählt, sich in der neuen Umgebung einzuleben, und von den komplizierten Beziehungen zu ihren Klassenkameraden und Lehrern. Aus der Ferne hatte Lojacono schließlich miterlebt, wie sich aus oberflächlichen Bekanntschaften echte Freundschaften entwickelten – ein Nachbarmädchen, das in dieselbe Schule ging, eine weitere Kameradin, die sich ihnen anschloss. Inzwischen hatte Marinella eine Clique von Freunden, mit denen sie regelmäßig ins Kino oder Pizza essen ging.

Um sie nicht in Gewissensnöte ihrer Mutter gegenüber zu bringen, die möglichst jeden Kontakt zwischen ihnen zu unterbinden suchte, rief er sie selbst nicht an, sondern wartete darauf, dass Marinella sich bei ihm meldete. Er hatte Angst, den dünnen Faden zwischen ihnen zu zerreißen, den zu spannen er sich so bemüht hatte, wusste er doch selbst am besten um seinen wenig kommunikativen Charakter. Aber auch einfach nur zu schweigen war schön, wenn am anderen Ende der Leitung jemand war, den man liebte.

Manchmal war das Mädchen regelrecht aufgekratzt.

«Ciao, Papi. Was machst du? Isst du gerade?»

«Nein, noch nicht. Heute ist es spät geworden, sie haben mich … Ich habe die Dienststelle gewechselt.»

«Wirklich? Sag bloß! Das ist ja toll. Manchmal braucht man einfach ein bisschen Abwechslung, oder? Außerdem hat's dir bei deinem alten Job doch sowieso nicht gefallen – das habe ich deiner Stimme angehört.»

Seiner Stimme angehört, ach so. Frauen hatten nun einmal eine Antenne für so etwas, selbst wenn sie noch Teenager waren.

«Und bei dir? Wie ist die Lateinarbeit gelaufen?»

«Ganz okay. Glaube ich wenigstens. Ich habe mit Deborah geübt, sie ist ziemlich gut, wir haben denselben Text übersetzt. Aber was noch viel wichtiger ist: Heute Abend gehe ich auf eine Party! Ich bin zum Geburtstag bei einer Freundin eingeladen, wir gehen in ein Lokal außerhalb der Stadt.»

Eine Party. Außerhalb der Stadt.

«Ach, tatsächlich? Und wie kommst du da hin? Und mit wem?»

«Komm schon, Papi. Was ist, du machst dir doch wohl keine Sorgen? Da passiert schon nichts, ist ja schließlich keine richtige Fete. Sondern nur ein Geburtstagsfest. Meine Freundin ist einmal sitzengeblieben, sie wird achtzehn. Das ist total nett, dass sie mich einlädt, bis vor ein paar Tagen wusste sie noch nicht mal, dass ich überhaupt existiere. Und Jungs sind da auch. Und wir werden tanzen.»

Vorsicht, dachte Lojacono. Bloß nicht ihren Enthusiasmus dämpfen, sonst erzählt sie dir gar nichts mehr.

«Deine Mutter weiß Bescheid?»

«Natürlich nicht! Wenn ich ihr das erzähle, macht sie einen Riesenaufstand. Ich habe ihr erzählt, ich würde bei Enza übernachten. Das freut sie umso mehr, weil sie sich dann in Ruhe um ihren eigenen Scheiß kümmern kann.»

«Marinella, du sollst nicht so reden! Das gefällt mir nicht. Und mir gefällt auch nicht, dass du deine Mutter anlügst. Ich bin weit weg, ich kann dir nicht helfen, wenn etwas ist, und ...»

Ihre Stimme wurde härter.

«Dir kann man also auch nichts mehr erzählen, oder was?»

«Nein, das ist nicht wahr. Ich habe absolutes Vertrauen in dich, du bist intelligent und vernünftig genug. Aber da sind Leute unterwegs, die ... Wenn du wüsstest, was ich jeden Tag von morgens bis abends zu sehen kriege ... Na ja, geh du ruhig auf deine Party. Aber nimm dein Handy mit und sorg dafür, dass es aufgeladen und eingeschaltet ist. Und wenn du was brauchst, was auch immer, dann rufst du mich sofort an. In Ordnung?»

Ihre Stimme klang wieder heiter, aber noch immer misstrauisch.

«In Ordnung, Papi. Du musst dir keine Sorgen machen, das verspreche ich dir. Und morgen rufe ich dich an und erzähle dir alles, okay?»

«Ja, mein Schatz. Ich warte auf deinen Anruf. Und denk dran …»

«… das Handy immer aufgeladen und eingeschaltet zu haben … Versprochen, großes Indianerehrenwort. Ciao, Papi, bis morgen!»

Und plötzlich war er wieder allein, mit dem stummen Telefon in der Hand und einer Sorge mehr, die ihn schlecht schlafen lassen würde.

Auf dem Weg die Gasse hoch zu Letizias Trattoria musste er an Marinellas Bemerkung über ihre Mutter denken, die sich «in Ruhe um ihren eigenen Scheiß kümmern» würde. Er wunderte sich, dass er nicht die kleinste Gefühlsregung bei diesen Worten verspürte. Vor nicht allzu langer Zeit, vielleicht vor einem Monat noch, hätte die Bemerkung ihm einen Schlag in die Magengrube versetzt, sie hätte sich durch seine Eingeweide gefressen und dort festgesetzt, um ihn über Stunden zu quälen. Aber nun: nichts. Eine Fremde, ja, das war Sonia für ihn geworden. Er konnte sich kaum mehr vorstellen, dass er so viele Jahre an ihrer Seite verbracht, so viele Pläne mit ihr geschmiedet hatte für eine Zukunft, die dann nicht eintreten sollte. Eine Fremde. Inzwischen hoffte er sogar, dass sie bald eine feste Beziehung einging und ihren Groll ihm gegenüber vergaß, sodass er die Beziehung zu seiner Tochter nicht länger heimlich führen musste.

Letizia hatte ihn schon aus den Augenwinkeln in die Trattoria eintreten sehen, denn wie jeden Abend hatte sie auch diesmal auf ihn gewartet. Ein kurzer Blick in sein Gesicht genügte ihr, um seine Stimmung auszuloten, und sie fragte sich, wie es sein konnte, dass sie, die sich nie besonders mit Männern ausgekannt hatte, stets so genau um Lojaconos Seelenzustand wusste, auch wenn seine schräg gestellten Augen nicht die geringste Regung verrieten. Doch seine Mimik, seine Haltung, seine Gesten sagten ihr genug. Vielleicht war es auch bloß eine Frage der Aufmerksamkeit. Vielleicht hatte es damit zu tun, dass das, was er als eine tiefe, herzliche Freundschaft betrachtete, für sie eine andere Bedeutung hatte, obwohl sie sich dies nicht einmal selbst eingestanden hätte.

Lojacono nahm an dem kleinen Ecktisch Platz, den sie sogar dann für ihn freihielt, wenn – was immer häufiger vorkam – die Warteliste ellenlang war. Letizias Trattoria war inzwischen schwer angesagt, nicht zuletzt wegen ihrer attraktiven und gastfreundlichen Wirtin. Die Kunden liebten die einfache und schmackhafte Küche, und für die Herren unter ihnen waren Letizias charmantes Lächeln und ihr verführerisches Dekolleté eine hochwillkommene Dreingabe. Die Damen erfreuten sich an der Tatsache, dass die Restaurantbesitzerin nie die Grenzen der Gastlichkeit überschritt und stets professionelle Distanz wahrte. Und so strömten sie in Scharen in das Lokal, in der Hoffnung, später am Abend noch in den Genuss von ein paar live gesungenen *canzoni* zu kommen, zu denen die Wirtin sich selbst auf der Gitarre begleitete. Nicht zuletzt hatten sie ihren Spaß dabei zu beobachten, wie sie den Mann mit den schräg gestellten Augen umgarnte, den Einzigen, dem ihre Schwärmerei für ihn verborgen blieb. Kurz: Ein Besuch in Letizias Trattoria war wie Kino und gutes Essen gleichzeitig. Was konnte es Besseres geben?

«Was ist, machst du dir Sorgen? Wegen Marinella?», fragte sie, während sie sich die Hände an ihrer Schürze abtrocknete und an seinem Tisch Platz nahm.

Er hob kaum den Blick von seinen Bolognese-Rigatoni, die er in sich hineinschaufelte, als wäre er halb am Verhungern.

«Irgendwann musst du mir wirklich mal verraten, wie du deine Bolognese machst. Ich kann einfach nicht anders, als mir den Bauch damit vollzustopfen, selbst wenn ich schon pappsatt bin. Und wo du schon mal da bist, kannst du mir auch gleich verraten, wie du es immer wieder schaffst, meine Gedanken zu lesen. Sie geht zu einer Party, einer Geburtstagsfeier. Heute Abend.»

«Na und, was ist daran schlimm? Eine Geburtstagsfeier ist doch nicht gefährlich, sollte man meinen.»

«Das sagst du», erwiderte Lojacono mit vollem Mund. «Alles, was man macht, ist gefährlich, wenn man fünfzehn Jahre alt und ein hübsches Mädchen ist. Wusstest du, dass die meisten Jugendlichen genau bei solchen Gelegenheiten zum ersten Mal mit Drogen in Kontakt kommen?»

Letizia lachte.

«Spinnst du, was denn für Drogen? Freu dich lieber, dass sie endlich ein paar Freunde gefunden hat. Und dann, eine harmlose Geburtstagsfeier ... Du solltest auch mal wieder ein bisschen feiern. Wenn du nicht aufpasst, mein lieber Peppuccio, wirst du noch als trauriger alter Griesgram enden.»

Sie war die Einzige, die Lojacono bei dem Spitznamen nannte, den die Kinder aus seinem Dorf ihm einst gegeben hatten.

«Wenn ich nicht schon längst dieser traurige alte Griesgram wäre, meinst du, dann käme ich immer noch zum Essen hierhin?»

Während Letizia noch nach einer Erwiderung suchte, begann Lojaconos Handy zu klingeln. Auf dem Display leuchtete der Name «Laura» auf, gut sichtbar auch für Letizia.

Der Inspektor nickte ihr entschuldigend zu und ging mit dem Handy in der Hand hinaus auf die Straße, verfolgt von den neugierigen Blicken der anderen Gäste, die nicht umhinkonnten, den plötzlichen Stimmungswechsel der Wirtin zu bemerken.

«Ciao! Wie war dein erster ‹Schultag›?»

Kaum hatte Lojacono die Stimme mit dem sardischen Akzent und dem heiter-ironischen Timbre im Ohr, besserte sich schlagartig seine Laune, obwohl er prompt in einen Regenguss geraten war. Doch aus irgendeinem ihm selbst nicht recht begreiflichen Grund hatte er nicht in Letizias Anwesenheit mit Laura telefonieren wollen.

«Ciao! Dir bleibt aber auch gar nichts verborgen, was? Darf man fragen, wie es kommt?»

Die Frau am anderen Ende der Leitung brach in Gelächter aus. Fast schien es Lojacono, als würde er sie, mit ihrem reizenden Grübchen am Kinn, direkt vor sich sehen.

«Ach weißt du, ich bin Staatsanwältin, mir macht so schnell keiner was vor. Vor allem, wenn's um Dinge geht, die mich persönlich interessieren. So was kriege ich immer mit. Also, wie war's?»

«Na, wie soll's schon gewesen sein? Der Kommissar, dieser Palma, scheint mir ein netter Kerl zu sein. Kompetent und unkompliziert. Und die anderen sind auf ihre Art wahrscheinlich auch alle in Ordnung. Nur einer, so ein jüngerer Typ, scheint mir ein ziemlicher Idiot zu sein.»

Laura Piras dachte einen Moment nach.

«Hm, das kann nur Aragona sein. So ein Solariumgebräunter, der einen auf Fernsehcop macht?»

Lojacono erwiderte vergnügt:

«Hast du etwa deine Spione auf uns gehetzt? Genau, das ist er. Woher weißt du das?»

«Er hat vorher im Präsidium gearbeitet, sie haben ihn überall wie sauer Bier angeboten, auch mir als Geleitschutz. Es war völlig klar, dass sie ihn loswerden wollten. Er ist der Neffe von irgendeinem hohen Tier aus der Verwaltung, sie können nichts gegen ihn unternehmen. Sieh nur zu, dass du nicht zu ihm ins Auto steigst, er fährt wie ein Bekloppter. Ich hätte ihn beinah mal erwürgt, als ich mit ihm fahren musste. Und sonst? Arbeiten da auch Frauen in deinem neuen Job?»

Aha, dachte Lojacono, die Frage musste ja kommen.

«Zwei. Eine etwas ältere Kollegin, die schon vorher in dem Kommissariat war, und ein etwas seltsames Mädchen, das einem nicht in die Augen gucken kann und sich für Schusswaffen begeistert. Warum fragst du?»

Er stellte sie sich in Gedanken versunken vor, beschäftigt mit welchen Phantasien auch immer. Sie hatten sich schon eine ganze Weile nicht mehr gesehen, aber häufig miteinander telefoniert. Es war ein seltsames Verhältnis, das sich da zwischen ihnen zu entwickeln begann, straff gespannt wie die Saiten eines Streichinstruments und in dem beiderseitigen, aber nicht ausgesprochenen Wissen, einander zu gefallen.

«Nur so, reine Neugier. Vielleicht findest du da ja eine Freundin, wer weiß?»

Ihre Worte waren leichthin gesprochen, mit dem ihr eigenen süffisanten Unterton, doch die Botschaft dahinter war eine ganz andere.

«Das glaube ich kaum. Jedenfalls nicht in dem Kommissariat. Vielleicht finde ich sie ja woanders.»

Wieder brach Laura Piras in Gelächter aus, und unwillkürlich hatte er ihre Brüste vor Augen, die sich unter der Bluse wölbten.

«Vielleicht findet sie ja auch dich, früher oder später, Ispettor Lojacono. Wir sprechen uns noch, und dann erzählst du mir, wie es so weiterläuft in deiner ‹Schule›.»

Durchnässt und frierend kehrte der Inspektor in die Trattoria zurück. Letizia, die sich an einen anderen Tisch gesetzt hatte, lachte laut und hatte ihm den Rücken zugekehrt.

9

Mayya öffnete die Tür, die, anders als sonst, nicht abgeschlossen war.

Wahrscheinlich war der Dottore spät am Abend noch nach Hause zurückgekehrt, wie er es manchmal tat, und hatte vergessen, die Tür abzuschließen. Ein paarmal war das schon vorgekommen, wenn auch nicht oft.

Sie stellte die Einkaufstasche im Flur ab, bemüht, möglichst wenig nass zu machen. Ein heftiger Wind hatte das Meer aufgepeitscht und ließ die Gischt bis hoch zur Straße spritzen, sodass man nicht mal mit Bestimmtheit sagen konnte, ob es nun regnete oder nicht: So viel Wasser lag in der Luft.

Mayya dachte an ihre Heimatstadt in Bulgarien, die weit weg von jedem Meer war und in der es regnete, wenn es regnete, und die Sonne schien, wenn die Sonne schien. Aber hier wusste man nie genau, was für ein Wetter eigentlich gerade war.

Sie zog ihren Mantel aus und hängte ihn an die Garderobe im Flur. Es war ruhig in der Wohnung, und kein Kaffeeduft lag in der Luft, die Signora war wohl noch nicht aufgestanden. Seltsam, es war doch schon acht. Eigentlich hätte sie seit über einer Stunde auf den Beinen sein müssen. Vielleicht ging's ihr nicht gut, oder es war am Abend spät geworden.

Seit ein paar Tagen machte Mayya sich Sorgen um die

Signora. Sie hatte sie gern, denn die Signora war sanft und freundlich, nie wurde sie laut. Verglichen mit ihren früheren Arbeitgeberinnen, war sie ein echter Engel. Und auch ihre Freundinnen, die sie jeden Donnerstag auf dem Bahnhofsvorplatz traf, bestätigten ihr mit ihren Erzählungen, wie glücklich sie sich schätzen konnte.

Doch die Signora selbst schien alles andere als glücklich. Mayya war fest davon überzeugt: Irgendetwas beunruhigte sie, und zwar zutiefst. Sie hatte sie nicht ins Vertrauen gezogen, das nicht, denn sie war ein sehr zurückhaltender Mensch, und sie, Mayya, wollte keinesfalls aufdringlich erscheinen. Aber wer schweigt, der sagt die Wahrheit, so sagte man bei ihr zu Hause. Wer redet, der lügt, aber nicht, wer schweigt. Und im Schweigen der Signora, ihrem ins Leere gerichteten Blick, darin lag keine Heiterkeit. Darin lag etwas anderes. Angst vielleicht.

Möglicherweise war es ja ganz gut, dass sie beschlossen hatte, länger zu schlafen, dachte Mayya. Manchmal half ein ausgiebiges Nickerchen, seine innere Ruhe zu finden und die Dinge in einem freundlicheren Licht zu betrachten.

Die Haushälterin ging weiter in den dunklen Raum hinein. Beiläufig registrierte sie die zugeklappten Läden vor den Fenstern, die sie in ihrer Annahme bestärkten, dass noch niemand auf den Beinen war. Sie wollte in die Küche, um Frühstück zu machen, Caffè Latte mit Gebäck. Ob der Dottore wohl zu Hause war?, fragte sie sich. Doch dann fiel ihr ein, dass sein Mantel nicht an der Garderobe gehangen hatte. Er war sicher schon gegangen. Oder vielleicht war er auch gar nicht nach Hause gekommen.

Sie sah den Notar nicht sehr häufig. Ihre Arbeitszeit endete am Nachmittag, lange bevor er aus der Kanzlei zurückkehrte.

Sie hatte ihn ein paarmal am Morgen getroffen, sie kam, er ging, und hin und wieder auch vor irgendwelchen Feiertagen, wenn sie länger arbeiten musste. Er war ein gutaussehender Mann, hochgewachsen und elegant, mit vollem grauem Haar und athletischer Figur. Mayya hatte er trotzdem nicht gefallen. Sie hatte seine kalten Augen auf sich gespürt, wie sie ihren Körper taxierten, als wäre sie eine Kuh auf dem Viehmarkt. Diesen Typ Mann kannte sie nur allzu gut; er passte wirklich gar nicht zu ihrer Signora.

Während sie Gebäck auf einen Teller legte und darauf wartete, dass der Kaffee fertig wurde, fragte sie sich, wie ein Paar, das so wenig zueinander passte, so lange hatte zusammenbleiben können. Und das auch noch ohne Kinder. Kinder schufen eine Verbindung zwischen Mann und Frau, sie bildeten ein Gesprächsthema, über das Eltern sich regelmäßig austauschten. Kinder schweißten zusammen, und wenn sonst nichts mehr zwischen den beiden Ehepartnern war, dann waren da wenigstens sie. Aber zwischen der Signora und dem Dottore gab es nicht einmal das.

Kein Wunder, dass man an einem solchen Punkt nach etwas anderem Ausschau hielt, um seinen Geist zu beschäftigen. Und wohl auch seinen Körper. Der Dottore war so gut wie nie zu Hause, entweder er war bei der Arbeit oder beim Kartenspielen oder sonst wo, während die Signora bei ihren Wohltätigkeitsveranstaltungen, auf einem Kaffeeklatsch oder im Yachtclub weilte. Und dann gab es da noch ihre Sammlung mit den Schneekugeln.

Die Haushälterin schüttelte den Kopf, während sie den Kaffee eingoss. Jeder Mensch hatte seine Macken. Bei der Signora waren es eben diese schrecklichen Schneekugeln, die sie sammelte. Wenn man sie schüttelte, legte sich eine weiße Schicht aus künstlichen Schneeflocken auf die Landschaften und Figuren in ihrem Inneren. Die Signora war so närrisch mit den Kugeln, dass sie sie nicht einmal von Mayya abstauben ließ. Das übernahm sie einmal die Woche selbst, dann streifte sie sich Gummihandschuhe über und war den ganzen Vormittag beschäftigt. Nur dann, umgeben von Hunderten kleiner Glaskugeln, wie in einem Meer aus Seifenblasen, wirkte sie wirklich glücklich.

Die Sammlung der Signora war berühmt; alle ihre Freunde, die sich auf eine Reise begaben, brachten ihr wenigstens ein neues Teil mit. Einmal war sogar eine Journalistin gekommen, die sie inmitten ihrer Schneekugeln fotografiert hatte, und die Signora hatte Mayya voller Stolz die Zeitschrift mit dem Foto gezeigt. Sie hatte ihr auch erzählt, dass sie demnächst eine Ausstellung organisieren und den Erlös für einen guten Zweck spenden wollte. Mayya hatte die Vorstellung insgeheim ziemlich merkwürdig gefunden, dass jemand dafür bezahlte, diese Kugeln anschauen zu dürfen, doch die Menschen taten manchmal komische Dinge, das wusste sie wohl.

Langsam, um nicht zu stolpern, tastete sie sich mit dem Tablett in der Hand durch den dunklen Flur zum Schlafzimmer der Signora vor. In dem schmalen Streifen Licht, der durch die Ritze zwischen den Fensterläden fiel, sah sie, dass das Bett unberührt war und niemand sich im Zimmer befand.

Seltsam. Wirklich sehr seltsam.

Wenn die Signora überraschend das Haus hätte verlassen müssen, hätte sie sie bestimmt auf dem Handy angerufen; immer wenn sie ihr etwas Wichtiges mitzuteilen hatte, rief sie an und fragte jedes Mal, ob sie auch nicht störe. Wieso hatte sie diesmal vergessen, sie zu benachrichtigen?

Sie ging ins Wohnzimmer, zu den Schneekugeln. Vielleicht,

dachte Mayya, war die Signora in ihrem Sessel eingeschlafen, mit einem Buch in der Hand, umgeben von ihren Lieblingen. Verzweifelt heulte der Wind gegen alle Widerstände an, die sich seinem blinden Furor entgegenstellten. Das aufgepeitschte Meer schleuderte seine Wassermassen auf die Straße hinaus und versuchte sich überall dort Zugang zu verschaffen, wo dieser ihm sonst verwehrt war.

Der Sessel war leer. Die Wolken jagten über den Himmel, und für einen Moment beleuchtete ein einsamer Sonnenstrahl den Fußboden und fiel auf ein funkelndes Stück Glas unter dem Sessel.

Mayya erkannte, dass es sich um eine der Schneekugeln handelte, und fragte sich, was sie auf dem Boden zu suchen hatte.

Erst dann sah sie den Körper der Signora, der ebenfalls auf dem Fußboden lag: mit zertrümmertem Hinterkopf, das Gesicht in einer Blutlache.

Das Tablett krachte zu Boden, klirrend zersprang das Porzellan, Gebäckstückchen und Milchkaffee verteilten sich im Raum.

Mayya schlug die Hände vors Gesicht und schrie.

10

Mit einem zerstreuten Kopfnicken zum Wachmann verließ Ottavia Calabrese das Kommissariat. Beinah hätte sie den Kollegen Guida mit seinem perfekten Krawattenknoten, der ordentlichen Frisur, der bis oben zugeknöpften Uniformjacke und der tadellosen Haltung nicht wiedererkannt. Sie hatte den Mann im Foyer immer als Teil des Inventars betrachtet, als eine Art Karikatur des Sportzeitung lesenden Trunkenbolds in Uniform. Doch jetzt kam er ihr fast wie ein richtiger Polizist vor.

Es war nicht zu übersehen, dass mit ihrer Arbeitsstelle eine Wandlung vonstattenging. Was einzig und allein das Verdienst des Leitenden Kommissars war. Ein außergewöhnlicher Mann, das hatte sie sofort gedacht, als er plötzlich im Türrahmen ihres Büros gestanden und darum gebeten hatte, hereinkommen zu dürfen, mit dem schüchtern Lächeln eines Schuljungen, der zum ersten Mal vor seiner neuen Klasse stand.

Luigi Palma hatte Ottavia auf den ersten Blick gefallen. Sein unkonventionelles Äußeres, mit der wilden Frisur und den hochgekrempelten Hemdsärmeln. Und seine fröhliche, jugendliche Art, mit der er sofort Leben in die alten Mauern gebracht hatte. Obendrein trug er keinen Ehering. Warum wohl – ob er noch Junggeselle war? Oder geschieden? Vielleicht war er auch Witwer. Aber Witwer trugen ihren Ehering meist weiter, soweit sie wusste.

Sie selbst trug einen Ehering. Und sie war keine Witwe.

Bevor sie die Funicolare bestieg, die Drahtseilbahn, die von der Via Toledo hinauf zum Vomero führte, machte sie in einer Rosticceria halt. Sie hatte keine Lust zu kochen, außerdem war es schon ziemlich spät. Es war immer spät, wenn sie aus dem Büro kam. Nicht, dass es ihr leidtat, sie legte es sozusagen darauf an. Schon lange war ihr Job der beste Teil des Tages für sie. Für Frauen hörte die Arbeit nie auf, für Polizistinnen erst recht nicht.

In der einen Hand ihre Tasche, in der anderen die Tüte aus dem Schnellimbiss, fand sie in dem überfüllten Waggon keinen Sitzplatz. Ein Jugendlicher, der sich über eine ganze Sitzbank gelümmelt hatte, warf ihr einen misstrauischen Blick zu, bevor er die Lautstärke in seinen Kopfhörern erhöhte und kaugummikauend das Gesicht zum Fenster drehte.

Ottavia spürte einen Stoß gegen ihren Rücken und dann, wie sich etwas an ihrem Hintern rieb. Sie schnaubte: Jeden Abend das gleiche Theater! Dutzende von Menschen, die wie Sardinen in einer Büchse zusammengezwängt waren, und dann so ein Scheißkerl, der sie erst in der Menge ausgespäht hatte und sich anschließend von hinten an sie ranmachte. Sie war sich ihrer wohlgerundeten Formen durchaus bewusst, die sie unter unauffälliger, weit geschnittener Kleidung zu verbergen versuchte, aber es nützte einfach nichts: Irgendeiner bekam es immer mit.

Sie wandte sich nicht um, das hätte alles nur noch schlimmer gemacht. Stattdessen blickte sie nach unten zu Boden, bis sie eine schwarze Schuhspitze ausmachte, nahm ihr Ziel genau ins Visier und trat zu. Ein einziger Tritt mit dem Blockabsatz, genau auf den großen Zeh. Ein überraschtes Stöhnen, ein unterdrückter Fluch. Ottavia drehte den Kopf nach hinten, um dem Lustgreis direkt die Augen zu schauen. «Entschuldigen Sie vielmals, Signore. Möchten Sie vielleicht, dass ich Ihnen auch noch auf den anderen Zeh trete, damit sie schön gleichmäßig blau werden?» Der Mann warf ihr einen bösen Blick zu und schob sich durch die Menge, auf der Suche nach einem anderen Opfer, das weniger Widerstand leistete.

Von der Funicolare bis zu ihrer Wohnung war es etwa ein Kilometer. Die Geschäfte hatten bereits geschlossen, doch Ottavia brauchte trotzdem länger als nötig. Mein Gang, dachte sie, verrät meinen Seelenzustand. Mit übertriebener Gemächlichkeit zog sie ihren Hausschlüssel aus der Tasche und stellte sich vor, sie befände sich unter Wasser. Seufzend öffnete sie die Tür.

«Liebes, bist du es?»

Wie zum Teufel er es schaffte, nach einem anstrengenden Arbeitstag noch immer so heiter und liebevoll zu klingen, vermochte Ottavia sich beim besten Willen nicht zu erklären.

«Wer soll es sonst sein? Ja, ich bin's.»

Gaetano, ihr Mann, steckte den Kopf zur Küchentür hinaus.

«Ciao!», rief er bestens gelaunt. «Hast du was von dem Sturm mitgekriegt? Die Satellitenschüssel schaukelt wie eine Fahne im Wind, wir können nur noch mit Antenne fernsehen. Möchtest du einen Aperitif?»

Während sie Halskette und Ohrringe ablegte, erwiderte Ottavia erschöpft:

«Nein danke. Ich bin fix und fertig. Ich habe uns was aus der Rosticceria geholt, heute Abend ist mir nicht nach kochen.»

«Kochen? Sie belieben wohl zu scherzen, Madame. Ich habe doch schon längst gekocht, Liebes. Riech mal – wenn einem da nicht das Wasser im Mund zusammenläuft! Fettuccine mit

Pilz-Sahne-Soße und Limonenschnitzel. Ich habe auch eine Flasche Rotwein gekauft, einen Aglianico, den trinkst du doch so gerne. In fünf Minuten ist das Essen fertig, mach's dir schon mal bequem.»

Mit Superman verheiratet zu sein war eine Strafe, die eindeutig über dem Maß an Erträglichem lag, dachte Ottavia. Sie stand im Badezimmer vor dem Spiegel, um sich abzuschminken. Ein hoch angesehener und qualifizierter Ingenieur, der einen Haufen Geld verdiente, fünfzehn Mitarbeiter unter sich hatte und immer noch die Zeit fand, eine Flasche Aglianico zu kaufen und obendrein ein schönes Essen zu kochen. In jedem zivilisierten Land hätte man sie für so viel Undankbarkeit öffentlich erschossen.

Sie trat ins Esszimmer und warf einen Blick aufs Sofa. Dort saß wie immer Riccardo. Wie immer mit einem Stift in der Hand. Wie immer auf einem Blatt Papier herumkritzelnd. Wie immer eingeschlossen in einer Welt, zu der sie keinen Zutritt hatte.

Mit einer dampfenden Schüssel in der Hand kam Gaetano herein. Auf der Wange hatte er einen Sahneklecks.

«Essen kommen, Kinderlein! Riccardo, Schatz, hast du gesehen, die Mama ist da!»

Langsam hob der Junge den Kopf und schaute mit leerem Blick in den Raum hinein. Schließlich heftete er seine Augen auf Ottavia und sagte mit hohler Stimme:

«Mama. Mama. Mama. Mama. Mama. Mammm...»

Aus seinem Mundwinkel hing ein Speichelfaden. Mechanisch malte seine Hand weiter Kreise auf das Blatt, allesamt symmetrisch und ohne jemals über den Rand des Karopapiers hinauszugehen, als wären sie mit dem Zirkel gezeichnet. «Mama». Das einzige klar erkennbare Wort, das er in seinen dreizehn Lebensjahren von sich gegeben hatte, neben jenem undefinierbaren Gemurmel, mit dem er die Sendungen im Fernsehen kommentierte. Nichts sonst. Nicht ein einziges Mal. Kein Fenster hatte sich je zu jener Welt hin geöffnet, deren einziger Bewohner er war.

Ottavia trat auf den Jungen zu und streichelte ihm über das Gesicht, das dem ihren so ähnlich war. Sie half ihm aufzustehen und brachte ihn zum Esstisch, wo Gaetano dabei war, Portionen an Fettuccine auf die Teller zu laden, die groß genug waren, eine Fußballmannschaft plus Ersatzspieler zu sättigen. Die ganze Zeit sprach er weiter davon, wie schön doch dieser Tag gewesen sei. Ottavia fragte sich, was wohl Kommissar Palma zu Abend essen mochte.

«Mama, Mama», brabbelte Riccardo, während Gaetano ihn liebevoll betrachtete.

Wie sehr sie sie doch verabscheute, dachte Ottavia und begann zu essen.

11

Palma hatte die alte Kantine des Kommissariats in ein Großraumbüro verwandelt, indem er die Rigipswand herausreißen ließ, die den schönen hellen Saal in zwei traurige dunkle Zimmer unterteilt hatte.

Die Schreibtische waren so aufgestellt, dass genug Privatsphäre für den Einzelnen blieb, um ungestört zu telefonieren, aber alle jederzeit mit den anderen kommunizieren konnten. Lojacono, der sich einen Tisch am Fenster mit Blick auf das wellenumtoste Castello gesucht hatte, bewunderte insgeheim den Kommissar für sein strategisches Geschick im Umgang mit den ihm zur Verfügung stehenden Ressourcen: Der einzige Weg, aus so verschiedenen Typen ein Team zu machen, war in der Tat, sie so viel Zeit wie möglich miteinander verbringen zu lassen.

Der Erste am Morgen war Pisanelli gewesen, hatte Lojacono registriert, Palmas Stellvertreter und Veteran aus dem alten Kommissariat. Er hatte eine große Korkwand hinter seinem Stuhl angebracht, an die er sorgfältig ein paar Fotos und Zeitungsausschnitte gepinnt hatte.

Ottavia Calabrese, die Lojaconos Verwunderung bemerkt hatte, rollte die Augen, während sie mit den Kabeln der beiden Computer auf ihrem Schreibtisch hantierte.

«Das ist sein Tick. Es handelt sich um sämtliche Selbstmorde der letzten zehn Jahre hier im Viertel. Er behauptet steif und fest, dass es sich in Wirklichkeit um Gewaltverbrechen handelt, und sammelt Material, um seine Theorie zu beweisen.»

Pisanelli, der sich am anderen Ende des Raumes befand, drehte sich zu ihnen um.

«Ich habe gehört, was du gesagt hast, Ottavia. Du erzählst ihm, dass ich nicht mehr ganz richtig im Kopf bin.»

Er schien nicht wütend zu sein. Eher traurig. Die Calabrese erwiderte:

«Nein, Giorgio, das habe ich nicht gesagt. Ich habe ihm nur erklärt, was es mit diesen ganzen Zeitungsausschnitten und Fotos auf sich hat. Nachher denkt der Kollege noch, es handelt sich um irgendeinen internationalen Fall.»

Der Stellvertretende Kommissar wandte sich direkt an den Inspektor, seine Stimme klang sanft.

«Das Problem ist, lieber Lojacono, dass wir oft genug nicht über unseren Tellerrand hinaussehen. Wir wählen den einfachsten Weg. Wenn jemand uns weismachen will, dass sich einer umgebracht hat, dann reicht ein Abschiedsbrief, und schon glauben wir daran. Ich finde es nicht richtig, dass jemand, der mutterseelenallein auf der Welt war und womöglich Depressionen hatte, einfach weggeworfen wird wie ein alter Putzlappen. In meinen Augen verdient jeder, der eines unnatürlichen Todes gestorben ist, eine anständige Ermittlung.»

Aragona wuchtete einen schweren silbernen Aschenbecher auf seinen Schreibtisch, der vielleicht in den Quirinalspalast zum Präsidenten der italienischen Republik gepasst hätte, aber auf keinen Fall zu einem einfachen Polizisten im Kommissariat von Pizzofalcone. Sein Tonfall war ätzend, als er bemerkte:

«Daran sieht man mal wieder, dass hier echt der Bär tobt. Ein Bulle, der Selbstmorde aufklärt und sich dabei vorstellt, es wären echte Morde, ist nicht mehr weit vom Patiencelegen entfernt.»

Pisanelli maß ihn mit einem unverhohlen feindseligen Blick.

«Dann hoffen wir mal, dass du noch viele Jahre abzusitzen hast, mein Freund. Und dass du alt und einsam wirst, wie die meisten hier von meiner Pinnwand. Damit, wenn dich eines Tages jemand ‹selbstmordet›, auch dein Fall blitzschnell zu den Akten gelegt wird und sich keiner mehr an dich erinnert.»

Ottavia öffnete den Mund, als wollte sie sich in die Diskussion einmischen. Stattdessen wickelte sie weiter wortlos ihre Kabel auf.

Die junge Kollegin, die Alessandra Di Nardo hieß, wie Lojacono sich erinnerte, wandte sich an Pisanelli.

«Gibt es denn irgendwelche Gemeinsamkeiten bei diesen Selbstmorden oder eine direkte Verbindung? Ist dir da was aufgefallen?»

Auf ihre stille Art wirkte sie aufrichtig interessiert. Der ältere Mann musterte sie für einen Moment, um sich zu vergewissern, dass sie ihn nicht auf den Arm nahm. Dann sagte er:

«Nein, eine direkte Verbindung nicht. Und sowieso kümmere ich mich um diese Fälle nur in meiner Freizeit, das heißt, die meisten Unterlagen habe ich zu Hause liegen. Aber es gibt durchaus einige Details, die einen nachdenklich stimmen können. Zum Beispiel, dass bestimmte Floskeln in den Abschiedsbriefen immer wieder vorkommen. Dass die meisten mit der Schreibmaschine oder dem Computer geschrieben wurden, was man in einem so existenziellen Moment doch wohl eher nicht täte. Außerdem die widersprüchliche Art, wie einige von ihnen sich ... also, wie sie es gemacht haben, im Verhältnis zu ihrer Persönlichkeitsstruktur, ihrem psychologischen Profil. Eine ganze Reihe von Hinweisen also, die ...»

Er wurde von Romano unterbrochen, der sich mit seinem ganzen Gewicht auf einen Stuhl hatte fallen lassen und geistesabwesend aus dem Fenster starrte.

«Wenn einer sich wirklich umbringen will, dann bringt er sich auch um. Für mich ist das ein Zeichen von Feigheit, da hat jemand einfach nicht den Mut, sich den Dingen zu stellen. Das Leben muss man an den Hörnern packen, auch wenn es ein Scheißleben ist.»

Seine Stimme klang wie ein fernes Donnergrollen. Aragona lachte auf.

«Dann wäre also jemand, der sich von einer dreißig Meter hohen Brücke stürzt, ein Feigling? Oder einer, der sich mit dem Gewehr in den Mund schießt? Oder der eine Flasche mit Säure runterkippt? Für mein Gefühl braucht man mehr Mut zu sterben, als zu leben.»

Während Romano noch nach einer Erwiderung suchte, kam Palma in den Raum gestürmt. Aufgeregt wedelte er mit einem Blatt Papier.

«Kinder, es geht los! Eine ziemlich große Sache. In der Nähe der Uferpromenade haben sie jemanden umgebracht, die Frau eines Notars. Lojacono und Aragona, ihr beide macht euch sofort auf den Weg.»

12

Lass uns mal einen Blick auf die Uhr werfen: Wie spät ist es denn?

Mittlerweile haben sie dich bestimmt gefunden.

Wahrscheinlich die Haushälterin, diese Bulgarin. Sie wird dich überall in der Wohnung gesucht haben, in der Küche, im Schlafzimmer. Vielleicht hat sie behutsam die Türklinke zum Bad heruntergedrückt, um zu sehen, ob du dort steckst. Aber auch da nur: Stille und Dunkel.

Die Wohnung wird verlassen gewirkt haben. Niemand da, allein der Wind, der vor den Fenstern heult. Kein anderes Geräusch.

Sie wird über den Flur gegangen sein, leicht verunsichert. Vielleicht hat sie gedacht, du bist nicht da.

Wie das wohl wäre, wenn Gefühle in der Luft hängen blieben wie Gerüche? Wenn der Duft deines traurigen Lächelns von unserer letzten Begegnung noch im Raum schwebte? Wer weiß, wonach dein Lächeln gerochen hätte.

Sie wird dich überall gesucht haben, die bulgarische Haushälterin. Vorsichtig wird sie sich zwischen den Möbeln, über die teuren Teppiche entlanggetastet haben, sorgsam bedacht, im Dunkeln nichts umzustoßen. Womöglich hat sie nicht mal das Licht angemacht, weil sie dachte, du machst vielleicht ein Nickerchen, irgendwo in der Wohnung, und sie wollte dich nicht aufwecken.

Aber die Gefahr besteht nicht. Dich wird niemand mehr aufwecken.

Was sie wohl getan hat, als sie dich fand? Oder vielmehr das, was von dir übrig geblieben ist. Ein regloses Bündel im Dämmerlicht jenes Zimmers mit den geschlossenen Läden, um die Nacht zu verlängern.

Ich schaue zum Fenster hinaus. Immer noch dieser Wind. Und riesige schwarze Wolken, die über den Himmel jagen. Es regnet nicht mehr.

Aber dort, wo sich dein toter Körper befindet, nur wenige Meter von ihm entfernt, wirbelt das Meer noch immer durch die Luft, benetzt die Hauswände, die Balkone mit seinem Salzwasser. Bei dir jedoch ist alles reglos, alles still.

Deine Schneekugeln zum Beispiel. Hunderte, wenn nicht Tausende. Dicht an dicht im Regal, geordnet nach diesem merkwürdigen System, das du dir ausgedacht hast. Mit ihrem Kunstschnee, der brav auf dem Boden liegt und nur darauf wartet, geschüttelt zu werden. Wer weiß, was nun mit deinen Schneekugeln geschieht. Sie werden sich überlegen müssen, was sie damit machen sollen.

Mit allen, nur mit einer nicht. Diese wird einen anderen Weg gehen, vermute ich. Durch Labore und Gerichtssäle, sie wird in einem Karton landen, auf irgendeinem staubigen Aktenregal, jahrelang wird sie dort liegen, um dann eines Tages entsorgt zu werden. Diese ganz besondere Schneekugel. Diese einzigartige Schneekugel. Die mit dem Gitarre spielenden Mädchen in ihrem Inneren. Und mit deinem Blut auf ihrer gläsernen Hülle.

Die Schneekugel, die dein letztes Lächeln hervorgezaubert hat, ganz ohne jede Traurigkeit, und die dir dann das Leben nahm.

Was die Haushälterin wohl tut, wenn sie es sieht? Wenn sie begreift, dass du es bist, die da mit eingeschlagenem Schädel in einer Blutlache liegt? Sie wird schreien, vermute ich. Oder vielleicht auch nicht, diese Leute sind hart im Nehmen.

Nun beginnt der schwierige Teil. Für mich, für uns alle.

Für dich nicht.
Für dich ist alles zu Ende.
Wie schade. Wenn du nur vernünftiger gewesen wärst.
Wenn du mir nur den Rücken nicht zugekehrt hättest.

13

Bei Palmas Worten war Aragona wie eine Feder hochgeschnellt, bereit zum Einsatz, während Lojacono dem Kommissar einen beredten Blick zugeworfen hatte, dem dieser wohlweislich ausgewichen war.

«Ich fahre. Ich weiß, wo das ist», hatte der junge Mann gesagt und die Wegbeschreibung an sich gerissen.

Palma hatte nur mit den Schultern gezuckt.

«Macht, wie ihr wollt, es ist keine Eile angesagt. Zwei Streifenwagen sind schon vor Ort, der Rechtsmediziner und die Spurensicherung auf dem Weg. Um diese Uhrzeit ist wahrscheinlich alles dicht wegen Berufsverkehr.»

Lojacono, der bereits in seinen Mantel geschlüpft war, hatte mit ironischem Unterton erwidert: «Ach, tatsächlich? Könnt ihr mir das mal schriftlich geben, wann in dieser Stadt kein Berufsverkehr herrscht? Vielleicht an Ferragosto?»

Sie hatten einen der Streifenwagen ohne Kennung genommen, die unten im Hof parkten. Noch bevor Lojacono richtig eingestiegen war, hatte Aragona schon einen Kavaliersstart hingelegt.

«Aragona, bist du wahnsinnig geworden? Willst du jemanden umbringen? Erst mal ein paar Leute über den Haufen fahren – das wäre echt ein gelungener Einstand für uns. Wo sie hier doch nichts mehr als die Polizei lieben.»

Der junge Mann fuhr, als wäre er mutterseelenallein auf der Welt. Wo immer er den Wagen hinlenkte, stoben die Passanten auseinander, heilfroh, noch einmal mit dem Leben davongekommen zu sein. Aus den Augenwinkeln sah Lojacono eine alte Frau mit dem Elan einer Ballerina auf den Bordstein springen und hörte sie in tiefstem Dialekt hinter dem Auto herfluchen. Er war absolut ihrer Meinung, auch wenn er kein Wort verstanden hatte.

«Immer cool bleiben, Lojacono, nur keine Panik. Ich habe ein spezielles Fahrtraining gemacht, ich weiß, was ich tue.»

«Und wo hast du dieses Training gemacht? Im Knast vielleicht? Du hast doch gehört, dass keine Eile geboten ist: Wo zum Teufel rast du hin?»

Aragona hielt weiter Tempo.

«Es ist mir eine große Ehre, mit dir zusammenzuarbeiten, weißt du das, Lojacono? Alter, der Typ, der das Krokodil geschnappt hat! Wochenlang haben sie von nichts anderem geredet. Und wie du diese ganze Bande von Ermittlern dumm dastehen lassen hast! Du bist echt ein Held!»

Beide Hände um den Haltegriff geklammert, murmelte Lojacono mit zusammengepressten Zähnen:

«Nicht, dass es mir viel genützt hätte. Kein Gedanke daran, mich vielleicht nach Hause zu schicken.»

«Das hat doch damit nichts zu tun. Soweit ich weiß, sind die bei dir da unten der Meinung, du hättest mit der Mafia unter einer Decke gesteckt, auch wenn es keinerlei Beweise gibt. Aber du darfst die Hoffnung nicht aufgeben, vielleicht lassen sie dich ja wirklich irgendwann nach Hause.»

Lojacono musterte den Kollegen von der Seite, der es offensichtlich auf jeden abgesehen hatte, der sich ihm in den Weg zu stellen wagte.

«Was weißt du denn schon von meinem Fall, Aragona.»

«Ach, eine ganze Menge. Ich habe dir doch erzählt, ich war im Präsidium. Die horten da alle möglichen Akten, und wenn du gute Connections hast, kriegst du immer raus, was du wissen willst. Ich zum Beispiel habe mir, als es hieß, ich könnte nach Pizzofalcone, sofort die Personalakten von den anderen Kandidaten gekrallt, die von ihren Dienststellen weggelobt worden sind. Ich sage dir, das ist vielleicht ein kaputter Haufen!»

«Und wie kommt's, dass du auch da gelandet bist? Wenn ich richtig informiert bin, hättest du dir doch auch einen bequemeren Job suchen können, oder?»

«Also, für mich ist das hier ein Traumjob. Denk doch mal nach: Hier ist ein richtig dickes Ding gelaufen, das sämtliche Polizisten der Stadt in Verruf bringt. Eigentlich wollten sie das Kommissariat dichtmachen, stattdessen haben sie hier die abgewracktesten Kollegen hingeschickt, die sie finden konnten. Kannst du mir noch folgen?»

Lojacono hatte festgestellt, dass Aragona, während er redete, intuitiv das Tempo drosselte. Er beschloss, sich weiterhin dem Geschwätz des Kollegen auszusetzen, wenn er auf diese Weise ein paar Menschenleben retten konnte.

«Ich kann dir noch folgen. Erzähl weiter.»

«Weißt du, wie die anderen Kollegen in der Stadt das Kommissariat, also uns, hier nennen? Die Gauner von Pizzofalcone. Ist das nicht genial?»

Lojacono straffte die Schultern.

«Kann ich nicht finden. Was soll daran bitte genial sein?»

Aragona starrte ihn ungläubig an. Der Wagen streifte einen Radfahrer, der sich, um nicht zu stürzen, in letzter Sekunde auf den Bürgersteig rettete.

«Das Geniale daran ist, dass wir als die wahren Helden dastehen werden, sollte es uns gelingen, etwas Besonderes zu leisten. Wenn uns das nicht gelingt, bleibt alles, wie es war.»

«Aragona, ist es dir wirklich so egal, wie du deinen Job machst, ob gut oder schlecht? Und wenn jemand Polizist geworden ist, weil er Polizist sein wollte?»

Sein jüngerer Kollege verzog gekränkt das Gesicht.

«Wo denkst du hin? Natürlich geht es mir um die Sache. Ich finde nur, dass man ruhig auch seine Karriere im Auge behalten darf. Klar, wenn sie dich gefeuert haben, so wie uns alle, ist es natürlich nicht so einfach zu zeigen, was man draufhat. Aber umso reizvoller ist es.»

«Gefeuert? Das scheint mir etwas übertrieben.»

Aragona setzte eine gewichtige Miene auf.

«Aber du musst wissen, ich kenne die Personalakten: Jeder von uns Kollegen hier hat Dreck am Stecken. Nimm die Di Nardo, das verdruckste Mädel mit dem Waffentick. Du weißt, wir dürfen keine ungesicherte geladene Waffe in den Diensträumen tragen, das ist absolut verboten. Na ja, und sie hat sogar im Kommissariat rumgeballert. Und dabei hätte sie beinahe einen Kollegen abgeknallt. Stell dir das mal vor!»

Lojacono, der abwechselnd gegen die Beifahrertür und zurück auf seinen Sitz geworfen wurde, war gegen seinen Willen beeindruckt.

«Sieh mal einer an, das kleine Mädchen. Ich hätte nicht gedacht, dass sie so ein Flintenweib ist. Und der andere, dieser …»

«Romano, Francesco Romano. Weißt du, wie seine Kollegen ihn genannt haben? Hulk. Heimlich natürlich, sonst hätte er sich ja was drauf einbilden können. Er weiß nicht, wohin mit seiner Kraft. Und mit seiner Wut. Rastet total schnell aus.

Beim dritten Mal, als er einem Verdächtigen an den Kragen ging, haben sie ihn in Zwangsurlaub geschickt. Und als der rum war, haben sie ihn nach Pizzofalcone versetzt.»

Lojacono nickte.

«Hmhm, er wirkt in der Tat etwas nervös. Was mich betrifft, so ist der Fall bekannt. Und über dich, Aragona? Was wissen wir über dich?»

Aragona ging in Verteidigungsstellung.

«Nun, über mich ... Also, die Tatsache, dass ich ... dass ich einen bekannten Namen trage, hat gewisse Erwartungen geweckt. Und wenn alle Welt auf dich starrt, kann es schon mal passieren, dass du was Dummes machst. Oder dass alle sagen, du hättest es getan. Aber mir ist das scheißegal, ich werde ihnen schon zeigen, was in mir steckt. Vielleicht sogar mit deiner Hilfe ... So, da wären wir. Hast du gesehen, es hat nur zwei Minuten gedauert.»

Lojacono sprang aus dem Wagen.

«Früher oder später werde ich mich erinnern müssen, wie man dem Herrgott dankt, dass er einem noch mal das Leben geschenkt hat. Nächstes Mal fahre ich, so viel ist klar. Los, gehen wir.»

Der Wind und die Gischt schlugen ihnen entgegen, als sie auf ihr Ziel zusteuerten.

14

Trotz des schlechten Wetters hatte sich ein Grüppchen Schaulustiger vor dem Eingangstor versammelt. Es befand sich seitlich der zur Uferpromenade gelegenen Häuserfront; man gelangte über den stadteinwärts gelegenen Teil der Piazza dorthin, der gegenüber sich der große Park befand, die Villa Comunale.

Lojacono musste die Stimme heben, um den Wind zu übertönen.

«Wer hier wohnt, ist nicht gerade arm, oder?»

Der Polizist nickte. Er hielt seinen Mantel mit der Hand am Kragen zusammen.

«‹Ist nicht gerade arm›, ist gut! Ich würde eher sagen, ‹ist stinkreich›. Ich bitte dich, direkt am Ufer! Die Wohnungen hier kann man nicht bezahlen. Das sind echte Paläste.»

Vor dem Eingangstor standen zwei Streifenwagen und eine Ambulanz mit eingeschaltetem Blaulicht. Lojacono zog seine Dienstmarke hervor und fragte einen der uniformierten Beamten, seit wann sie schon vor Ort seien.

«Seit ungefähr zwanzig Minuten, Ispettore. Vor zehn Minuten ist der Rechtsmediziner gekommen. Der Tatort befindet sich im vierten Stock.»

Aragona flüsterte Lojacono zu:

«Das heißt, sie haben uns nicht sofort gerufen, sondern erst mal überlegt, was sie machen sollen. Sie trauen uns nicht über den Weg, keine Frage.»

Als sie in den Innenhof kamen, blieb Lojacono kurz stehen, um das Tor in Augenschein zu nehmen, das jedoch keinerlei Anzeichen von gewaltsamem Eindringen aufwies. Dann wandte er sich der breiten Marmortreppe zu und begann die Stufen hochzusteigen.

Aragona, der auf den Aufzug zugesteuert war, machte kehrt und folgte ihm.

«He, wir müssen in den vierten Stock! Warum nimmst du die Treppe?»

Gemächlich stieg der Inspektor weiter die Stufen hinauf, den Blick fest auf den glänzenden Marmor gerichtet.

«Weil jemand, der einen Menschen getötet hat, wohl kaum den Aufzug nimmt, wenn er abhaut. Jedenfalls die meisten Mörder nicht. Und wenn einer auf der Flucht ist, fällt ihm vielleicht etwas aus der Tasche. Oder er fällt selbst hin. Hör zu, Aragona, ich muss mich konzentrieren, ich kann jetzt nicht deinen Lehrmeister spielen. Guck dir an, was ich tue, und versuch zu kapieren, warum ich das mache, statt mir auf den Zeiger zu gehen. Wenn du es dann immer noch nicht kapierst und nicht mal durch gründliches Nachdenken darauf kommst, dann frag. Ich werde es dir dann schon erklären. Okay?»

Der Polizist setzte eine beleidigte Miene auf.

«Du hast wohl vergessen, dass ich auch Kriminalbeamter bin. Ich habe eine Ausbildung in der Polizeischule gemacht, ich weiß, worum es geht. Ich will nur endlich auch mal sehen, wie es in der Praxis abläuft, dazu hatte ich nämlich noch nie Gelegenheit.»

«Wie dem auch sei, hier auf dieser Treppe werden wir nicht fündig, scheint mir. Entweder hat er gut aufgepasst, der Mörder, oder du hattest doch recht, und er hat den Aufzug genommen. Oder der Wind hat ihn weggefegt.»

In der vierten Etage befand sich eine einzige Tür aus dunklem Holz und ohne Namensschild. Neben der Tür war ein kleiner Bronzelöwe mit einem roten Klingelknopf im offenen Maul angebracht. Aragona begann ostentativ, die beiden Türflügel auf Einbruchspuren hin zu untersuchen. Lojacono musste ein Grinsen unterdrücken. Durch eine zweite Tür mit einem monogrammverzierten Milchglasfenster gelangten sie in einen Vorraum. Ein Streifen Licht fiel durch die angelehnte dritte Tür, hinter der eine lebhafte Diskussion entbrannt war. Lojacono und Aragona folgten den Stimmen.

«Soll das etwa heißen, ich muss euch das schon wieder erklären? Einmal, hundertmal, tausendmal das Gleiche! Ihr dürft nichts anfassen, gar nichts! Habt ihr das nun endlich begriffen? So lange nicht, bis die Kriminaltechnik und ich da waren. Verdammte Scheiße, das gehört zum Einmaleins der Polizeiausbildung! Bringen sie euch in eurer Klippschule denn gar nichts bei?»

Die aufgebrachte Stimme gehörte zu einem untersetzten Vierzigjährigen mit Bürstenhaarschnitt. Er war leger gekleidet mit Jeans und Pullover.

Ein Polizist in Uniform versuchte zaghaft, zu protestieren.

«Was habe ich denn schon groß getan, Dottore? Ich habe nur das Fenster aufgemacht, um etwas frische Luft reinzulassen. Es war total muffig hier drinnen, und außerdem konnte man die Hand nicht vor Augen sehen, wir hätten womöglich noch was umgestoßen. Außerdem habe ich das Fenster sofort wieder zugemacht ...»

Der Arzt schien wenig überzeugt.

«Abgesehen davon, dass hier von ‹muffig› keine Rede sein

kann, weil die Leiche noch ganz frisch ist: Haben Sie nicht mitgekriegt, was für ein Wind ist? Wir befinden uns im vierten Stock, Mann, im vierten Stock! Falls hier irgendwelche Papiere oder Unterlagen rumlagen, habt ihr sie jetzt schön in Unordnung gebracht.»

Lojacono hielt es für angebracht, sich einzuschalten.

«Der Dottore hat vollkommen recht, Kollege. Es tut mir leid, dass wir so spät gekommen sind, wir hätten uns sonst um alles gekümmert.» Er trat auf den Arzt zu, der dabei war, Kittel und Latexhandschuhe überzustreifen. «Buongiorno, Dottore. Ich bin Inspektor Lojacono, und das ist Polizeioberwachtmeister Aragona, wir kommen vom Kommissariat Pizzofalcone.»

Mit gerunzelter Stirn blickte der Rechtsmediziner sie an.

«Pizzofalcone? Neue Besen kehren gut, was? Na, hoffen wir mal. Wäre ja auch verdammt schwierig, noch mehr zu verbocken als eure Vorgänger ... Ich bin Lucio Marchitelli vom Gerichtsmedizinischen Institut. Der Glückliche, der das Viertel hier verarzten darf.»

Lojacono blickte sich um. Was für ein merkwürdiger Ort, dachte er. Der Raum war riesig, mit zwei Balkonen, einer davon mit geöffneten Läden. Zwei Zimmertüren. Ein Tisch mit vier Stühlen. Ein olivfarbener Ledersessel. Eine lange Wand mit lediglich einem Möbelstück aus dunklem Holz davor, einer maßgefertigten Konsole mit fünf tiefen Regalbrettern, auf denen sich in mehreren Reihen und unendlich vielen Ausführungen ein einziger Typ Objekt befand: Glaskugeln mit Landschaften aus Kunstschnee im Inneren.

Der uniformierte Polizist, der mit dem Arzt diskutiert hatte, trat vor und deutete einen militärischen Gruß an.

«Polizeioberwachtmeister Gennaro Cuomo vom Präsidium, Ispettore. Wir waren als Erste hier. Haben Sie Anweisungen?»

Lojacono blickte zu Boden. Der bäuchlings auf dem Teppich liegende Körper gehörte einer Frau mittleren Alters. Sie trug einen rosafarbenen Morgenrock, der hochgerutscht war und die nylonbestrumpften Beine freigab. Der eine Fuß steckte in einem Pantoffel, der andere Schuh befand sich wenige Zentimeter von der Leiche entfernt. Der Kopf lag seitlich, sodass nur ein Auge in dem gräulich verfärbten Gesicht mit dem offen stehenden Mund zu sehen war. Der Blick war leer, alles Leben war daraus entwichen. Die Frau hatte feine ebenmäßige Züge, bemerkte Lojacono, ihre Figur mit den geschwollenen Knöcheln und den dicken Oberschenkeln war dagegen eher als füllig zu bezeichnen.

Unweit der Leiche lag ein Tablett auf dem Boden. Er sah eine Milchkaffeepfütze, zerbröseltes Gebäck, Scherben von einer Tasse.

Sein Blick wanderte zurück zu der Toten. Ein dunkler Fleck hatte sich an ihrem Hinterkopf gebildet: geronnenes Blut. Auch auf dem Teppich befand sich Blut, das von ihrem Kopf stammen musste.

«Wer hat die Leiche gefunden?»

Wie aus der Pistole geschossen erwiderte Cuomo:

«Die bulgarische Haushälterin. Sie heißt ...» Er blickte auf den Zettel in seiner Hand und las umständlich einen Namen ab: «... Mayya Ivanova Nikolaeva. Sie ist nebenan, heult wie ein Schlosshund und weigert sich, in einem Zimmer mit der Leiche zu sein. Das Opfer heißt Cecilia Festa, geborene De Santis. Der Mann ist Notar, Dottor Arturo Festa. Die Haushälterin meint, er sei nicht zu Hause, und sie habe keine Ahnung, wo er steckt.»

Lojacono wandte sich an Aragona.

«Du verhörst die Haushälterin. Und sieh zu, dass wir die Telefonnummer des Notars kriegen, von seiner Kanzlei, seinem Handy – Hauptsache, wir erreichen ihn. Ich will wissen, wo er sich aufhält.»

Der Polizist verschwand im Inneren der Wohnung, froh, endlich eine Aufgabe zu haben, während Lojacono sich dem Arzt zuwandte. Dessen Assistent war mittlerweile eingetroffen und machte sich Notizen, während sein Chef die Leiche von allen Seiten inspizierte.

«Okay, Matteo, wenn die Kollegen vom städtischen Bestattungsdienst kommen, sag ihnen, sie müssen noch einen Moment warten, wir müssen uns erst mal um die Kleider und den Rest kümmern, damit während des Transports nichts unnötig verschmutzt wird. Bist du so weit? Gut, dann schreib mit.»

Er zog ein medizinisches Instrument nach dem anderen aus einem Arztkoffer hervor und begann mit seinem Diktat. Mit flinken Bewegungen schoben seine Hände Kleidungsstücke zur Seite, führten Thermometer ein, verrückten Gliedmaßen. Die Tote sekundierte ihm willig, wie eine Puppe. Lojacono lauschte aufmerksam seinen Worten, er wusste, wie wichtig die ersten Untersuchungsergebnisse waren.

«Umgebungstemperatur der Leiche: 20 °C. Die Heizkörper sind eingeschaltet, jedoch bei niedriger Temperatur. Die Leiche befindet sich in Bauchlage, mit dem Kopf nach links gedreht, die rechte Gesichtshälfte liegt auf dem Fußboden, der rechte Arm ist angewinkelt, der linke befindet sich längsseits des Körpers. Die unteren Gliedmaßen sind lang ausgestreckt und parallel zueinander. Die Füße sind nach innen gedreht … schreib: ‹opistothon›, Matteo, ich weiß dann schon, was ich damit meine. Die Tote trägt einen Morgenmantel mit Taillengürtel aus altrosa Seide, ein cremefarbenes Nachthemd mit Spitzenbesatz, eine fleischfarbene Nylonstrumpfhose und einen Slip in derselben Farbe aus Spitze. Um ihren Hals hängt ein schmales weißes Band, an dem, wie beim Anheben des Leichnams feststellbar, eine bordeauxfarbene Brille befestigt ist, genauer: eine Lesebrille, deren rechtes Glas auf Höhe des Nasenbügels einen Sprung hat. Es sei darauf hingewiesen, dass Kleidungsstücke und Accessoires der Toten entfernt und separat aufbewahrt werden müssen, um sie gegebenenfalls weiteren forensischen Untersuchungen zugänglich zu machen. Größe des Leichnams: 1,69 m, mit gynoider Fettverteilung.»

Der Arzt ließ sich mit einem Stöhnen in die Hocke nieder, um das Gesicht der Toten aus nächster Nähe betrachten zu können.

«Lider geöffnet. Hornhaut leicht eingetrübt. Sklerotische Veränderungen im Bereich der Augenwinkel. Austritt einer rötlichen Flüssigkeit aus dem Bukkalkorridor sowie einer blutig-serösen Flüssigkeit aus dem linken Ohr, die sich teils auf dem Teppich, teils auf der homolateralen Ohrmuschel und Wange verbreitet hat. Bei oberflächlicher äußerer Untersuchung ist im linken Okzipitalbereich eine pastöse Gewebekonsistenz festzustellen, wie bei einer subgalealen Flüssigkeitsansammlung. Das an dieser Stelle dichter erscheinende Haar lässt auf eine bläulich rote Hautverfärbung schließen. Mittig dieser Dyschromie befindet sich ein circa 1,5 cm langer Riss, der auf den ersten Blick und bei vorsichtiger Anhebung der Wundränder Zerreißungen des Unterhautfettgewebes wie bei einer Platzwunde erkennen lässt, mit leichtem Blutaustritt. Die übrige Hautoberfläche ist frei von Traumata.»

Er drehte den Leichnam auf die Vorderseite, öffnete vorsichtig den Morgenmantel und hob das Nachthemd an.

«Narbe älteren Datums im paraumbilikalen Bereich von circa 1 cm Länge. Zwei weitere Narben von 0,5 cm Länge auf der Interspinallinie beziehungsweise 5 cm rechts und links von der Medianlinie. Die Art der Narbenbildung ist höchstwahrscheinlich einem laparoskopischen Eingriff zuzuschreiben. Kein Schmutz mit Fremd-DNA unter den Fingernägeln vorhanden, die intakt und gleichmäßig perlmuttfarben lackiert sind. Eintritt der Totenstarre in sämtlichen Körperpartien. Hypostase über der gesamten Vorderwand, wie durch Bauchlage hervorgerufen, mit Ausnahme der Dekubitusstellen, die nicht mehr durch Fingerdruck ertastbar sind. Rektale Temperatur des Leichnams: 26,5 °C. Die Leichenschau erfolgte um 9 Uhr. Und schreib noch dazu, Matteo, dass die Fensterläden geschlossen waren.»

Lojacono ließ seinen Blick über den verlegen auf seine Fußspitzen starrenden Cuomo zu dem weit geöffneten Fenster wandern. Der Anblick, den das windgepeitschte Meer und die den Golf begrenzende Halbinsel am Horizont unter dem düsteren Himmel boten, war sagenhaft. Wem das Glück gegeben war, an einem solchen Ort zu wohnen, dachte er, sollte besser den ganzen Tag am Fenster sitzen und die Aussicht genießen, statt sich im Morgenmantel mit einem Schlag auf den Hinterkopf ins Jenseits befördern zu lassen.

«Dottore, haben Sie eine ungefähre Vorstellung, wann das hier passiert sein könnte?»

Der Arzt, der mit einem Ächzen auf die Beine gekommen war, zog sich die Handschuhe aus.

«Der Tod der Signora dürfte vor neun bis elf Stunden eingetreten sein, Ispettore, so viel lässt sich zum jetzigen Zeitpunkt bereits feststellen. Und dass sie ein schweres Schädelhirntrauma am Hinterkopf erlitten hat. Anzeichen von einem Kampf sind keine vorhanden. Mehr kann ich Ihnen leider noch nicht sagen. Wir bringen sie jetzt in die Gerichtsmedizin für die Obduktion.»

Kaum hatte er sich mit einem Kopfnicken verabschiedet, betraten die Kriminaltechniker in ihren weißen Overalls den Raum. Bald würde der nächste Akt dieses Schauspiels beginnen, der von Blitzlichtgewitter und Magnetpulver auf sämtlichen Oberflächen bestimmt sein würde, um Fingerabdrücke und andere Spuren zu sichern.

Doch etwas fehlte noch, etwas sehr Wichtiges, und Lojacono hoffte inständig, dass der Mörder es nicht mitgenommen hatte. Er wusste nur zu genau, wie sehr die Chance, den Täter überführen zu können, vom Auffinden dieses Gegenstandes abhing.

Er ging in die Hocke.

Als er sich vorbeugte, um unter den Ledersessel zu schauen, blickte ihm ein strahlendes Lächeln entgegen. Das Lächeln einer hawaiianischen Sängerin, die sich in einer Schneekugel befand.

Einer blutbefleckten Schneekugel.

15

Er kann nicht aufhören, an den letzten Abend zu denken. Oder vielmehr an den Moment, als er nach Hause kam.

Er sitzt an seinem Schreibtisch und starrt aus dem Fenster, hinter dem der Wind die Wolken vor sich hertreibt. Um ihn herum machen sich die Kollegen an ihren neuen Arbeitsplätzen zu schaffen, als hätten sie ihre erste Wohnung bezogen. Was soll der Scheiß mit diesen Schreibtischen, denkt er. Bin ich etwa ein Bürohengst? Ein Buchhalter, ein Erbsenzähler? Nein, verdammt, ich bin Polizist. Oder zumindest wäre ich einer, wenn man mich lassen würde.

Mit der linken Hand trommelt er auf die Tischplatte, die rechte steckt in der Hosentasche. Da steckt sie immer, seine rechte Hand. Damit sie still hält. Damit niemand sie sieht. Er denkt an seine Hand wie an ein ungezähmtes Tier, wie an einen dieser gefährlichen Hunde, die man nur halten darf, wenn man sie an der kurzen Leine führt und ihnen einen Maulkorb anlegt. Nur dass Polizeihauptwachtmeister Francesco Romano seiner Hand keinen Maulkorb anlegen kann. Nicht einmal gestern Abend hat er es gekonnt.

Gestern Abend, als seine Laune noch schlechter war als sonst. Nach dem ersten Tag an seinem neuen Arbeitsplatz, der ihm völlig den Rest gegeben hatte. Zu einem Haufen verlorener Seelen hatten sie ihn geschickt, in ein für seine korrupten, unfähigen Mitarbeiter in der ganzen Region berüchtigtes Kommissariat. Ausgerechnet ihn hatten sie zu den «Gaunern von Pizzofalcone» geschickt. Ausgerechnet ihn, der Dutzende von Fällen gelöst hat. Der ehrlichste und loyalste Polizist von allen. Ausgerechnet ihn.

Man musste sie sich nur anschauen, die neuen Kollegen. Wie auf dem Karren eines Trödelhändlers kam er sich vor: nichts als Ausschussware, lauter olles Zeug, das keiner mehr haben will. Die Müllkippe der städtischen Polizei, um es mal beim Namen zu nennen. Ein Mafia-Kollaborateur, ein geschniegelter Möchtegernbulle, der nur mit Vitamin B an seinen Job gekommen ist, eine Psychopathin mit Waffentick, eine brave Hausfrau und Mutti und ein seniler Alter, der ein paar Selbstmorde mit echten Morden verwechselt. Und der Kommissar selbst? Einer, der mit seinem aufgesetzten Enthusiasmus an einen Staubsaugervertreter erinnert.

Wie konnte es nur passieren, dass er hier gelandet ist? Warum ausgerechnet er, auf dieser Müllkippe?

Die Hand ist schuld, denkt er. Diese verdammte rechte Hand, die jetzt in seiner Hosentasche vergraben ist. Bis sie wieder rauskommt und neues Unheil anrichtet.

Er denkt an das letzte Mal, jenes Mal, das zu seiner Suspendierung geführt hat. Er hat den Scheißkerl, diesen minderbemittelten Klein-Camorrista, noch genau vor Augen. «Ihr könnt mir sowieso nichts anhängen», hatte er ihm ins Gesicht gelacht. «Nichts, aber auch gar nichts. Ich weiß es, und ihr wisst es auch: dass ich Drogen bei mir hatte und auf diesen Schwachkopf gefeuert habe. Aber weil ich die Knarre schnell in den Gully geworfen und alle Spuren beseitigt habe, könnt ihr mir nichts nachweisen. Und mein Anwalt ist clever, verdammt clever. Auf eins kannst du wetten, Bulle: Ich bin heute

Abend schneller hier draußen als ihr.» Und er hatte recht, Romano wusste genau, dass er recht hatte. Deshalb ist seine Hand diesem kleinen Arschloch an die Gurgel gegangen, er hatte sie einfach nicht unter Kontrolle.

Zehn Tage Zwangsurlaub. Und dann dieser Idiot von Kommissar mit seinem widerlichen Sabber um die Mundwinkel. «Romano, das war's jetzt für dich hier. Nimm deinen Kram und mach dich vom Acker. In diesem Kommissariat wirst du nicht mehr arbeiten.» Und genauso kam es.

Zehn Tage zu Hause eingesperrt. Ohne etwas zu tun zu haben. Er, der weder liest noch Musik hört, noch fernsieht. Wenn er nur an diese geistlosen Krimiserien mit den Pseudobullen denkt, die noch unglaubwürdiger daherkommen als sein neuer Kollege Aragona, dieser Sonnenbankfuzzi, diese Karikatur seiner selbst! Ist doch klar, dass man dann durchdreht, denkt Romano. Ist doch klar, dass man dann Dinge tut, die man normalerweise nicht tun würde.

Giorgia. Nur sie leistete ihm Gesellschaft in diesen Tagen. Und machte ihn nur noch nervöser mit ihren schrägen Blicken, von denen sie meinte, er bemerke sie nicht. Wie lange sind sie schon verheiratet? Acht Jahre. Und keine Kinder. Sie sind einfach nicht gekommen, niemand konnte etwas dafür. Eine Untersuchung nach der anderen, Kinderwunschbehandlung, Berechnung der fruchtbaren Tage, das unterdrückte Schluchzen in der Nacht, wenn sie ihn schlafend glaubte. Und dann nichts mehr. Totale Funkstille. Ein tonnenschweres Schweigen, das in der Luft hing wie ein übler Gestank, wie eine bestialisch riechende Giftwolke.

Normalerweise stürzt man sich in solchen Fällen in die Arbeit. Vor allem, wenn man seinen Job gut macht, mit Bravour macht. Und wenn der Beruf deine ganze Leidenschaft ist, das, was du schon als kleiner Junge später einmal werden wolltest. Und dann geht auch noch der Job den Bach runter, sogar der.

Gestern Abend hat er sie nicht zu Hause angetroffen. Giorgia war ausgegangen, vielleicht wollte sie mal wieder bummeln. Oder ihren Blödmann von Vater besuchen, diesen Superdaddy, um sich bei ihm auszuheulen.

Die Wohnung also leer und dunkel. Kalt. Ausgerechnet am Abend seines ersten Tages auf der Müllkippe, nachdem sie ihn zum Gauner von Pizzofalcone gemacht hatten.

Als sie zurückkam, keine halbe Stunde nach ihm, saß er im Dunkeln, ohne Radio, ohne Fernsehen. Sie war auf ihn zugekommen und hatte irgendeine banale Entschuldigung gemurmelt, obwohl er doch in einer so schwierigen, demütigenden Stunde ihren seelischen Beistand erwartet hatte. Es wäre besser gewesen, sie hätte ihn gar nicht beachtet, nichts gesagt. Stattdessen sagte sie in diesem unerträglich weinerlichen Tonfall, triefend vor Mitleid: «Entschuldige! Es tut mir leid, bitte verzeih mir!»

Hast du Mitleid mit mir, Giorgia? Tue ich dir leid?

Doch nicht er, sondern die Hand hatte gesprochen. Bevor er sein Gehirn einschalten, bevor er in Gedanken eine Antwort formulieren konnte, war diese Schlange von Hand schon hervorgeschnellt. Und traf mit voller Wucht die mitfühlend lächelnden Lippen, mit dem Handrücken voran.

Noch immer, Stunden später, an seinem neuen nutzlosen Schreibtisch, kann Polizeihauptwachtmeister Francesco Romano, den sie heimlich Hulk nennen, die Wunde auf seinem Handrücken spüren. Die Wunde, die ihm der linke Schneidezahn seiner Ehefrau Giorgia beigebracht hat. Und der durch den Schlag, den er ihr versetzt hat, wie durch ein Wunder nicht zersplittert ist.

Die ganze Nacht hat er sich nicht vom Sofa gerührt. Lange noch hat er sie in ihrem Ehebett schluchzen hören. Absurderweise hatte er erwartet, sie würde ihn zu sich rufen. «Komm schon, Francesco, komm ins Bett, ist doch alles nicht so schlimm. Komm zu mir ins Bett. Lass es uns vergessen.» Aber sie hat ihn nicht gerufen.

Als sich am nächsten Morgen der erste Sonnenstrahl durch die windzerrissene Wolkenwand gekämpft hat, ist er aufgestanden und zu ihr gegangen. Sie war eingeschlafen, endlich, ein zerknülltes Taschentuch in der Hand, schwarze Ringe um die Augen. Ihre Oberlippe war geschwollen, dort, wo er sie getroffen hatte.

Mein Gott, wie sehr er sie liebte.

Und wie sehr er sich hasste.

In dem Moment steckt der Staubsaugervertreter seinen Kopf durch die Tür des Büros und sagt in seiner widerlich anbiedernden Art:

«Romano und Di Nardo, bitte kommt für einen Moment zu mir. Wir müssen einer Strafanzeige nachgehen.»

16

Nachdem er den Kriminaltechnikern erklärt hatte, dass sich unter dem Sessel eine Schneekugel befand, die eine wundersame Karriere vom Staubfänger zur Mordwaffe gemacht hatte, begab sich Lojacono in die Küche zu Aragona.

Mit dem Notizblock in der Hand stand der Polizist da; vor ihm saß, auf einem Stuhl zusammengekauert, ein Taschentuch gegen den Mund gepresst, eine zierliche Blondine mit rot geweinten Augen. Es handele sich um die bulgarische Haushälterin, Mayya Ivanova Nikolaeva, erklärte Aragona, und dass sie einen Schock erlitten habe.

Im Lauf des Verhörs, das sie gemeinsam führten, konnte der Inspektor feststellen, dass sich das Mädchen der verstorbenen Cecilia De Santis recht nahe gefühlt hatte, sei diese doch in ihrer Güte, Großzügigkeit, Freundlichkeit et cetera eine Heilige gewesen, nie habe sie etwas an ihr auszusetzen gehabt wie umgekehrt auch et cetera, und die Verstorbene sei mit ihrer Arbeit immer vollstens zufrieden gewesen et cetera. Nein, es habe keine anderen Angestellten gegeben, in der Wohnung hätten nur die Verstorbene und ihr Gatte, der abwesende Notar, gelebt. Der im Übrigen häufig über Nacht fernbleibe, als gestandener Geschäftsmann müsse er eben oft verreisen et cetera. Die Signora hingegen habe das Haus fast nie verlassen, nicht zuletzt wegen ihrer geliebten Schneekugelsammlung –

ob die Herren diese denn schon gesehen hätten? –, die sie eigenhändig abgestaubt und in Ordnung gehalten habe. Ja, und an diesem Morgen sei sie, Mayya, wie jeden Morgen in die Wohnung der Signora gekommen, um das Frühstück für sie zu machen. Und dann ...

«... und dann ich kriege große Schreck und werfe Tablett auf Boden in Salon von Signora ... Oh Gott, ich muss putzen, alles kaputt, alles schmutzig ...»

Die Bulgarin machte Anstalten, von ihrem Stuhl aufzuspringen, doch Lojacono legte ihr die Hand auf die Schulter und drückte sie sanft zurück an ihren Platz.

«Machen Sie sich keine Gedanken über den Salon, Signorina. Die Kollegen von der Spurensicherung sind jetzt dort. Erzählen Sie mir lieber, ob Sie mitbekommen haben, dass die Signora vielleicht bedroht wurde. Oder ob da jemand ist, der vielleicht etwas gegen sie hatte.»

Die Haushälterin riss die Augen auf.

«Nein, Signora gute Frau, lieb mit allen. Alle mögen Signora, niemand böse mit ihr!»

Klar, dachte Lojacono, logisch. Niemand böse mit Signora.

«Wir brauchen unbedingt die Telefonnummer vom Ehemann, wir müssen ihn so schnell wie möglich erreichen.»

Mayya schüttelte den Kopf.

«Ich habe nicht Nummer von Dottore, ich spreche nicht mit ihm, nur mit Signora. Aber Nummer von Büro ist auf Tafel.»

Sie wies mit dem Kinn auf eine Tafel an der Küchenwand, auf der fein säuberlich die Worte «Arturo Büro» und eine Telefonnummer notiert waren.

Kurz überlegte Lojacono, ob er den Notar anrufen sollte, um zu verhindern, dass dieser die Todesnachricht vorab von einem seiner Angestellten erfuhr und bei ihrem Verhör dann bereits innerlich gewappnet war. Schlagartig wurde ihm bewusst, dass auch in diesem Fall, wie so oft, der Ehemann der Hauptverdächtige war.

Aragona riss ihn aus seinen Gedanken.

«Wir sollten nach dem Handy der Signora suchen. Vielleicht hat sie seine Nummer ja eingespeichert.»

Angenehm überrascht von der Geistesgegenwart des Kollegen, nickte der Inspektor.

«Gute Idee. Vielleicht liegt es ja im Schlafzimmer, im Salon ist es nämlich nicht. Und noch etwas, Aragona: Mach bitte mit der Signorina eine kleine Tour durch die Wohnung, guckt euch überall genau um. Ich möchte wissen, ob irgendetwas fehlt, vor allem Wertgegenstände.»

Als wäre es für ihn das Selbstverständlichste der Welt, tippte Lojacono die Nummer des Kommissariats von Pizzofalcone in sein Handy ein. Bereits beim ersten Läuten war Guida, der Wachmann, am Apparat. Als Lojacono sich zu erkennen gab, klang seine Stimme gleich weniger vernuschelt. Der Inspektor sah ihn förmlich vor sich, wie er Haltung annahm. Er bat darum, mit Ottavia Calabrese verbunden zu werden.

«Ciao, Lojacono, was gibt's?»

«Hast du deinen Computer inzwischen aufgebaut?»

«Ja, alles paletti. Und, wie läuft's bei euch? Brauchst du Hilfe?»

«Bisher ist alles noch im grünen Bereich. Die Spurensicherung ist da und die Leiche bereits auf dem Weg in die Gerichtsmedizin. Sag mal, würdest du für mich eine kleine Internetrecherche machen?»

«Aber klar doch. Was suchst du denn?»

«Die Tote ist die Frau eines Notars, der, ausgehend von der Luxushütte hier, ein ziemlich dicker Fisch sein dürfte. Sie heißt – oder vielmehr hieß – Cecilia De Santis. Und er ist ein gewisser Dottor Arturo Festa.»

«Möchtest du etwas Besonderes wissen?»

«Nein, im Moment nicht. Mich interessiert erst mal alles, was du finden kannst. Ruf mich auf dem Handy an, sobald du dir ein Bild von den beiden gemacht hast.»

Ottavias Stimme klang leicht abwesend, als sie entgegnete:

«Hier, da hätten wir schon mal die Anschrift der Kanzlei. Das ist nicht weit von der Wohnung entfernt, in der Via dei Mille 32. Zu Fuß sind das fünf Minuten. Was den Rest betrifft, so rufe ich dich nachher zurück. Soll ich Palma was von dir ausrichten?»

Lojacono überlegte kurz.

«Vielleicht sagst du ihm, er soll sich mit der Staatsanwaltschaft in Verbindung setzen. Und sag ihm, wir machen uns auf den Weg zum Ehemann der Toten.»

«Kommt Aragona mit?»

Lojacono meinte, einen Hauch von Ironie in ihrer Stimme durchzuhören.

«Ja, leider. Aber diesmal gehen wir zu Fuß. Eins musst du mir versprechen, Ottavia: Lass dir bloß nie einfallen, zu ihm ins Auto zu steigen. Nie, verstehst du?»

Die Calabrese brach in Gelächter aus.

«Versprochen. Die Kollegen vom Präsidium haben mich auch schon vorgewarnt. Bis später.»

Dicht gefolgt von der Haushälterin, kehrte Aragona in die Küche zurück. Er wedelte mit einem Handy, das er mit einem Taschentuch umwickelt hatte.

«Vorsicht, Kollege, ich habe alles mit angehört! Bei mir im Auto bist du sogar bei zweihundert Sachen in größerer Sicherheit als hier in dieser Küche, das kannst du mir glauben …

Jedenfalls habe ich hier das Handy von der Signora. Es lag auf dem Nachttisch, ausgeschaltet und aufgeladen. Ich habe keine Fingerabdrücke hinterlassen – großartig, was?»

Der Inspektor seufzte.

«Du guckst zu viel Fernsehen, Aragona. Aber lieber eine Vorsichtsmaßnahme zu viel als eine zu wenig. Jetzt geht euch mal in der Wohnung umgucken, ob was fehlt.»

Lojacono schaltete das Handy ein und wartete darauf, dass es eine Verbindung zum Netz aufbaute. Als Erstes überprüfte er die Anrufliste mit den ein- und ausgegangenen Telefonaten vom Vortag. Der Doktor hatte gesagt, der Tod würde höchstens elf Stunden zurückliegen, erinnerte er sich. Auf der Anrufliste waren ein paar «Unbekannt», eine «Adele», zwei «Monica» und ein «Arturo» verzeichnet, Letzterer um 22 Uhr 10.

Kurz erwog er, von diesem Apparat aus den Notar anzurufen, doch dann hielt er es für besser, die Speicherkapazität des Handys nicht überzustrapazieren. Er übertrug die Telefonnummer in sein Adressbuch und überreichte das Gerät den Kriminaltechnikern, damit sie die Fingerabdrücke sichern und es zur IT-Forensik geben konnten.

Er hatte vor, sich auf den Weg ins Notariat zu machen, zu der Adresse, die Ottavia ihm gegeben hatte, in der Hoffnung, dort schon jemanden anzutreffen. Ihm war es lieber, den Leuten ins Gesicht zu sehen, wenn er sie über ein Verbrechen aufklärte. Gesichter wussten eine Menge zu erzählen.

Als er sich zur Wohnungstür wenden wollte, wäre er fast mit Aragona zusammengestoßen.

«Lojacono, du hattest recht!», rief sein Kollege in höchster Aufregung. «Es fehlen tatsächlich ein paar Silberteile. Sie standen auf dem Tisch im Salon, also da, wo die Leiche war, außerdem im Flur und im Eingangsbereich.»

«Weiter nichts?»

Aragona nickte.

«Weiter nichts. Alles, was im Schlafzimmer der Signora war, ist noch da. Das Schmuckkästchen auf der Kommode mit seinem gesamten Inhalt, und auch auf dem Nachttisch liegt noch der Schmuck, den sie gestern vor dem Schlafengehen ausgezogen hat. Und im Arbeitszimmer des Notars liegt ein Briefbeschwerer aus Gold, der wahrscheinlich so viel wert ist wie meine ganze Wohnung inklusive Mobiliar und einer Münzsammlung, die sich sehen lassen kann. Also alles noch da, nur eben diese Silberteile nicht. Die Haushälterin sagte, es handelt sich um eine Kanne, einen Untersetzer, ein paar Bilderrahmen und eine kleine Plastik.»

Lojaconos Gehirn arbeitete auf Hochtouren. Er wandte sich an Cuomo, den uniformierten Kollegen aus dem Präsidium.

«Lassen Sie sich von Signorina Nikolaeva eine Liste der Dinge geben, die ihrer Meinung nach fehlen. Das ist ganz wichtig, verstehen Sie, die Liste muss so genau wie möglich sein. Und lassen Sie sich außerdem die üblichen Dinge von ihr geben: Anschrift, Kopie des Personalausweises, Telefonnummer. Wir müssen sie jederzeit erreichen können. Signorina, in den nächsten Tagen dürfen Sie die Stadt nicht verlassen und müssen rund um die Uhr erreichbar für uns sein. Aragona, lass uns gehen. Wir haben noch einiges zu tun.»

17

Auf dem Weg sprachen sie kaum miteinander. Beide waren sie tief in Gedanken versunken. Außerdem, was hatten sie schon groß gemeinsam, worüber hätten sie reden sollen?

Alessandra Di Nardo und Francesco Romano hatten de facto nicht mehr gemeinsam als ihre neuen Jobs in einem Kommissariat, das von den anderen Ordnungshütern der Stadt wenig schmeichelhaft als die Dienststelle der «Gauner von Pizzofalcone» bezeichnet wurde. Nicht gerade eine gute Basis, um ein Vertrauensverhältnis aufzubauen.

Schweigend kämpften sie gegen den Wind an, um einer vagen und vermutlich vollkommen sinnlosen Strafanzeige nachzugehen. Diese beschissene Strafanzeige, die per Telefon eingegangen war. Angenommen von einem schludrigen Wachmann am Empfangstresen eines Foyers, das in jedem anderen Kommissariat voller Menschen gewesen wäre, in Pizzofalcone jedoch einsam und verlassen war.

Aufgegeben hatte die Anzeige eine Frau. Entgegen den Gepflogenheiten der Stadt hatte sie nicht anonym bleiben wollen, sondern mehrfach deutlich ihren Namen – Amalia Guardascione – genannt und penibel ihre Anschrift und Telefonnummer diktiert. Eine Verrückte mit Verfolgungswahn, hatte Romano gedacht, was sonst. Aber weil es nun einmal zu den Grundsätzen des Staubsaugervertreters gehörte, der dieses verdammte Kommissariat neuerdings leitete, jedem noch so banalen Hinweis nachzugehen, hatte er sie losgeschickt, um den mutmaßlichen Wahnvorstellungen einer mutmaßlichen Verrückten auf den Grund zu gehen.

Allerdings war das immer noch besser, als die Füße auf den Schreibtisch zu legen, die Wolken draußen vor dem Fenster vorbeiziehen zu sehen und an Giorgias geschwollene Oberlippe zu denken.

Alessandra Di Nardo spürte die Beretta 92SB in der Tasche ihrer weiten Hose beruhigend gegen ihr Bein schlagen. Es handelte sich um ein modifiziertes Modell, das sie von einem Internethändler bezogen und anschließend hatte registrieren lassen. Einige Teile der Waffe waren aus Kunststoff gefertigt, was ihre Bedienung im Vergleich zum reinen Metallmodell extrem erleichterte. Beim Training im Schießstand hatte sie festgestellt, dass es viel einfacher war, eine Waffe mit einem Kunststoffschlitten zu spannen. Sicher, man brauchte eine deutlich ruhigere Hand, um sein Ziel nicht zu verfehlen, aber das stellte für Alex, wie sie von ihren wenigen Freunden genannt wurde, das geringste Problem dar.

Denn Alex fühlte sich nur in ihrem Element, wenn sie schießen konnte. Ob Gewehr, Revolver oder MG – Hauptsache, da war etwas, das ihren Arm verlängerte und kleine todbringende Metallkugeln ausspuckte. Wenn ihr Ziel getroffen, die Pappfigur durchsiebt war, dann erst ruhte Alex wirklich in sich, dann erst war sie glücklich.

Sie war sehr darauf bedacht, in Form zu bleiben. Wenn sie gezwungen war, ein paar Tage Urlaub zu nehmen, fuhr sie zu dem alten Landhaus ihrer Familie, stellte sich ins Fenster und ballerte bei kleinstem Schusswinkel auf genau zu diesem Zweck aufgestellte Zielobjekte.

Das Schießen hatte ihr Vater ihr beigebracht, ein ehemaliger General. Erst Hauptmann, dann Oberst und schließlich General, hatte sich der alte Di Nardo immer einen Sohn gewünscht, aber das Schicksal und seine nichtsnutzige Ehefrau hatten ihm nur ein unscheinbares kleines Mädchen vergönnt, also niemanden, der seine Aufmerksamkeit verdiente. Doch irgendwann einmal hatte er seine Tochter mit zum Schießstand genommen, wo die Kleine ihr unglaubliches Talent unter Beweis gestellt hatte. Und somit gab es dann doch etwas, über das es sich auszutauschen lohnte.

Seit damals übte sich Alex im Schießen. Wann immer sie konnte, egal in welcher Situation, schoss sie. Um mit dem Vater, dem sie geradezu hündisch ergeben war, über etwas reden zu können, schoss sie. Die einzige Möglichkeit, ihm ein Lächeln zu entlocken. Und fast der einzige Zeitvertreib, den sie hatte.

Fast.

Endlich hatten sie die Adresse erreicht, die der Kollege Guida aufgenommen hatte. Sie befand sich in einem jener Altstadtviertel, die gut zehn Jahre zuvor in Mode gekommen waren, was Mieten und Ansprüche in die Höhe getrieben hatte. Doch die Bemühungen zur Aufwertung des Viertels waren auf halber Strecke eingestellt worden – wie amputiert wirkten die städtebaulichen Projekte. Die Folge war ein Mix aus Edelboutiquen und Billigläden, schicken Neubauten und baufälligen Mietskasernen. Das Haus, in dem Signora Guardascione wohnte, befand sich in einem vergleichsweise guten Zustand, mit einem gepflegten Foyer und einem funktionierenden Aufzug.

Eine junge Ausländerin machte ihnen die Tür auf, eine Haushälterin oder Krankenpflegerin, mit einem knochigen Körper und kleinen hellen Augen. Ein starker Knoblauchgeruch hing in der Luft. Das Mädchen begleitete die beiden Polizisten in ein Wohnzimmer, das vollgestopft war mit altmodischen, aber gut erhaltenen Möbeln. Überall lagen Spitzendeckchen herum, auf dem Esstisch, auf den Lehnen von Sofa und Sesseln, auf der Anrichte. Zu dem Knoblauchgeruch gesellte sich der beißende Gestank von Urin, was auf die Anwesenheit eines älteren Menschen mit Inkontinenzproblemen schließen ließ. Und in der Tat, auf einem Sessel am Fenster saß eine massige alte Frau mit finsterer Miene und einer Wolldecke über den Knien. Romano wunderte sich, dass kein Spitzendeckchen das Ensemble zierte.

«Guten Morgen, ich bin Polizeihauptwachtmeister Romano, und das ist meine Kollegin Di Nardo, wir kommen vom Kommissariat Pizzofalcone. Und Sie sind Signora Amalia Guardascione?»

Die Frau musterte ihn schweigend. Aus jeder Pore schien sie Misstrauen auszuschwitzen. Endlich sagte sie mit tiefer Stimme:

«Ja, das bin ich. Zeigen Sie mir Ihre Papiere. Und du», wandte sie sich an das Mädchen, «verzieh dich, das hier geht dich nichts an.» Während die beiden Polizisten ihre Ausweise hervorholten, zischte sie: «Dummes Tratschweib.»

Die Brille auf die Nasenspitze geschoben, unterzog sie die Ausweise einer gründlichen Prüfung. Unerwartet zufrieden reichte sie die Papiere ihren Besitzern zurück.

«In Zivil, was? Nicht mal Geld für Uniformen geben sie heute mehr aus. Ich mag's lieber, wenn Polizisten auch wie Polizisten aussehen. Und dann noch eine Frau. Aber egal, was soll's.»

Romano und Di Nardo wechselten einen verblüfften Blick. Dann sagte der Polizeihauptwachtmeister:

«Signora, Sie haben Anzeige erstattet. Können Sie uns erklären, um was genau es sich handelt? Wir möchten Sie nicht länger stören als nötig und Sie von Ihrem Tagwerk abhalten.»

Die unverhohlene Ironie zeigte keine Wirkung. Donna Amalia nickte zufrieden.

«Richtig, lassen Sie uns keine Zeit verlieren. Also, in der Regel verbringe ich meine Tage hier am Fenster und sticke. Natürlich schaue ich manchmal auch nach draußen hinaus, und da kommt es vor, dass mein Blick auf das Fenster gegenüber fällt.»

Alex beglückwünschte sich insgeheim, dass ihr eigenes Zimmer nicht im Blickfeld dieser Frau lag.

«Dieses Fenster da, sehen Sie? Im vierten Stock.»

Gelangweilt schaute Romano zur anderen Straßenseite hinüber. War ja klar, dachte er, die reine Zeitverschwendung. Er hatte es ja gewusst.

«Die Wohnung ist erst kürzlich renoviert worden. Vor drei Wochen ungefähr ist jemand Neues dort eingezogen.»

Donna Amalia versuchte, eine bequemere Haltung einzunehmen. Der Sessel ächzte unter ihrem Gewicht.

Ein längeres Schweigen folgte, in dem die beiden Polizisten mit wachsendem Unbehagen Blicke wechselten. Schließlich fragte Alex:

«Und wer ist dort eingezogen?»

Donna Amalia nickte zufrieden, wie eine Lehrerin, deren Schülerin gut aufgepasst hatte.

«Genau: Wer ist dort eingezogen?»

Romano begann allmählich, die Geduld zu verlieren.

«Signora, ich sage es noch einmal: Wir möchten Ihre Zeit nicht unnötig beanspruchen. Wenn Sie uns etwas zu sagen haben, dann sagen Sie es bitte. Wenn nicht, entschuldigen wir uns für die Störung und lassen Sie sofort in Ruhe.»

Die Frau betrachtete ihn angewidert.

«Die Sache ist, mein lieber … Was haben Sie gesagt: Polizeihauptwachtmeister? Die Sache ist folgende: In dieser Wohnung wohnt in der Tat jemand. Aber dieser Jemand wird dort gefangen gehalten.»

«Was soll das heißen: ‹gefangen gehalten›?»

Donna Amalia rang die Hände.

«Jesses, Maria und Josef! Was heißt das wohl, wenn jemand gefangen gehalten wird? Diese Person oder die Personen da drüben gehen nie vor die Tür. Sie zeigen sich nie. Sie öffnen nie die Fenster. Sie gehen nicht an die Gegensprechanlage, wenn man bei ihnen klingelt. Sie werden gefangen gehalten, ich sage es Ihnen! Und Sie müssen rauskriegen, warum und weshalb – aus dem Grund habe ich Sie gerufen.»

Romano stieß einen tiefen Seufzer aus.

«Signora, die Tatsache, dass jemand nie das Haus verlässt und sich nie am Fenster zeigt, heißt noch lange nicht, dass er gefangen gehalten wird. Vorausgesetzt, dem ist überhaupt so. Vielleicht gehen die Bewohner dieser Wohnung ja ständig ein und aus, nur dass sie es zu Zeiten tun, die außerhalb Ihrer … Ihrer Wachschicht liegen. Und vielleicht gucken sie auch hin und wieder mal zum Fenster raus, aber eben, was weiß ich, aus einem Fenster auf der anderen Seite des Hauses, das Sie von hier aus nicht sehen können.»

Die Frau schüttelte entschieden den Kopf.

«Nein, glauben Sie mir, so ist das nicht. Ich kann mich hier nicht vom Fleck rühren, das wissen Sie. Ich bin vollkommen abhängig von dieser schlampigen Ukrainerin, die Ihnen die Tür aufgemacht hat, was nicht gerade ein angenehmer Zustand ist. Aber mein Kopf funktioniert dafür noch hervorragend. Ich sitze den ganzen Tag hier an meinem Platz, und ich garantiere Ihnen, in dieser Wohnung gegenüber geht etwas Merkwürdiges vor sich, etwas sehr Merkwürdiges. Inzwischen sind es Jahre, die ich hier sitze. Mein einziger Zeitvertreib besteht darin, aus dem Fenster zu schauen, und nie – ich wiederhole: nie – habe ich mich bisher auf etwas versteift, das sich anschließend als falsch herausgestellt hat. Einmal, ein einziges Mal hat sich eine Frau hinter der Gardine gezeigt. Ich habe ihr Gesicht gesehen: ein junges Mädchen, eine echte Schönheit. Sie sah aus wie eine Madonna, ja, wie eine Madonna. Und ihre Augen waren voller Angst. Ich sage es Ihnen, dieses Mädchen wird gefangen gehalten! Und vielleicht ist sie nicht die Einzige da drinnen, was weiß denn ich. Also, wenn Sie das überprüfen wollen, überprüfen Sie es. Wenn nicht, dann gehen Sie halt zurück in Ihr Büro. Mein Gewissen ist rein – wie Sie es mit Ihrem halten, ist mir egal.»

Wie um ihrer Tirade einen würdigen Abschluss zu verleihen, stieß die Frau einen tiefen Seufzer aus, nahm den Stickrahmen, der auf einem Tischchen neben dem Sessel lag, und begann sich auf ihre Handarbeit zu stürzen. Es war nicht zu übersehen, dass sie das Gespräch für beendet hielt.

Romano wechselte erneut einen vielsagenden Blick mit seiner Kollegin, dann sagte er:

«Signora, Strafanzeige zu erstatten ist keine Bagatelle. So was macht man nicht aus Jux. Und man versteht sie auch nicht als Jux. Sie haben Anzeige erstattet, und ich kann nur hoffen, dass Sie wussten, was Sie tun, als Sie die 110 wählten. Und wir, bei denen Ihre Strafanzeige eingegangen ist, werden der Sache nachgehen. Vielen Dank und auf Wiedersehen.»

Ohne den Blick von ihrer Handarbeit zu heben, brüllte die Frau mit durchdringender Stimme:

«Irinaaa, bring die Herrschaften zur Tür. Los, mach schon!»

18

Sie werden kommen.

Sie werden kommen und Fragen stellen.

Sie werden jedes Wort auseinandernehmen, jeden Satz. Sie werden die Gefühle bis in ihre feinsten Nuancen ergründen wollen, sie werden herumschnüffeln wie Hunde auf der Jagd nach dem Bösen.

Vielleicht werden sie in die falsche Richtung suchen, denn nach der Liebe werden sie nicht Ausschau halten. Und doch ist es manchmal ausgerechnet die Liebe, die dem Leben ein Ende bereitet. Die Liebe ist ein mächtiger Strom, würde ich ihnen sagen; die Liebe ist wie ein Fluss, der sanft und gemächlich dahinfließt, doch hinter einer Biegung, die so wirkt wie alle anderen auch auf dem Weg von der Quelle zur Mündung, stößt sie plötzlich auf einen Abgrund und verwandelt sich in eine Sturzflut.

Von der Liebe kann man leben, würde ich ihnen sagen. Die Liebe ist jene Kraft, die dich bei der Hand nimmt und durch den Tag führt, durch den Monat, das Jahr und die Nacht. Die Liebe ist ein Traum, nicht mehr als eine Illusion. Doch du kannst sie hegen und pflegen, diese Illusion, bis sie so groß ist, dass du in ihr wohnen kannst.

Sie werden kommen, und vielleicht werden sie die Papiere durchforsten, auf der Suche nach einer Spur, die nach Geld stinkt und nach bösen Absichten. Vielleicht werden sie sogar eine Spur finden und denken, sie wären auf dem richtigen Weg.

Ich würde ihnen sagen, sie sollten lieber auf Zärtlichkeiten ach-

ten, auf Berührungen, auf Seufzer und wohlige Laute. Denn vielleicht ist ja darin alles enthalten, in jenem uralten Erkennen, jenem für den Bruchteil einer Sekunde zu lang gehaltenen Blick in fremde Augen. Denn so entsteht die Illusion, durch einen Blick, den Bruchteil einer Sekunde. Und man beginnt sich etwas vorzustellen, hält es im Arm wie ein Neugeborenes, sorgt dafür, dass es wachsen kann, bis es so groß ist, dass es das ganze Universum erfüllt.

Ich würde ihnen sagen, dass die Liebe an allem schuld ist. Wer sich ihr entgegenstellt, geht ein großes Risiko ein. Denn die Liebe ist stark wie ein mächtiger Strom, und wenn es sie zum Meer drängt, kennt sie keine Grenzen und überwindet jedes Hindernis, reißt es nieder, zerstört es und zieht die Trümmer mit sich fort.

Ich würde ihnen sagen, sie sollten bei ihrer Suche nicht ans Geld denken. Denn das stärkste Motiv von allen ist die Liebe. Und ich würde ihnen sagen, dass ich ihr begreiflich machen wollte, wie sinnlos es ist, sich der Liebe entgegenzustellen. Ich habe es ihr erklärt, ich habe mein Herz in beide Hände genommen und ihr erklärt, dass hinter dieser harmlos wirkenden Flussbiegung der Abgrund lauert. Dass es nicht so sei wie sonst, dass diesmal wir die Entscheidungen zu treffen hätten. Aber sie hat nicht auf mich hören wollen.

Wir werden sie nach den üblichen Motiven suchen sehen, doch am falschen Ort. Weil sie nicht an die Liebe denken, an die Liebe und ihre Beweggründe.

Ich würde es ihnen sagen, wenn sie die richtigen Fragen stellten. Ich würde ihnen erklären, warum es geschehen ist.

Warum ich es getan habe.

Doch ich werde es ihnen nicht sagen, weil sie am falschen Ort suchen werden. Am Ende wird zahlen, wer zahlen muss.

Die Liebe wird zahlen.

19

Sie brauchten tatsächlich nicht mehr als fünf Minuten, um an die Adresse zu gelangen, die Ottavia Calabrese Lojacono genannt hatte. Ein glänzendes Messingschild, das neben der Eingangstür des eleganten Gebäudes angebracht war, verkündete «Notariat Arturo Festa».

Es war noch früh am Morgen, nicht mal zehn. Der Inspektor fragte sich, ob um diese Zeit überhaupt schon jemand im Büro war. Er konnte dem Ehemann die traurige Nachricht schlecht noch länger vorenthalten. Er hatte seine Handynummer, er hätte jederzeit versuchen können, ihn zu erreichen. Doch er wollte die unmittelbare Reaktion seiner Angestellten sehen, wenn sie von dem Mord erführen.

Er wandte sich an den Pförtner, einen untersetzten Mann mittleren Alters, der dabei war, Werbesendungen aus den Briefkästen zu ziehen. Ohne sich umzudrehen, deutete der Mann mit dem Kopf in Richtung Treppenaufgang.

«Halbparterre, Aufgang A.»

Das konnte nur bedeuten, dass bereits jemand in der Kanzlei war.

Aragona drückte den Klingelknopf. Ein elektrischer Türöffner wurde betätigt. Als sie den Vorraum betraten, kam ihnen eine mollige junge Frau mit Brille entgegen.

«Guten Morgen. Kann ich Ihnen helfen?»

Lojacono nickte.

«Vielleicht. Guten Morgen, Signorina. Mein Name ist Giuseppe Lojacono, und das hier ist mein Kollege Marco Aragona. Wir kommen vom Kommissariat Pizzofalcone und möchten mit Dottor Festa sprechen.»

Die junge Frau wirkte nicht sehr überrascht; es schien keine Seltenheit zu sein, dass die Polizei in die Kanzlei kam.

«Es tut mir leid, der Dottore ist nicht da. Können Sie mir sagen, worum es geht? Haben Sie einen Termin, haben Sie etwas mit ihm ausgemacht?»

«Wann, denken Sie, können wir mit ihm sprechen? Es handelt sich um eine private Angelegenheit, es ist sehr dringend. Sie sind ...»

«Entschuldigung, ich habe mich noch gar nicht vorgestellt: Mein Name ist Imma, Imma Arace. Ich kümmere mich um die Wertpapierdepots, das Einzige, was zu dieser Uhrzeit überhaupt im Notariat stattfindet. Die anderen Kollegen kommen erst später, im Moment sind nur Rino, der Depotverwalter, und ich da. Tut mir leid, ich wüsste wirklich nicht, wie ich Ihnen helfen könnte.»

«Wie viele Angestellte hat die Kanzlei, Signorina? Und um wie viel Uhr kommen die anderen normalerweise?»

«Es gibt zwei weitere Angestellte, sie kommen normalerweise um halb elf. Wir beide, Rino und ich, haben früher Feierabend, das heißt, ihre Schicht geht länger als unsere. Wenn Sie die komplette Belegschaft antreffen wollen ...» – sie warf einen Blick auf die Uhr – «... dann müssen Sie ungefähr noch eine halbe Stunde warten.»

Lojacono und Aragona sahen sich an.

«Vielleicht können wir in der Zwischenzeit mit Ihnen beiden reden, während wir auf die anderen warten. Und auf den

Notar. Sie müssen mir unbedingt sagen, wo der Dottore sich aufhält, Signorina.»

Die junge Frau hatte Lojaconos veränderten Tonfall registriert, der deutlich drängender geworden war. Der Besuch der beiden Polizisten hatte nichts mit den üblichen Abläufen in einem Notariat zu tun, begriff sie. Es musste sich um etwas Gravierenderes handeln.

«Kommen Sie herein.»

Sie führte die beiden Männer in einen holzgetäfelten Raum, in dem sechs Schreibtische standen. Nur einer von ihnen war besetzt. Ein untersetzter Mann mit dicken Brillengläsern war dabei, einen Stapel Wertpapiere auf verschieden große Haufen zu sortieren.

Er riss erschrocken die Augen auf, als er das Trio hereinkommen sah. Mit besorgter Stimme wandte sich die junge Frau an ihn.

«Rino, die beiden Herrschaften sind von der Polizei und möchten sich mit uns unterhalten. Sie sind wegen Dottor Festa gekommen.»

Der Mann legte einen Stapel Wertpapiere aus der Hand und trat hinter seinem Schreibtisch hervor, um sich neben die Kollegin zu stellen. So nebeneinander sahen sie aus wie Geschwister: beide untersetzt, beide Brillenträger, beide mit überraschten, erschrockenen Mienen.

«Sie sind wegen Dottor Festa gekommen ... Aber der Notar ist gar nicht in der Stadt, er ist verreist. Hast du ihnen das nicht gesagt?»

Die junge Frau nickte beleidigt.

«Natürlich habe ich ihnen das gesagt, wofür hältst du mich? Sie wollen sich trotzdem mit uns unterhalten.»

«Sich trotzdem mit uns unterhalten ... Aber was können

wir Ihnen schon sagen, wenn der Notar nicht da ist? Sie müssen noch mal wiederkommen. Sie müssen wiederkommen, wenn der Notar da ist.»

Die junge Frau war kurz davor, die Geduld zu verlieren. Sie schien ihren Kollegen nicht für den Allerhellsten zu halten.

«Dann rede du solange mit ihnen. Wie gesagt, ich habe ihnen erklärt, dass er nicht da ist. Aber sie wollen unbedingt auf ihn warten.»

«Auf ihn warten ...»

Aragona schielte verstohlen zu Lojacono hinüber. Er kam sich vor wie im Theater. Die Angewohnheit des Mannes, den letzten Satz seiner Vorrednerin zu wiederholen, schien direkt einem Volksschwank entsprungen zu sein.

Der Inspektor holte die beiden Notariatsangestellten brutal in die Wirklichkeit zurück.

«Wir müssen dringend mit dem Dottore sprechen. Sie können uns bestimmt sagen, wo wir ihn finden. Die Sache duldet keinen Aufschub.»

Mit zitternder Hand fuhr sich der Mann über seine wenigen, sorgfältig über den kahlen Schädel drapierten Haare, wie um sich zu vergewissern, ob sie noch an ihrem Platz lagen.

«Keinen Aufschub ... Der Dottore ist auf Capri, bei einer Konferenz. Er sollte eigentlich schon gestern Abend zurückkommen, aber wegen dem schlechten Wetter sind die Schnellboote nicht gefahren, deshalb ist er noch nicht zurück. Wir haben nicht die leiseste Ahnung, wann er kommt. Vielleicht können wir Ihnen in der Zwischenzeit weiterhelfen?»

Er blickte unsicher zu seiner Kollegin hinüber, die prompt die Augen niederschlug. Irgendetwas stimmte hier nicht, dachte Lojacono. Er beschloss, es mit einem Bluff zu versuchen.

«Okay, dann müssen wir uns wohl mit der Inselpolizei in Verbindung setzen. Sie wissen sicher, in welchem Hotel der Dottore abgestiegen ist, und können uns die Telefonnummer geben. Ich nehme ja an, Sie müssen den Notar jederzeit erreichen können, nicht wahr, Signor ...»

Der Mann schluckte ein paarmal, als bliebe ihm die Antwort im Halse stecken. Seine Kollegin half ihm aus der Verlegenheit.

«... Signor De Lucia, Salvatore De Lucia. Ich habe Ihnen ja schon gesagt, er ist unser Notarvorsteher, er ist verantwortlich für die Wertpapierdepots ...»

Aragona hob die Hand, um sie zu unterbrechen.

«Das können Sie uns alles später erklären, Signorina. Jetzt müssen wir erst mal rauskriegen, wo der Notar steckt. Und zwar sofort.»

Der harsche Ton des Polizisten schien dem Notariatsangestellten endgültig den Rest zu geben.

«Also, äh ...», begann er zu stottern. «Der Aufenthaltsort des Dottore ist geheim. Streng geheim.»

Er warf seiner Kollegin einen schiefen Blick zu.

«Diese Regelung gilt nicht mehr», sagte Lojacono. «Sie müssen uns sagen, wo er sich aufhält.»

Der Mann blickte zu Boden und murmelte:

«Er ist in Sorrent. Mit seiner ... Äh, ich meine, er wollte das Wochenende dort verbringen und heute um die Mittagszeit zurückkommen. Aber das darf niemand wissen, hören Sie! Jedenfalls nicht ... nicht seine Angehörigen.»

Sein Gesicht war so rot angelaufen, dass es einem fast schon wieder leidtun konnte. Seine Kollegin hatte sich angewidert von ihm abgewendet, und Lojacono fragte sich, ob der Mann so verlegen war, weil er ein Geheimnis preisgegeben oder weil er versucht hatte, den Seitensprung des Notars zu verschleiern.

Aragona ergriff das Wort.

«Es muss Sie nicht mehr kümmern, ob die Sache ans Licht kommt oder nicht. Die Ehefrau des Dottore, Signora Cecilia De Santis, ist heute Morgen tot in ihrer Wohnung aufgefunden worden.»

Seine Worte hatten eine drastische Wirkung. Der Notariatsangestellte starrte Aragona ungläubig an, als hätte dieser einen schlechten Witz gemacht. Seine Kollegin, Augen und Mund zu einem weiten O aufgerissen, sah aus wie das fleischgewordene Entsetzen. Dann begann sie am ganzen Körper zu zittern und schließlich in Schluchzen auszubrechen. Unsicher hob der Mann seinen Arm und legte ihn um die Schultern der Kollegin.

Lojacono fühlte Mitleid in sich aufsteigen.

«Es tut mir leid, dass Sie es auf diese Weise erfahren mussten. Sicher verstehen Sie jetzt, wie dringend die Angelegenheit ist, und können mir sagen, wie ich den Notar schnellstmöglich erreichen kann.»

20

Der Notar blieb unauffindbar. Sein Handy war abgeschaltet, und seine beiden Angestellten beharrten darauf, den Namen des Hotels nicht zu wissen, in dem er die letzte und offenbar auch die vorletzte Nacht verbracht hatte. So viel hatten Lojacono und Aragona ihnen immerhin aus der Nase ziehen können: Der Dottore war am Samstagmorgen abgereist und folglich seit zwei Tagen unterwegs.

Über seine Begleitung hatten die Mitarbeiter nicht ein Wort verloren, aber Lojacono war ziemlich sicher, dass sie genau Bescheid wussten.

Trotzdem blieb Aragona und ihm nichts anderes übrig, als zu warten. Innerhalb von einer Stunde trafen die beiden anderen Angestellten ein, die sofort über das Vorgefallene in Kenntnis gesetzt wurden.

Die eine Mitarbeiterin hatte die fünfzig bereits überschritten und war ein eher hagerer Typ, mit schmalen Lippen und einem energischen Auftreten. Ihr Name, den sie buchstabierte, als handelte es sich um eine besondere Auszeichnung, war Raffaela Rea, genannt Lina. Sie kümmerte sich um die Abwicklung der notariellen Verträge. Als sie die Nachricht vom Tod der Signora hörte, wurde sie ganz weiß im Gesicht und sank auf einen Stuhl, von dem sie nicht mehr aufstand. Sie beteuerte, keinen blassen Schimmer zu haben, wo der Notar sich aufhalte, und als sie erfuhr, dass ihr Kollege De Lucia das Geheimnis bereits gelüftet hatte, warf sie ihm einen vernichtenden Blick zu.

Die andere Mitarbeiterin, eine grazile, leicht hyperaktive Blondine, die atemlos in die Kanzlei gestürmt kam, hieß Marina. Zu ihren Aufgaben gehörte, wie sie unaufgefordert erzählte, die gesamte EDV-Abwicklung, ein Bereich, der für Notariate und Beurkundungen zunehmend von Bedeutung sei. Sie nahm die Nachricht vom Tod der Signora mit sichtlicher Bestürzung auf. Kopfschüttelnd und mit verstörter Miene setzte sie sich an ihren Platz, doch sie war auch die Erste, die sich wieder fing und den Polizisten einen Espresso anbot, den sie in einem Kabuff auf einem Elektrokocher zubereitete.

Lojacono beabsichtigte, die Angestellten unbedingt im Auge zu behalten, um zu verhindern, dass einer von ihnen heimlich mit dem Notar telefonierte. Um die Wartezeit zu überbrücken, rief er im Kommissariat an. Er wollte einerseits Bericht erstatten und andererseits hören, was Ottavias Internetrecherche in der Zwischenzeit ergeben hatte.

Die Calabrese ging selbst ans Telefon.

«Ciao, Lojacono, ich wollte dich auch gerade anrufen. Palma hat die Staatsanwaltschaft informiert, dass ihr in der Via dei Mille seid. Vielleicht stößt einer von denen später noch zu euch. Die Jungs von der Technik sind so gut wie fertig mit der Spurensicherung am Tatort. Wir haben einen Streifenwagen vor dem Haus postiert – falls der Notar also erst bei seiner Gattin vorbeischauen wollte, bevor er ins Büro geht, sagen die Kollegen uns sofort Bescheid. Wir melden uns dann selbstredend direkt bei euch.»

«Und hast du irgendwas Interessantes im Internet gefunden?»

«Nicht gerade zwei Otto Normalverbraucher, dein Notar und seine Ehefrau! Ihr Name ist auf unzähligen Websites zu finden, vor allem bei Wohltätigkeitsvereinen, Stiftungen und sonstigen sozialen Einrichtungen. Eine echte Wohltäterin. Es gibt auch ein paar Hinweise darauf, dass sie aus einer sehr reichen Familie kommt – stinkreich. Der Notar hingegen ist eher ein Gesellschaftstier. Kaum eine VIP-Liste, auf der er nicht steht: hier eine Party, da ein Dinner, Eröffnungen, Empfänge et cetera. Das Seltsame daran ist, dass die beiden nie – ich betone: nie – irgendwo gemeinsam auftauchen. Er macht das eine, sie das andere. Jeder führte sein eigenes Leben, könnte man sagen – jedenfalls wenn man von dem ausgeht, was das Internet über sie verrät. Und noch etwas: In einer Art Klatschbörse, einer erst kürzlich entstandenen Website, ist von einer neuen Flamme des Notars die Rede, die übrigens den Fotos zufolge extrem gut aussieht. Nun, eine neue Flamme bedeutet, dass es auch alte Flammen gegeben haben muss. Für mein Gefühl ist der gute Dottore ein Schürzenjäger, wie er im Buche steht.»

Lojacono war beeindruckt von der Effizienz der Kollegin, sie leistete ihm wirklich wertvolle Hilfe.

«Danke, Ottavia. Denkst du bitte daran, Palma zu informieren? Wir bleiben hier und warten auf den Notar.»

«Natürlich denke ich daran. Ach, noch etwas: Sorgt bitte dafür, dass sich niemand am Computer des Notars zu schaffen macht, auch wenn wir noch auf grünes Licht von der Staatsanwaltschaft warten müssen, bevor wir das Büro versiegeln können. Vielleicht stoßen wir ja auf was Interessantes.»

«Zu Befehl, Herr General.»

«Übrigens, hast du mitbekommen, dass Romano und die Di Nardo unterwegs sind, um einer Strafanzeige nachzugehen?

Hoffen wir mal, dass dabei was rauskommt, irgendwie machen mir die beiden zusammen Angst. Bis später, wir sehen uns!»

Lojacono willigte ein, dass der normale Kanzleibetrieb aufgenommen werden konnte, unter der Bedingung, dass niemand die Räumlichkeiten verließ. Einige Mandanten kamen, um Wertpapiere und Schecks einzulösen, was in Immas Tätigkeitsbereich fiel. De Lucia fuhr fort, die Wertpapiere in Häufchen zu sortieren, doch seine Hände zitterten weiterhin, und hin und wieder hielt er inne und starrte ins Leere.

Die zwei anderen Notariatsangestellten taten nicht einmal so, als würden sie arbeiten. Lina, die Ältere von beiden, schaute unverwandt zum Fenster hinaus, das auf den Innenhof ging, um nur ja nicht die Ankunft des Notars zu verpassen. Die andere, Marina, saß mit gesenktem Blick und gefalteten Händen an ihrem Platz.

Etwa eine Stunde später, gegen elf Uhr, tauchte Arturo Festa auf. Der Endfünfziger schien bester Laune zu sein und war in der Tat ein gutaussehender Mann: hochgewachsen, mit grau melierten Schläfen und einem Hauch frischer Sonnenbräune auf Gesicht und Händen. Er trug einen eleganten Freizeitanzug mit offenem Hemdkragen und eine Umhängetasche, die das Nötigste für eine Kurzreise enthielt. Er war ohne Begleitung.

Kaum hatte er die Kanzlei betreten, wurde er sich der gedrückten Stimmung bewusst. Lina wollte ihm entgegengehen, doch Aragona stellte sich rasch dazwischen.

Lojacono trat vor und sagte:

«Dottor Festa? Ich bin Inspektor Giuseppe Lojacono vom Kommissariat Pizzofalcone, und das ist Polizeioberwachtmeister Marco Aragona. Wir müssen mit Ihnen reden. Können wir in Ihr Büro gehen?»

Der Notar runzelte die Stirn und versuchte, Blickkontakt mit seinen Angestellten aufzunehmen. Imma brach erneut in Tränen aus.

«Natürlich. Bitte, folgen Sie mir.»

Eine breite Tür im hinteren Teil des Großraumbüros führte zum Zimmer des Notars. Sämtliche Wände waren mit Einbauregalen bestückt, wodurch der heimelige Charme einer Bibliothek vermittelt wurde. Der wuchtige Sekretär war mit wertvollen Intarsien verziert, die von einer Glasplatte geschützt wurden. Davor standen zwei Ledersessel. Am anderen Ende des Zimmers befand sich ein ovaler Tisch mit acht Stühlen.

Der Notar zeigte auf die Sessel, doch Lojacono und Aragona machten keine Anstalten, sich hinzusetzen, sodass auch er stehen blieb.

Schließlich sagte Lojacono:

«Es tut mir sehr leid, Dottore, aber ich muss Ihnen mitteilen, dass Ihre Ehefrau, Cecilia De Santis, heute Morgen in Ihrer Wohnung von der Haushälterin tot aufgefunden wurde. Es sieht so aus, als wäre sie gewaltsam getötet worden.»

Seine Worte schienen ins Leere zu fallen. Doch plötzlich wich sämtliche Farbe aus Festas Gesicht, und er begann so stark zu schwanken, dass er sich an der Schreibtischplatte festhalten musste. Er starrte die beiden Polizisten an, als wartete er darauf, dass sie zugaben, nur einen makaberen Scherz gemacht zu haben. Mit zitternder Hand fuhr er sich an den Hals, dann sagte er:

«Nein, nein, das kann nicht sein, Sie sind einem Irrtum aufgesessen. Das ist unmöglich, nicht sie. Ich ... wir haben gestern Abend noch miteinander telefoniert. Nein, glauben Sie mir, das kann nicht sein.»

Lojacono seufzte.

«Leider doch, Dottore. Ein Irrtum ist vollkommen ausgeschlossen. Ihr Tod ist gestern am späten Abend eingetreten.»

Festa drehte sich zu der verschlossenen Tür um. Er war tatsächlich fassungslos, dachte Lojacono. Oder aber ein außergewöhnlich guter Schauspieler.

«Ich ... ich muss zu ihr. Ich muss das mit eigenen Augen sehen. Ich muss nach Hause.»

«Das hat keinen Sinn, Dottore, die Signora ist bereits weggebracht worden. Sie können später zur Identifizierung ins Institut für Rechtsmedizin gehen, aber Ihre Haushälterin hat uns schon bestätigt, dass es sich um Ihre Ehefrau handelt. Tut mir leid.»

Mit schleppenden Schritten ging der Mann um den Schreibtisch herum. Plötzlich wirkte er wie ein Greis. Schwer ließ er sich in einen der beiden Sessel fallen und schlug die Hände vors Gesicht. Nach ein paar Sekunden blickte er wieder auf. In seinem Gesicht spiegelte sich großer Schmerz.

«Wer ... wer kann das getan haben? Und wie hat er ... ich meine, wie ist es passiert?»

Lojacono versuchte, die Reaktion des Mannes zu deuten. Die Erfahrung hatte ihn gelehrt, dass kein Schmerz echter wirkte als falscher.

«Es sieht so aus, als würden einige wertvolle Gegenstände aus der Wohnung fehlen, Objekte aus Silber. Die Haus- und Wohnungstür waren unversehrt, also muss die Signora ihrem Mörder selbst geöffnet haben. Oder aber er hatte einen Schlüssel. Die Signora ... hat einen Schlag auf den Hinterkopf bekommen, möglicherweise mit einem Gegenstand, der auf dem Boden gefunden wurde und an dem Blut klebte. Wir gehen davon aus, dass sie nicht lange zu leiden hatte.»

Der Notar nickte. Seine Unterlippe begann zu zittern.

Er schien um keinen Preis weinen zu wollen, doch die Tränen schossen ihm in die Augen und liefen über seine Wangen.

«Objekte aus Silber, sagen Sie. Also ein Einbruch? Cecilia ist Opfer eines Raubüberfalls geworden? Und wo, in welchem Zimmer? Und mit was für einem Gegenstand hat man sie ...?»

Lojacono wollte nicht zu viele Einzelheiten preisgeben, man konnte nie wissen. Vielleicht würde der Notar von sich aus bestimmte Details erwähnen, die er eigentlich nicht wissen konnte.

«Die Signora lag am Boden, in dem Zimmer mit den Schneekugeln. Bezüglich der Tatwaffe können wir so lange keine Angaben machen, bis die Kriminaltechniker ihre Arbeit abgeschlossen haben.»

Festa nickte noch einmal. Er weinte noch immer auf seine seltsam stumme Art. Dann wandte er sich erneut an Lojacono.

«Ich stehe zu Ihrer Verfügung, Ispettore. Sagen Sie mir, wie ich Ihnen helfen kann, damit Sie herausfinden, wie ... wer das getan hat.»

Lojacono seufzte. Jetzt wurde es schwierig.

«Vor allem müssen wir wissen, wo Sie sich gestern Abend aufgehalten haben, Dottore, zwischen zwanzig Uhr und Mitternacht. Und ob Sie Zeugen dafür haben.»

Der Notar blickte zur Tür, hinter der sich seine Angestellten aufhielten. Lojacono versuchte, seine Gedanken zu erraten. Wahrscheinlich fragte er sich gerade, ob jemand von ihnen bereits der Polizei mitgeteilt hatte, dass die Capri-Geschichte bloß eine Erfindung war.

«Meine Frau ging davon aus, dass ich zu einer Konferenz nach Capri gefahren sei und wegen des schlechten Wetters nicht zurückkommen konnte. In Wirklichkeit war ich in Sorrent.»

Aragona fragte:

«Und warum diese Lüge?»

Der Notar starrte ihn ausdruckslos an. Dann wandte er sich an Lojacono.

«Ich war dort mit … mit jemand anderem zusammen. Und ich wollte nicht, dass Cecilia davon erfährt.»

Lojacono zog sein Notizheft hervor.

«In welchem Hotel waren Sie? Haben Sie sich mit Ihrem echten Namen angemeldet?»

«Wir waren nicht im Hotel. Wir waren im Haus von Freunden. Sie sind verreist und haben mir den Schlüssel überlassen.»

«Sie müssen uns den Namen Ihrer Begleitung sagen, Dottore. Wir müssen Ihr Alibi überprüfen.»

Der Notar schien aus seinem Schockzustand zu erwachen. Offenbar wurde ihm erst jetzt bewusst, dass er sich in seinen eigenen vier Wänden befand.

«Ich glaube, ich brauche einen Anwalt. Ja, ja, ich brauche unbedingt einen Anwalt. Soweit ich weiß, muss ich Ihre Fragen nicht weiter beantworten, Ispettore. Entschuldigen Sie, aber ich möchte jetzt allein sein.»

Lojacono versuchte, Terrain zurückzuerobern.

«Dottore, unsere Fragen dienen lediglich dazu, die Richtung zu bestimmen, in die wir ermitteln müssen, mehr nicht. Wenn Sie sich nichts vorzuwerfen haben …»

Festa unterbrach ihn mit leiser, aber fester Stimme.

«Ich verstehe Sie, Ispettore. Aber ich muss mich schützen, gerade weil ich es nicht gewesen bin. Und ich möchte nicht, dass … dass hier Menschen hineingezogen werden, die mit der Sache nichts zu tun haben.»

«Dann gestatten Sie uns wenigstens, Ihre Mitarbeiter zu verhören und die Computer zu untersuchen.»

Der Notar erhob sich. Der tiefe Schmerz war ihm noch immer anzusehen, doch er war eindeutig dabei, seine Fassung wiederzuerlangen.

«Ich sage es noch einmal, Ispettore, ich möchte zuerst mit meinem Anwalt sprechen. Das scheint mir in meiner Situation mehr als erforderlich zu sein. Und jetzt, wenn Sie erlauben, will ich in meine Wohnung, um mit eigenen Augen zu sehen, was passiert ist. Also, bitte ...»

Er zeigte zur Tür, um die Polizisten hinauszukomplimentieren. In dem Moment ging die Tür von außen auf, und eine attraktive junge Dame betrat den Raum. Sie nickte grüßend in die Runde und sagte mit unüberhörbar sardischem Akzent:

«Guten Tag, Signori. Ich bin Laura Piras von der zuständigen Staatsanwaltschaft. Ab sofort leite ich die Ermittlungen.»

21

Unschlüssig blieben die beiden Polizisten auf der Straße vor Donna Amalias Haus stehen. Weder Francesco Romano noch Alex Di Nardo hatte eine klare Vorstellung, wie sie weiter vorgehen sollten. Zwar waren sie sich einig, dass die alte Dame ihnen ein hübsches Lügenmärchen aufgetischt hatte, aber dass einer Strafanzeige per Gesetz nachgegangen werden musste, wie der Polizist der Frau erklärt hatte, entsprach nun einmal der Wahrheit.

Schließlich unterbrach die Di Nardo das Schweigen zwischen ihnen und sagte mit ihrer üblichen zurückhaltenden Art:

«Für mein Gefühl sollten wir wenigstens mal klingeln. Nur so, damit wir hinterher sagen können, wir hätten es probiert. Zu 99,9 Prozent machen sie uns die Tür auf und laden uns auf einen Kaffee ein. Danach gehen wir zurück zu Donna Amalia und sagen ihr, sie soll sich keine Sorgen machen und die Finger von ihrem Telefon lassen.»

Romano war einverstanden.

«Okay, können wir machen, wo wir schon mal da sind. Kostet uns ja nichts. Auch wenn ich mir ziemlich bekloppt dabei vorkomme, den Marotten dieser alten Schachtel nachzugehen.»

Sie traten auf den Hauseingang zu, um die Klingelschilder an der Gegensprechanlage zu studieren. Auf jeder Etage befanden sich zwei Wohnungen. Die einzige Klingel ohne Namen gehörte zu einer Wohnung im vierten Stock. Romano drückte auf den Knopf, wartete kurz und drückte noch einmal. Nichts rührte sich.

Fragend blickten sich die beiden Polizisten an. Kurz entschlossen drückte Alex auf den Klingelknopf der anderen Wohnung im vierten Stock, der mit «Casa Sprint Srl» beschriftet war. Mit einem leisen Klicken sprang die Tür auf.

Mit dem Aufzug fuhren sie hoch in den vierten Stock. Vollkommene Stille empfing sie. Die eine Wohnungstür war verschlossen, die andere stand offen und gab den Blick frei auf einen Vorraum mit einer brünetten jungen Frau hinter einem Empfangstresen. Ein Messingschild besagte, dass es sich um das Büro eines Immobilienmaklers handeln musste. Zögernd traten sie näher. Die junge Frau grüßte sie freundlich.

«Guten Morgen. Bitte, treten Sie näher. Sie suchen eine Wohnung? Woran genau hatten Sie denn gedacht?»

Romano erklärte ihr den Grund ihres Kommens.

«Nein, vielen Dank, Signorina, wir suchen keine Wohnung. Wir brauchen nur eine Auskunft. Ist das Apartment nebenan bewohnt?»

«Es ist vor kurzem renoviert worden und auch schon wieder bewohnt. Leider lief das nicht über uns, sondern über einen privaten Kontakt.»

«Wissen Sie, wer da eingezogen ist? Haben Sie schon mal jemanden kommen oder gehen sehen?»

Das Mädchen dachte angestrengt nach.

«Nein, jetzt, wo Sie fragen, fällt mir auf, dass ich noch nie jemanden dort gesehen habe. Allerdings bin ich auch nur morgens für ein paar Stunden hier, danach gehe ich auf Wohnungsbesichtigung mit unseren Kunden. Tut mir leid, mehr kann Ihnen nicht sagen. Aber warum interessieren Sie sich dafür? Wer sind Sie überhaupt?»

Romano zeigte ihr seine Polizeimarke.

«Eine reine Routinesache. Bloß eine Ausweiskontrolle.»

Er hatte die Erfahrung gemacht, dass die meisten Leute sofort beruhigt waren, wenn es um bürokratische Dinge ging, und die junge Frau machte da keine Ausnahme. Als das Telefon klingelte, nahm sie den Hörer ab. Die beiden Polizisten nutzten die Gelegenheit, sich mit einem knappen Abschiedsgruß zurückzuziehen.

Vor dem Eingang der Nachbarwohnung blieben sie stehen. Romano drückte auf die Klingel, deren Läuten in der Wohnung nachhallte.

Nichts.

Sie klingelten noch einmal.

Wieder nichts.

Resigniert breitete Romano die Arme aus und wandte sich ab zum Aufzug. In dem Moment war hinter der Tür ein mattes «Wer ist da?» zu vernehmen.

Kurz dachten die beiden Polizisten jeder für sich, einer akustischen Täuschung aufgesessen zu sein. Doch dann war klar, sie beide hatten eine Frauenstimme gehört, ganz leise.

Romano brachte sein Gesicht näher an die Tür.

«Guten Tag, Signora. Können Sie uns bitte kurz aufmachen? Wir müssen etwas überprüfen.»

Ein langes Schweigen folgte. Schließlich fragte die Stimme:

«Etwas überprüfen? Was denn überprüfen? Wer sind Sie überhaupt?»

In der Annahme, dass die Frau in der Wohnung vielleicht eher zu einer weiblichen als zu einer männlichen Stimme Vertrauen haben würde, schaltete Alex sich ein.

«Wir sind von der Polizei, Signora. Machen Sie ruhig die Tür auf, Ihnen droht keine Gefahr.»

«Von der Polizei? Warum? Ist was passiert?»

Romano erwiderte:

«Nein, Signora. Es ist überhaupt nichts Schlimmes, bloß eine Routineüberprüfung. Bitte machen Sie auf.»

Wieder folgte ein längeres Schweigen. Dann sagte die Frau:

«Ich ... ich kann nicht.»

«Wie, Sie können nicht?»

Nun herrschte absolute Funkstille, nicht das leiseste Geräusch war mehr zu hören. Nach einer gefühlten Ewigkeit ließ sich die Stimme hinter der Tür erneut vernehmen.

«Ich ... ich will nicht. Ich will nicht die Tür aufmachen. Ich weiß nicht, wer Sie sind, und ich will die Tür nicht aufmachen.»

«Sie haben gesagt, Sie *können* nicht. Was heißt das?»

«Ich habe mich versprochen. Ich wollte sagen, ich *will* nicht. Bitte gehen Sie. Danke, dass Sie gekommen sind, aber ich brauche nichts.»

«Signora, wer wohnt noch in dieser Wohnung? Ist jemand außer Ihnen zu Hause? Signora?»

Nach einem weiteren längeren Schweigen ertönte klar die Antwort:

«Nein, hier ist sonst niemand. Ich bin alleine. Mir fehlt nichts. Ich muss jetzt gehen.»

Sie hörten, wie sich ihre Schritte von der Tür entfernten. Kurz darauf erklang Musik, die aus einem Radio oder Fernseher zu kommen schien. Als Romano gegen die Tür klopfte, wurde die Musik lauter aufgedreht.

Die beiden Polizisten wandten sich zum Aufzug um. Unten auf der Straße fragte Alex:

«Und, was machen wir jetzt?»

Romano dachte nach.

«Formal betrachtet sind wir der Sache ausreichend nachgegangen, würde ich sagen. Wir haben den fraglichen Ort aufgesucht, haben uns mit der Bewohnerin der Wohnung unterhalten und uns von dem mutmaßlichen Opfer glaubhaft versichern lassen, dass alles in bester Ordnung ist. Also müssen wir nicht weiter ermitteln.»

Seine Kollegin wirkte nicht sehr überzeugt.

«Aber was heißt das schon? Wenn es stimmt, was die Guardascione behauptet, nämlich dass das Mädchen wie eine Gefangene in der Wohnung lebt und möglicherweise bedroht wird, dann hätte sie haargenau so reagiert, wie sie reagiert hat. Glaubst du wirklich, dass wir der Sache ausreichend nachgegangen sind, wie du sagst?»

«Dann erklär mir mal, was du sonst noch tun willst. Ab welchem Punkt du dich zufriedengeben würdest.»

Alex ließ keinen Zweifel an ihrem Anliegen.

«Ich will sehen, was in dieser Wohnung tatsächlich abgeht – das will ich. Wenn jemand nichts zu verbergen hat und am helllichten Tag die Polizei an die Tür klopft, dann macht er doch auf! Dann lässt er die Jungs eintreten und bietet ihnen vielleicht sogar einen Espresso an. Man reißt ein paar Witzchen, lästert zusammen über die alte Hexe von gegenüber, macht ihr fröhlich winke winke, und am Abend in der Kneipe erzählt man seinen Freunden davon.»

Ohne rechte Überzeugung versuchte Romano, ihre Worte zu widerlegen.

«Vielleicht hat sie gedacht, dass wir keine echten Polizisten sind. In Zeiten wie diesen ist es verdammt gefährlich, irgendwelchen Unbekannten die Tür aufzumachen, auch wenn sie wer weiß was behaupten. Vielleicht ist die Frau auch eine illegale Einwanderin und hat Angst, Probleme zu kriegen. Oder die Wohnung gehört jemand anderem, und sie darf einfach niemandem die Tür aufmachen.»

«Lauter Theorien, die einer Überprüfung bedürfen, meinst du nicht? Und außerdem: Erst hat sie gesagt, sie ‹kann nicht›, dann hat sie gesagt, sie ‹will nicht› die Tür aufmachen. Wenn du mich fragst, ist dieser Freud'sche Versprecher ein echtes Indiz. Komm schon, Romano, du riechst genauso wie ich, dass an der Sache was faul ist. Vielleicht ist ja wirklich alles paletti – kann gut sein, dass du recht hast. Aber vielleicht steckt eben doch mehr dahinter. Und Gewalt gegen Frauen kommt nun mal leider ziemlich häufig vor, wie du weißt. Bitte, lass uns einen Durchsuchungsbefehl beantragen, dann haben wir uns später nichts vorzuwerfen.»

Vor Romanos innerem Auge tauchte das Bild von Giorgia auf, die mit geschwollener Unterlippe und einem zerknüllten Taschentuch in der Hand im Bett lag und schlief. Seine Kiefermuskeln zuckten.

«Na gut, meinetwegen. Gehen wir zurück ins Kommissariat und reden mit Palma. Sobald wir einen Durchsuchungsbefehl von der Staatsanwaltschaft haben, kommen wir noch mal her und gucken, was los ist.»

22

Das war die verdammte Alte. Ich weiß, dass sie es war.

Dieser böse Blick – mir war sofort klar, dass sie nichts Gutes im Schilde führt.

Was mache ich jetzt? Was soll ich bloß tun?

Polizei, haben sie gesagt. Vielleicht stimmt das ja gar nicht, vielleicht wollten sie mir nur etwas verkaufen. Oder bei mir einbrechen. Vielleicht wollten sie auch einfach eine Umfrage machen, was weiß denn ich ... Oder es waren wirklich zwei Polizisten. Bestimmt. Zwei Polizisten, alarmiert von dieser Alten, die immer in mein Fenster starrt, von morgens bis abends. Was will sie von mir, verdammt noch mal? Warum kümmert sie sich nicht um ihren eigenen Kram und lässt mich in Ruhe?

Was mache ich jetzt? Was soll ich bloß tun?

Er hat mir zwar diese Telefonnummer gegeben, aber gesagt, ich soll auf keinen Fall dort anrufen. «Warum gibst du sie mir dann überhaupt?», habe ich gefragt. «Nur für den Fall, dass etwas Schlimmes passiert, etwas richtig Schlimmes», hat er gesagt. «Es ist nicht meine Telefonnummer, sie gehört jemand anderem. Du sagst ihm deinen Namen, und er sagt mir Bescheid. Er weiß, wie er mich erreichen kann.»

Aber ist das jetzt «etwas Schlimmes»? Was weiß denn ich.

Ich will das hier nicht aufs Spiel setzen. Wenn er aus irgendeinem Grund denkt, dass ich ihm Ärger bereite, dass ich nicht so bin, wie er dachte, ganz hübsch, aber das war's dann auch schon, schickt er mich weg. Dann sucht er sich eine andere, es gibt schließlich genug von meiner Sorte. Oder Bessere. Und ich lande wieder in der Gosse. Meine Brüder werden ihre Jobs los, und Mama und Papa müssen auch zurückstecken. So was geht ganz fix. Wenn ich anrufe, lässt er mich bestimmt fallen wie eine heiße Kartoffel und sucht sich eine andere.

Aber wenn ich nicht anrufe, und die beiden kommen wieder zurück? Was ist, wenn sie die Tür eintreten wie in diesen Fernsehserien? Was sage ich ihnen dann, wer ich bin und warum ich hier wohne?

Was mache ich jetzt? Was soll ich bloß tun?

Wenn sie zurückkommen und die Tür eintreten, vielleicht verhaften sie mich dann. Das ist bestimmt noch schlimmer, auch wenn ich niemals seinen Namen verraten würde.

Und wenn sie mich verhaften, sucht er sich garantiert eine andere.

Nein, so viel ist sicher: Ich muss ihn warnen.

Wo ist bloß dieser Zettel mit der Telefonnummer? Ach, da ist er ja. Er hat gesagt, die einzige Nummer, bei der ich anrufen darf, ist die hier. Keine andere Nummer. Nur die.

Also rufe ich jetzt dort an. Schnell, schnell.

Verdammte Alte, ich hoffe, du wirst in der Hölle schmoren.

23

Lojacono und Laura Piras ließen Aragona in der Kanzlei des Notars zurück und traten hinaus auf die Straße, wo der Wind noch immer wütete.

Die Staatsanwältin hatte die Situation gerettet und den Inspektor davor bewahrt, den Rückwärtsgang einlegen zu müssen. Bis zur Einleitung des Ermittlungsverfahrens würden zwar noch einige Stunden ins Land gehen und der Notar sich einen Anwalt nehmen, aber immerhin konnten sie schon mal den Computer beschlagnahmen und die Verhöre mit den potenziellen Zeugen, allen voran den Notariatsangestellten, fortsetzen.

«So wie die sich verhalten haben – ihre Mimik, ihre Blicke –, bin ich absolut sicher, dass sie über das Privatleben des Notars Bescheid wissen. Wenn wir sie unbeaufsichtigt lassen, basteln sie sich eine gemeinsame Version der Geschichte zurecht, und wir hängen am Fliegenfänger. Deswegen war es von strategischer Bedeutung, dass du gekommen bist, Laura. Danke dir.»

Mit einem boshaften kleinen Lächeln erwiderte die Staatsanwältin:

«Wenn ich so lange warte, bis du dich freiwillig bei mir meldest, bin ich ein zahnloses altes Weib. Du kannst dich bei deinem Kommissar bedanken, der uns sofort kontaktiert hat, als ihm die Brisanz des Falles bewusst geworden ist. Und du kannst froh sein, dass ich gerade Dienst hatte. Meine Kollegen hätten die Sache beim Stichwort ‹Pizzofalcone› wahrscheinlich direkt an die Carabinieri übergeben. Obendrein war der gute Palma so clever, nicht selbst hier aufzukreuzen, sondern lässt uns in Ruhe arbeiten. Das ist keine Selbstverständlichkeit, jeder andere an seiner Stelle wäre längst angerannt gekommen, um sich die Meriten zu sichern.»

Lojacono musste zugeben, dass sie recht hatte.

«Stimmt. So schlecht ist er nicht, der Kollege Palma. Gemessen an diesem Arschloch von Di Vincenzo ist das mit ihm wie ein Sechser im Lotto. Aber sag mal, dieses Pizzofalcone, ist das eine Art Bestrafung, oder was? Ein Verbannungsort? Aragona hat so ein paar Andeutungen gemacht, warum die anderen Kollegen hier gelandet sind. Ehrlich gesagt, das beschäftigt mich.»

Die Staatsanwältin zog die Nase kraus. Lojacono fand sie unwiderstehlich in dem Moment.

«Aragona ist ein Idiot. Ich überlege, ob ich ihm nicht den Führerschein entziehen soll. Als er mein Chauffeur war, hat er mich fast umgebracht, und mir gefällt der Gedanke nicht, dich neben ihm im Auto zu wissen. Das Kommissariat Pizzofalcone hat einen schlechten Ruf – kein Wunder, dass die Leute nicht Schlange stehen, um dort zu arbeiten. Und es ist auch nicht weiter erstaunlich, dass die anderen Dienststellen nur diejenigen hinschicken, die sie loswerden wollen. Aber das heißt gar nichts. Arbeite du einfach so, wie ich es von dir kenne, und alles wird gut.»

Lojacono ließ den Blick auf ihr ruhen, während sie den Mantelkragen hochschlug und der Wind ihre Haare zerzauste. Er hätte sie gern in einem anderen Leben kennengelernt, als er noch vor nichts Angst gehabt und so viel Selbstbewusstsein besessen hatte, auch einer Frau wie ihr den Hof zu machen.

Er konnte nicht ahnen, dass Laura Piras' Gedanken in eine ähnliche Richtung gingen. Lojacono war der erste Mann, der sie seit Carlos Tod interessierte, ihrer großen, einzigen Liebe, Jahre zuvor. Und anders als früher vermochte ihre Arbeit allein sie nicht mehr auszufüllen, schoss es ihr durch den Kopf.

Verstohlen musterte sie den Inspektor von der Seite, die markanten Wangenknochen, die mandelförmigen Augen, die stets ein wenig wirren schwarzen Haare. Trotz ihrer hohen Absätze überragte er sie um gut zwanzig Zentimeter. Sie ertappte sich dabei, wie die Phantasie mit ihr durchging, und rief sich schnell wieder zur Ordnung.

Lojacono hatte ihren abwesenden Gesichtsausdruck erstaunt registriert.

«Woran denkst du?»

«Ich dachte daran, dass du wieder voll dabei bist. Und dass deine Karriere, die du für beendet gehalten hast, vielleicht doch noch mal ins Laufen kommt.»

«Ach, Unsinn. Außerdem weißt du genau, dass meine Karriere mir egal ist. Sie war mir auch früher schon egal. Was mich interessiert, ist, diesen Job zu machen. Übrigens der einzige, zu dem ich in der Lage bin. Ich bin kein Schreibtischtäter, absolut nicht.»

«Das glaube ich dir nicht. Du willst doch niemanden über dir haben, der dich herumkommandiert. Also musst du zwangsläufig die Karriereleiter nach oben klettern, um niemandem nach der Pfeife tanzen zu müssen. Und außerdem: Wolltest du nicht als triumphierender Sieger in deine Heimat zurückkehren? Um das, was über dich kolportiert wurde, zu widerlegen?»

Lojacono hatte den Eindruck, ihre Anspielung an seine Heimat war nicht allein von professioneller Natur. Oder vielleicht hoffte er das auch nur.

«Das ist nicht mehr meine Heimat. Ich würde mich da unten nicht mehr wohlfühlen, jetzt, wo ich weiß, wie die Leute dort drauf sein können. Das Einzige, was mich interessiert, ist meine Tochter, mit der ich endlich wieder Kontakt habe. Apropos, ich muss sie unbedingt anrufen. Sie war gestern auf einer Party – was mich nicht wirklich gut schlafen lassen hat.»

Laura lachte.

«Wie süß, der Papa, der sich Sorgen macht! Ruf sie an, und dann machst du dich wieder an die Arbeit: Auf dich warten vier Notariatsangestellte, die verhört werden wollen. Ich gehe zurück in mein Büro, und nachher sprechen wir uns noch mal. Und denk dran: keine unnötigen Risiken! Dieser Festa ist einer von der gerissenen Sorte. Wenn er es drauf anlegt, kann er uns sofort stoppen. Falls er Ärger macht, ruf an, dann greife ich ein. Viel Erfolg, Ispettore.»

Sie wandte sich zum Gehen. Wie immer konnten weder das strenge Kostüm noch das sparsame Make-up ihre Sinnlichkeit verbergen, die sie bei sämtlichen Anwälten, Polizisten und Justizbeamten der Stadt zum Thema Nummer eins gemacht hatte.

Lojacono seufzte und zog sein Handy hervor.

«Ciao, Marinella. Was machst du gerade?»

«Ciao, Papi. Ich habe noch geschlafen ...»

«Wie, du hast noch geschlafen? Weißt du, dass es gleich Mittag ist? Musst du nicht zur Schule?»

«Nein, Papi. Ich habe bei ... bei Enza übernachtet, es ist gestern spät geworden und ...»

«Was heißt das, du hast bei Enza übernachtet? Wie spät ist es denn geworden?»

«Komm, Papi, nicht auch noch du! Meine nervige Mutter hat heute Morgen auch schon hundertmal angerufen.»

«Ich will dir ja nicht auf den Keks gehen, aber hattest du nicht gesagt, es würde nicht so spät werden und ...?»

«... und dann ist es eben doch spät geworden! Was ist los, vertraust du mir nicht?»

Ihr Tonfall war hart geworden, misstrauisch. Die Schläfrigkeit war Wut und Enttäuschung gewichen.

«Nein, nein, natürlich vertraue ich dir. Ich wollte nur wissen, ob alles okay mit dir ist, mehr nicht. Entschuldige, dass ich dich aufgeweckt habe.»

«Ah, verstehe ... Also, mir geht's super, alles bestens. Ich möchte nur noch ein bisschen schlafen. Wir hatten viel Spaß gestern, aber es ist ganz schön spät geworden, später als gedacht. Das ist alles. Wenn du mich jetzt ...»

«Natürlich, natürlich. Schlaf noch ein bisschen, mein Schatz. Sprechen wir uns später noch mal?»

«Ciao, Papi. Ich rufe dich an, mach dir keine Sorgen.»

Mach dir keine Sorgen, dachte Lojacono, während er zurück in die Kanzlei ging.

Mach dir keine Sorgen – von wegen.

24

Giorgio Pisanelli drückt kurz auf die Klingel, wie immer, bevor er die Tür aufschließt.

«Hallo, Schatz, ich bin wieder da!», ruft er.

Er stürzt ins Bad, gerade noch rechtzeitig, Gürtel auf, Reißverschluss runter. Er stöhnt auf, der dünne Strahl versiegt sofort. Ihm war es wie ein Hektoliter vorgekommen, er hatte geglaubt, er schafft es nicht mehr. Stattdessen gerade mal eine Espressotasse voll, wenn überhaupt.

Er wäscht sich die Hände. Heute im Büro ist er bestimmt zwanzigmal zur Toilette gegangen. Ob das wohl jemand mitbekommen hat? Nein, da ist doch jeder nur mit seinem eigenen Kram beschäftigt. Gott sei Dank.

«Weißt du, Liebes, heute sind die Neuen gekommen. Sie scheinen mir ganz in Ordnung zu sein. Natürlich, es war klar, dass sie die Gauner von Pizzofalcone nicht gegen Spitzenbeamte aus anderen Kommissariaten austauschen würden. Die Neuen sind alles Leute, die dort niemand will. Aber ich hatte es mir schlimmer vorgestellt. Wirklich schlimmer.»

Er bewegt sich in der Wohnung, ohne Licht zu machen, jeder Winkel ist ihm vertraut.

In der Küche setzt er Teewasser auf. Er müsste eigentlich etwas zu Abend essen, aber er hat keinen Hunger. Mit leiser Stimme spricht er in Richtung Schlafzimmer.

«Einer von den Neuen kommt sogar aus Sizilien, Liebes. Weißt du noch, als wir in Syrakus im Amphitheater waren, in diesem Aischylos-Stück? Dir hat es überhaupt nicht gefallen, dabei waren die Schauspieler gar nicht schlecht. Er kommt aber nicht aus Syrakus, der Kollege, sondern aus Agrigent, glaube ich. Er sieht eher asiatisch aus, mit seinen mandelförmigen Augen und der stoischen Miene. Wahrscheinlich hat er chinesische Vorfahren. Aber ich habe das Gefühl, er ist richtig gut.»

Er zieht seine Jacke aus und hängt sie über einen Stuhl. Es lohnt sich nicht, sie in den Schrank zu tun, er wird sie am nächsten Tag ohnehin wieder anziehen. Er löst den Knoten seiner Krawatte.

«Zwei von den Neuen sind sich total ähnlich, ein Mann und eine Frau. Sie sagen beide kaum ein Wort, sondern gucken sich die ganze Zeit nur um. Irgendwie verloren. Vielleicht haben sie Angst. Wer weiß, am Ende vor sich selbst. Es ist doch so, Schatz: Wenn du einmal einen Fehler gemacht hast, denkst du, dass du wieder einen machen wirst. Statt dich glücklich zu schätzen, dass du eine zweite Chance bekommst. Das ist das eigentlich Wichtige: eine zweite Chance zu bekommen. Wenn ich sie mal gehabt hätte, meine zweite Chance ...»

Wieder dieses Stechen in der Blase, dieser Drang zu urinieren. Keine fünf Minuten später. Verflucht.

Vom Badezimmer aus redet er weiter, diesmal mit erhobener Stimme.

«Dann gibt's da noch einen bei den Neuen, so ein Jüngelchen. Ein echter Angeber – du müsstest mal sehen, wie der rumläuft! Er hält sich wohl für einen Cop aus einer amerikanischen Fernsehserie. Aber er ist immer gut drauf. Vielleicht steckt ja doch was in ihm.»

Er wäscht sich erneut die Hände. Dieses ständige Pinkeln lässt mich noch zum Zwangsneurotiker werden, der sich alle zwei Minuten die Hände wäscht, denkt er.

Er geht in die Küche. Der Tee hat genug gezogen. Er gießt etwas Milch dazu, öffnet eine Packung Kekse. Schokoladenkekse sogar. Gönnen wir uns mal was.

«Heute habe ich übrigens mit Lorenzo telefoniert, Schatz. Alles bestens. Er hatte nicht viel Zeit, musste in die Vorlesung. Ja, ich weiß, er muss immer in irgendeine Vorlesung. Er ist schließlich Professor an der Universität – kein Automechaniker oder Freiberufler, der sich mal fünf Minuten Zeit nehmen kann, um mit seinem alten Vater zu telefonieren. Schon klar, ein Professor muss sich nach dem Stundenplan richten. Außerdem sind die Unis im Norden nicht so wie unsere hier, wo es etwas lässiger zugeht. Da oben sind sie sehr genau. Nein, viel haben wir nicht geredet. Es geht ihm gut, das ist die Hauptsache. Ich glaube, er hat immer noch diese Freundin, aber ich habe ihn nicht danach gefragt, um ehrlich zu sein. Weißt du, Männer sprechen nicht gerne über solche Dinge. Wenn er mit mir darüber reden will, dann wird er das schon tun.»

Er trägt das Tablett mit dem Tee und den Keksen ins Arbeitszimmer und schaltet die Lampe ein. Das Licht fällt auf eine Wand, die voll hängt mit Zeitungsausschnitten und Fotos, und auf ein Regal mit Aktenordnern. Die Ordner sind mit Etiketten versehen und in einer bestimmten Reihenfolge sortiert.

«Himmel, was für ein Durcheinander. Ich muss dringend mal aufräumen.»

Während er sich das Hemd aufknöpft, geht er ins Schlafzimmer.

«Ich bin überhaupt noch nicht müde, Liebste. Du hast doch

nichts dagegen, wenn ich noch ein bisschen arbeite, oder? Ach, du bist immer so verständnisvoll und geduldig.»

Er zieht das Hemd aus, legt es aufs Bett und schlüpft in das alte Sweatshirt, das er zu Hause meistens trägt. Er dehnt seinen vom Vortag noch schmerzenden Rücken, als er am Schreibtisch eingeschlafen ist, mit dem Kopf auf den Akten. Zum Glück werde ich irgendwann immer wach, weil ich pinkeln muss, sagt er sich.

Er schaut zum Bett hinüber. Es ist leer.

«Wir müssen Geduld haben, Liebste», seufzt er. «Ich weiß, dass ich ihn kriege. Es ist nur eine Frage der Zeit.»

Er kehrt zurück ins Arbeitszimmer. Von einem der Fotos an der Wand lächelte ihm eine Frau entgegen. Ein zärtliches Lächeln.

«Schlaf gut, Liebste.»

25

«Hör mir doch mal zu: Der Anwalt besteht darauf, dass wir uns weder sehen noch telefonieren. Ein paar Wochen, eine Art Anstandsfrist.»

«Du bist ja verrückt. Was soll das? Das macht doch gar keinen Sinn. Sag doch gleich, dass du mich loswerden willst. Aber ich werde das nicht zulassen, verstehst du? Auf keinen Fall!»

«Nein, nein, so ist das nicht, im Gegenteil. Wenn wir zusammenbleiben wollen, wenn wir weiterhin ...»

«Das ist doch völliger Quatsch. Dein Anwalt ist ein Idiot. Oder du benutzt ihn als Vorwand. In Wirklichkeit willst du bloß Schluss machen. Das wolltest du schon ... schon vorher. Das ist die Wahrheit.»

«Du begreifst es echt nicht, du willst es gar nicht begreifen. Siehst du nicht, dass ich dich von einer anderen Nummer aus anrufe? Merkst du nicht ... hast du immer noch nicht verstanden, was passiert ist? Der Anwalt hat klar und deutlich gesagt, dass ich keine Fragen beantworten soll. Und weißt du, warum? Weil ich kein Alibi habe. Wir beide haben kein Alibi. Es gibt keinen Nachweis in einem Hotelcomputer, es gibt keine Zeugen – niemand hat uns gesehen. Weit und breit kein verfluchter Beweis dafür, dass wir dort waren und die ganze Zeit dort geblieben sind.»

«Klar, man besorgt sich ja auch Zeugen, wenn man zum Vögeln fährt! ‹Bitte, kommen Sie, seien Sie unser Gast und hinterlassen Sie Ihren Namen und wenn möglich auch Ihre Steuernummer, dann

müssen wir nicht so lange hinter Ihnen herrecherchieren› ... Das ist alles deine Schuld. Du und dein verdammter Diskretionsfimmel! Immer klammheimlich, bloß nicht auffallen – das hast du jetzt davon.»

«Ich sage es noch einmal, der Anwalt hat klar und deutlich gesagt: Kein Kontakt, wenn du nicht auch noch in die Sache mit reingezogen werden willst. Das ist unsere einzige Chance.»

«Und deine Mitarbeiter? Diese Vollidioten, die mich noch nie leiden konnten? Wie willst du sie dazu kriegen, dass sie uns nicht verraten? Du weißt genau, dass sie sich bei jeder Gelegenheit das Maul über mich zerreißen.»

«Nein, nein, mach dir keine Gedanken: Ich bin ihr Brötchengeber, sie würden nie etwas tun, das mir schadet. Aber du, wirst du auch vernünftig sein?»

«Du redest mit mir, als wäre ich ein kleines Mädchen! Ganz anders als ... als vorher. Das klang weiß Gott nicht so, als würdest du zu einem Kind reden. Aber keine Sorge, ich werde vernünftig sein – solange es Sinn macht. Allerdings kann ich, wie du weißt, auch sehr, sehr unvernünftig sein. Ich bin nicht so wie diese Flittchen vor mir. Ich bin eine Frau, die mehr Mumm in den Knochen hat als du, das weißt du.»

«Das meine ich doch gar nicht, Schatz. Du verstehst mich falsch. Ich meine nur, dass wir in Gefahr sind. Ich musste mir schon unter falschem Namen eine Prepaidkarte kaufen, um mit dir zu telefonieren, die ich gleich wieder vernichten werde. Der Anwalt sagt ...»

«Jetzt reicht's aber mit deinem verdammten Anwalt! Sag ihm einen schönen Gruß von mir: Bald lässt sich überhaupt nichts mehr verheimlichen, bald muss reiner Tisch gemacht werden. Sonst kann ich für nichts mehr garantieren.»

«Was soll das heißen, du kannst ‹für nichts mehr garantieren›? Ich habe diese Drohungen satt. Begreifst du nicht, was passiert ist?

Kapierst du das nicht? Sie ist … Oh Gott, ich kann dieses Wort nicht über die Lippen bringen. Hast du denn gar kein Herz?»

«Was ist denn schon dabei? Ständig sterben Leute, jede Sekunde, überall auf der Welt. Und außerdem, hast du nicht selbst gesagt: ‹Was gäbe ich dafür, dass sie nicht mehr da ist›? Weißt du nicht mehr? Ich lag nackt in deinen Armen, als du das gesagt hast. Und nicht nur einmal. Eigentlich müsstest du dich freuen, findest du nicht? Wenigstens ehrlich dir selbst gegenüber solltest du sein, wenn du schon für alles andere zu feige bist.»

«Ich … ich fühle mich so schuldig. Mir kommt es vor, als müsste ich auch sterben. Dass ich diesen Gedanken hatte, dass ich … Mein Gott, mein Gott …»

«Weinst du etwa? Mein Gott! Du bist wirklich eine Memme – ich begreife nicht, wie ich mich auf dich einlassen konnte. Aber jetzt gibt's kein Zurück mehr. Nicht mehr. Jetzt heißt es, den Weg bis zum Ende gehen. Fehlt nur noch, dass du dich ins Gefängnis stecken lässt.»

«Die Gefahr ist durchaus real, ist dir das klar? Das kann passieren. Auch deswegen musst du vorsichtig sein, müssen wir vorsichtig sein. Wenn schon nicht meinetwegen, dann wenigstens für …»

«… für ihn, ja. Seinetwegen werde ich vorsichtig sein. Aber vergiss nicht: Du musst reinen Tisch machen. Und zwar bald, sehr bald. Denn wenn du nicht reinen Tisch machst, werde ich reden. Lange halte ich nicht mehr still.»

«Ich werde tun, was ich kann, versprochen. Aber um Himmels willen, reiß dich zusammen! Keine Kurzschlusshandlungen! Ich bitte dich.»

«Ja, so ist es brav. Tu, was du kannst.»

26

Als Arturo Festa die Kanzlei verließ, um nach Hause zu gehen, war sein Gesicht gezeichnet von Schmerz und tiefer Erschöpfung. Nichts erinnerte mehr an den gut gelaunten Sonnyboy, der nur eine Stunde zuvor nach einem sichtlich erfüllten Wochenende in die Kanzlei gekommen war.

Lojacono und Aragona schauten ihm nach, während sie, wie von Laura Piras gebrieft, darauf achteten, ob er mit seinen auf ihre Befragung wartenden Mitarbeitern Blickkontakt aufnehmen würde. Doch der Notar starrte unverwandt geradeaus, ohne auf jemanden zu achten. Die älteste Angestellte, die Rea, trat einen Schritt vor, als wollte sie auf ihn zugehen, hielt jedoch inne, als sie merkte, dass der Notar mit niemandem reden wollte.

Festa war schon halb zur Tür hinaus, als er mit belegter Stimme sagte:

«Das Notariat ist vorerst geschlossen. Sagen Sie den Mandanten, die einen Termin mit mir haben, in dringenden Fällen können sie sich an den Kollegen Del Canto wenden. Ich melde mich, aber jetzt will ich erst mal nicht gestört werden.»

Mit einem dumpfen Knall fiel die Tür hinter ihm ins Schloss. Lojacono und Aragona betraten den kleinen Raum, der ihnen für ihre Vernehmungen zur Verfügung gestellt worden war. Dem Inspektor war bewusst, dass es sich lediglich um eine informelle Befragung handeln konnte, ohne jede Beweiskraft vor Gericht. Doch in dieser frühen Ermittlungsphase brauchten sie dringend eine erkennbare Spur, die sie weiterverfolgen konnten, und erkennbare Spuren waren nun einmal bloß auf unberührtem Terrain auszumachen.

Die Erste, die zum Verhör kam, war Lina Rea, die am längsten in der Kanzlei beschäftigt war.

«Ich bin von Anfang an dabei, Ispettore, seit über dreißig Jahren. Damals waren wir alle noch jung und voller Elan. Die Arbeit lief ganz anders ab, jede Akte beinhaltete eine Geschichte, damals gab ja es diese verdammten Geräte noch nicht, diese Computer, bei denen alles nach Schema F läuft. Meine Meinung über den Dottore wollen Sie wissen? Ein großartiger Mensch! Intelligent, engagiert, witzig und äußerst angenehm im Umgang. Jemand, der die Dinge direkt angeht, ohne sich kleinkriegen zu lassen. Die Signora? Sie haben wir in letzter Zeit kaum zu Gesicht bekommen, nur ganz selten. Ich weiß noch früher, da ist sie jeden Tag in die Kanzlei gekommen. Aber das ist schon Jahre her. Irgendwann, ganz allmählich, hat sie begonnen, ihr eigenes Leben zu führen. Und der Dottore … Der Dottore ist niemand, den man zu lange alleine lassen sollte, der mit dem Alleinsein umgehen kann. Nein, nein, so habe ich das nicht gemeint! Keine Ahnung, ob er anderweitig verbandelt war, so etwas geht mich nichts an. Aber Sie sollten nicht mal im Traum dran denken, dass er seiner Frau etwas angetan haben könnte. Der Dottore ist viel zu anständig, ein viel zu guter Mensch für so eine schreckliche Tat.»

Lojacono sah die schmalen Lippen, die heruntergezogenen Mundwinkel, die kleinen Augen hinter den dicken Brillengläsern und erkannte an der ganzen Haltung der Frau ihre fast schon hündische Ergebenheit dem Notar gegenüber. Von ihr würde er niemals etwas hören, das diesen in irgendeiner Weise belastete.

Er beschloss, es über die Eifersuchtsschiene zu probieren.

«Manchmal kommt es vor, dass ein Mann, der leidenschaftlich das Leben liebt und genießt, sich einsam fühlt, wenn seine Partnerin ihm darin nicht folgt. Und dann kann es passieren, dass er sich ... wie soll ich sagen ... dass er sich Begleitung sucht.»

Die Rea schnaubte.

«Flüchtige Bekanntschaften. Nur wer für immer bleibt, der zählt, Ispettore. Ohne im Gegenzug etwas dafür zu erwarten.»

«Wie die Signora, meinen Sie?»

«Ja, genau, wie die Signora. Die Ärmste.»

«Wo war der Dottore gestern Abend? Und wo waren Sie?»

Ihre Augen hinter den dicken Brillengläsern funkelten angriffslustig.

«Nicht bei ihm, Ispettore! Ich war zu Hause, mit meiner Mutter und meiner Schwester, wir haben ferngesehen. Sie können das gerne überprüfen. Was den Dottore betrifft – also, da müssen Sie ihn schon selbst fragen.»

«Was glauben Sie denn, wo er war?»

«Wie gesagt, der Dottore ist ein sehr lebenslustiger Mann. Aber er würde niemals jemandem etwas antun. Vor allem nicht seiner Frau. Da bin ich absolut sicher, Ispettore.»

Bevor sie den Nächsten zur Vernehmung riefen, drehte Aragona sich zu Lojacono um. Seine Angewohnheit, die blau verspiegelte Sonnenbrille betont langsam auf- und abzusetzen, wie er es in amerikanischen Krimiserien gesehen hatte, war nicht nur nervtötend, sondern kam dem Inspektor fast wie eine Manie vor.

«Wenn du mich fragst, sitzt die Alte tagaus, tagein in ihrer Jungfernklause und ergeht sich in schmutzigen Phantasien über ihren Chef. Von der kriegen wir auf keinen Fall gesteckt, wo er gestern war. Und mit wem.»

«Ja, sie scheint mir auch die härteste Nuss von allen zu sein. Schreib auf jeden Fall alles mit, sodass wir die Alibis später überprüfen können. Und jetzt die Nächste, bitte.»

Imma Arace, die Mitarbeiterin, die sie am Morgen empfangen hatte, weinte immer noch. In der Hand hielt sie ein durchnässtes Taschentuch, ihre Augen war geschwollen und gerötet. Sie zog ständig die Nase hoch und schnäuzte sich in regelmäßigen Abständen.

Aragona betrachtete sie voller Abscheu.

«Signorina, hören Sie endlich auf zu weinen. Standen Sie der Signora so nahe?»

«Nein. Wie auch? Ich habe sie doch nur ein einziges Mal gesehen. Bei einer Überraschungsparty, die wir vor zwei Jahren für den Dottore organisiert haben. Ich kannte sie gar nicht.»

Verwirrt blickte der Polizist sie an.

«Und warum weinen Sie dann so?»

«So was geht mir eben nahe. Außerdem tut mir der Dottore leid, der Arme. Auch wenn ...»

Lojacono merkte auf.

«Auch wenn ...?»

Die Frau schnitt eine Grimasse.

«Der Dottore ist auch nur ein Mann. Und Männer wissen sich nun mal schnell zu trösten.»

Mit großer Geste nahm Aragona seine Sonnenbrille ab und heftete den Blick auf die junge Frau. Um die Augen herum war sein Gesicht ungebräunt geblieben. Er sah aus wie ein Pandabär im Negativbild, doch die Notariatsangestellte schien davon gänzlich ungerührt.

«Wollen Sie damit sagen, er tröstet sich mit einer anderen Frau?»

Überrascht klimperte die Arace mit den Augen.

«Was denn sonst? Etwa mit einem anderen Mann? Also, wissen Sie, der Notar ist definitiv nicht vom anderen Ufer.»

«Woher wollen Sie das denn so genau wissen?»

«Woher ich das so genau wissen will? Ich weiß es einfach. Ich sehe es. Das sieht man doch, ob jemand schwul ist, oder nicht? Wie er sich bewegt, wie er spricht ...»

Lojacono beschloss, dem Geplänkel ein Ende zu bereiten.

«Signorina, wissen Sie konkret von einem Verhältnis von Dottor Festa mit einer anderen Frau?»

Die Notariatsangestellte verfiel in ein längeres Schweigen. Schließlich sagte sie etwas zögerlich:

«Nein, ehrlich gesagt weiß ich nicht, ob er ein Verhältnis hat oder nicht. Aber dass ihm die Frauen gefallen, das kann ich bestätigen.»

Mehr wollte sie nicht hinzufügen. Als sie den Raum verließ, flüsterte Aragona dem Inspektor zu:

«Die weiß auch was, Lojacono. Aber keiner macht hier das Maul auf.»

«In der Tat. So langsam fürchte ich auch, dass bei diesen Verhören nichts Gescheites rauskommt. Aber wir müssen es versuchen. Wenn der Notar sich erst mal von seinem Schock erholt und seinen Alltag wieder organisiert hat, dann wird erst recht niemand mehr ein Sterbenswort sagen.»

Aragona bat Rino De Lucia in den Raum.

Der Sachbearbeiter für die Wertpapiere war neben dem

Notar der einzige Mann in der Kanzlei, doch sie hätten nicht unterschiedlicher sein können. Sichtlich nervös versuchte er unablässig, seine wenigen verbliebenen Haare auf dem glänzenden Schädel zu einer Frisur zu arrangieren, während die flaschenbodendicken Brillengläser seinem Blick eine unnatürliche Tiefe gaben.

«Ich kann es immer noch nicht glauben, Ispettore – die arme Signora! Und der arme Dottore, es wird ihm das Herz brechen, sie waren so lange verheiratet ...»

Lojacono nickte erschöpft.

«Sagen Sie, De Lucia, kannten Sie die Signora?»

«Ob ich die Signora kannte? Wie denn auch nicht, Ispettore? Ich arbeite seit über zwanzig Jahren hier, außerdem beschäftigt der Dottore mich als Chauffeur. Ich bin für die Effektenverwaltung zuständig, und nachmittags ist da nicht mehr viel zu tun. Die Signora fährt kein Auto – oder vielmehr: fuhr –, deshalb habe ich sie hin und wieder mit dem Wagen des Dottore zum Einkaufen oder zu irgendwelchen Wohltätigkeitsveranstaltungen gebracht. Eine wunderbare Frau, Ispettore, eine Heilige! Und immer die Freundlichkeit in Person.»

Aragona vollführte seine Zirkusnummer mit der Sonnenbrille.

«Und sie hat nie etwas in der Richtung gesagt, dass jemand wütend auf sie wäre? Oder hatte sie vielleicht Probleme oder Sorgen in letzter Zeit?»

«Probleme oder Sorgen? In letzter Zeit? Nein, da war nichts. Wir haben allerdings auch nicht viel miteinander gesprochen. Ich habe unten vor dem Haus auf sie gewartet, sie ist eingestiegen, hat guten Tag oder guten Abend gesagt und wohin sie wollte. Und da habe ich sie dann hingefahren. Das war alles.»

Kein Wunder, dass die Signora nicht mit dem Mann geredet hat, dachte Lojacono. Niemand würde sich jemandem anvertrauen wollen, der die fürchterliche Angewohnheit hatte, immer den letzten Satz seines Vorredners zu wiederholen.

«Als wir heute Morgen hier herkamen, wussten Sie bereits, dass der Notar sich in Sorrent und nicht auf Capri befand, wie er seiner Frau erzählt hatte. Woher wussten Sie das?»

«Woher ich das wusste? Ich wusste es, weil der Dottore jederzeit erreichbar sein muss, nicht zuletzt um die Wechselproteste zu beurkunden. Das sind feste Termine, da müssen Fristen eingehalten werden. Weil das in meinen Zuständigkeitsbereich fällt, muss ich ihn jederzeit erreichen können.»

«Dann wussten Sie also auch, mit wem er unterwegs war?»

Ein Schweißfilm bildete sich auf der breiten Stirn des Notariatsangestellten.

«Ob ich wusste, mit wem er unterwegs war? Ich wusste es nicht, Ispettore. Ich habe gesagt, ich muss ihn jederzeit erreichen können, aber das heißt nicht, dass ich zu ihm hinfahren muss. Das ist nicht erforderlich.»

«Sie wissen, dass die Unterschlagung wichtiger Informationen kein Kavaliersdelikt ist, De Lucia. Wenn herauskommen sollte, dass Sie den Notar gedeckt haben und er tatsächlich eine Straftat begangen hat, würden Sie sich der Mitwisserschaft schuldig machen.»

«Ich mich der Mitwisserschaft schuldig machen? Ich bitte Sie, so eine wichtige Information würde ich Ihnen doch nicht vorenthalten, Ispettore! Ich mochte die Signora sehr gerne, und die Vorstellung, dass die arme Frau, dass sie ... Daran möchte ich gar nicht denken – sie so ganz alleine zu Hause, die Fensterläden verrammelt vor dem Wind und der Gatte nicht zu Hause ... Ich weiß wirklich nichts, Ispettore, gar nichts.»

Aragona warf Lojacono einen letzten verzweifelten Blick zu, dann verbarg er seine Augen wieder hinter den verspiegelten Brillengläsern.

Blieb also nur noch die Blondine mit dem forschen Auftreten übrig, Marina Lanza, die für die Datenverarbeitung zuständig war. Sie war der jüngste Neuzugang im Notariat, denn, wie sie den beiden Polizisten erklärte, der Dottore hatte irgendwann einsehen müssen, dass Signora Rea niemals in der Lage sein würde, einen Computer zu bedienen und Daten elektronisch zu erfassen.

«Dazu muss man kein Informatiker sein – dass wir uns da recht verstehen. Man muss nur logisch denken können und offen sein für Neues, was im Falle der Kollegin beides nicht zutrifft.»

Lojacono registrierte den tiefen Graben, der sich innerhalb der Belegschaft aufgetan hatte. Vielleicht bestand ja doch noch Hoffnung.

«Sagen Sie, Signorina, wissen Sie zufällig, wo der Dottore gestern Abend war? Und mit wem?»

Die Frau verzog spöttisch das Gesicht.

«Er war in Sorrent oder irgendwo da in der Ecke. Ganz sicher nicht bei sich zu Hause.»

Lojacono nickte.

«Ja, das wurde uns bereits mitgeteilt. Aber um ehrlich zu sein, wollte ich auch Ihre Meinung hören.»

«Meine Meinung? Also, meiner Meinung nach ist der Dottore jemand, der das Leben genießt. Aber Sie wissen, ich bin hier angestellt, und ich möchte meinen Job nicht verlieren: Das ist nämlich ein guter Job, mit einer angemessenen Bezahlung. Klar, das Umfeld ist etwas gewöhnungsbedürftig, aber ich kümmere mich sowieso nur um meinen eigenen Kram, und weil die anderen davon nichts verstehen, kommen sie mir auch nicht in die Quere.»

Aragona, der seine Sonnenbrille gezückt hatte, ergriff das Wort.

«Nichts, was in diesen vier Wänden gesagt wird, verlässt den Raum. Sie können ganz offen sprechen, Signorina. – ‹Signorina› ist doch korrekt, oder?»

An dem verklärten Gesichtsausdruck seines Kollegen erkannte Lojacono, dass dieser von der Blondine offenbar ziemlich angetan war. Eine solche Tour konnte auch nach hinten losgehen, befürchtete der Inspektor, doch statt sich gekränkt zurückzuziehen, wirkte die junge Frau geschmeichelt und errötete sogar leicht.

«Ja, ‹Signorina› ist richtig. Und ich habe auch vor niemandem Angst hier, schon gar nicht vor der Rea, der alten Hexe. Die beiden anderen Pfeifen haben sowieso nichts zu melden. Also, wenn Sie mir absolute Diskretion gegenüber dem Dottore garantieren, dann würde ich ...»

Aragona, den Brillenbügel zwischen die Lippen geklemmt, legte den Kopf zur Seite und schaute mit einem bedeutungsvollen Augenaufschlag zu Lojacono hinüber. Dieser musste sich auf die Zunge beißen, um nicht laut loszuprusten, und nickte ihm komplizenhaft zu.

«Sprechen Sie, meine Liebe», ermutigte sie Aragona, der die Leitung des Verhörs übernommen hatte. «Wie ich Ihnen schon sagte, es bleibt alles unter uns.»

Marina Lanza holte tief Luft.

«Letzte Woche hatten wir hier in der Kanzlei Besuch von einer sehr attraktiven jungen Dame. Wie eine Furie ist sie ohne ein Wort der Begrüßung gleich ins Büro des Dottore gestürmt und hat die Tür hinter sich zugeknallt. Man konnte hören, wie sie herumbrüllte, aber es war kein Wort zu verstehen. Die anderen Kollegen haben sich angeguckt, als wüssten sie, um wen es sich handelt, aber ich hatte sie nie zuvor gesehen. Als sie dann nach einer Weile raus aus dem Büro ist, hat sie uns wieder alle komplett ignoriert und ist abgerauscht.»

Aragona und Lojacono warteten darauf, dass die junge Frau mit ihrer Schilderung fortfuhr, doch offenbar hatte sie nicht mehr zu berichten. Der Inspektor hakte nach:

«Und niemand hat einen Ton dazu gesagt? Ihre Kollegen haben das völlig unkommentiert gelassen?»

Die Blondine schaute zu Aragona hinüber, als wartete sie auf seine Aufforderung zu reden. Als der Polizeiwachtmeister ihr aufmunternd zunickte, warf sie einen Blick zur Tür und raunte:

«Die Rea, diese alte Jungfer, hat ‹So eine Schlampe› gesagt. Ganz leise, als würde sie zu sich selbst sprechen. Die Arace hat angefangen zu lachen. Und der Kollege De Lucia hat sich wie immer hinter seinen Wertpapieren verschanzt und den Mund nicht mehr aufgemacht.»

«Und Sie haben nicht die leiseste Ahnung, wer diese Frau war und wie sie heißt?», wollte Lojacono wissen.

«Natürlich habe ich das! Sie heißt Iolanda Russo. Das hat mir die Arace erzählt. Eine Steuerberaterin, der Dottore hat sie über einen gemeinsamen Mandanten kennengelernt. Die Geschichte soll schon seit einem Jahr laufen, und anfangs muss sie ganz oft in die Kanzlei gekommen sein, aber seit ein paar Monaten nicht mehr.»

«Und Sie glauben, dass der Dottore gestern Abend mit dieser Iolanda Russo zusammen war?»

Im Brustton der Überzeugung erwiderte Marina:

«Ja, das glaube ich. Kaum war sie weg, ist nämlich der Notar mit kreidebleichem Gesicht aus seinem Büro gekommen und hat gesagt, er würde übers Wochenende wegfahren, und wir sollten allen Leuten erzählen, er sei bei einer Konferenz auf Capri.»

Aragona und Lojacono mussten diese Neuigkeit erst einmal verdauen. Schließlich fragte der Inspektor:

«Wie läuft das eigentlich mit dem Computernetz in der Kanzlei, Signorina? Hat jeder sein eigenes Benutzerkonto, seine eigene Mailadresse, oder ...?»

«Die Computer sind alle ans Firmennetz angeschlossen. Es gibt eine Info-Mail-Adresse für die Kanzlei und eine eigene für den Dottore. Die Kollegen Rea und De Lucia, die während seiner Abwesenheit an wichtige Daten herankommen müssen, haben das Passwort zu seinem Computer. Aber ich glaube nicht, dass sie auch seine E-Mails lesen können.»

«Das heißt also, wenn der Notar private E-Mails schreibt, dann würde er das von seinem Account aus tun, oder?»

«Mit Sicherheit. Auf gar keinen Fall von einem anderen Computer aus. Er ist sowieso nicht gerade ein Digital Native. Er hat mir sogar mal gesteckt, zu Hause hätte er gar keinen PC, noch nicht mal einen Laptop.»

Lojacono nahm sich vor, dem Techniker des Präsidiums Bescheid zu geben, den Computer des Notars abzuholen und zu überprüfen. Er war mehr als gespannt auf das Ergebnis.

Er wandte sich erneut an die Blondine, um sich bei ihr zu bedanken und sich von ihr zu verabschieden. Doch Aragona kam ihm zuvor.

Er setzte seine Sonnenbrille auf und sagte:

«Können Sie mir Ihre Handynummer dalassen, Signorina? Falls wir noch Informationen von Ihnen brauchen sollten ...»

27

Alessandra Di Nardo, genannt Alex, hätte gern bei ausgeschaltetem Fernseher zu Abend gegessen.

Nicht, dass sie viel Wert auf Gespräche bei Tisch legte, aber diese Lautstärke, die zu leise war, um das Gesagte verstehen, und zu laut, um es überhören zu können, störte sie. Doch wenn der General etwas wollte, wurde es eben gemacht.

Seit seiner Pensionierung hatte ihr Vater seinen Patriarchenstatus weiter zementiert. Waren schon immer als Erstes seine Bedürfnisse befriedigt worden, war es nun, da er ständig zu Hause war, nahezu unvermeidlich, einer Diskussion mit ihm egal über welches Thema aus dem Weg zu gehen. Denn eine Diskussion mit dem General konnte nur zu einem Ergebnis führen: Er war im Recht.

Alex, die schweigend auf einem Stück Fleisch herumkaute, warf einen verstohlenen Blick auf ihre Mutter. Signora Di Nardo, eine stille adrette Person, schaute mindestens einmal pro Minute zu ihrem Mann hinüber, um ihm mögliche Wünsche von den Augen abzulesen. Ein ganzes Frauenleben im Dienste dieses Mannes. Was für ein trauriges Schicksal.

Wie gewöhnlich schien der General weniger an den Speisen selbst als an der reinen Nahrungsaufnahme interessiert zu sein. Mechanisch schob er Gabel um Gabel in den Mund, bis der Teller leer war. Alex hätte nicht zu sagen vermocht, wie oft sie schon die Geschichten von den Auslandseinsätzen gehört hatte, von Truppenübungen oder geheimen Missionen irgendwo in der Fremde, bei denen es tagelang nichts zu essen gab. Letztlich nichts anderes als eine Art Erziehungsmaßnahme, wie dankbar man sich angesichts einer warmen Mahlzeit zu zeigen hatte. Was für ein Schwachsinn.

Natürlich hatte sie stets tunlichst darauf geachtet, sich ihre Genervtheit nicht anmerken zu lassen. Wenn ihr Vater ins Schwadronieren kam, standen im Hause Di Nardo die Uhren still, und alle hielten den Atem in Erwartung des Orakelspruchs an. Plötzlich hatte sie das Gefühl, ersticken zu müssen.

«Mama, ich gehe nach dem Essen noch mal weg. Ich treffe mich mit den neuen Kollegen.»

«Wie schön. Habt ihr euch schon angefreundet? Das ist wirklich eine nette Idee. Findest du nicht auch?»

Ihre zweite Frage war an den General gerichtet, der nur ein Knurren von sich gab, ohne den Blick vom Fernseher zu lösen.

Alex beeilte sich, die Annahme ihrer Mutter richtigzustellen.

«Nein, nein, das hat sich der Kommissar ausgedacht. Er möchte unser Zusammengehörigkeitsgefühl stärken, das steckt dahinter. Wir sollen uns auch außerhalb der Arbeitszeiten treffen. Bei den paar Leuten, die wir sind, lässt sich das gut machen.»

«Sind auch unverheiratete Männer dabei?»

Die Frage kam wie aus der Pistole geschossen. Wie immer hatte der General es nicht für nötig gehalten, sich vorsichtig an das Thema heranzutasten, sondern war direkt zum Punkt gekommen.

«Keine Ahnung. Kann sein.»

Achtundzwanzig Jahre alt und noch immer ohne festen Freund: Abgesehen von Waffen und Schießübungen war dies das einzige Thema zwischen Vater und Tochter.

Ihre Mutter versuchte, dem Gespräch eine andere Wendung zu geben.

«Vielleicht ist die neue Umgebung ja besser für dich geeignet. Und du wirst nicht wieder diese ... diese Schwierigkeiten haben.»

«Schwierigkeiten haben» – letztlich war das eigentliche Problem sie selbst gewesen.

«Ich möchte keinen Nachtisch mehr essen. Wenn ihr nichts dagegen habt, gehe ich mich fertig machen.»

An manchen Abenden hielt Alex es zu Hause einfach nicht mehr aus. Irgendetwas tief in ihrem Inneren begann zu protestieren, und dann musste sie einfach vor die Tür. Das war schon immer so gewesen, erinnerte sie sich, während sie ihren Wagen durch den dichten Verkehr stadtauswärts lenkte. Es gab zwei Alex Di Nardos: eine, die so war wie ihre Mutter, still und unterwürfig, und eine andere, die sie meistens unter Verschluss halten konnte. Aber wenn diese Seite ihres Charakters sich dann doch bemerkbar machte, war der Ausbruch umso heftiger.

Zwei Seelen. Zwei Seelen, ach! in ihrer Brust. Zwei vollkommen verschiedene Persönlichkeiten. Licht und Schatten. Vielleicht, überlegte sie, sind alle Menschen so. Vielleicht gibt es zwischen mir und Mama gar keinen Unterschied. Oder zwischen mir und dem General. Wir sind doch alle gleich, haben alle eine dunkle und eine helle Seite.

Sie dachte an Romano, ihren Kollegen, mit dem sie den Vormittag verbracht hatte, um herauszufinden, ob eine einsame alte Frau Gespenster sah oder eben nicht. Auch er, wortkarg, wie er war, hatte sicher seine positiven Seiten. Womöglich war er ein besonders guter Vater oder ein besonders guter Freund, der abends beim Bier seine Leidensmiene ablegte, die er sonst mit sich herumtrug.

Nicht, dass sie so anders war als er, dachte sie, während sie die Lichter der City hinter sich ließ und in die Vorstadtdämmerung eintauchte. Das stete Schweigen, die verschlossene Zimmertür. Das letzte Mal, als ihre dunkle und ihre helle Seite sich überlappt hatten, war in der Schulzeit gewesen, zwölf Jahre zuvor. In diesem wunderbaren Sommer, als sie sechzehn war. So lange war das schon her. Zu lange vermutlich.

Sie fuhr nun langsamer, gemächlich rollte ihr Kleinwagen über die beinah ausgestorbenen Straßen. Ein Abend an einem Wochenende, in einer Zeit der Krise. Die Leute gingen immer weniger aus. Natürlich nicht so wenig wie diese geheimnisvolle junge Frau, mit der sie am Morgen gesprochen hatten, durch die verschlossene Tür hindurch. Der alten Hexe zufolge verließ sie ja überhaupt nicht die Wohnung.

Alex hatte etwas Unentschiedenes aus ihrer Stimme herausgehört. Und, trotz Verriegelung und massiver Holztür, einen Beiklang von Angst. Aber Angst wovor? Angst davor, etwas zu verlieren? Vor dem Zorn einer anderen Person? Angst ist immer eine Folge von Gewalt, dachte Alex. Nur, dass es so viele verschiedene Arten von Gewalt gab. Und folglich auch so viele Arten von Angst.

Sie dachte an den General, während sie einen halbleeren Bus überholte. Meine Angst. Vielleicht bin ich auch seine Angst. Jetzt, da er alt ist, da ihm sein eigenes Leben nichts mehr geben kann, bin ich seine Angst geworden. Ich, die ich trotz meiner fortgeschrittenen Jahre weder an einen Ehemann noch an ein Kind denke. Du beobachtest mich heimlich, General. Ich weiß, dass du mich beobachtest. Aber jetzt bin ich diejenige, die deinen Wunsch, mich kennenzulernen, in den Wind schlägt. Zu spät, General. Jetzt ist es zu spät.

Seltsam, dass ihr ausgerechnet in dem Moment der Kommissar in den Sinn kam, Palma. Ein merkwürdiger Chef. Immer gut drauf, immer auf Tuchfühlung bedacht. Vielleicht lag es ja daran, dass sie alle noch am Anfang standen und er sie motivieren wollte. Wie es wohl gewesen wäre, ihn als Vater zu haben statt des Generals? Vielleicht wäre es genauso gewesen. Oder auch nicht. Nutzlos, sich darüber den Kopf zu zerbrechen.

Auf jeden Fall war Palma anders als dieser Idiot Rigoni vom Kommissariat Decumano Maggiore in der Altstadt. Ein seniler Tölpel, der sogar Angst vor dem eigenen Schatten hatte. Sie dachte an seinen Gesichtsausdruck, wie er, als der Schuss fiel, aus seinem Büro gestürzt kam. Die Panik in seinem Blick, die Unsicherheit. Und dann die Wut, gegen sie.

Kein Verlust, dass ich da nicht mehr bin, dachte sie, während sie den Blinker setzte, um in den unscheinbaren Innenhof einzubiegen. Weiß Gott kein Verlust. Eine Stelle ist so gut wie die andere. Hauptsache, ich kann meinen Job machen.

Sie fuhr ihren Wagen in eine Tiefgarage, die ihn vor neugierigen Blicken schützen sollte, und stieg aus. Absolute Diskretion. Ja, die Diskretion dieses Ortes gab ihr Sicherheit. Und machte ihn zu einem der meistbesuchten Lokale seiner Art.

Sie betrat den Aufzug, mit dem man von der Tiefgarage aus direkt nach oben in die Garderobe kam. Sie zog eine Bandana aus ihrer Tasche, ein Tuch, unter dem sie ihre kurzen Haare verbarg. Und eine schwarze Augenmaske. Mantel und Tasche gab sie bei der Empfangsdame ab. Mit ihrem dunklen Top und der schmal geschnittenen Hose fühlte sie sich genau richtig angezogen, um einen Kompromiss zwischen der einen und der anderen Alex zu finden.

Die warmen, samtigen Klänge eines Jazzstandards umfingen sie, während ihre Augen sich an die Dunkelheit gewöhnten, denn die niedrig hängenden, bunten Lampen hellten den Raum nur bedingt auf. Schließlich macht sie sich auf zur Bar, um sich einen Drink zu bestellen. Anders als bei ihren ersten Besuchen musste sie sich keinen Mut mehr antrinken, aber die Wärme des Alkohols, die ihren Körper durchzog und ihr die Scheu vor der Umgebung nahm, hatte etwas wohltuend Vertrautes an sich.

Ein Mann ohne Maske und mit zurückgegeltem Haar kam auf sie zu, die Lippen zu einem gekünstelten Lächeln verzogen. Sein Blick war forsch, er strotzte nur so vor Selbstbewusstsein. Als sie sein Angebot auf einen Drink dankend ablehnte, verschwand das Lächeln aus seinem Gesicht, und grußlos tauchte er in die Dunkelheit ab. Wegen so einem war Alex wirklich nicht gekommen.

Mit ihrem Glas in der Hand tastete sie sich weiter in die Tiefen des Nachtclubs vor. Sie wusste genau, wohin sie wollte, doch genoss es, sich ganz allmählich ihrem Ziel anzunähern, wie unabsichtlich. Die Vorstellung, der Zufall habe sie an diesen Ort gebracht, gefiel ihr. Als hätte es sie ganz plötzlich dorthin verschlagen, ohne jede Willensanstrengung. Als wäre es kein dringender, unbezwingbarer Wunsch, der sie dort hintrieb.

Sie durchquerte einige im Halbdunkel liegende Räume, in denen die Musik vergleichsweise leise war, um Gespräche zu ermöglichen, aber zugleich Diskretion zu gewähren. Viele Gäste trugen Masken, so wie sie, aber es gab auch welche, die darauf verzichteten. Alex wusste, dass der Kitzel manchmal gerade in der Enthüllung lag, in der Preisgabe der eigenen Identität. Doch nicht für sie.

Schon ein paarmal hatte sie sich ausgemalt, wie es wäre, an diesem Ort jemanden zu treffen, den sie kannte. Allein bei dem Gedanken daran musste sie lachen. Sie selbst wäre nicht zu erkennen gewesen, aber es hätte ihr einen diebischen Spaß bereitet, die wahre Natur dieser Leute zu enthüllen. Vielleicht ja sogar des Generals höchstpersönlich. Aber nein, das war unmöglich, rief sie sich zurecht. Das Verruchteste, was der General je getan hatte, war, auf dem Schulklo zu rauchen.

Sie sah zwei maskierte Männer Hand in Hand vorbeischlendern. Ein Stück weiter hinten im Raum stellte ein Mann seine Begleiterin einem anderen vor, der sie mitten auf den Mund küsste.

Die Atmosphäre begann sich aufzuheizen. Alex nippte an ihrem Drink.

Sie kam in einen größeren Saal, in dem sich mehrere Tänzer mit kreisenden Hüften zum aufreizend langsamen Rhythmus der Musik bewegten. Sie blieb stehen, um die Szene zu beobachten. Am anderen Ende des Raumes sah sie eine Frau stehen, allein. Sie war groß, mit langen roten Haaren, eine mit Strasssteinen besetzte Maske verdeckte ihre Augen- und Nasenpartie. Sie hatte ein weit ausgeschnittenes schwarzes Top an, unter dem kein BH den üppigen Busen zu bändigen schien. Ihre Beine waren nackt, an den Füßen trug sie glänzende Paillettenschuhe. Aggressiver Kleidungsstil und hilfloser Gesichtsausdruck – typisch für Gäste, die zum ersten Mal an diesen Ort kamen.

Vorsichtig trat Alex auf sie zu. Sie flüsterte ihr etwas ins Ohr, was die junge Frau mit einem angespannten Lächeln quittierte. Dann nahm sie sie bei der Hand und begann, sich im Rhythmus der Musik zu wiegen. Eine Weile tanzten sie zusammen, ohne sich zu berühren, nur ihre Augen hinter der Maske ließen einander nicht los, während alles andere um sie herum verblasste und sich in Luft auflöste. Allein das Saxophon war noch da und der leichte Geruch von Schweiß, den ihre Körper verströmten und der sich wie ein Film zwischen sie legte. Es gab nur noch sie beide, das graziöse schwarz gekleidete Mädchen und die Rothaarige mit den langen nackten Beinen und den üppigen Formen. Unmerklich bewegten sie sich aufeinander zu, bis die Spitzen ihrer Brüste sich berührten und ihnen einen elektrischen Schlag versetzten, der sie beide erschaudern ließ.

Alex näherte ihren Mund dem der Frau. Der Blick aus den grünen Augen wurde weich und verlor jede Scheu, als sie den Geschmack von Lippenstift, Alkohol und Geheimnis kostete.

Während ihre Zungen sich gegenseitig erkundeten, nahm das Verlangen mehr und mehr Gestalt an und überwand alle Barrieren, bis es vollständig ihre Gedanken beherrschte. Übergangslos wurde die Melodie von einer anderen abgelöst, die ihre Bewegungen begleitete. Alex legte eine Hand in den Nacken der Rothaarigen, die ihre Hüften umfasste. Als sich ihre Lippen voneinander lösten, war in ihren Blicken das zu lesen, was ihre Körper längst wussten.

Alex nahm die Fremde bei der Hand und zog sie zu der Tür, hinter der die Séparées lagen. Orte der Abgeschiedenheit, in denen die Nachtclubgäste endlich ihr wahres Ich zeigen konnten.

Und Licht fiel auf die Schattenseite.

28

Nachdem sie alle Mitarbeiter des Notariats vernommen hatten, rief Lojacono noch am Abend im Kommissariat an, um die Kollegen über die neuesten Entwicklungen zu unterrichten.

Ottavia hatte mitgeschrieben.

«Iolanda Russo, Steuerberaterin. Ich werde sehen, was ich über sie rausfinden kann. Übrigens hat der Kommissar eine Besprechung für morgen früh hier im Büro anberaumt. Pisanelli ist dabei, sich im Umfeld des Opfers umzuhören, außerdem dürften wir bis dahin einen ersten Bericht von der Spurensicherung haben. In der Wohnung des Notars wimmelt es von Journalisten, die Nachricht hat sich wie ein Lauffeuer verbreitet.»

In den Augen des Inspektors waren solche Besprechungen reine Zeitverschwendung. Abgesehen davon arbeitete er sowieso am liebsten allein. Aragonas ständige Anwesenheit störte ihn, auch wenn er zugeben musste, dass sie insofern sinnvoll gewesen war, als der Polizeioberwachtmeister, so erstaunlich es war, mit seiner Charmeoffensive immerhin die Arace aus der Reserve gelockt hatte.

Er war früh dran an diesem Morgen und wunderte sich umso mehr, Ottavia und Pisanelli bereits an ihren Schreibtischen vorzufinden.

«He, ihr beiden, verbringt ihr etwa auch die Nacht hier?»

Die Frau lachte.

«Keine Sorge, Lojacono. Du weißt doch, wie dieser Job ist – man kriegt ihn einfach nicht aus dem Kopf. Er nistet sich in der hintersten Ecke deines Hirns ein und hört nicht auf zu rumoren. Übrigens, ich habe Neuigkeiten für dich. Die erzähle ich dir nachher bei der Besprechung.»

Pisanelli legte seine Zeitung zur Seite.

«Apropos Neuigkeiten, ich habe auch was für euch: Wir sind wieder auf der Titelseite. Alle schauen auf uns.»

In der Zwischenzeit war Romano eingetroffen. Ihm war anzusehen, dass er in der Nacht nicht viel geschlafen hatte. Er hatte sich bei seiner Frau für seinen Gewaltausbruch entschuldigen wollen, doch sie hatte die ganze Zeit nur geweint. Um ihr Ruhe zu gönnen, hatte er eine weitere Nacht auf dem Sofa verbracht.

«Lauter Frühaufsteher hier, was? Na, besser so. Wann kommt denn der Chef? Ich brauche einen Hausdurchsuchungsbefehl.»

Ottavia antwortete ihm.

«Er müsste jeden Moment hier sein. Ist das wegen der Strafanzeige von gestern, wegen diesem Anruf?»

Alex betrat den Raum, eine dunkle Sonnenbrille verbarg ihre Augen.

«Ja, genau, dieser Anruf. Guten Morgen allerseits! Irgendwas stimmt mit dieser Geschichte nicht.»

Pisanelli musterte sie streng.

«Lange Nacht gehabt, Kollegin? Na ja, in deinem Alter … Auf jeden Fall habe ich im Archiv nachgeschaut: Es gibt keine weiteren Strafanzeigen von dieser Amalia Guardascione. Scheint also niemand von der Sorte zu sein, die, nur um eine menschliche Stimme zu hören, permanent die 110 wählt und irgendeinen Quatsch verzapft.»

Romano nickte.

«Stimmt. Zuerst dachte ich ja, die Alte sieht Gespenster. Aber dann hat uns die Frau tatsächlich nicht die Tür aufgemacht.»

Alex ergänzte seine Worte.

«Und nicht nur das: Noch dazu hat sie sich auffallend zögerlich verhalten. Und keiner in der ganzen Nachbarschaft hat jemals irgendwen in die Wohnung rein- oder rausgehen sehen.»

Palma stürzte zur Tür hinein. Seinem Strahlen war anzusehen, dass er sich über den Anblick seiner versammelten Mitarbeiter freute.

«Wow, alle schon da! Klappt ja wie am Schnürchen ... Also, Di Nardo und Romano, ihr wollt der Strafanzeige der Guardascione weiter nachgehen, habe ich das richtig verstanden?»

Bevor die Angesprochenen antworten konnten, betrat ein vor sich hin pfeifender Aragona den Raum. Kaum hatte er bemerkt, dass bereits alle Kollegen versammelt waren, unterbrach er sein Liedchen, schaute auf die Uhr an der Wand und dann auf die an seinem Handgelenk. Zerknirscht sagte er:

«Sorry, Kollegen, aber es ist gerade mal acht ... Hattet ihr schon eine Besprechung, von der ich nichts wusste?»

Palma lachte.

«Keine Panik, Aragona, die kommt erst noch. Scheint nur so, als wären wir alle echte Frühaufsteher. Ein gutes Omen, wenn ihr mich fragt.»

Alex Di Nardo versuchte, das Gespräch wieder auf die verrammelte Wohnung und die geheimnisvolle Frau zu bringen.

«Wir wollten Sie eigentlich um einen Durchsuchungsbefehl bitten, Commissario. Mit dieser Wohnung stimmt was nicht, wir müssen der Sache auf den Grund gehen.»

Romano, der befürchtete, die Sache könnte sich in Luft auflösen und als übertriebener Diensteifer verstanden werden, versuchte, die Bemerkung der Kollegin zu relativieren.

«Damit wir uns recht verstehen: Wir haben noch keinerlei Beweise. Es handelt sich mehr um ... um so eine Art Bauchgefühl. Aber wir meinen trotzdem beide, dass wir das überprüfen sollten. Um Gewissheit zu haben.»

Palma kritzelte etwas in sein Notizbuch.

«In Ordnung, kein Problem. Ich habe großes Vertrauen in eure Bauchgefühle. Ottavia, lass uns beim zuständigen Staatsanwalt einen Durchsuchungsbefehl beantragen. Und du, Di Nardo, versorgst uns mit den nötigen Informationen: Wohnungsanschrift, Eingangsdatum der Strafanzeige, Verdachtsmomente, die ihr gesammelt habt, und so weiter. Lasst uns versuchen, die Sache noch heute Morgen abzuschließen. Trotzdem möchte ich jetzt erst mal, wo wir schon alle hier versammelt sind, über den anderen Fall reden.»

Er nahm ein paar Zeitungen aus seiner Aktentasche und breitete sie auf Ottavias Schreibtisch aus.

«Wie ihr seht, ist der Mord an Cecilia De Santis das Thema Nummer eins bei sämtlichen Zeitungen der Stadt. Irgendein Idiot, entweder eins dieser Streifenhörnchen aus dem Präsidium oder die bulgarische Haushälterin, hat was von den fehlenden Silberteilen durchsickern lassen. Und jetzt hagelt es natürlich Kommentare über die mangelnde Sicherheit in dieser Stadt, über Kriminelle, die keinen Funken Ehre mehr im Leib haben, und so weiter. Wie ihr wisst, ist ein Verbrechen aus Leidenschaft etwas anderes als ein Raubüberfall mit Todesfolge.»

Lojacono sagte bitter:

«Und niemand macht sich Gedanken darüber, dass hier ein Mensch ums Leben gekommen ist. Und um wen es sich konkret handelt. Alle fragen sich, ob das auch ihnen hätte passieren können oder ob vielleicht nur ein banaler Seitensprung dahintersteckt. Wie immer.»

Palma nickte zustimmend.

«Leider stehen wir nicht nur im Fokus des öffentlichen Interesses, sondern auch der Chefetage. Gestern hat mich der Polizeipräsident persönlich angerufen, um zu fragen, ob wir uns die Ermittlungen zutrauen würden, ob wir Hilfe bräuchten und sogar, ob wir den Fall nicht lieber gleich ans Präsidium abgeben wollten.»

Lojacono betrachtete ihn mit ausdruckslosem Blick.

«Und, was hast du geantwortet, Commissario?»

«Na, was denkst du wohl, was ich geantwortet habe? Dass wir die Situation im Griff haben, keine Hilfe brauchen und den Fall alleine lösen. Das habe ich geantwortet. Aber jetzt wissen wir immerhin, dass wir keine Zeit zu verlieren haben.»

Aragona ergriff das Wort.

«Aber es ist doch eine Tatsache, dass da ein paar Silberteile fehlen. Nicht viele, hat die Haushälterin gesagt, aber einige auf jeden Fall.»

Romano fragte:

«Gibt es denn irgendwelche Hinweise auf einen Einbruch? An der Wohnungstür, am Eingang unten oder an den Fenstern? Eine kaputte Scheibe, eine ausgehebelte Türangel ...?»

Aragona vollführte einen seiner Brillentricks, diesmal kombiniert mit der Nummer «gerunzelte Stirn und Stimme im Keller». Die blau getönten Gläser funkelten, als er eine Oktave tiefer als gewöhnlich sagte:

«Nein, nichts. Die Frau hat ihren Mörder ganz klar gekannt und ihm selbst die Tür aufgemacht.»

Ottavia und Pisanelli verbargen ihr Grinsen hinter vorgehaltener Hand respektive Zeitung.

«Oder aber der Mörder hatte einen Schlüssel. Was uns wieder zum Notar zurückführt: wo er sich zur Tatzeit aufgehalten hat, in wessen Begleitung er war und so weiter. Das mit den verschwundenen Silberteilen kann auch bloß Tarnung sein.»

Alex Di Nardo ergriff das Wort.

«Was für ein Typ Frau war denn diese Notarsgattin? Kann es sein, dass jemand ein Problem mit ihr hatte?»

Palma zeigte eine zufriedene Miene. Die allgemeine Beteiligung an der Diskussion war ein gutes Zeichen.

«Pisanelli, du kennst doch hier im Viertel Hinz und Kunz, was meinst du denn dazu?»

«Danke für die Wertschätzung, Palma. Ja, stimmt, ich kenne eine Menge Leute hier im Viertel, und in all den Jahren habe ich auch gelernt, wie ich es anstellen muss, um möglichst viel mitzukriegen. Also, ich habe mich mal ein bisschen umgehört.» Er kramte einen Notizblock hervor, setzte seine Lesebrille auf und begann, stichpunktartig zu referieren: «Cecilia De Santis, 57 Jahre alt. Mitglied einer stadtbekannten Familie, hauptsächlich Bauunternehmer und Hotelbesitzer, stinkreich und sehr angesehen. Rotary Club, diverse Vereine, alles, was dazugehört, wenn man Teil der High Society sein will. Cecilia, gut erzogen und vermögend, keine schöne Frau, mittelgroß, vollschlank, aber sehr gebildet und intelligent, wenn auch ein eher scheuer Typ. Sie hat den Notar an der Universität kennen und lieben gelernt, beide sind etwa gleich alt. Er kommt aus Lucca, aus bescheidenen Verhältnissen, und hat als Kellner gearbeitet, um sein Studium zu finanzieren.»

Aragona schob seine Sonnenbrille hoch.

«Ich sehe ihn vor mir, mit seiner arroganten Visage, wie er einen auf Kellner macht! Sie werden ihm ganz schön eins gehustet haben.»

«Vielleicht hatte er sie damals noch nicht, die arrogante Visage ... Also, sie lernen sich kennen und verlieben sich ineinander. Ihre Familie, so wurde mir erzählt, war gegen die Verbindung. Sie hat ziemlich lange gebraucht, um sie zu überzeugen, ein paar Cousins von ihr haben ihn erst Jahre später empfangen. Bis zum Examen hat sie ihn praktisch finanziert. Aber er war clever und hat es gleich in der ersten Runde geschafft.»

Romano lachte höhnisch auf.

«Ohne jede Einmischung von oben, nehme ich mal an.»

Pisanelli zuckte mit den Achseln.

«Kann ich dir nicht sagen. Jedenfalls haben die beiden im selben Jahr noch geheiratet. Nach und nach ist er zu einem der angesehensten Vertreter seiner Branche geworden, nachdem er ein paar größere Fusionen und Firmenübernahmen abgewickelt hat. Sie hingegen hat auf eine Karriere verzichtet, wobei sie wohl auch nie berufliche Ambitionen hatte, und wichtige Kontakte für ihren Ehemann geknüpft.»

Alex' Interesse war geweckt.

«Und was für eine Ehe haben die beiden geführt?»

«Eine mit Höhen und Tiefen, wie es scheint. Kinder haben sie keine kriegen können, was sie möglicherweise voneinander entfremdet hat. Er – Aragona und Lojacono haben ihn ja kurz kennengelernt – ist ein extrem gut aussehender Typ, athletisch und jung geblieben. Und außerdem hat er Macht, was Frauen ja bekanntlich sexy finden. Sie hingegen sieht so alt aus, wie sie ist. Offenbar hat er mindestens drei Verhältnisse über die Jahre gehabt und sich auch nicht sonderlich um Diskretion bemüht. Während die Ehefrau immer sehr zurückgezogen gelebt hat.»

Die Calabrese fragte:

«Und was hat sie zu den Verhältnissen ihres Ehemannes gesagt?»

«Sie wurden nur sehr selten zusammen gesehen, bloß bei wirklich großen Anlässen. Es gibt jedenfalls keine Hinweise auf irgendwelche Ausraster ihrerseits, Szenen oder Vorhaltungen in der Öffentlichkeit hat sie ihm nie gemacht. In den letzten fünf Jahren schien dann eine gewisse Ruhe eingekehrt zu sein. Bis er vor ein paar Monaten anfing, sich in bestimmten Kreisen zusammen mit einer deutlich jüngeren Frau zu zeigen.»

Ottavia zog ein Blatt Papier aus ihrem Drucker.

«Iolanda Russo, Steuer- und Finanzberaterin, trotz ihrer gerade mal achtundzwanzig Jahre schon ziemlich etabliert, Typ Wadenbeißer und spezialisiert auf Bankbeziehungen. Sie haben sich im Job kennengelernt, bei irgendwelchen Immobiliengeschäften. Anfangs haben sie ihr Verhältnis noch geheim gehalten, aber bald sind sie offensiv als Paar aufgetreten. Sie ist rothaarig, eine ziemlich auffällige Erscheinung, elegant, mit einem echten Schuhtick – sie liebt Plateausohlen, und unter Zwölf-Zentimeter-Absätzen macht sie gar nichts.»

Verwundert starrte die versammelte Mannschaft sie an. Ottavia fühlte sich in die Enge getrieben.

«Äh, hallo? Was ist denn schon dabei? In den Klatschblättern kann man jeden Mist nachlesen, also auch über ...»

Pisanelli fuhr mit seinem Lagebericht fort.

«Mit anderen Worten, das Opfer ist nach wie vor ein Rätsel für uns. Immerhin hat eine alte Freundin von mir, die Baronessa Ruffolo, die die Tote sehr gut kannte, versprochen, sofern wir ihr absolute Diskretion garantieren, uns zu erzählen, was für eine Frau sie war und was für ein Leben sie geführt hat.»

Sichtlich erfreut nahm Lojacono die Nachricht entgegen.

«Sehr gut, das klingt in der Tat vielversprechend. Wir sollten trotzdem die These mit dem Einbruch weiterverfolgen, auch wenn es schon sehr merkwürdig ist, dass es keinerlei Spuren von Gewalteinwirkung an Türen und Fenstern gibt. Wo finden wir denn diese Baronessa?»

«Im Yachtclub *La Vela*. Dort treffen sich die Damen der besseren Gesellschaft zum Canastaspielen. Und um sich die Lungen mit Teer zu füllen, die Leber in Alkohol zu tränken und sich gegenseitig mit Gift und Galle zu überschütten. Sag mir einfach, wann du sie treffen willst, und ich rufe sie an. Im Zweifelsfall ist sie jeden Nachmittag ab vier Uhr dort.»

Auch Aragona musste noch seinen Senf hinzugeben.

«Vielleicht sollten wir uns vorher noch ein bisschen im Dunstkreis des Notars umsehen. Keine Ahnung – den Pförtner befragen, die Leute aus den benachbarten Geschäften aushorchen ...»

Romano unterbrach ihn.

«Wenn ich ihr wäre, würde ich dieser Haushälterin, einer Bulgarin, soweit ich weiß, noch mehr auf den Zahn fühlen. Nicht weil ich Vorurteile gegen Ausländer hätte, aber oft verschaffen diese Leute ja, ohne es zu wissen, irgendeinem Bösewicht Zutritt zu den Häusern ihrer Arbeitgeber. Sie hatte schließlich einen Schlüssel, oder? Das könnte erklären, warum es keine Einbruchspuren gibt.»

Alex Di Nardo ließ ein verächtliches Prusten hören.

«Das ist ja mal wieder typisch: Kaum ist eine Frau involviert, noch dazu eine Ausländerin, haben wir den Sündenbock! Die Haushälterin wusste bestimmt auch, wo die Signora ihre Wertgegenstände aufbewahrte, nicht wahr? Vielleicht hat sie sich ja auch erlaubt, sie um ein bisschen Tinnef zu erleichtern.»

Aragona überdachte ihren Einwurf.

«Also, auf mich hat das Mädchen den Eindruck gemacht, als wäre sie ehrlich schockiert gewesen. Aber es könnte doch sein, dass die Signora den Einbrecher überrascht hat. Und er hat ihr mit dem erstbesten Gegenstand, der ihm in die Finger kam, eins über die Rübe gezogen, nämlich mit dieser Schneekugel. Und als er dann abgehauen ist, hat er auf dem Weg vom Flur zum Ausgang eingesackt, was er kriegen konnte. Wenn es die Haushälterin war, warum hätte sie dann zurückkommen sollen, mit dem Risiko, entdeckt zu werden?»

Romano verteidigte seine Position.

«Ich habe nicht gesagt, dass die Haushälterin mit dem Mörder unter einer Decke steckt! Oder dass sie es selbst war. Aber es könnte doch sein, dass ihr jemand heimlich den Schlüssel weggenommen und ihn hat nachmachen lassen – zum Beispiel. Es war nur eine Idee.»

Palma, der Pragmatiker, versuchte sogleich, einen Schlachtplan zu erstellen.

«Also, lasst uns Folgendes machen: Zuerst hört ihr euch beim Pförtner und in der Nachbarschaft rund um die Wohnung des Notars ein bisschen um und versucht rauszukriegen, ob die Haushälterin involviert gewesen sein könnte. Dann macht ihr einen kleinen Spaziergang zum Yachtclub. In der Zwischenzeit werten wir hier den Obduktionsbericht und das Protokoll der Spurensicherung aus und checken den Computer des frischen Witwers auf Verdächtiges hin.»

Lojacono nickte zustimmend.

«Bleibt der schwierigste Teil der Ermittlung: herauszufinden, wo der Notar sich befand, als seine Frau starb. Und mit ihm unsere hübsche Steuerberaterin, die – Aragonas jüngster Eroberung zufolge – ihm wohl letzte Woche eine handfeste Szene gemacht hat. Es wäre sicher nicht verkehrt zu wissen, was die beiden sich alles an den Kopf geworfen haben. Und wo sie das Wochenende verbringen wollten.»

Ottavia ergriff das Wort.

«Ich habe einen guten Freund, der in einem Computerlabor arbeitet. Ich kann ihn bitten, sich schnell mal den PC des Notars vorzunehmen und zu gucken, ob ihm irgendwas Verdächtiges auffällt.»

Palma war begeistert.

«Super Idee, Ottavia! Einer Frau wie dir wird dein Freund bestimmt nichts abschlagen.»

Die Polizistin spürte, wie ihr die Röte in die Wangen stieg. Doch zum Glück schien den anderen ihre Verlegenheit nicht aufzufallen.

Der Kommissar fuhr fort.

«Was mich betrifft, so rede ich mit der Piras, um sie über den Stand der Ermittlungen auf dem Laufenden zu halten – auch wenn sie mir versichert hat, Lojacono blind zu vertrauen. Und ihr, falls ihr Hilfe braucht, meldet euch sofort! Wir sind vielleicht Gauner, aber wir werden trotzdem allen zeigen, dass wir unseren Job beherrschen.»

29

Einmal in der Woche begleitete Ottavia Calabrese ihren Sohn zum Schwimmen. Gaetano, der in seiner Geduld und Opferbereitschaft fast alle Aufgaben übernommen hatte, die den gemeinsamen Sohn betrafen, ging dreimal in der Woche mit Riccardo ins Schwimmbad. Doch selbst dieses eine Mal lag Ottavia auf der Seele.

Es war keine Frage von Diensten, die sie hätte tauschen müssen, um freizuhaben. Und auch die Fahrt in die Innenstadt, die sie hasste, war nicht das Problem. Nicht einmal die Tatsache, dass sie anderthalb Stunden in einer feuchten, nach Chlor und Schweiß stinkenden Halle ausharren und sich die dummen Sprüche des Bademeisters anhören musste, störte sie. Nein, der Grund war ein anderer, und dieser war so schlimm, dass sie es niemandem sagen konnte: Ottavia ertrug es einfach nicht, alleine mit ihrem Sohn zu sein.

Sie hätte nicht zu sagen vermocht, wann dieser Widerwille in ihr entstanden war. Über viele Jahre hinweg, seit Gaetano und sie erkannt hatten, dass Riccardo in seiner eigenen Welt lebte, die er auch niemals verlassen würde, um mit anderen Menschen in Kontakt zu treten, war sie eine liebevolle Mutter gewesen, die sich rührend um ihr Kind gekümmert hatte. Sie hatte akzeptiert, dass es keine Frage von Verletzungen war, die erst ausheilen, oder von Operationen, die noch überstanden werden mussten, um Riccardo und damit der ganzen Familie zu einem normalen Leben zu verhelfen. Sie hatte begriffen, dass ihr Sohn für alle Zeiten so bleiben würde, wie er war, von winzigen Fortschritten abgesehen.

Und ganz gewiss hätte sie nicht auf einen besseren Ehemann hoffen können. Gaetano war mit den Jahren noch zärtlicher, noch verliebter, noch hingebungsvoller geworden. Er lebte für seine Frau und für seinen Sohn, brachte sich vollkommen in die Familie ein, übernahm fast alle der tausend kleinen Pflichten rund um Riccardos Versorgung, verbrachte Stunden über Stunden mit dem Jungen. Und trotzdem schien dieser ihn kaum wahrzunehmen. Für ihn gab es nur Ottavia, die «Mama», das einzige Wort, das er einigermaßen verständlich über die Lippen bringen konnte.

Während sie darauf wartete, dass sie allein in der Umkleidekabine waren, um ihn auszuziehen und ihm in seine Badehose zu helfen, versuchte Ottavia, in ihrer Erinnerung den Zeitpunkt auszumachen, wann sie begonnen hatte, ihr eigenes Zuhause als Gefängnis zu begreifen. Wenn es von Anfang an so gewesen wäre, hätte man das ja noch nachvollziehen können, nicht jeder hatte die Kraft, mit einer solchen Belastung fertigzuwerden. Aber so war es nicht.

Sie hatte ihren Mann geliebt. Seit Jahren waren sie ein Paar. Sie hatte ihn bei seiner Karriere unterstützt, genauso wie er sie bei ihrer, er wusste, dass sie schon als Kind zur Polizei hatte gehen wollen. Sie hatten viel zusammen durchgemacht, und als Riccardo sich ankündigte, war ihre Partnerschaft so gefestigt gewesen, dass sie auch mit einer schweren Behinderung wie der seinen umzugehen wussten. Und tatsächlich hatten sie alles richtig gemacht und wurden von allen Elterninitiativen, in denen sie sich engagierten, als Vorbild empfunden.

Sie vergewisserte sich, dass sie endlich allein in der Umkleidekabine waren. Riccardo wollte nicht, dass sie ihm beim Anziehen half, wenn andere Kinder dabei waren. Er schüttelte dann immer heftig den Kopf und quengelte laut, wodurch er die allgemeine Aufmerksamkeit erst recht auf sich zog. Da war es besser zu warten.

Während sie ihm Sweatshirt und Jeans auszog, stellte sie wieder einmal fest, wie männlich er geworden war, fast schon frühreif im Vergleich zu seinen Altersgenossen. Die dichte Behaarung auf Gesicht, Brust und Scham hob sich dunkel von der blassen Haut ab. «Mama, Mama», sagte er mit tiefer Stimme.

Ottavia reagierte nicht. Sie wusste, dass es nichts zu bedeuten hatte, er wollte nur noch einmal festhalten, dass sie hier war, bei ihm. Sie zog ihm die Badehose an, erst das eine Bein, dann das andere, und fragte sich, wie es nun, da Riccardo eindeutig die Pubertät erreicht hatte, mit ihm weitergehen sollte. Bei ihrer Arbeit hatte sie schreckliche Dinge mitbekommen, grausame Gewalttaten, begangen von geistig Zurückgebliebenen, die ihre explodierende Sexualität auslebten, ohne sie kontrollieren zu können. Sie hoffte von ganzem Herzen, dass ihr Sohn nicht zu diesen Leuten gehören würde.

Wenn auch aus einem ganz anderen Grund, versetzte der Gedanke an Sex ihr plötzlich einen Stich im Magen. In der Nacht hatte Gaetano nach ihr verlangt, doch sie hatte so getan, als schliefe sie schon. Wieder einmal. Sie fragte sich, wie lange sie ihn mit ihren fadenscheinigen Ausreden noch hinhalten konnte.

Während sie mit Riccardo an der Hand zum Schwimmbecken ging, dachte sie daran, wie sie vor Monaten bereits den Vorsatz ergriffen hatte, sich nicht länger etwas vorzumachen und endlich einzugestehen, dass sie das Zusammenleben mit Mann und Sohn nicht länger ertrug. Im ersten Moment hatte sie Erleichterung verspürt, ja, sogar eine gewisse Genugtuung, wenn sie im selben Tonfall wie sonst mit ihnen sprach, die üblichen Dinge sagte und sich gleichzeitig Tausende von Kilometern weit weg wünschte.

Doch dann, als sie sich ihrer Situation richtig bewusst geworden war, hatte sie begonnen, ihr Zuhause wie ein Gefängnis zu empfinden, aber ohne jede Aussicht auf Entlassung. Und je mehr ihr Mann sie mit seinen Nettigkeiten überschüttete, je häufiger ihr Sohn sein ewiges «Mama» stammelte und seinen Kopf an ihre Schulter legte, umso lieber hätte sie auf der Stelle die Flucht ergriffen.

Der Bademeister nahm Riccardo in Empfang. Er begrüßte ihn überschwänglich und warf ihr einen sehnsuchtsvollen Blick zu.

Ottavia war eine von jenen reifen Schönheiten, die vielleicht nicht auf den ersten Blick auffallen, aber umso mehr faszinieren, je länger man sie kennt. Mit ihren kastanienfarbenen Locken, den schalkhaft blickenden Augen von fast derselben Farbe, den sinnlichen Lippen und dem weichen, aber durchtrainierten Körper litt sie keinen Mangel an männlichen Bewunderern, die ihre Bemühungen um Riccardo noch intensivierten, um einen engeren Kontakt zu seiner Mutter zu bekommen. Ärzte, Krankenpfleger, Lehrer, sie alle versuchten es mit der gleichen Masche. Sie achtete nicht mehr darauf, sie hatte auch nie das Bedürfnis nach einem anderen Partner verspürt. Sie wollte einfach nur frei sein, frei auch von den Schuldgefühlen, die sie ständig begleiteten.

Die Anziehungskraft, die Palma, der Kommissar, auf sie ausübte, war eine ganz neue Erfahrung, mit der sie nicht umgehen konnte. Sie behielt ihre Gefühle für sich, ohne sich ihnen außer in ihrer Phantasie hinzugeben, und nahm sie zunächst einfach als Beweis dafür, dass sie doch noch nicht alt und abgestumpft war.

Riccardo glitt ins Wasser, während sie auf die kleine Tribüne kletterte, auf der auch die anderen Eltern saßen. Der Schwimmkurs fand auf Empfehlung des Arztes statt, der den Jungen betreute. Ständige Bewegung sei ein absolutes Muss, predigte er stets. Riccardo freute sich, er ging gern zum Schwimmen, und abgesehen von den Problemen in der Umkleidekabine hatte Ottavia wirklich den Eindruck, dass es ihm guttat. Außerdem hatte er schon als kleines Kind gern gebadet; wann immer er sich im Wasser befand, hatte sich seine Stimmung schlagartig gebessert.

Sie beobachtete ihn, während er mit seinen froschartigen Schwimmbewegungen die Bahnen zog. Neben ihr fachsimpelten zwei Mütter über Friseure – meiner ist großartig, deiner ist großartig, meiner sieht toll aus, deiner sieht toll aus, meiner kann auch Pediküre, meiner ist richtig fix. Es war heiß, der beißende Chlorgestank machte sie schwindelig.

Nach einer Viertelstunde verlor Riccardo plötzlich seinen Atemrhythmus. Seine Armbewegungen wurden unregelmäßig, er begann Wasser zu schlucken. Sie bemerkte es sofort, sah den panischen Ausdruck in den Augen ihres Sohnes, der keinen Ton von sich gab und nicht um Hilfe schrie. Es handelte sich nur um wenige Sekunden, aber ihr schien es wie eine Ewigkeit. Der Bademeister erklärte gerade einem Mädchen in der Nachbarbahn, wie es seine Beine bewegen sollte. Das Kind, das hinter Riccardo schwamm, war noch die Hälfte der Strecke von ihm entfernt und würde nicht rechtzeitig bei ihm sein, um ihm in der Notsituation helfen zu können. Die Frauen neben Ottavia auf dem Podium waren inzwischen bei ihren jüngsten Shoppingerlebnissen angelangt.

Für einen Moment sah Ottavia ein freies Leben vor sich, ohne Leid und Verpflichtungen, ohne stundenlange sinnlose Arztbesuche und unerquickliche Diskussionen mit dem Lehrpersonal. Für einen Moment sah sie den einzigen Grund schwinden, weswegen Gaetano und sie noch immer zusammen waren, und zugleich ihre Weiblichkeit neu erwachen. Für einen Moment sah sie eine andere Welt vor sich, eine Welt ohne Gewissensbisse, weil sie keine gute Mutter war und nicht jede Sekunde über das Leben ihres Sohnes wachte.

Doch dann hatte sie plötzlich einen anderen Moment vor Augen, jenen Moment, als eine Krankenschwester ihr den winzigen Körper, das kleine Stück Leben in die Arme drückte, das ihr Sohn war.

Und sie sprang auf, und ein heiserer Aufschrei entrang sich ihrer Kehle.

«Signora, Sie müssen mir glauben, es ist mir unbegreiflich, wie das passieren konnte. Sie wissen ja, Adelia ist heute nicht da, und ...»

«Machen Sie sich keine Vorwürfe, so was kann ...»

«Nein, Signora, ich mache mir Vorwürfe, und wie! Sie wissen, wir passen immer wie die Luchse auf die Kinder auf.»

«Hören Sie, das ist doch jetzt egal. Wichtig ist nur, dass ich es rechtzeitig bemerkt habe.»

«Ich möchte wirklich, dass Sie wissen: Riccardo ist eins unserer liebsten Schwimmkinder. Wenn wir ausgerechnet bei ihm unsere Aufsichtspflicht verletzen ...»

«Bitte, hören Sie auf! Es ist doch noch mal alles gutgegangen. Er hat nur ein bisschen viel Wasser geschluckt. Sie haben doch gesehen, er wollte nicht mal raus aus dem Becken. Er ist immer so glücklich, wenn er hier ist.»

«Also, kann ich davon ausgehen, dass ... Ich meine, wir vergessen einfach, was passiert ist, ja? Ich versichere Ihnen, beim nächsten Mal, wenn Adelia wieder da ist, werde ich mich persönlich um den jungen Mann kümmern. Vielleicht kann ich ihm ja Delphin beibringen. Er ist wirklich ein guter Schwimmer ... Ich kann es immer noch nicht glauben, ausgerechnet bei ihm ...»

«Sie haben wirklich keine Schuld. Im Gegenteil, ich muss mich bei Ihnen bedanken, Sie waren sofort zur Stelle. Sie sind immer so nett zu ihm.»

«Kann ich Ihnen wirklich nichts anbieten? Keinen Espresso, keinen Saft, wirklich nichts? Was muss ich tun, dass Sie mir verzeihen?»

«Danke, danke, ich möchte nichts. Am besten erzählen Sie übrigens meinem Mann nichts davon, wenn er Riccardo nächsten Mittwoch zum Schwimmen bringt. Wissen Sie, er ist sehr ängstlich – nachher kommt er noch auf die Idee, das Schwimmen sei zu gefährlich für Riccardo, und lässt ihn nicht mehr herkommen. Dabei ist Riccardo immer so glücklich hier. Ich meine, er sagt das natürlich nicht, er redet ja nicht, wie Sie wissen, aber eine Mutter spürt so etwas.»

«Machen Sie sich keine Sorgen, Signora, niemand wird etwas erfahren. Das fehlte ja noch, es ist schließlich in meinem ureigenen Interesse. Ich danke Ihnen. Ich danke Ihnen vielmals.»

Im Auto, mit Riccardos Kopf an ihrer Schulter, brach Ottavia in Tränen aus.

Die ganze lange Heimfahrt über weinte sie ununterbrochen.

30

Als Lojacono und Aragona beim Wohnhaus des Notars eintrafen, hatte sich der Wind gelegt, der über die Piazza Vittoria und die Via Caracciolo gefegt war. Nun kamen die Wellen nicht mehr bis zur Straße hoch, und keine Gischt spritzte mehr über die Felsbrocken am Ufer. Dafür ballten sich große schwarze Wolken am Himmel.

Aragona streckte die Nase wie ein Spürhund in die Luft und sagte:

«Wir kriegen bestimmte eine ordentliche Ladung Regen ab, Lojacono. Hätten wir mal lieber das Auto genommen.»

«Besser klatschnass und quicklebendig als trocken und tot. Vielen Dank, ich gehe lieber zu Fuß. Eure Manie hier in dieser Stadt, jedes Mal das Auto zu nehmen, ist mir ein absolutes Rätsel: Es ist höchstens ein Kilometer von hier bis zum Kommissariat, wenn nicht weniger. Außerdem bist du noch jung.»

Aragona nickte enthusiastisch.

«Und ich möchte steinalt werden. Dieser Kilometer geht steil bergauf, falls du es vergessen haben solltest. Auf jeden Fall ist hier der Pförtner – eine aussterbende Spezies bei dem Gehalt.»

Im Eingangsbereich des Hauses befand sich eine Pförtnerloge aus dunklem Holz, die aus der Zeit vor dem Zweiten Weltkrieg stammen musste. Das Haus selbst, ein solider Prachtbau, war gegen Ende des achtzehnten Jahrhunderts erbaut worden und hatte sämtliche Wirtschaftskrisen unbeschadet überstanden. Im Inneren der Pförtnerloge befand sich ein Tresen und dahinter eine angelehnte Tür, die zur Wohnung des Pförtners führte. Oder genauer: zur Küche, denn durch den Türspalt war ein Mann zu erkennen, der sich einen Espresso kochte.

Draußen vor dem Haus parkte noch immer ein Streifenwagen vom Präsidium mit zwei gelangweilten Polizisten darin. Kein Journalist war weit und breit zu sehen; offensichtlich wussten die Presseleute, dass sie alles Wissens- und Filmenswerte über den Mord an der Frau des Notars überall, nur nicht am Tatort selbst würden in Erfahrung bringen können.

Lojacono klopfte gegen die Scheibe der Pförtnerloge. Der Mann in der Küche hob den Kopf und machte ihnen ein Zeichen zu warten. Als wäre dies Entschuldigung genug, zeigte er auf seine Espressokanne.

Aragona und Lojacono tauschten einen frustrierten Blick. In dem Moment kam der Pförtner auch schon aus seinem Kabuff heraus.

«Darf ich Ihnen ein Tässchen anbieten? Der Espresso von heute Morgen war eine Katastrophe, da war hier ja die Hölle los – lauter Polizisten und Journalisten. Ich weiß nicht, ob Sie schon von dem Unglück gehört haben ...»

Aragona grinste und fuchtelte weltmännisch mit seiner Sonnenbrille herum.

«Tja, die Hölle, das sind die anderen. Aber wir nicht minder, wir sind nämlich auch von der Polizei: Ich bin Polizeioberwachtmeister Marco Aragona, und das hier ist Inspektor Lojacono, beide vom Kommissariat Pizzofalcone. Und Sie sind ...»

«Mascolo, Pasquale Mascolo, zu Ihren Diensten, Signori. Entschuldigen Sie, ich wollte damit natürlich nicht sagen, dass Sie ungelegen kommen. Sondern nur, dass hier seit heute Morgen ein einziges Chaos herrscht.»

Lojacono nickte verständnisvoll.

«Kann ich mir gut vorstellen. Auf jeden Fall handelt es sich nicht nur um ein Unglück, sondern um einen Mordfall. Aus diesem Grund, Signor Mascolo, müssen wir Ihnen leider ein paar Fragen stellen, wenn Sie gestatten.»

Sichtlich beruhigt von Lojaconos freundlichem Tonfall, sagte der Mann:

«Ich würde Ihnen gerne einen Espresso anbieten, das sagte ich ja schon. Kommen Sie doch rein, sonst holen wir uns hier draußen noch den Tod.»

Die Küche des Pförtners war kaum größer als eine Abstellkammer, aber sauber und gemütlich. Der Duft des frisch zubereiteten Espressos und das durch die Eingangstür fallende Licht, das die wenigen abgenutzten Möbel in einen sanften Glanz tauchte, verliehen dem Raum den Charme längst vergangener Zeiten. Auch Mascolo selbst passte perfekt in dieses Ambiente: ein weißhaariger Herr von über siebzig Jahren, dessen dunkelgraue Nadelstreifenhose von Hosenträgern gehalten wurde. Zu seinem weißen Hemd trug er eine schwarze Krawatte und ein blaues Jackett. Er schien direkt einem Stück von Eduardo de Filippo entsprungen zu sein, sodass Lojacono, der in seinem früheren Leben leidenschaftlich gern die Komödien des neapolitanischen Volksdichters im Fernsehen verfolgt hatte, ein Déjà-vu-Erlebnis zu haben meinte.

«Die arme Signora, ich kann es immer noch nicht glauben. Ich kannte sie seit vielen Jahren, sogar meine verstorbene Frau hat sie noch erlebt. Als junge Braut habe ich sie hier einziehen sehen – um jetzt zugucken zu müssen, wie sie in einem Zinksarg wieder rausgetragen wird. Was für ein Jammer! Wie viel Zucker möchten Sie?»

Aragona hatte sein Notizbuch gezückt.

«Zweieinhalb Löffel, bitte. Wie sind Ihre Öffnungszeiten, Signor Mascolo?»

«Von morgens um sieben bis abends um acht. Von drei bis vier habe ich Mittagsruhe, aber die Haustür bleibt auf. Ich mache dann nur die Tür zur Pförtnerloge zu.»

Lojacono warf Aragona einen ironischen Blick zu.

«Bist wohl ein ganz Süßer, was, Kollege? Für mich bitte nur einen Löffel Zucker, Signor Mascolo. Haben Sie die Signora vorgestern zufällig das Haus verlassen sehen?»

«Nein, habe ich nicht. Mein Gott, sie kann natürlich gekommen oder gegangen sein, als ich mal kurz weg war, am Briefkasten oder bei den Mülltonnen – ich sitze ja nicht die ganze Zeit hier still auf meinem Platz. Und wie gesagt, zwischen drei und vier bin ich gar nicht in der Pförtnerloge. Auf jeden Fall habe ich sie nicht gesehen, daran würde ich mich ganz bestimmt erinnern.»

Mit einem hässlichen Gurgeln leerte Aragona seine Tasse. Lojacono, der am liebsten auf der Stelle ein Gesetz gegen zu lautes Schlürfen erlassen hätte, warf ihm einen strengen Blick zu. Doch der junge Mann schien es nicht einmal bemerkt zu haben.

«Warum sagen Sie, Sie würden sich ganz bestimmt erinnern, wenn Sie sie gesehen hätten?»

«Weil die Signora nur sehr selten ausging. Sagen wir ruhig, sie ist so gut wie nie ausgegangen. Manchmal kam der Chauffeur des Dottore, um sie mit dem Wagen abzuholen, aber meistens ist sie schon bald wieder zurückgekehrt. Sie war wirklich ein freundlicher Mensch, wenn auch sehr scheu. Vielleicht wollte sie einfach nicht so viel Aufhebens um sich machen.»

Aragona hatte sich eine weitere Tasse Espresso eingeschenkt. Diesmal rührte er drei Löffel Zucker in das schwarze Gebräu.

«Und was ist mit dem Notar? Hockte er mit ihr in der Wohnung rum?»

Mascolo lachte kurz auf.

«Dottor Festa? Nein, weiß Gott nicht. Sagen wir, sein Leben sieht vollkommen anders aus. Er geht morgens sehr früh aus dem Haus, und abends sehe ich ihn eigentlich nie zurückkommen, sogar dann nicht, wenn ich mal später als zu den üblichen Zeiten die Tür abschließe. Zusammen habe ich sie im letzten Jahr nur zwei-, dreimal gesehen, höchstens.»

Lojacono versuchte, sich nicht von Aragonas geräuschvollem Schlürfen ablenken zu lassen.

«Kommen wir noch mal auf vorgestern zurück, Signor Mascolo. Hatte die Signora an dem Tag Besuch? Oder hat jemand sie über die Sprechanlage erreichen wollen? Wurde bei Ihnen nach ihr gefragt?»

«Nein, Ispettore, da war niemand. Jedenfalls nicht, während ich hier war. Außerdem war vorgestern doch dieser Sturm. Das Wasser ist vom Meer bis ins Foyer gedrungen, ich habe mir fast den Rücken ruiniert beim Aufwischen. Kein Mensch war auf der Straße. Ja, genau das habe ich zu der Signora gesagt – so ein Wetter haben wir seit Jahren nicht mehr gehabt. Die Jahreszeiten sind auch nicht mehr das, was sie mal waren …»

Lojacono hob die Hand, um ihn zu unterbrechen.

«Entschuldigung, haben Sie nicht vorhin gesagt, Sie hätten

die Signora vorgestern nicht gesehen? Wann genau haben Sie mit ihr gesprochen?»

Mascolo blickte ihn ernst an.

«Sie wollten wissen, ob ich mitbekommen hätte, dass sie ausgegangen ist. Und ich sage Ihnen noch einmal: Nein, ich habe nicht mitbekommen, dass sie ausgegangen ist. Aber ich habe sie in ihrer Wohnung gesehen, am Morgen. Sie hat mich zu sich nach oben bestellt. Das machen hier alle Hausbewohner, wenn sie kleinere Reparaturarbeiten haben. Die Fensterläden im Bad gingen nicht richtig zu, weil die Verriegelung eingerostet war. Ich habe sie sauber gemacht, ein bisschen Öl draufgegeben und dann das Fenster ordentlich verrammelt, wie die Signora mich gebeten hatte.»

Aragona fragte:

«Und wie war sie so drauf? Nervös, in Sorge, wütend, traurig …?»

«Nein, nein. Sie war noch im Morgenrock und hatte ein Staubtuch in der Hand, sie war dabei, die Schneekugeln aus ihrer Sammlung abzustauben. Unglaublich, wie viele sie von den Dingern hatte! Sie hat sich übrigens bei mir für die Störung entschuldigt – *sie* bei mir, stellen Sie sich das mal vor! Sie hätte Angst, der Wind könnte die Fenster aufreißen, meinte sie, deshalb wollte sie die Läden zu haben. Sie hat mir zwanzig Euro Trinkgeld gegeben, sie war sehr großzügig, die arme Signora. Aber sie schien mir vollkommen normal, die Ruhe selbst, wie sonst auch. Ach ja, und die Haushälterin war da, Mayya. ‹Aber mach nicht den Boden nass›, hat sie zu mir gesagt. Als hätte ich eine Duschorgie veranstalten wollen.»

Aragona ließ nicht locker.

«Und während Sie bei ihr waren, ist da jemand in die Wohnung gekommen? Oder hat jemand angerufen? Wie lange waren Sie da, um wie viel Uhr war das? Versuchen Sie sich zu erinnern, es ist wichtig.»

Mascolo legte die Stirn in Falten. Schließlich sagte er:

«Nein, niemand ist gekommen, und niemand hat angerufen. Ich war ungefähr zehn Minuten bei der Signora, gegen elf Uhr. Zu der Zeit ist hier unten nichts los, da kann man ruhig mal einen Moment weggehen.»

Lojacono ergriff das Wort.

«Ich habe gesehen, dass auf der Etage des Notars keine zweite Wohnungstür ist. Wohnt noch jemand obendrüber? Und was ist mit der Etage drunter?»

«Das Haus ist schon sehr alt, es gibt nur eine Wohnung pro Etage. Das heißt, in einigen Fällen sind auch Teilungen vorgenommen worden, aber innerhalb der Wohnung. Die Parteien teilen sich eine Eingangstür, und erst dahinter geht es dann in die jeweiligen Wohnbereiche ab. In den beiden Etagen oberhalb und unterhalb des Notars, also im dritten und fünften Stock, befinden sich Büros: eine Geschäftsbank und ein Steuerberater. Samstags und sonntags ist dort natürlich geschlossen, da arbeitet ja kein normaler Mensch.»

Aragona fragte wenig hoffnungsvoll:

«Und an dem besagten Wochenende ist nicht zufällig doch jemand arbeiten gegangen?»

«Nein, niemand.»

Lojacono erhob sich von seinem Stuhl.

«Eine letzte Frage noch: Haben Sie den Dottore nach dem Unglück noch einmal gesehen? Als er nach Hause kam, war er da alleine?»

Mascolo setzte eine betroffene Miene auf.

«Natürlich, gestern Vormittag ist er gekommen. Eure Leute waren noch oben, die mit den weißen Overalls. Er war in der

Tat alleine. Er hat gewartet, bis sie fertig waren, und ist dann, mit einem Koffer in der Hand, wieder weggegangen. Als ich ihn im Foyer gesehen habe, bin ich auf ihn zu, um ihm mein Beileid auszusprechen. Ich war richtig erschrocken bei seinem Anblick: Er wirkte wie um hundert Jahre gealtert. Er meinte, er würde ins Hotel Vesuvio ziehen – das ist hier in der Nähe, immer die Uferstraße entlang –, und wenn ich etwas von ihm bräuchte, könnte ich ihn dort anrufen. Ich möchte nicht wissen, was der sich wohl jetzt für Vorwürfe macht! Immer hat er sie alleine gelassen, die arme Signora.»

31

Sie waren schon fast wieder auf der Straße, als Lojacono den Impuls verspürte, noch einmal in die Wohnung zu gehen.

In all den Jahren hatte er gelernt, unbedingt auf sein Bauchgefühl zu hören. Denn seinem Instinkt zu folgen hieß letztlich nichts anderes, als einem Gedanken nachzuspüren, der noch immer im Unterbewusstsein rumorte. Und genau aus dem Grund wurden aus solchen Gedanken oft die besten Ideen geboren, weil sie keine Ablenkung von außen erfuhren, sondern ganz gemächlich gedeihen konnten.

Aragona folgte ihm widerspruchslos. Er wusste, dass er noch viel lernen musste, und trotz seines Gehabes war er klug genug, sich auf die Erfahrung des älteren Kollegen zu verlassen und seine Entscheidungen zu respektieren.

An der Wohnungstür im vierten Stock trafen sie auf den Wachmann, den Palma geschickt hatte. Lojacono rechnete es dem Kommissar hoch an, dass er sich nicht in ihre Ermittlungen einmischte, aber trotzdem die nötige Unterstützung gewährte. Der Wachmann schloss die Tür auf und ließ sie eintreten.

In der verlassenen Wohnung herrschte eine düstere Atmosphäre. Ein Ort, der seine Seele verloren hatte, dachte Lojacono schaudernd. Es würde sicher eine Ewigkeit dauern, bis wieder ein richtiges Zuhause aus ihm werden könnte, vielleicht ging das auch erst, wenn eine neue Familie dort einzog. Das Leid, das bei einem gewaltsamen Tod entstand – so viel hatten ihn die über zwanzig Jahre in seinem Beruf gelehrt –, war wie ein übler Gestank, der die Luft verpestete und sich erst wieder verzog, wenn jemand ohne Beziehung zu diesem Leid auf den Plan trat.

Das graue Licht des regenschweren Himmels fiel durch das Wohnzimmerfenster, das einzige, das nicht verrammelt war. Der Notar hatte sich offensichtlich so kurz wie möglich in der Wohnung aufgehalten, als er seine Reisetasche fürs Hotel gepackt hatte, und nicht einmal Licht eingelassen. Verständlich, dachte Lojacono.

Schweigend durchquerten sie die Zimmer. Die Wohnung war riesig, aber ohne jede Wärme. Man sah auf den ersten Blick, dass die meisten Räume wie das Arbeitszimmer, der Salon, das Gästezimmer zwar sauber und ordentlich, aber seit Ewigkeiten nicht benutzt worden waren. Beim Gäste-WC machten sie halt, um zu schauen, ob Mascolo hier tatsächlich den Fensterladen repariert hatte. Aragona probierte die Verriegelung aus, überprüfte, ob sie gereinigt und geölt worden war, und nickte dem Inspektor zu. Alles war so, wie der Pförtner gesagt hatte.

Zum Schluss, als hätten sie sich über die Reihenfolge verständigt, nahmen sie sich das Zimmer vor, in dem der Mord geschehen war. Verrückt, dachte der Inspektor, ausgerechnet dort, wo der Tod gewütet hatte, zeigten sich ein paar Sonnenstrahlen.

Die großen Fenster gingen auf den düstergrauen Golf mit dem noch immer tosenden Meer hinaus. Am Himmel jagten die Wolken einander. Ein riesiger schwarz-roter Öltanker, der am Horizont vorbeizog, erinnerte an einen Wal, und die Halbinsel ragte in das Grau hinein, als wollte sie mit dem Finger auf die nahe gelegene Insel zeigen. Wie schön diese Stadt sein konnte, schoss es Lojacono durch den Kopf. Wenn man sie aus der Ferne sah.

Er trat auf den bräunlichen Fleck auf dem Teppich zu. Woran die Signora wohl im Moment ihres Todes gedacht hatte?, fragte er sich. Der letzte, flüchtige Gedanke vor dem Dunkel der Nacht – ihn zu kennen, hätte ihnen sicher weitergeholfen. Hatte sie an die Liebe gedacht? Sich an jemanden oder etwas erinnert? War sie überrascht gewesen?

Er schaute hinüber zu der Wand mit der Konsole, auf der die vielen Schneekugeln standen. Jede sah anders aus, ob im Design oder in der Größe, doch alle bargen sie etwas in sich: eine Landschaft, ein Gebäude oder eine Figur. Er überlegte, nach welchem System sie geordnet sein mochten. Der Größe nach schied aus, dazu war die Abfolge von großen und kleinen Kugeln nicht gleichmäßig genug.

Im Gegenlicht wirkten die Regalbretter blitzeblank, nicht ein Körnchen Staub hatte sich auf das dunkle Holz gelegt. Nur noch wenige Stunden, dann würde alles von einer gleichmäßigen Staubschicht überzogen sein. Er trat näher, um besser sehen zu können.

Auf Höhe des bräunlichen Flecks befanden sich die Schneekugeln, die europäische Sehenswürdigkeiten zeigten. Lojacono begann, die Konsole abzuschreiten. Die unteren beiden Regalbretter waren nach Nationen und Kontinenten geordnet, erkannte er. Von links nach rechts, erst die näher gelegenen Orte, dann die weiter entfernten, ganz systematisch. Auf den oberen Brettern waren sie nach Anlässen geordnet: Weihnachten, Ostern, religiöse Motive, vom Jesuskreuz zum siebenarmigen Leuchter, von Buddha zu Mohammed. Er wunderte sich, dass jemand auf die Idee kommen konnte, solche Gegenstände zu sammeln.

Aragona sagte:

«Mir ist unbegreiflich, wie jemand auf die Idee kommen kann, solche Gegenstände zu sammeln. Ich finde sie furchtbar, richtig furchtbar.»

«Mit irgendwas muss der Mensch ja die Zeit totschlagen. Nach dem, was ich so mitbekommen habe, war die Signora ziemlich einsam.»

Aragona schnaubte.

«Ich habe noch nie verstanden, warum immer die Reichen Depressionen haben. In Afrika, wo die Leute nichts zu fressen haben, hat da vielleicht jemand Depressionen? Oder die Magersucht? Oder Bulimie? Ich sag's dir, Lojacono, die Volkskrankheit Einsamkeit können sich nur Reiche leisten.»

Statt dem Möchtegern-Soziologen Aragona weiter Beachtung zu schenken, versuchte Lojacono lieber, sich die jüngsten Ereignisse bildlich vorzustellen. Schließlich sagte er:

«Was mich viel mehr interessieren würde: Wenn du ein seltsames Geräusch aus dem Nachbarzimmer hörst, der Sache auf den Grund zu gehen beschließt und dich plötzlich Auge in Auge mit einem Einbrecher wiederfindest, was machst du dann?»

«Hä? Ich verstehe nicht, worauf du hinauswillst.»

«Die Signora kommt rein und sieht jemanden mit ihren Silberteilen in der Hand – der noch dazu in die Wohnung eingedrungen ist, ohne die Tür aufzubrechen, aber das kann sie in dem Moment noch nicht wissen: Was hättest du an ihrer Stelle getan?»

Aragona zuckte mit den Achseln. Er versuchte, sich die Situation zu vergegenwärtigen.

«Was weiß denn ich? Vielleicht hätte ich geschrien? Oder dem Einbrecher eins übergezogen?»

«Genau. Oder aber du hättest versucht, die Flucht zu ergreifen und den Gefahrenort schnellstmöglich zu verlassen. Und in diesem Fall, wohin wärst du gegangen?»

Aragona zeigte auf die Tür, die zum Treppenhaus führte.

«Ich wäre dahin gelaufen, zur Wohnungstür. Richtung Treppenhaus.»

Lojacono nickte zerstreut. Wenn er sich konzentrieren musste, sah er einmal mehr wie ein buddhistischer Mönch beim Meditieren aus.

«Die Signora hingegen ist zu der anderen Tür gegangen. Als hätte sie sich in die Wohnung flüchten wollen. Die bekanntlich nur diesen einen vorderen Ausgang hat. Dass sie nicht dorthin wollte, wissen wir definitiv, denn sie wurde ja am Hinterkopf getroffen. Sie muss also ihrem Mörder den Rücken zugewandt haben.»

«Vielleicht hat sie ihn gar nicht gesehen, sondern ist vor dem Schlafengehen noch mal hergekommen, um ihren Schneekugeln gute Nacht zu sagen. Oder sie wollte sich in einem anderen Zimmer einschließen und Hilfe herbeitelefonieren.»

Lojacono wirkte nicht sehr überzeugt.

«Kann sein. Vielleicht hat der Mörder – von dem wir nicht wissen, wo er stand – ihr den Weg zur Tür versperrt. Was allerdings ziemlich unwahrscheinlich ist, denn dann hätte er sie an der Schläfe getroffen und nicht am Hinterkopf. Und außerdem hätte sich in dem Fall das Opfer zwischen Mörder und Konsole befinden müssen: Wie hätte er so an seine Tatwaffe, eine der Schneekugeln, herankommen sollen?»

Aragona bemühte sich, dem Gedankengang des Inspektors zu folgen.

«Vielleicht war das Teil ja besonders wertvoll. Was verstehen wir denn schon davon? Vielleicht war er ja genau auf dieses eine Scheißteil aus. Ein Diebstahl auf Bestellung, wer weiß. Vielleicht sollten wir uns mal unter den Sammlern von diesen verdammten Dingern umtun.»

Der Inspektor schüttelte energisch den Kopf.

«Nein, das halte ich für ausgeschlossen. Auch wenn es sich lohnen könnte, sich die Tatwaffe noch mal genauer anzusehen. Eins ist sicher: Der Mörder ist nicht mit der Absicht hergekommen, einen Mord zu begehen. Das hätte er mit einer Waffe getan, die er extra zu diesem Zweck mitgebracht hätte. Oder meinetwegen auch mit bloßen Händen. Aber ganz sicher nicht mit einem Gegenstand, den er rein zufällig hier aufgelesen hat.»

«Was denkst du, wie es gelaufen sein könnte? Wohin wollte die Signora? Und vor allem: Wie ist der Mörder in die Wohnung gekommen?»

Lojacono schwieg. Nach einer Weile sagte er seufzend:

«Wir haben einfach nicht genug Anhaltspunkte. Wir brauchen mehr Fakten. Für mein Gefühl hat sie den Einbrecher entweder nicht gesehen, oder aber sie kannte ihn und hat sich nichts dabei gedacht, ihm den Rücken zuzukehren. Es gibt nicht den geringsten Hinweis auf einen Kampf, der Rechtsmediziner hat keinerlei Spuren von Gewalteinwirkung feststellen können, ihre Kleider waren in einem ordentlichen Zustand.»

«Bleibt immer noch das Rätsel um die Tür, die nicht aufgebrochen wurde. Klar, es kann sich um jemanden handeln, der der Haushälterin oder der Signora selbst den Schlüssel geklaut hat. Oder auch dem Notar. Aber in dem Fall hätte er die Gewohnheiten des Opfers kennen müssen und vermieden, die

Wohnung zu einer Zeit zu betreten, wo sie auf jeden Fall zu Hause sein musste.»

Lojacono sponn seine Überlegungen weiter.

«Oder es war jemand, den sie kannte und dem sie die Tür aufgemacht hat. Dann haben sie sich unterhalten, und als sie das Gespräch für beendet hielt, hat sie ihm den Rücken zugewandt, um den Raum zu verlassen. Nur dass für den Mörder das Gespräch noch nicht zu Ende war und er auf seine Weise einen Schlusspunkt gesetzt hat.»

«Und das Silber?»

«Das kann ein Vorwand gewesen sein. Oder eine Art Entschädigung für eine Kränkung, ein Souvenir, das man mal eben so mitgehen lässt. Gibt's alles, ich habe solche Fälle schon erlebt. Aber wie dem auch sei: Der Schlüssel zum Ganzen ist das Opfer; wir müssen wissen, wer sie wirklich war, das ist unsere einzige Chance, um die Verhaltensmuster zu verstehen.»

Aragona kratzte sich am Kopf.

«Ja, stimmt, wir wissen kaum etwas über sie. Vielleicht kann uns diese Baronessa von Dingenskirchen ja mehr über sie verraten. Diese Tante, mit der Psycho-Pisanelli ein Date für uns im Yachtclub ausgemacht hat.»

«Fragt sich, wer hier mehr ‹psycho› ist, du oder der Kollege Pisanelli. Apropos, lass uns mal im Kommissariat anrufen, ob's was Neues gibt.»

Ottavia nahm seinen Anruf entgegen. Ihre Stimme klang weniger fröhlich als sonst.

«Alles okay mit dir?», fragte Lojacono. «Du hörst dich so komisch an.»

«Nur ein bisschen Kopfschmerzen, weiter nichts. Hör mal, ich habe Neuigkeiten für dich: Sie haben die geklauten Silberteile gefunden. In einem Müllcontainer, ein paar hundert

Meter vom Tatort entfernt. Ist bereits alles in der Kriminaltechnik – wenn du einen Blick darauf werfen willst, kannst du dort vorbeigehen. Am besten vielleicht vor deinem Termin im Yachtclub mit der Ruffolo.»

32

Il Gobbo, «der Bucklige», war eine ganz besondere Attraktion.

Mitten im besseren Teil des Viertels, zwischen Designerboutiquen und eleganten Blumenarrangements, zweigte eine steile Gasse von der Hauptstraße ab, die so eng war, dass kein Auto hindurchpasste, und schon nach wenigen Metern stand man vor einer Pizzeria mit einem unauffälligen Schild. Eine Treppe führte hinauf in einen winzigen Speisesaal mit gerade einmal zehn Tischen und einem handtuchbreiten Balkon.

Der Bucklige selbst war bereits seit vielen Jahren tot, doch sein Konterfei schaute weiterhin von einem vergilbten Schwarzweißfoto dem Betrachter entgegen. Angetan mit der typischen Pizzabäckerkluft inklusive Kappe, klein und gekrümmt wie ein Fragezeichen, war er umrahmt von zwei bärtigen Herren, die sich durch ihre Autogramme als Salvatore Di Giacomo und Edoardo Scarfolgio zu erkennen gaben, zwei neapolitanische Dichtergrößen aus der Zeit um die letzte Jahrhundertwende. Das Lokal wurde inzwischen von seinem Neffen geführt, einem raubeinigen Schrank, der trotz seiner kerzengeraden Wirbelsäule den Spitznamen seines Onkels geerbt hatte. Vielleicht lag es an seinem Bauch, der so gewaltig war, dass er sich nur im Eingangsbereich zwischen Kasse und Ofen aufhalten konnte – die Treppe nach oben zum Gästesaal war einfach zu eng für ihn. Der Service lag in den Händen einer zarten, flinken Polin namens Yula, deren hübsches Gesicht eine weitere Attraktion des Lokals ausmachte.

Giorgio Pisanelli traf im *Il Gobbo* zweimal wöchentlich den einzigen Freund, der ihm geblieben war, zum gemeinsamen Mittagessen, den Einzigen, vor dem er keine Geheimnisse besaß und dessen wohlmeinende Kritik an seinen Grübeleien er tatsächlich akzeptierte.

Yula empfing ihn wie üblich, als hätte sie ihr ganzes Leben lang nur diesem Moment entgegengefiebert.

«Ciao, Commissario! Du wirst schon erwartet, am selben Tisch wie immer.»

Pisanelli kletterte die schmalen Stufen hinauf. Bruder Leonardo Calisi, genannt *'o munaciello*, «das Mönchlein», gehörte dem Franziskanerorden an und lebte im Kloster der Basilica della Santissima Annunziata Maggiore. Wie hätten sie ihn auch sonst nennen sollen, mit seinen anderthalb Metern Körpergröße, der braunen Kutte und den ausgelatschten Sandalen, die er auch im Winter trug, mit dem weißen Haarschopf, den klaren blauen Augen und dem immer ein wenig spöttischen Gesichtsausdruck? Wenn *'o munaciello* jemals wirklich existiert hatte, jener aus den neapolitanischen Volkssagen nicht wegzudenkende Poltergeist, der stets zu einem Scherz aufgelegt und zu einer guten Tat bereit war, dann konnte er nur so ausgesehen haben wie er.

Der Mönch erwartete ihn an ihrem Stammtisch neben dem Balkon.

«Na, vielen Dank, dass du dich auch endlich hierherbequemst! Weißt du nicht, dass ich eine Pfarrei zu leiten habe? Zehn Minuten hin, zehn Minuten zurück und eine Stunde Warterei, bis du endlich da bist!»

Pisanelli hob entschuldigend die Hände.

«Schon gut, schon gut! Wir haben ein Uhr ausgemacht, und jetzt ist es gerade mal zehn nach. Und außerdem weiß das ganze Viertel, dass seit Jahren keiner mehr in deine Kirche kommt. Du könntest auch dichtmachen, und keiner würde es mitkriegen.»

Bruder Leonardo setzte eine gekränkte Miene auf.

«Wie kannst du es wagen, Ungläubiger! Stimmt schon, man nimmt seinen Nächsten so wahr, als würde man in einen Spiegel gucken: Du gehst seit Jahren nicht mehr in die Kirche und denkst, das würden alle so machen. Dabei sind wir die einzige Pfarrgemeinde in der ganzen Stadt, die Zuwächse zu verzeichnen hat, und das gilt sowohl für die Gemeinde wie für die Anzahl der Gottesdienste. Meine Mitbrüder und ich, wir haben alle Hände voll zu tun. Deinetwegen habe ich ein schlechtes Gewissen, weil ich hier mit dir zu Mittag esse, statt wie die anderen zu arbeiten.»

Mit schmerzverzerrtem Gesicht hatte Pisanelli Platz genommen.

«Eine Bande von Kriminellen, das seid ihr, du und deine Mitbrüder! Eines Tages werde ich euch noch einen Experten für Wirtschaftskriminalität auf den Hals hetzen, und ich wette, der wird einen hübschen kleinen Beschiss aufdecken. In meinen Augen macht ihr nichts anderes, als das Geld der Camorra zu waschen.»

Der Geistliche nickte.

«Wohl wahr, doch ich weiß ja, du bist mein Freund und wirst es niemandem verraten. Aber jetzt zu dir: Hast du Schmerzen? Ich habe gesehen, wie du eben das Gesicht verzogen hast …»

Der Polizist winkte ab.

«Ach, lass mal, ich will uns nicht den Appetit verderben. Ist nicht so schlimm. Und auch nur manchmal.»

«Ich verstehe nicht, wie du so fahrlässig mit deiner Gesundheit umgehen kannst. Wenn ich keine Sandalen, sondern dicke Stiefel an den Füßen hätte, würde ich dir einen Tritt in den Hintern versetzen, dass dir Hören und Sehen vergeht. Wie kann das sein: Du hast eine Krankheit mit mittlerweile besten Heilungschancen und gehst nicht nur nicht zum Arzt, sondern machst auch noch ein Staatsgeheimnis draus. Bist du völlig meschugge?»

«Leonardo, ich habe dir schon einmal gesagt und sage es noch einmal: Ich will nicht darüber sprechen. Wir leben in seltsamen Zeiten: Ratzfatz erklärt man dich für untauglich für den aktiven Dienst und schickt dich nach Hause zu deinen trüben Gedanken und Gespenstern. Seit Lorenzo ausgezogen ist, habe ich nur noch meine Arbeit, wie du weißt. Ohne diese Arbeit wäre ich längst tot, seit ... Ja, genau, ich wäre längst tot. Also erzähle ich es niemandem, und du erzählst es auch niemandem, sonst verstößt du nämlich gegen das Beichtgeheimnis.»

Der Geistliche versuchte, Yulas Aufmerksamkeit auf sich zu ziehen, um die Bestellung aufzugeben.

«Abgesehen davon, dass du es mir nicht bei der Beichte erzählt hast und ich daher rein technisch gesehen keine Schweigepflicht habe, wüsste ich gar nicht, wem ich es erzählen sollte, du alter Dickschädel. Ah, da kommt sie ja! Yula, meine Liebe: zwei Pizza Margherita mit einer doppelten Portion Mozzarella und zwei Kartoffel-*crocchè*, wie immer. Und bitte schnell, ich hab's eilig. – Und, was gibt's Neues im Revier?»

Pisanelli machte eine unbestimmte Geste.

«Ach, der letzte Fall ist schon ein halbes Jahr her. Dieser Mann, der sich im Bad erhängt hat, weißt du noch? Immerhin habe ich mit seiner Tochter sprechen können, in Kanada. Sie ist nicht mal zur Beerdigung gekommen – angeblich, weil sie kein Geld für die Reise hatte.»

«Und, was meint sie?»

«Was sie mir gesagt hat? Dass sie nicht versteht, warum ich sie anrufe. Dass ihr Vater in Frieden ruhen soll und dass es seine freie Entscheidung gewesen wäre, zwar keine gute, aber eine verständliche. Dass er achtzig Jahre alt war, dass er sich nie vom Tod ihrer Mutter erholt hat, der im Übrigen schon zwanzig Jahre her ist. Und dass der Brief, den er hinterlassen hat, alles erklären würde. Mit anderen Worten: nichts als Bullshit. Das hat sie gesagt, nichts anderes. Bevor sie den Hörer auf die Gabel geknallt hat.»

Bruder Leonardo musterte ihn bekümmert.

«Und diese Reaktion von ihr, das sagt dir gar nichts? Warum hältst du bloß so hartnäckig an deiner komischen Theorie fest? Darf man das mal wissen? Selbstmord ist etwas Schreckliches, eine Todsünde, ein Verbrechen gegen die Menschlichkeit. Aber die Leute tun es, sie haben es immer getan, und leider werden sie es auch weiterhin tun.»

Pisanelli runzelte die Stirn.

«Es gibt Selbstmorde und Selbstmorde, Leonardo. Manche sind absolut nachvollziehbar, erklären sich aus sich selbst heraus: junge Männer, denen die Freundin weggelaufen ist, Drogenabhängige auf Turkey, insolvent gegangene Unternehmer, die von ihren Gläubigern oder Geldeintreibern in die Zange genommen werden. Aber erklär mir mal, wieso sich ein Mann zwanzig Jahre nach dem Tod seiner Frau umbringt! Und sich obendrein am Haken seiner Badezimmerlampe aufknüpft, was einen wahren Balanceakt auf dem Klodeckel voraussetzt – und das bei einem Achtzigjährigen mit Arthrose. Und hinterlassen hat er bloß einen Zettel, auf dem in Druckbuchstaben ‹Ich kann nicht mehr› steht. Ohne Unterschrift, ohne Begründung. Und genauso ist es mit den anderen: lauter Alte, Einsame und Depressive, die sich seit zehn Jahren alle nach demselben Muster verabschieden. Nur ein einziger Satz auf einem Zettel, entweder in Druckbuchstaben oder mit dem Computer geschrieben, nie mit der Hand. Du musst doch zugeben, dass das ziemlich merkwürdig ist.»

In gespielter Verzweiflung hob der Mönch den Blick zum Himmel.

«Oh, Herr, gib ihm deinen Segen! Was willst du damit beweisen, kannst du mir das mal erklären? Dass sich alt, einsam und nutzlos zu fühlen nicht Grund genug ist, Selbstmord zu begehen? Da draußen, in diesen Menschenmassen, die sich durch die Gassen wälzen, da findest du mehr Einsamkeit, als du dir träumen lässt. Und ich weiß, wovon ich rede, schließlich muss ich mir jeden Tag im Beichtstuhl die ganzen kruden Phantasien anhören, die die Leute so umtreiben. Viele haben nicht den Mut zu diesem endgültigen Schritt, aber glaub mir, es sind eine Menge, die am liebsten sofort Schluss machen würden. Manchmal ist es wirklich hart, sie davon zu überzeugen, dass das Leben sich doch lohnt.»

Der Polizist wartete, bis Yula die Teller vor ihnen abgestellt und der Mönch sich bekreuzigt hatte.

«Das ist mir alles nichts Neues, was du da erzählst, Leonardo. Und ich weiß auch, dass du jeden Tag quer durch die Stadt läufst, um den Leuten neuen Lebensmut zu geben – fast so, als wärest du wirklich *'o munaciello*. Aber trotzdem stimmt da was nicht. Da sind zu viele Übereinstimmungen bei diesen Fällen, zu viel Ungereimtes.»

Leonarda verspeiste seine Pizza Margherita mit sichtlichem Appetit.

«Mmm, köstlich! Wie kann einer noch an der Existenz Gottes zweifeln, wenn er so eine Margherita gegessen hat? Gesegnet sei der Bucklige! Und auch du, der du wegen meines Armutsgelübdes diese Mahlzeit bezahlen wirst. Aber zurück zu unserem Thema: Findest du nicht, dass diese fixe Idee mit den Serienmorden an lauter Depressiven ein bisschen sehr nach amerikanischer Seifenoper klingt? Hier bei uns gibt's so was nicht. Wenigstens das nicht. Abgesehen davon würde mich mal interessieren, was dieser Killer überhaupt für ein Interesse an der Sache haben sollte.»

Pisanelli fühlte sich in die Enge getrieben.

«Ich habe nicht behauptet, dass es sich um Serienmorde handelt. Ich sage nur, dass es übereilt ist, diese Fälle zu den Akten zu legen, mehr nicht. Dass diese Toten etwas mehr Aufmerksamkeit verdienen, bevor man sie mit einem Stempel unterm L-Schein und einem würdelosen Begräbnis für immer abserviert. Und dass es für alle Beteiligten das Bequemste ist, die Sache totzuschweigen, Hinterbliebene mit eingeschlossen.»

«Mein armer Freund! Du überträgst deinen eigenen Schmerz auf die anderen – das ist es, was du machst. Seit Carmen nicht mehr bei uns ist, kannst du nicht abschalten. Das gibt es oft, weißt du? Wenn du wüsstest, wie oft ich das erlebe ...»

Der Polizist unterbrach ihn kühl.

«Carmen hat damit nichts zu tun, Leonardo. Carmen war eine todkranke Frau, die es einfach nicht geschafft hat, ihre Krankheit bis zum bitteren Ende durchzustehen. Sie hat meine Abwesenheit und die ihres Sohnes ausgenutzt, um ein Röhrchen Schlaftabletten zu schlucken. Sie hat es wirklich getan. Die anderen hier, bei denen ist das was anderes.»

«Ich war der Letzte, der deine Carmen gesehen hat, weißt du noch? Wir beide, du und ich, verdanken ihr, dass wir uns kennengelernt haben, als sie im Glauben Trost für ihre Depression suchte. Und ich sage dir noch einmal: Sich mit ihr zu unterhalten war, wie in einen Abgrund zu schauen. Sie war zutiefst verzweifelt, ihre seelische Verfassung wäre nicht mehr zu ändern gewesen. Aber ich bin überzeugt davon, dass sie ganz am Ende zum Glauben gefunden hat. Dass der Herr sie bei sich aufgenommen hat, auch wenn ihre Tat schrecklich war. Sie hatte einfach zu viel Angst vor den Schmerzen, die der Krebs ihr noch bereitet hätte. Ihr ganzes Denken bestand nur noch aus Angst. Das ist der Grund, warum sie es getan hat. Und nicht etwa, weil sie dich nicht mehr liebte.»

Pisanelli schaute zum Fenster hinaus, um seine Tränen zu verbergen. Wenige Meter von ihnen entfernt, auf der anderen Seite der Gasse, wehten ein paar Leintücher wie weiße Fahnen im Wind.

«Ich rede immer noch mit ihr, Leonardo. Ich rede mit ihr, als wäre sie am Leben. Nach der Arbeit komme ich nach Hause und rede mit ihr. Manchmal die ganze Nacht hindurch. Glaubst du, ich werde verrückt?»

Der Mönch strich sanft über die Hand seines Freundes.

«Nein, mein lieber Bruder, du wirst nicht verrückt. Du redest mit ihr, weil sie bei dir ist. Carmen ist dir nahe. Sie schaut vom Himmel auf dich herab, verfolgt deine Wege und hofft, dass du dich eines Tages von deiner fixen Idee befreien kannst. Und dass du zum Arzt gehst, damit du noch lange am Leben bleibst. Denn du willst doch leben, oder?»

Mit tränengeröteten Augen blickte der Polizist seinen Freund fest an.

«Ja, Leonardo, ich will leben. Ich will so lange leben, bis ich die Gewissheit habe, dass diese Toten aus freien Stücken ihr Leben beendet haben. Und dass nicht ein anderer nachgeholfen hat. Aus diesem einen Grund will ich leben. Und aus diesem einen Grund pflege ich meinen Prostatakrebs und erzähle niemandem davon. Erst muss ich diese Fälle lösen, dann kann ich in Ruhe sterben.»

33

Das Kriminaltechnische Institut mit seinen Büros und Laboren war eine hocheffektive moderne Einheit im Inneren einer heruntergekommenen Kaserne in der Altstadt: einer jener Orte, bei denen man schon im Foyer das Gefühl hat, in eine neue Welt einzutreten.

Das Gebäude, ein einfacher grauer Klotz, war bereits vor hundertfünfzig Jahren zu militärischen Zwecken errichtet worden, mit einem großen Innenhof, einem Säulengang und einer breiten steinernen Treppe. Über die aufgeräumten, hell erleuchteten Flure huschten Männer und Frauen in weißen Kitteln von Tür zu Tür, die sich voll auf ihre Arbeit konzentrierten und offenbar keine Zeit für einen kurzen Schwatz oder ein paar Warteminuten vor dem Kaffeeautomaten zu verlieren hatten.

Lojacono und Aragona wurden von einem Wachmann im Foyer empfangen, der sich ihre Namen geben ließ und sie in ein Wartezimmer bat. Nach ein paar Minuten trat ein schlanker Mann mit fliehendem Haaransatz auf sie zu, der unter seinem offenen Kittel ein blaues Hemd mit Fliege trug. An einer Kordel um seinen Hals hing eine Brille, eine weitere saß auf seiner Nasenspitze.

«Guten Morgen, ich bin Polizeimeister Bistrocchi. Und Sie sind …»

Die beiden Polizisten stellten sich vor. Bei der Erwähnung des Kommissariats Pizzofalcone wich der freundliche Ausdruck auf dem Gesicht des Mannes einer eindeutig misstrauischen Miene.

«Ah, vom Kommissariat Pizzofalcone. Hat man es also immer noch nicht dichtgemacht. Was kann ich für Sie tun?»

Aragona versuchte sich in seiner üblichen Sonnenbrillenakrobatik, um auf diese Weise wenigstens ein Minimum an Glaubwürdigkeit zu erringen.

«Wir brauchen Informationen zum Mordfall Cecilia De Santis, der sich vermutlich in der Nacht von Sonntag auf Montag in der Via Carracciolo zugetragen hat. Ihr Institut hat die Spurensicherung übernommen, und soweit uns bekannt ist …»

Bistrocchi unterbrach ihn mit einer brüsken Geste.

«Wir können keine Vorabinformationen rausgeben. Sie werden zu gegebener Zeit den offiziellen Bericht erhalten.»

Lojacono, der bis dahin noch kein Wort gesagt hatte, mischte sich in das Gespräch.

«Das ist uns schon klar, Kollege, dass wir den Bericht irgendwann erhalten werden. Nur dass, wie du sicher weißt, die ersten Stunden nach einer Gewalttat äußerst wichtig sind. Und da, wie Aragona dir zu erklären versucht hat, bei dem Mord Gegenstände entwendet wurden, die bei euch zur kriminaltechnischen Untersuchung vorliegen, dachten wir …»

Bistrocchi ließ ihn nicht ausreden.

«Da gibt's nichts zu denken, Kollege. Wir gehen immer und ausschließlich den offiziellen Weg. Das hier ist ein wissenschaftliches Labor, wir arbeiten nicht Pi mal Daumen. Sobald die erforderlichen Untersuchungen abgeschlossen sind, werdet ihr das Ergebnis erfahren. Vorher nicht.»

Zähneknirschend wandte sich Aragona an Lojacono:

«Der stellt sich stur, weil wir aus Pizzofalcone kommen, verstehst du? Kämen wir von einer anderen Dienststelle in der Stadt, hätten wir die Informationen längst unter der Hand erhalten.»

Der Polizeimeister zuckte nicht mit der Wimper.

«Ihr könnt denken, was ihr wollt. Ich bin nicht befugt, etwas außer der Reihe zu beschleunigen.»

Lojacono drehte sich zu seinem Kollegen um.

«Weißt du, was ich denke, Aragona? Es ist Zeit, einen Espresso trinken zu gehen. Und zwar gleich hier um die Ecke.»

Kaum hatten sie die Kaserne verlassen, zog Lojacono sein Handy aus der Tasche. Aragona schäumte vor Wut.

«Was für ein arrogantes Arschloch! Und dann diese ewige Scheiße mit den Gaunern von Pizzofalcone! Sag du mir, ob wir uns wirklich für alle Zeiten diesen Stempel aufdrücken lassen müssen. Nur weil diese stümperhaften Hobbydealer da vor einem Jahr ...»

Lojacono, das Handy am Ohr, hob die Hand, um die Tirade abzukürzen.

«Hallo? Ciao, Laura, ich bin's. Kann ich dich kurz stören?»

Die Stimme am anderen Ende der Leitung mit dem weichen sardischen Akzent erwiderte:

«Na, das ist ja eine nette Überraschung! Weißt du, dass ich dich gerade anrufen wollte? Ich wollte mal hören, wie der Stand der Dinge ist, ganz informell. Ich stehe zwar in Kontakt mit Palma, aber ich wollte eine Stimme von der Basis hören.»

«Ja, ich bin tatsächlich an der Basis, wenn du so willst. Du weißt, ich störe dich nur, wenn es sich gar nicht vermeiden lässt.»

Laura Piras brach in helles Gelächter aus.

«Das stimmt, du versuchst immer, dich vor dem Telefonieren zu drücken. Nicht nur, wenn du mich nicht stören willst. Also, was ist los?»

In wenigen Worten erklärte Lojacono der Staatsanwältin, wie er und Aragona beim Kriminaltechnischen Institut vorstellig geworden waren und Bistrocchi sie hatte auflaufen lassen.

«Wir müssen sofort wissen, was Sache ist. Du weißt, die ersten Stunden nach einem Verbrechen aus Leidenschaft sind von größter Bedeutung. Je mehr Zeit ins Land geht, desto bessere Chancen haben der oder die Mörder, sich zu sammeln und Spuren zu verwischen. Das macht es für uns unnötig schwieriger.»

«Das musst du mir genauer erklären: Du meinst also, es war ein Verbrechen aus Leidenschaft? Mit anderen Worten, kein Raubüberfall oder Einbruch, bei dem etwas schiefgelaufen ist?»

«Ich weiß es nicht genau. Es gibt da so einiges, das mir nicht ins Bild zu passen scheint. Zum Beispiel die unbeschädigte Eingangstür, die Position der Leiche, die in den Raum zeigte ... Genau aus dem Grund brauchen wir das Ergebnis der kriminaltechnischen Untersuchung. Und zwar so schnell wie möglich.»

Laura Piras überlegte einen Moment. Dann sagte sie:

«In Ordnung, verstanden. Wartet ein paar Minuten und dann geht zurück ins Institut. Du wirst sehen, man wird euch anders empfangen.»

Sie tranken nicht nur einen Espresso, sondern aßen sogar noch ein Stück Pizza im Stehen. Aragona schimpfte über das ungemütliche Mittagessen.

Als sie erneut die Kaserne betraten, war eine Viertelstunde vergangen, und sie wurden von einem zerknirschten Bistrocchi sowie einer attraktiven Frau im weißen Kittel empfangen, die trotz ihres jugendlichen Aussehens Autorität ausstrahlte. Mit ausgestreckter Hand kam die Wissenschaftlerin auf sie zu.

«Ispettor Lojacono, stimmt's? Ich bin Rosaria Martone, Leitende Polizeidirektorin. Ihr Fall gehört in meinen Zuständigkeitsbereich. Entschuldigen Sie das Missverständnis von vorhin: Der Kollege Bistrocchi war sich nicht im Klaren über die Dringlichkeit der Angelegenheit. Wir haben sämtliche Unterlagen vorliegen.» Sie deutete auf die Mappe unter Bistrocchis Arm. «Wollen wir in mein Büro gehen?»

Dicht gefolgt von Bistrocchi, den Aragona mit einem rachesüßen Lächeln bedachte, ging sie voran in einen langen Flur. Ihr Büro befand sich in einem aufgeräumten lichtdurchfluteten Zimmer mit Ausblick zum Innenhof. Die Martone zeigte auf zwei Sessel und ein kleines Sofa in einer Sitzecke. Gegenüber stand ein großer Schreibtisch, auf dem sich Akten und Papierstapel türmten.

«Setzen wir uns da hin, dort haben wir es bequemer. Also, Bistrocchi, bringen Sie uns auf Stand.»

Der Polizeimeister, der im Raum stehen geblieben war, betrachtete verlegen seine Fingerspitzen.

«Sie müssen entschuldigen, mir war nicht bewusst, dass der Fall Priorität hat. Wir haben die Spurensicherung in der Wohnung abgeschlossen, der Bericht ist allerdings noch nicht fertig ...»

Die Martone unterbrach ihn mit einer ungeduldigen Handbewegung. Hinter den klaren Gesichtszügen und der zierlichen Figur musste sich ein willensstarker Mensch verbergen, dachte Lojacono.

«Bistrocchi, fassen Sie sich kurz. Halten Sie mich und die

beiden Kollegen nicht mit bürokratischem Kleinkram auf. Nennen Sie uns nur die wichtigsten Fakten. Den schriftlichen Bericht bekommt das Kommissariat dann später.»

Der Mann holte tief Luft, tauschte die Brille auf seiner Nase gegen die um seinen Hals und öffnete die Mappe.

«Also, zunächst einmal zum Zugang zu der Wohnung: Es gibt keinerlei Anzeichen für ein gewaltsames Eindringen, weder unten am Eingangstor, das außen eine Holz- und innen eine Metallverkleidung hat, noch an der äußeren Wohnungstür, einer einflügeligen Holztür, noch an der zweiten Tür, die aus Glas ist. Die Wohnung selbst befindet sich in einem ausgezeichneten baulichen Zustand, auch bezüglich der sanitären Einrichtungen, mit ...»

Die Frau herrschte ihn an:

«Bistrocchi, kommen Sie zum Punkt!»

Der Mann zwinkerte mit den Augen.

«Selbstverständlich, Dottoressa. Nun, der einzige Ort, der somit einer näheren Beschreibung bedarf, weil er sich *nicht* in einem ordentlichen Zustand befand, ist das Wohnzimmer, in dem die Leiche gefunden wurde. Sämtliche Oberflächen wurden zwecks Sichtbarmachung latenter Fingerabdrücke sorgfältig mit Rußpulver und Magna Brush eingestaubt, jedoch ohne Resultat. Außerdem wurden dem Leichnam zwei Abstrichtupfer oral eingeführt und die Fingernägel an beiden Händen durch Schneiden entfernt. Aber auch hier ist das Laborergebnis im Hinblick auf organisches Material negativ.»

Diesmal zwinkerte Aragona mit den Augen.

«Und das heißt?»

Die Abteilungsleiterin erwiderte:

«Nichts weiter, vergessen Sie es. Also nur Fingerabdrücke von den dazu Befugten, nehme ich mal an.»

Bistrocchi nickte und nahm sich ein weiteres Blatt vor.

«Genau. Nur von der Verstorbenen und von der Haushälterin. Und zwei vom Notar, auf beiden Türklinken oben in der Wohnung.»

Mehr zu sich selbst gewandt als zu den anderen, ergänzte Lojacono:

«Und keinerlei Auffälligkeiten an der Leiche. Keine Hautabriebe an den Fingernägelunterseiten, keine Bisssspuren. Sie hat sich nicht verteidigt.»

Die Martone nickte.

«Sieht ganz so aus.»

Für einen Moment herrschte Schweigen. Dann fragte Lojacono:

«Und die mutmaßliche Tatwaffe? Ich meine, die Schneekugel?»

Bistrocchi wühlte in seinen Papieren.

«Wo haben wir's denn? Ah, hier: ‹Glaskugel mit Holzuntersatz, aufgefunden unter dem Sessel› et cetera, ‹auf dem Teppich›, et cetera ... ‹In intaktem Zustand, ohne Abschürfungen oder Risse› et cetera ... ‹Im oberen Bereich Kontamination mit organischem Material›, sprich: mit Blut, das laut beigefügtem Untersuchungsergebnis ... Und Haare ... Also, die Schlussfolgerung lautet: ‹Blut- und Haarrückstände sind eindeutig Cecilia De Santis zuzuordnen, ebenso korrespondieren die Materialspuren mit der Wunde am Hinterkopf des Leichnams. Folglich ist mit hoher Wahrscheinlichkeit davon auszugehen, dass es sich bei dem Gegenstand um die Tatwaffe handelt.›»

Schnaubend fuhr sich die Martone mit der Hand übers Gesicht.

«Bistrocchi, bitte! Ich glaube, der Ispettore möchte wissen, ob es Spuren von Dritten auf dem Gegenstand gibt, Fingerabdrücke und dergleichen. Können Sie dazu etwas sagen, oder möchten Sie uns noch länger auf die Folter spannen?»

Die Ohren des Mannes begannen zu glühen. Schnell sprach er weiter.

«Ein Hauch Fingerabdruck, wenn man so will, wurde tatsächlich gefunden. Von einem Handschuh. Mehr nicht.»

Nichts. Keine Fingerabdrücke, keine sonstigen Spuren. Warum musste immer alles so kompliziert sein, fragte sich Lojacono, warum hatten sie nicht ein Mal Glück?

Er wandte sich an die Abteilungsleiterin.

«Im Kommissariat hat man uns gesagt, das Diebesgut würde sich ebenfalls bei Ihnen befinden. Es handelt sich offenbar um einige Silberobjekte. Haben Sie dazu Informationen?»

Die Martone bestätigte seine Annahme.

«Ja, wir haben sie heute Morgen bekommen. Sie befanden sich in einer Plastiktüte in einem Müllcontainer. Aber auch hier gibt es keine Spuren, weder auf der Tüte noch auf den Objekten, zwei kleinere Vasen, zwei Bilderrahmen und ein Biedermeier-Figürchen. Nicht mal die Fingerabdrücke der Haushälterin. Sie scheinen erst kürzlich geputzt worden zu sein. Der Dieb oder die Diebe müssen Handschuhe getragen und sie die ganze Zeit anbehalten haben. Es gibt keinerlei Hinweise, nicht einen einzigen.»

Aragona kratzte sich am Kopf.

«Das verstehe ich nicht. Warum klaut jemand ein paar Silberteile in einem Haushalt, in dem es von Wertgegenständen nur so wimmelt, und schmeißt das Zeug dann in den erstbesten Müllcontainer?»

Lojacono erklärte es ihm.

«Das kommt gar nicht so selten vor. Vielleicht ist dem Mörder bewusst geworden, was er getan hat, und in seiner Panik wollte er alles so schnell wie möglich wieder loswerden. Oder er hatte Angst, wir könnten über den Hehler oder den Käufer der Teile auf ihn stoßen. Oder, wie gesagt, der Diebstahl war bloß eine Art plumpes Ablenkungsmanöver. Ach, übrigens, Dottoressa, darf ich Sie um einen Gefallen bitten? Kann ich die Tatwaffe noch einmal sehen?»

34

Was hast du dir dabei gedacht? Was ist in dir vorgegangen, als du die Tat verübt hast?

Lojacono saß an einem Tisch im Labor des Kriminaltechnischen Instituts und hatte den Kopf in beide Hände gestützt. Seine Augen waren zwei schmale Schlitze, sein Gesicht wirkte vollkommen ausdruckslos. Er sah aus, als schliefe er. In Wirklichkeit war er hellwach.

Sein Blick war fest auf die Schneekugel gerichtet, die einen dunklen Fleck an ihrer Oberseite aufwies. Sie war der einzige Gegenstand auf dem blank gescheuerten weißen Kunststofftisch, der umgeben war von weißen Wänden, angestrahlt von einem weißen Deckenlicht. Alles weiß.

Das Licht spiegelte sich in dem gewölbten Glas wider.

Aragona, der sich ebenso wie Lojacono dunkel gegen das Weiß des Raumes abhob, verlagerte sein Gewicht unbehaglich von einem Bein aufs andere. Er hätte viel darum gegeben zu wissen, was im Kopf seines Kollegen vorging.

Dort war der Tod.

Der Inspektor versuchte herauszufinden, welche Botschaft ihm jener geschmacklose unschuldige Gegenstand vermitteln konnte, der das Leben einer fremden Frau beendet hatte. Er versuchte herauszufinden, warum diese Schneekugel, die im besten Fall ein Kind kurzfristig zu begeistern wusste, Mittel zum Zweck für einen solch finalen Akt wie einen Mord geworden war.

Ein Mord ist eine ernsthafte Angelegenheit, liebe Schneekugel, setzte Lojacono seinen inneren Monolog fort. Ein Mord ist eine schwere Straftat, die eine Menge Leute auf den Plan ruft. Schau dir diesen Ort an: Wissenschaftler in weißen Kitteln, die geschäftig durch die Flure eilen, Reagenzgläser, Mikroskope, technische Instrumente. Ständig läutende Telefone, Uniformen, Pistolen, gepanzerte Wagen. Tränenausbrüche, hin und wieder auch mal ein Lachen. All das wird durch einen Mord in Bewegung gesetzt.

Ein Mord, so eine ernsthafte Angelegenheit, hätte ein Recht darauf, dass er mit einer Schusswaffe ausgeführt wird. Oder wenigstens mit einer scharfen Klinge. Ein Mord ist einer ganzen Todesmaschinerie würdig, einer hochkomplexen Vorrichtung wie einem elektrischen Stuhl oder einer sorgsam geplanten Operation wie dem Setzen einer Todesspritze. Bei einem Mord denkt man an eine Hinrichtung wie in früheren Zeiten, durch die Garrotte, die Guillotine, den Galgen. Ein Mord ist eine ernsthafte Angelegenheit, damit treibt man keine Scherze.

Aus der Schneekugel heraus lächelte ihn eine Frau an. Eine karibische oder hawaiianische Tänzerin mit einer Blumenkette um den Hals, die nackten Brüste verdeckt von einer kleinen Gitarre, der Rock aus Palmwedeln.

Ukulele. Genau, so nannte man diese Minigitarre, fiel dem Inspektor plötzlich ein. Ukulele. Die Monroe hatte ein solches Instrument in «Manche mögen's heiß» gespielt, dieser Komödie mit Jack Lemmon und Tony Curtis. Er hatte den Film bestimmt zehnmal gesehen. Was für eine schöne Frau die Monroe doch gewesen ist.

Die De Santis hingegen war keine Schönheit. Vermutlich auch zu Lebzeiten nicht.

Aragona stieß ein Hüsteln aus. Lojacono zuckte nicht mit der Wimper.

Gut, sie war keine Schönheit. Na und? Hatte sie deswegen etwa verdient, einen so lächerlichen Tod zu sterben? Erschlagen von einer Schneekugel?

Schneekugel, Schneekugel. Du bist zwar aus Glas, aber keine Hellseherin dieser Welt wird in dir die Zukunft lesen können. Du hast keine Zukunft in dir. Höchstens eine nahe Vergangenheit.

Die Schneekugel musste einige Meter zurückgelegt haben, rechnete Lojacono nach, bevor sie ihren schmutzigen Job erledigt hatte. Denn der Leichnam hatte längs der Wand mit der Tür ins Wohnungsinnere gelegen, wo sich auch das Regal mit den Schneekugeln befand, die lauter europäische Sehenswürdigkeiten wie den Kölner Dom, den Eiffelturm, die London Bridge oder die kleine Meerjungfrau aus Kopenhagen zeigten. Die lächelnde Tänzerin mit der Ukulele gehörte jedoch auf die andere Seite des Zimmers, dorthin, wo die Schneekugeln mit den Palmwedeln, den goldenen Stränden, den Klippen von Acapulco und den Köpfen von den Osterinseln aufbewahrt wurden. Was hattest du da zu suchen, kleine Tänzerin? Warum lagst du unter diesem Sessel, gute fünf Meter entfernt von deinem angestammten Platz?

Warum hat die Handschuhhand dich genommen und gegen den Hinterkopf deiner geliebten Besitzerin geschleudert?

Lojacono streckte den Arm aus, um nach dem Gegenstand auf dem Tisch zu greifen. Die Institutsleiterin hatte gesagt, sie wollten die Schneekugel noch dabehalten, aber die Untersuchungen seien schon abgeschlossen, sodass er sie anfassen könnte.

Der Inspektor schüttelte die Kugel leicht, wog sie mit der Hand. Sie hatte eine mittlere Größe, aber war durch die Flüssigkeit in ihrem Inneren und den dunklen Holzsockel vergleichsweise schwer. Er drehte sie auf den Kopf und stellte sie dann richtig herum wieder hin.

Ein Schneesturm tobte hinter dem Glas. Dichte Flocken wirbelten auf, die weder zu der leichtgekleideten Tänzerin noch zu dem ganzen Setting passen wollten, und bedeckten alles mit einer weißen Schicht aus unzähligen funkelnden Partikeln. Aragona hüstelte erneut.

Ganz langsam legten sich die Teilchen nieder, und unverwandt lächelte die Tänzerin den Inspektor an, vollkommen unbeeindruckt von der Eiseskälte um sie herum. Und von dem dunklen Fleck auf dem Dach ihres gläsernen Zuhauses.

Was hast du dir dabei gedacht?, fragte sich Lojacono zum zweiten Mal. Du mit deiner Handschuhhand, der du das Silber gestohlen und in eine Plastiktüte gesteckt hast, was ist in dir vorgegangen, als du die Tat verübt hast? Warum hast du diesen unschuldigen Gegenstand genommen und gegen den Kopf jener Frau geschleudert? Warum hast du sie auf diese Weise getötet? Wenn sie geschrien, wenn sie um Hilfe gerufen hätte, hättest du sie vermutlich erstickt oder erwürgt. Wenn sie in deiner Nähe gestanden hätte und nicht vier, fünf Meter von dir entfernt, dann hättest du sie mit deinen eigenen Händen umgebracht, statt den erstbesten Gegenstand zu nehmen, der dir in die Finger kam.

Vorausgesetzt, es sollte ein Diebstahl sein, versteht sich. Denn vielleicht war es ja gar kein Diebstahl. Vielleicht war es ein handfester Streit und die Signora Cecilia De Santis, verheiratete Festa, nicht so einsichtig, wie du angenommen hattest.

Also hast du sie im Affekt umgebracht, vor Wut, womöglich genau in dem Moment, als sie den Raum verlassen wollte, weil sie das Gespräch für beendet hielt. Arglos hat sie dir den Rücken zugedreht, weil sie niemals auf die Idee gekommen wäre, dass du so reagieren würdest, dass ihr von dir Gefahr droht.

Niemals wäre sie auf die Idee gekommen, dass du sie umbringen könntest. Und dann auch noch mit einer ihrer geliebten Schneekugeln.

Lächelnd sah die Tänzerin ihn an. Eine weitere Minute starrte er schweigend zurück.

Dann stand er auf und ging. Aragona folgte ihm kopfschüttelnd.

35

Der Durchsuchungsbefehl war am Vormittag per Fax gekommen. Alex Di Nardo und Francesco Romano hatten sich sofort auf den Weg gemacht.

Die schwarzen Wolken am Himmel verhießen nichts Gutes, weshalb sie beschlossen hatten, diesmal mit dem Auto zu fahren. Alex übernahm das Steuer. Sie trug noch immer ihre dunkle Sonnenbrille, obwohl weit und breit kein Sonnenstrahl zu sehen war.

Während sie sich durch den dichten Verkehr kämpften, hatte Romano mehrere Male versucht, Giorgia anzurufen. Als die Stimme des Anrufbeantworters ihm zum hundertsten Mal verkündete, dass das Telefon ausgeschaltet oder die Nummer nicht zu erreichen sei, warf er fluchend das Handy auf den Rücksitz.

Ohne die Augen von der Straße abzuwenden, sagte Alex:

«Wenn du dein Handy kaputt machst, wird dich ganz bestimmt niemand mehr anrufen.»

Romano erwiderte dumpf:

«Umso besser. Eine Sorge weniger.»

Schweigend fuhr Alex weiter. Nach einer Weile sagte sie:

«Ich bin wirklich gespannt, diese geheimnisvolle Mieterin mal zu Gesicht zu bekommen. Und zu erfahren, warum sie sich immer in der Wohnung einschließt.»

«Wenn du mich fragst, ist das alles Schwachsinn, was wir hier machen. Wenn sie keine Lust hat, aus dem Haus zu gehen, ist das ja wohl ihr gutes Recht, oder nicht? Den Schrullen eines alten Klatschweibes nachzugehen, das im Übrigen selbst auch nie das Haus verlässt, ist doch totaler Quatsch. Morgen kann uns genauso gut deine geheimnisvolle Mieterin anrufen und ihrerseits das Klatschweib anzeigen. Und wir beide rasen wie die Deppen zwischen den beiden Häusern hin und her und fragen uns, was das Ganze eigentlich soll.»

Alex musste lachen. Auch Romano konnte sich ein Grinsen nicht verkneifen. Die Vorstellung, wie sie beide, bombardiert von Beschwerdeanrufen, die Gasse unsicher machten, war schon komisch.

«Gemessen daran, dass im Kommissariat eh nichts los ist, können wir ruhig mal vor die Tür und frische Luft schnappen.»

Der Mann verzog angewidert das Gesicht.

«Ach, das hätte ich fast vergessen, wir sind ja die neuen Gauner von Pizzofalcone. Die keiner ausstehen kann – die Kollegen nicht wegen Nestbeschmutzung, die Gangster nicht, weil ‹einmal Bulle, immer Bulle›, und die Normalos wegen beidem nicht. Und gegenseitig können wir uns auch nicht ausstehen, weil jeder denkt, er wäre zu Unrecht bei diesem Loserhaufen gelandet.»

Die Di Nardo warf ihm einen schrägen Blick zu.

«Findest du? Also, mich hat mein alter Job mehr genervt. Hier werden wir wenigstens nicht von oben herab behandelt, weil wir angeblich Mist gebaut haben.»

Bevor Romano etwas erwidern konnte, hatten sie ihr Ziel erreicht. Die Polizeimarke gut erkennbar aufs Armaturenbrett gelegt, ließen sie den Wagen im Halteverbot stehen und traten auf die Eingangstür zu. Ein Donnergrollen über ihren Köpfen brachte die wenigen Leute auf der Straße dazu, besorgt zum Himmel hinaufzuschauen.

Romano vergewisserte sich mit einem Blick, dass Donna Amalia ihren Beobachterposten am Fenster bezogen hatte.

«Die lässt sich noch die Bettpfanne von ihrer Sklavin bringen, um bloß ihren Ausguck nicht verlassen zu müssen. Wenn's nach mir ginge, würde ich die Alte in den Knast stecken. Wie ich diese Leute hasse, die sich in alles einmischen müssen!»

Sie schlüpften durch das halboffene Tor und stiegen die Stufen hinauf in den vierten Stock. Das Büro des Immobilienmaklers war geschlossen. Romano drückte auf den Klingelknopf der benachbarten Wohnung. In der Stille des Treppenhauses konnte man ein Rumoren hinter der Tür vernehmen, dann ein leises Klacken, als die Klappe vor dem Spion zurückgeschoben wurde. Dieselbe Frauenstimme wie bei ihrem letzten Besuch fragte:

«Wer ist da?»

«Wir sind von der Polizei, Signora. Polizeioberwachtmeisterin Alessandra Di Nardo und Polizeihauptwachtmeister Francesco Romano. Machen Sie bitte die Tür auf. Wir haben einen Durchsuchungsbefehl.»

Statt einer Antwort hörten sie, wie eine komplizierte Schließanlage betätigt wurde.

Endlich öffnete sich die Tür einen Spalt und gab den Blick frei auf ein Auge und eine Hand.

«Kann ich Ihre Papiere sehen?»

Romano legte seine Polizeimarke und den Durchsuchungsbefehl in die ausgestreckte Hand der Frau. Prompt fiel die Tür erneut ins Schloss. Alex stieß ein Schnauben aus, das Romano mit einem Achselzucken quittierte. Nach einer Weile öffnete sich die Tür.

«Bitte, kommen Sie rein.»

Das Zimmer, in das sie geführt wurden, war modern eingerichtet, mit schicken Möbeln und geschmackvollen Bildern an den weiß getünchten Wänden. Alles machte einen ordentlichen und gepflegten Eindruck. Alex hatte trotzdem ein ungutes Gefühl, das sie erst nicht einordnen konnte. Dann begriff sie: Das Ganze war total künstlich. Alles sah aus wie aus einem Wohnmagazin abgekupfert. Oder wie die Auslage eines Möbelgeschäfts.

Sie musterte die junge Frau, die ihnen die Tür aufgemacht hatte.

Eigentlich war sie noch ein junges Mädchen. Und eine echte Schönheit.

Ihr Gesicht verriet ihr wahres Alter, die glatte Haut, die leicht gerundeten Wangen, die großen Rehaugen und der angespannte, fast ängstliche Ausdruck. Aber ihr Körper mit den festen Brüsten unter dem weißen Hemd und den langen Beinen, die in einer engen Jeans steckten, war der einer erwachsenen Frau. Alex war froh, dass die dunkle Sonnenbrille ihre wahren Empfindungen verbarg. Die Frau sah aus wie eine Schauspielerin oder ein Model, wie sie da so vor ihr stand mit dem anmutig gesenkten Kopf und dem kleinen Leberfleck neben dem Mund.

Die Polizistin sah, dass auch Romano wie vom Blitz getroffen war. Sein Mund stand offen, und sein Blick flackerte. Nur allzu verständlich. Zum Glück konnte der Kollege nicht ahnen, dass sie sich gerade ausmalte, wie sie diesen atemberaubenden Körper auf sehr viel zartere Weise zum Klingen bringen würde als er.

Endlich gab sich Romano einen Ruck.

«Guten Morgen, Signorina. Sie ... äh ... Sie wohnen hier? Allein? Wir wollten überprüfen, ob ... Also ...»

Verzweifelt blickte er seine Kollegin an. Alex rettete ihn aus seiner Verlegenheit, indem sie die Gesprächsführung übernahm.

«Guten Morgen. Wir möchten gerne Ihre Personalien aufnehmen. Können Sie mir ...»

Bevor die junge Frau etwas erwidern konnte, ertönte ein diskretes Hüsteln hinter ihnen. Die beiden Polizisten fuhren zusammen. Ein Mann betrat den Raum.

«Entschuldigen Sie, Signori, wenn ich Sie erschreckt habe. Guten Morgen erst einmal. Mein Name ist Germano Brasco, ich bin Architekt und Eigentümer dieser Wohnung hier. Setzen Sie sich doch. Nunzia, hast du unserem Besuch schon einen Espresso angeboten?»

Romano starrte ihn an. Der Name sagte ihm etwas, doch er konnte ihn nicht einordnen. Der Mann war um die sechzig, groß, mit vollem weißen Haar und einem ebenso weißen gepflegten Schnäuzer. In seinem hellgrauen Anzug und dem blauen Hemd mit der bunt gestreiften Krawatte wirkte er elegant und seriös. Mit seiner manikürten Hand deutete er auf eine Sitzecke mit einem Sofa und zwei Ledersesseln.

Mit kehliger, dialektgefärbter Stimme fragte das Mädchen:

«Möchten Sie einen Espresso? Den Zucker bringe ich extra, dann können Sie selbst entscheiden, wie viel Sie wollen, ja?»

Obwohl ihre Worte an die Gäste gerichtet waren, blickte sie mit großen Augen den Architekten an, der ihr mit einem jovialen Lächeln zunickte. Das Mädchen verschwand in einem der hinteren Räume.

«Sie müssen sie entschuldigen, Nunzia ist noch sehr jung.

Sie hat sich noch nicht an die Rolle der Hausherrin gewöhnt. Nehmen Sie doch Platz. Was können wir für Sie tun?»

Romano war stehen geblieben. Er hatte wenig Lust, Konversation mit diesem Mann zu betreiben. Doch Alex war der Ansicht, dass jede Verlängerung ihres Aufenthalts in der Wohnung nur dazu dienen konnte, weitere wichtige Hinweise zu erhalten. Dieses ungleiche Paar strahlte jedenfalls etwas Seltsames aus, dem sie unbedingt auf den Grund gehen wollte.

Weil sie der Aufforderung, Platz zu nehmen, ungerührt nachkam, blieb Romano nichts anderes übrig, als es ihr gleichzutun.

Auch der Architekt setzte sich. An seinem Revers steckte das Abzeichen eines renommierten Wohltätigkeitsclubs. Das Sonnenlicht, das durch den Spalt im Vorhang fiel, spiegelte sich in der Goldfassung seiner Designerbrille wider. Romano riskierte einen Blick zum Fenster hinaus. Er hatte das Gefühl, geradewegs in Donna Amalias Augen zu blicken, die auf ihrem Beobachterposten saß, und musste den Impuls unterdrücken, ihr zuzuwinken.

«Nun, meine Damen und Herren Gesetzeshüter, welcher gute Geist hat Sie zu uns geführt? Haben wir etwas verbrochen?»

Er strahlte eine gehörige Portion Selbstsicherheit aus und wollte sich offenbar ihrer Sympathien vergewissern. Romano spürte, wie seine Hand zu kribbeln begann, und schob sie in die Hosentasche.

«Eine reine Routineangelegenheit, Dottore. Uns liegt eine Anzeige vor, die sich auf das Kommen und Gehen hier in dieser Wohnung bezieht. Vermutlich nichts weiter als ein Missverständnis, aber wir müssen der Sache natürlich trotzdem nachgehen.»

«Die Stadt zeigt sich also wieder mal von ihrer besten Seite, wie bedauerlich! Kein Respekt vor der Privatsphäre anderer Leute. Verstehe.»

Alex ergriff das Wort.

«Wenn Sie wüssten, Dottore, wie viele kleine und auch dicke Fische dank dieser Respektlosigkeit tagtäglich dingfest gemacht werden! Seit wann genau wohnen Sie hier?»

Der Mann lachte amüsiert auf.

«Hoppla, Sie sind aber forsch, Frau Polizeioberwachtmeisterin! Ich wohne gar nicht hier. Der Mietvertrag läuft zwar auf meinen Namen, aber ich selbst habe mein Haus draußen in Posillipo. In diesem Großstadtmoloch hält es doch kein vernünftiger Mensch auf Dauer aus.»

Romano kniff die Augen zusammen, um sich vor den Lichtreflexen auf dem goldenen Brillengestell zu schützen.

«Entschuldigung, aber wenn Sie in Posillipo wohnen, warum haben Sie dann mitten in der Altstadt eine Wohnung angemietet?»

Der Architekt setzte eine Unschuldsmiene auf.

«Ach, wissen Sie, ich habe gerne mehrere Orte zur freien Verfügung, wo ich mich aufhalten kann. Allein wegen des Tapetenwechsels. Ich leite zahlreiche Großprojekte, mein Büro ist auf der ganzen Welt tätig, wir beteiligen uns an internationalen Ausschreibungen. Hin und wieder muss ich mich einfach zurückziehen können, um auf neue Ideen zu kommen und mich inspirieren zu lassen. Oh, da kommt ja unser Espresso! Nunzia macht einen ganz hervorragenden, Sie werden sehen. Wie viel Löffel Zucker darf ich Ihnen denn geben?»

Die junge Frau nahm die drei Tassen von ihrem Tablett und stellte sie vorsichtig auf dem Couchtisch ab. Mit einem gezwungenen Lächeln blieb sie neben der Sitzgruppe stehen.

Alex lief ein Schauer über den Rücken, als sie das Lächeln sah. Nunzias Gesicht wirkte wie eine Maske.

«Und Sie, Signorina? Wollen Sie sich nicht zu uns setzen?»

Das Mädchen warf dem Architekten einen Blick zu, als müsste sie sich seiner Zustimmung vergewissern. Der Mann nickte, und sie nahm Platz. Alex kam sie vor wie jemand, der immer aufs Wort gehorchte.

Romano ergriff erneut das Wort.

«Das heißt also, Sie halten sich sporadisch in dieser Wohnung auf. Was bedeutet ‹sporadisch› in Ihrem Fall?»

Brascos Stimme verlor etwas von ihrer Leutseligkeit.

«Das kann ich so nicht sagen. Sporadisch eben, wie Sie schon meinten. Aber noch mal: Gibt es irgendwelche Probleme mit der Wohnung? Etwas, das ich wissen müsste?»

Unvermittelt wandte sich Alex an das Mädchen.

«Und Sie, Signorina? Sind Sie eine Mitarbeiterin des Architekten?»

Keine Reaktion. Nunzias Blick glich dem eines Tieres, das in eine Falle gegangen war.

Schließlich erwiderte Brasco an ihrer Stelle:

«Nein, nein, Nunzia ist eine gute Freundin von mir. Oder vielmehr: Sie ist die Tochter von guten Freunden», beeilte er sich hinzuzufügen, als wollte er jedes Missverständnis im Keim ersticken. «Sie ist eine junge Frau, in ihrem Alter wünscht man eine gewisse Unabhängigkeit. Deswegen darf sie sich hier aufhalten, wann immer sie möchte. Das ist alles.»

Alex wandte sich erneut an Nunzia.

«Verstehe, Sie wohnen also hier, Signorina. Und was machen Sie so? Arbeiten Sie, studieren Sie?»

Romano, der etwas in sein Notizbuch gekritzelt hatte, fragte im selben Atemzug:

«Wo wir schon mal dabei sind: Wie war noch mal Ihr Name? Und wie lautet Ihre Anschrift?»

Wieder antwortete Brasco für das Mädchen.

«Sie heißt Annunziata Esposito, und die Adresse lautet: Vico Secondo all'Olivella 22. Sie ... sie überlegt, ob sie eine weiterführende Schule besuchen soll, um ihren Abschluss zu machen. Bisher war sie, glaube ich, nur auf der Volksschule.»

Alex bedachte ihn mit einem kühlen Blick.

«Ist die Signorina nicht in der Lage, unsere Fragen selber zu beantworten? Stottert sie, nuschelt sie, hat sie eine Sprachstörung? Wir möchten gerne ohne Dolmetscher mit ihr reden, wenn Sie gestatten.»

Der strenge Tonfall unterstrich die Unverblümtheit ihrer Worte. Romano schaute überrascht von seinem Notizbuch auf.

Brasco blinzelte nervös.

«Nein, nein, natürlich nicht. Sie ist nur sehr schüchtern. Nunzia, sprich du mit der Dame, du musst ihre Fragen schon selbst beantworten.»

«Was soll ich denn sagen? Ich wohne hier. Mehr ist da nicht zu sagen.»

Die warme, tiefe Stimme bebte vor Angst. Dieses Mädchen war regelrecht terrorisiert, stellte Alex fest.

«Und seit wann wohnen Sie hier, Signorina? Seit wann sind Sie die ... sind Sie zu Gast bei dem Architekten?»

Der Pfeil war wohlgesetzt, Brasco hatte die Kunstpause richtig interpretiert. Der eigentliche Knackpunkt, die Art der Beziehung zwischen ihm und dem Mädchen, war offen gelegt.

Nunzia versuchte noch immer, die Aufmerksamkeit des Mannes auf sich zu lenken, doch dieser sah unverwandt zu Alex, bemüht, das Bild des gestandenen Geschäftsmanns aufrechtzuerhalten.

«Ich … Seit zweieinhalb Wochen.»

Alex wartete darauf, dass sie weitersprach, doch das Mädchen war erneut in Schweigen verfallen.

«Und was treiben Sie den ganzen Tag? Gehen Sie aus, erkunden Sie die Stadt, gehen Sie Freunde besuchen …»

Verlegen knetete Nunzia ihre Hände, die in ihrem Schoß lagen, und schaute hilfesuchend zu Brasco. Als dieser ihre stumme Bitte überhörte, erwiderte sie:

«Nein, ich … ich bleibe in der Wohnung. Ich habe keine Lust auszugehen, ich bin lieber hier. Ich bin gerne in der Wohnung.»

Sie seufzte erleichtert, als wäre sie froh, sich die beiden Sätze abgerungen zu haben.

Brasco ergriff das Wort.

«Nunzia geht's nicht so gut seit ein paar Wochen. Die Psyche, wenn Sie verstehen, was ich meine. Ihre Familie hat mich gebeten, sie eine Zeitlang hier wohnen zu lassen, damit sie sich erholen kann. Und sie erholt sich in der Tat – nicht wahr, Nunzia?»

Das Mädchen nickte mühsam. Wenn sie redete oder gestikulierte, sah man, wie jung sie noch war.

Romano sagte:

«Ich würde gerne den Mietvertrag sehen. Und die Papiere, sowohl Ihre als auch die des Mädchens.»

Brasco nickte und stand auf.

«Kein Problem. Obwohl mir der Sinn Ihres Besuchs und überhaupt Ihr Interesse an uns immer noch nicht einleuchten wollen. Als gäbe es in dieser Stadt nicht genug Verbrecher, um die sich die Polizei kümmern sollte.»

Romano sprang auf. Seine Gesichtszüge hatten sich verhärtet. Mit gepresster Stimme sagte er:

«Manchmal sieht ein Verbrecher eben nicht aus wie ein Verbrecher. Und jetzt geben Sie mir sofort die Papiere. Ohne weitere Umstände. Los, wird's bald?»

Sämtliche Anwesende im Raum starrten ihn an. Alex musste ein Frösteln unterdrücken, als sie begriff, dass der letzte Satz des Architekten Romano in seiner persönlichen Ehre gekränkt haben musste und er kurz davor war zu explodieren. Schnell erhob sie sich von ihrem Stuhl.

«Mein Kollege hat Sie um etwas gebeten, Dottore. Bitte tun Sie, was er sagt.»

Mit zitternder Hand überreichte der Mann dem Polizisten seinen Personalausweis. Dem Mädchen gab er mit einem Kopfnicken zu verstehen, es ihm gleichzutun. Es fiel ihm sichtlich schwer, sich einen Rest von Würde zu bewahren.

«Ich ... ich habe Beziehungen, verstehen Sie. Ich überlege ernsthaft, mich über Ihre abstrusen Verhörmethoden zu beschweren. Anständige Leute zu behelligen, die nichts anderes tun, als sich in ihren eigenen vier Wänden aufzuhalten, ohne Lärm zu verursachen oder sonst wie zu stören ...»

Während Alex die Papiere überprüfte, ließ Romano den Architekten, der seinem Blick beharrlich auswich, nicht eine Sekunde aus den Augen. Seine Kiefermuskeln zuckten, und sein Mund war nur noch ein schmaler, blasser Strich.

«Ach ja? Und was willst du deinen ‹Beziehungen› erzählen, Dottore? Vielleicht von deiner hübschen Zweitwohnung hier? Und von dem kleinen Mädchen, das du dir darin hältst? Glaubst du wirklich, dass sie dir dann immer noch helfen möchten?»

Alex legte ihrem Kollegen die Hand auf den Arm und sagte bestimmt:

«Es reicht, Romano, hör auf. Die Papiere sind in Ordnung,

sie bestätigen die Angaben. Das können wir genau so ins Protokoll schreiben.»

Die Luft war zum Schneiden dick. Nunzia war einen Schritt zurückgetreten, als wollte sie am liebsten durch die Wand verschwinden. Brasco starrte zu Boden und atmete schwer.

Alex legte die Ausweise auf den Couchtisch zurück.

«Danke für Ihre Hilfe, wir werden Sie nicht weiter stören. Sollte die Signorina ihren Aufenthalt in dieser Wohnung verlängern oder ihren Wohnsitz hierhin verlegen wollen, melden Sie sich bitte beim zuständigen Einwohnermeldeamt.»

Kaum standen sie wieder auf der Straße, zog Romano als Erstes ein zerdrücktes Zigarettenpäckchen aus der Tasche.

«Ich wusste gar nicht, dass du rauchst», sagte Alex.

«Tue ich auch nicht. Nicht mehr zumindest. Falls es mich doch mal überkommt, stecke ich mir einfach eine Kippe in den Mund, ohne sie anzuzünden. Das hilft dann schon.»

«Seltsames Pärchen, findest du nicht?»

Romano sog hörbar die Luft ein.

«Pärchen? Du machst wohl Witze! Hast du das Geburtsjahr von dem Schwein gesehen? Dreiundsechzig Jahre ist der alt! Und sie gerade mal achtzehn, seit einem Monat. Achtzehn! Er könnte ihr Großvater sein.»

Alex versuchte, ihren Kollegen zu beruhigen.

«Vielleicht stimmt's ja auch, was er gesagt hat, und er ist wirklich ein Freund der Familie. Und das Mädchen hat psychische Probleme. Man muss ja nicht gleich überall das Schlimmste vermuten.»

Romano schaute hinauf zum Fenster der Guardascione.

«Und ich heiße Maradona, wenn an der Story was dran ist. Der Dreckskerl hat gewartet, bis die Kleine achtzehn ist, damit niemand ihm ans Bein pinkeln kann. Immerhin, die Alte da oben wird sich freuen. Und wir haben den Fall brav überprüft und können ihn jetzt abhaken.»

Vielleicht gab's ja doch noch etwas, das sie tun konnte, überlegte Alex, als sie den Motor des Streifenwagens anließ.

36

Die grauhaarige Frau geht schleppend durch die Straßen.

Niemand achtet auf sie.

Sie ist dick. Alt. Die Arthrose hat ihr Hüftgelenk verschlissen, jeder Schritt ist eine Qual. Das Donnern am Himmel ist nicht zu überhören, die Menschen auf der Straße beeilen sich. Sie nicht. Eile ist etwas für Leute, die ein Ziel haben, auf die jemand wartet, dem sie ein Lächeln schenken können. Die grauhaarige Frau hat kein Lächeln zu verschenken, schon lange nicht mehr.

In der Hand trägt sie eine Plastiktüte. Sie hat zwei Tomaten gekauft, eine Packung Schmelzkäse, eine Birne. Der Gemüsehändler hat ihr ungebeten einen Stängel Basilikum und eine Mandarine in die Tüte gesteckt. Sie hat es nicht einmal bemerkt.

Sie trägt eine fleckige Wolljacke von undefinierbarer Farbe, vielleicht war auch sie einmal grau. Über das Unterkleid, das ihr ebenso als Nachthemd dient, hat sie einen unförmigen Rock gezogen. Eine Kette mit einem Eisenkreuz hängt um ihren Hals. Ihr Haar ist schmutzig und verfilzt, weil sie keine Bürste hat.

Sie trägt Männersocken und ein Paar abgetretene Pantoffeln mit löchrigen Sohlen.

Die grauhaarige Frau betritt die U-Bahn-Station und geht die Treppe hinunter, Stufe um Stufe, ein Fuß neben dem anderen. Sie hält sich am Geländer fest, bei jedem Schritt verzieht sie schmerzvoll das Gesicht.

Niemand bemerkt sie, so als wäre sie gar nicht existent.

Auf der Rolltreppe wird sie von einem Jungen angerempelt, beinahe fällt ihr die Plastiktüte aus der Hand, beinahe stürzt sie zu Boden, sie kann gerade noch das Gleichgewicht halten.

Der Junge bemerkt nichts davon, niemand bemerkt etwas.

Die grauhaarige Frau verzieht keine Miene. Ihre Augen sind fest auf den Boden geheftet.

Die grauhaarige Frau lebt allein, in einer Zweizimmerwohnung, die sie mit ihrer Mutter geteilt hat. Seit Monaten schon bezahlt sie keine Miete mehr, ihre Rente reicht gerade für eine Mahlzeit am Tag und die Medizin, die sie am Leben hält. Noch ein Tag oder zehn Tage oder zwanzig, und jemand wird kommen und sie vor die Tür setzen. Und sie wird nicht wissen, wohin sie gehen soll.

Die grauhaarige Frau hat keine Kraft mehr zu weinen. Und nicht einmal, ihr Leid zu klagen. Es gibt keine Telefonnummer, bei der sie anrufen, keine Freunde, die sie um Unterstützung bitten, keine Verwandte, die sie nach einem Dach über dem Kopf oder einer warmen Mahlzeit fragen könnte.

Die grauhaarige Frau leidet nicht einmal sehr. Sie hat nur jede Kraft und Lust verloren, die Sonne ein weiteres Mal aufgehen zu sehen. Sie lebt, weil sie nichts anderes tun kann und weil sie denkt, dass der Wille des Herrn mehr zählt als ihrer.

Sie versucht, sich in der Menge der Wartenden einen Platz zu erobern, um in die U-Bahn einsteigen zu können. Das verschlissene Hüftgelenk, das Gewicht, das Alter machen sie zum langsamsten Tier im Dschungel. Wenn sie nicht niedergetrampelt werden will, muss sie sich vorkämpfen, direkt an die Stelle, an der die Tür aufgeht.

Es ist kurz nach Schulschluss, die schlimmste Tageszeit. Horden von grölenden Jugendlichen sind auf dem Heimweg, sie albern herum und schubsen einander, ohne Rücksicht auf andere.

Ein Junge ein paar Meter weiter äfft mit obszönen Gesten jemanden nach, seine Kameraden brechen in Gelächter aus und klopfen sich johlend gegenseitig auf die Schulter. Ein Mädchen versetzt der grauhaarigen Frau aus Versehen einen Schubs, sodass sie ins Schwanken gerät. Das Mädchen dreht sich um, sieht sie, lacht ihr ins Gesicht, dann wendet sie sich ab zu ihren Freunden, rümpft die Nase und tut, als müsste sie sich übergeben. Alle lachen. Und erst in dem Moment bemerkt man sie überhaupt.

Die grauhaarige Frau hält den Blick gesenkt auf den dunklen Abgrund, in dem die Bahngleise verlaufen.

Von hinten sieht sie aus wie das Abbild der Verzweiflung. Die krummen Schultern, der gebeugte Nacken, die verfilzten Strähnen. Wie abgestorbene Lianen. Wer weiß, was für Gedanken ihr durch den Kopf gehen. Was für Erinnerungen.

Die grauhaarige Frau stellt die Plastiktüte mit den wenigen Lebensmitteln auf dem Boden ab. Trotz des geringen Gewichts schmerzen ihre Hände fürchterlich. Sie stößt ein Wimmern aus.

Doch niemand hört sie.

Hab Erbarmen mit mir, denkt die grauhaarige Frau, während der Fahrtwind den herannahenden Zug ankündigt. Doch wer sollte sich ihrer schon erbarmen.

Die Jugendlichen lachen noch immer, ihre glänzenden Haare flattern im Luftzug. Die Menge bereitet sich auf die Einfahrt der U-Bahn vor.

Ein Schatten fällt auf die grauhaarige Frau, als sich jemand hinter sie stellt.

Niemand bemerkt etwas.

Nicht die Jugendlichen, die in ihrem sinnlosen Gelächter verharren.

Nicht das Liebespaar, das sich gegenseitig mit den Augen verschlingt.

Nicht die junge Mutter, die die Decke im Kinderwagen glatt streicht.

Nicht der Angestellte, der vor dem Einsteigen noch seine Gratiszeitung fertig lesen will.

Nicht der Wachmann, der nach seiner Nachtschicht der Müdigkeit zu trotzen versucht.

Nicht der Taschendieb, der Ausschau hält nach offenen Rucksäcken und Portemonnaies in Gesäßtaschen.

Nicht der Professor, der seinen Blick nicht von dem knackigen Jeanshintern einer Studentin lösen kann.

Nicht die Dame, die unter ihren vielen Tüten nach der Shopping-Tour fast zusammenbricht.

Nicht die beiden Nonnen, die in einer unbekannten Sprache darüber rätseln, wer von ihnen demnächst auf Asienmission geschickt wird.

Nicht die Kontrolleure, die schnell noch die jüngsten Fußballergebnisse austauschen, bevor sie auf Jagd nach Schwarzfahrern gehen, wobei sie harmlosen Normalsterblichen den Vorzug vor finsteren Schlägertypen geben.

Wenige Sekunden vor Einfahrt des Zuges, während die grauhaarige Frau erneut den Himmel anfleht, ihr Kraft zu geben, legt sich eine barmherzige Hand zwischen ihre Schulterblätter.

Ein sanfter Stoß, und die grauhaarige Frau stürzt lautlos ins Gleisbett. Gerade als der Zug einrollt.

Niemand bemerkt etwas.

Erst das junge Mädchen, das in der vergeblichen Hoffnung, die U-Bahn zu erwischen, die Stufen hinuntergeeilt kommt, bemerkt etwas. Sie schreit, als sie sieht, was von der grauhaarigen Frau übrig geblieben ist.

Die barmherzige Hand lässt einen Zettel in die Plastiktüte gleiten, die noch immer auf dem Bahnsteig steht.

Mit einem Abschiedsgruß an die Welt, den die grauhaarige Frau nicht mehr die Kraft hatte zu schreiben.

Doch niemand bemerkt etwas.

37

An dem verschnörkelten Messingschild mit der Aufschrift *La Vela* erkannten sie, dass sie ihr Ziel erreicht hatten.

Der Wind hatte die Stadt erneut in den Griff genommen. Bis zum frühen Nachmittag hatte es so ausgesehen, als würde es ordentlich Regen geben. Donnergrollen zog heran, über dem Meer blitzte es in der Ferne. Doch stattdessen waren Sturmböen aufgekommen, und schwarze Wolken jagten einander über den Himmel.

Aragona und Lojacono traten auf den Eingang des Yachtclubs zu, der in einem Meer von Grün versank. Zwischen dem Spalier aus Zierpflanzen hindurch sahen sie die Mole mit den Segelbooten, deren Masten genauso im Wind schwankten wie die dünnen Baumstämme. Pisanelli hatte ihnen eingeschärft, dem Treffen mit der Baronessa unbedingt einen informellen Charakter zu verleihen und höchste Diskretion walten zu lassen, daher verzichteten sie darauf, ihre Ausweise vorzuzeigen.

Der Portier, der mit seinen buschigen Koteletten, der Livree und den weißen Handschuhen einem Fünfzigerjahrefilm entsprungen schien, musterte mit kaum verhohlenem Abscheu Aragonas verspiegelte Sonnenbrille und das offene Hemd über der gebräunten Brust. Angriffslustig reckte dieser das Kinn in die Höhe und starrte über den Rand seiner Brille zurück. Zwei Welten stießen aufeinander. Erkennbar widerwillig führte der

Mann sie in einen kleinen Salon, in dem ein Kellner, der sein Zwillingsbruder hätte sein können, sie in Empfang nahm.

Während sie dem Mann durch eine Zimmerflucht mit Regalen voller Trophäen, Pokalen und Medaillen folgten, raunte Aragona Lojacono zu:

«Wo sind wir denn hier gelandet?»

Schließlich kamen sie in einen Saal, dessen Einrichtung aus etwa zwanzig Spieltischen bestand. Die daran sitzenden Damen hielten Karten in den Händen und wurden umschwirrt von Kellnern mit Tabletts voller Cocktails und Häppchen wie von einem Hornissenschwarm im Frühling. Trotz des «Rauchen verboten»-Schildes an der Wand hing eine dichte Qualmwolke über den Köpfen.

Dem hochnäsigen Kellner dicht auf den Fersen, registrierte Lojacono mehrere Augenpaare, die sich von den Karten lösten und neugierig auf sie richteten. Der Heißhunger auf Frischfleisch in den Blicken der Achtzigjährigen überraschte ihn. Fröstelnd wandte er sich ab.

An einer Seite des Saals befand sich eine Glasfront, die auf eine überdachte Veranda hinausging. Bis auf eine elegant gekleidete Erscheinung an einem der Tischchen war sie menschenleer. Der Kellner steuerte geradewegs auf die Dame zu und beugte sich vor.

«Baronessa, Ihr Besuch ist da.»

Mit ihrem überschminkten faltigen Gesicht, der riesigen Sonnenbrille und dem altmodischen Perlenschmuck unterschied sie sich in keiner Weise von den anderen Frauen im Saal. Die Augen unverwandt auf den herrlichen Ausblick gerichtet, den der Golf mit den dahinter aufragenden Bergen, dem aufgewühlten Meer und dem Wolkenschauspiel am Himmel bot, sagte sie:

«Danke, Amedeo. Frag die Herrschaften, was sie trinken möchten, und bring mir noch einen Margarita. Bitte, Signori, setzen Sie sich!»

Ihre Stimme war rau wie Schmirgelpapier. Der brüske Tonfall ließ erahnen, dass sie gewohnt war zu befehlen.

Die beiden Polizisten bestellten zwei Espressi bei Amedeo, der sich lautlos zurückzog, und nahmen Platz.

Langsam drehte die Frau sich zu ihnen um. Die dunklen Sonnengläser, hinter denen ihre Augen nicht zu sehen waren, und das dichte Faltennetz verliehen ihrem Gesicht etwas Reptilienhaftes. Aragona, der auf seinem Stuhl herumrutschte, versuchte, sein Unbehagen zu überspielen, indem er seine Brille betont lässig auf- und absetzte.

Ungerührt richtete die Baronessa ihre Aufmerksamkeit wieder auf das sturmgepeitschte Meer.

«Mein Name ist Anna Ruffolo – Giorgio Pisanelli sagte, Sie wollten mit mir sprechen. Giorgio ist ein guter Freund von mir, ich möchte ihm gerne einen Gefallen tun. Aber eins muss klar sein ...»

Ohne einen ersichtlichen Grund verstummte ihr Krächzen. Kurz darauf kehrte der Kellner mit einem Tablett zurück und stellte Espresso, Cocktail und ein Tellerchen mit Gebäck auf dem Tisch ab. Dann verschwand er ebenso lautlos, wie er gekommen war.

Lojacono fragte sich, wie die Frau von ihrer Ankunft erfahren hatte. Als könnte sie Gedanken lesen, sagte die Baronessa:

«Die Kellner hier haben die Funktion von Sprachrohren. Einige werden tatsächlich dafür bezahlt, den neuesten Klatsch weiterzutragen, eine seltene Ware in einer Welt, in der so wenig passiert wie in der unseren. Und Sie beide sind nun mal, wie Ihnen kaum entgangen sein dürfte, das Ereignis des Tages.»

Sie deutete mit dem Kopf nach hinten, ohne sich umzudrehen. Aragona folgte ihrer Geste mit den Augen und erkannte hinter der breiten Glasfront mindestens zwanzig Frauen mit blausilbernem Haar und riesigen Ohrgehängen, die sie heimlich beobachteten.

Die Baronessa nahm den Faden wieder auf.

«Ich sagte gerade, dass eins klar sein muss: Unser Gespräch hier hat nie stattgefunden. Sie dürfen es weder zu Protokoll nehmen noch ein Wort zu wem auch immer darüber verlieren. Sie dürfen nicht mal sagen, dass Sie mich getroffen haben. Wenn das für Sie ein Problem ist, trinken Sie in Ruhe Ihren Espresso aus und verlassen Sie diesen Ort. Ich kenne Ihre Namen nicht, und ich will sie auch gar nicht wissen. Die Entscheidung liegt also ganz bei Ihnen.»

Lojacono erwiderte:

«Das ist uns alles wohl bewusst, Baronessa. Wir sind sehr dankbar für Ihre Hilfe. Niemand wird erfahren, dass wir uns getroffen haben, lediglich die Kollegen, die mit uns diesen Fall bearbeiten. Aber außerhalb des Kommissariats wird unser Gespräch keinerlei Erwähnung finden. Und nichts wird protokolliert. Dafür gebe ich Ihnen mein Wort.»

Die Frau wandte sich zu ihm um und musterte ihn. Dann schaute sie zurück zum Meer.

«Was wollen Sie wissen?»

«Signora, Sie haben gehört, was mit der verstorbenen De Santis, Cecilia, verheiratete Festa, Ehefrau des gleichnamigen Notars, passiert ist. Pisanelli hat uns erzählt, die Tote sei eine gute Freundin von Ihnen gewesen. Wir stehen noch ganz am Anfang unserer Ermittlungen. Im Moment gehen wir von einem Raubüberfall aus, der ein unglückliches Ende genommen hat, aber da sind ein paar Dinge, die nicht recht ins Bild passen wollen und eher auf einen Mord hindeuten. Wir würden gerne mehr über die Frau erfahren: ob sie Angst hatte; ob es da vielleicht jemanden oder etwas in ihrem Leben gab, der oder das Auslöser für die Tat gewesen sein könnte; ob sie Ihnen oder eventuell auch jemand Drittem etwas anvertraut hat, das uns auf eine Spur bringen könnte ...»

Die Frau nippte schweigend an ihrem Drink. Schließlich sagte sie:

«De Santis, Cecilia, verheiratete Festa – so nennt ihr sie in eurem Amtsjargon. Mädchenname, Vorname, Name des Ehemannes. Arme Cicia, das ist also aus ihr geworden: eine Ansammlung von Namen auf einem Dokument. Für mich war sie ‹Cicia›. Schon immer, seit ich sie zum ersten Mal gesehen habe, als kleines Baby. Ich war damals fünfzehn, unsere Mütter waren befreundet. So wie übrigens auch unsere Großmütter. Und wahrscheinlich auch unsere Urgroßmütter. Sehen Sie, unsere Welt ist so. Sehr überschaubar. Wir sind nur ein paar tausend, vielleicht dreitausend, wir kennen uns alle, sind immer unter uns gewesen. Hin und wieder nehmen wir jemand Neues in unseren Kreis auf, aber nur, wenn er etwas zu bieten hat: wenn er reich ist oder ein berühmter Künstler. Wir brauchen solche Leute, um über sie reden zu können, um neuen Tratschstoff zu haben. Aber im Grunde hat sich bei uns nie etwas verändert.»

Eine Windböe ließ die Fensterscheiben erzittern.

«Unsere Welt – das sind die Urlaube in Cortina, auf Capri. Hier und da eine Fernreise, aber nicht zu exotisch. Eine Wohnung in New York oder in Paris, ein Büro in London. Salons. Clubs. Alle ohne Fenster, um bloß nicht sehen zu müssen, was sonst auf der Welt oder in der Stadt passiert. Um sicherzustellen, dass unsere Welt das eigentliche Universum ist. Schauen

Sie sich die da drinnen doch an! Sie fragen sich: ‹Wer sind die beiden Männer bei der Ruffolo? Was erzählen sie ihr? Und sie, was erzählt sie ihnen?› Aber niemand wird mich ein Wort danach fragen. Wo kämen wir denn da hin? Aber untereinander werden sie über Wochen kein anderes Gesprächsthema haben. So wie sie jahrelang über Cicia sprechen werden, den Tod, den sie sterben musste. Das ist unsere Welt. Ein Trauerspiel.»

Aragona hüstelte.

«Und die De San… ich meine, das Opfer, war sie auch so? So wie die anderen Frauen?»

«Cicia? Nein. Zumindest nicht nur. Natürlich gehörte auch sie diesem Kreis an, auch sie hatte ein Haus auf Capri und eins in Cortina, so wie wir alle. Aber Cicia hatte auch noch etwas anderes: Sie konnte lieben. Wirklich lieben, mit Herzschmerz und Liebeskummer – so wie die da draußen eben lieben. Und sie hat, ohne viel Aufsehen darum zu machen, anderen Menschen geholfen. Sie war eine echte Wohltäterin, wussten Sie das? Sie hat heimlich zweimal in der Woche in einem Kindergarten ausgeholfen, in einem der ärmsten Viertel der Altstadt, wo andere sich nicht mal mit einer Panzerlimousine hintrauen. Ich habe zu ihr gesagt: ‹Du kannst doch jemanden bezahlen, der für dich da hingeht. Dann hilfst du sogar noch irgendeinem arbeitslosen Lehrer.› Aber nein: ‹Ich will selbst da hingehen. Aus reinem Egoismus, es ist nämlich wunderschön, mit diesem bunten Haufen zusammen zu sein.› So war Cicia.»

Das Meer war noch bewegter geworden, die Wellen schlugen gegen die Mole, an der die Boote festgemacht waren. Die Baronessa ergriff erneut das Wort.

«Nicht, dass wir anderen nicht lieben könnten. Im Gegenteil, der Liebe gehört unsere ganze Zeit. Der Liebe und der Gesundheit. Dafür ist Geld schließlich da, oder nicht? Um sich den schönen Dingen des Lebens zu widmen. Und was gibt es Schöneres als die Liebe? Abgesehen von Canasta natürlich.» Sie nahm einen Schluck von ihrem Cocktail. «Aber Cicia hatte etwas ganz Besonderes. Sie war nur ein einziges Mal in ihrem Leben verliebt. Sie haben sie ja gesehen ... Ich kann sie mir so gar nicht vorstellen, tot ... Die Fotos, die es von ihr gibt, sagen jedenfalls nichts über sie aus. Zugegeben, sie war keine Schönheit, aber in ihrem Blick lag etwas Sanftes, Warmherziges, das die Leute einfach verzaubert hat. Auf ihre Art war sie schön, sehr schön sogar, ihre Schönheit kam von innen. Sie war so tiefgründig, so reich in ihrer Seele. Ich habe sie damit aufgezogen und gefragt, ob sie es auf ihre Seligsprechung anlegen würde, und sie hat nur gelacht. Aber das ist die Wahrheit: Cicia war anders als die anderen.»

Ohne allzu brüsk sein zu wollen, versuchte Lojacono, das Gespräch in eine Richtung zu lenken, die ihre Ermittlungen ein Stück voranbrachte.

«Baronessa, wir zweifeln keine Sekunde daran, dass die Signora jemand ganz Besonderes war. Genau aus dem Grund fragen wir uns ja, wer ihr den Tod gewünscht haben könnte. Und warum. Wenn Sie sie gern hatten – und davon gehe ich aus –, darf ich Sie dann bitten, mir alles zu sagen, was Sie wissen?»

Das Meer tobte unablässig. Ein paar Hafenarbeiter, deren Regencapes wie wild gewordene Fahnen im Wind flatterten, kämpften sich auf die Mole vor, um die Leinen der am Ufer vertäuten Boote festzuziehen.

Die Ruffolo dachte nach.

«Cicia hatte eine Schwäche, eine einzige: ihren Ehemann, Arturo. Ein aufgeblasener Wicht, ein alberner Gockel, der jede Gelegenheit nutzte, sich auf das nächstbeste Huhn zu stürzen, das ihm über den Weg lief. Er war ein Nichts, bevor er das große Glück hatte, Cicias Bekanntschaft zu machen. Im wahrsten Sinne des Wortes: ein Nichts. Und sie hat aus ihm einen der bekanntesten Notare der Stadt gemacht, mit Hilfe ihrer Beziehungen, die ihm Aufträge einbrachten, als wäre er weit und breit der einzige Jurist im Land. Als Dank hat er sie nach Strich und Faden belogen und sie dermaßen dem Gespött ausgesetzt, dass sie seit Jahren nicht mehr ausging. Ich habe jeden Tag auf sie eingeredet und sie angefleht, ihn aus dem Haus zu jagen, zu seinen Flittchen – was ihm ja durchaus entgegengekommen wäre –, aber sie meinte nur, sie würde ihn trotzdem lieben. Verrückt, oder?»

Lojacono musste ihr zustimmen.

«Ja, verrückt, Baronessa, in der Tat. Aber auch nicht so ungewöhnlich. Ist denn in letzter Zeit irgendetwas Besonderes vorgefallen? Gab es Streit? Meinungsverschiedenheiten? Oder etwas anderes, das auf ein Zerwürfnis hindeutet?»

«Leider nein. Ich kann es nur wiederholen, Ispettore, trotz meines Zuredens hat Cicia nie die Auseinandersetzung mit ihrem Ehemann gesucht. Sogar jetzt nicht, wo dieses Schwein auch noch den letzten Rest von Anstand verloren hat.»

Aragona nahm seine Sonnenbrille ab, wie um sein gesteigertes Interesse zu bekunden.

«Was heißt das: ‹den letzten Rest von Anstand›?»

Die Baronessa gab einen prustenden Laut von sich.

«Stellen Sie sich vor, er hat sich sogar hierhergewagt, in den Yachtclub! Zusammen mit seinem Flittchen, bei einem Fest. Wäre er nicht Cicias Ehemann gewesen, hätten sie ihn hier nicht mal als Kellner eingestellt. Und Sie hätten sie sehen sollen, Ispettore! Wie eine Dirne war sie aufgemacht, mit ihren roten Haaren und den turmhohen Absätzen. Und gegrüßt hat sie nach rechts und links, als wäre sie die Frau Gemahlin höchstselbst.»

Lojacono fragte:

«Kennen Sie den Namen der Dame? Wissen Sie, wer sie ist?»

«Natürlich weiß ich das! Sie glauben doch wohl nicht, hier passiert irgendetwas, das nicht sofort die Runde machen würde! Sie heißt Iolanda, Iolanda Russo. Angeblich ist sie Steuerberaterin, Finanzexpertin oder was auch immer sie vorgibt, um ihre wahre Profession zu verschleiern.»

«Und die wäre?», fragte Aragona, bevor Lojacono ihn davon abhalten konnte.

«Prostituierte natürlich», tönte es wie aus der Pistole geschossen von der Ruffolo, die sich richtig in Rage geredet hatte. «Es war ein erbärmliches Schauspiel, wie alle die Flucht vor ihm ergriffen haben, peinlich berührt, und wie er ihnen hinterherlief, um seine Gespielin vorzustellen! Sie hätte seine Tochter sein können, und er hat sie angepriesen als ‹eine ganz phantastische Finanzberaterin, die Ihnen wertvolle Dienste leisten kann›. Ha, ich kann mir schon denken, wobei! Jedenfalls, neu daran war – obwohl, so neu war es letztlich auch nicht –, dass er seine Flittchen vorzuzeigen begann. Ein paar Jahre lang hatte er sich zurückgehalten oder zumindest Diskretion bewahrt. Aber Männer wie er kehren eben immer früher oder später zu ihrer wahren Natur zurück.»

Lojacono hatte interessiert zugehört.

«Glauben Sie, dass Ihre Freundin wegen dieser Frau gelitten hat, Baronessa? Dass sie eine Erklärung verlangt hat und jemand …

Die Ruffolo brach in Gelächter aus. Ihr Lachen klang rau und kratzig, als würde jemand mit einer Harke über Schottersteine fahren.

«Wer, Cicia? Nein. Sie hat zwar gelitten, aber sich nichts anmerken lassen. Sie war der Ansicht, den perfekten Ehemann zu haben, ein wahres Gottesgeschenk, und dass er ein Recht auf ein bisschen Abwechslung ab und zu hätte. Genauso hat sie über seine Liebschaften gesprochen: ‹ein bisschen Abwechslung ab und zu›. Er hat in den letzten Jahren verdammt viel Abwechslung genossen – warum sollte sie ihm ausgerechnet diesmal Vorhaltungen machen?»

Draußen auf der Mole kämpften die Hafenarbeiter mit dem Wind, dem Meer und den Tauen. Fasziniert schaute Aragona ihnen zu. Dann fragte er:

«Was denken Sie denn, Baronessa, wer's gewesen sein könnte?»

Auch die Ruffolo starrte aufs Meer.

«Ich weiß es nicht. Vielleicht war es wirklich ein Raubüberfall. Was für ein makabrer Zufall, wenn ausgerechnet der großzügigste Mensch, den ich kenne, wegen ein paar Geldscheinen und Schmuckstücken umgebracht worden wäre. Eins ist sicher: Der Gockel kann kein Interesse an ihrem Tod gehabt haben, ohne sie ist er erledigt. Mein Unglück ist, dass ich meine Freundin verloren habe, die Einzige, mit der ich wirklich reden konnte. Und zwar über andere Themen als mit diesen alten Schachteln hier. Obwohl Cicia deutlich jünger war als ich, besaß sie in meinen Augen die Weisheit einer Hundertjährigen, so klar sah sie die Dinge. Sie wird mir sehr fehlen. Mit ihr ist ein Teil von mir selbst gestorben, der beste Teil. Der einzige, der einen gewissen Wert hatte.»

Sie verharrten für einen Moment im Schweigen. Die beiden Polizisten sahen, dass die alte Dame weinte, ohne Tränen zu vergießen. Schließlich sagte sie:

«Ich werde mich jetzt von Ihnen beiden verabschieden. Sie,

junger Mann, kriegen einen Kuss von mir auf die Wange, und Ihnen, Ispettore, gebe ich die Hand. Ich werde den Ladys da drinnen erzählen, ich hätte Besuch von meinem Neffen und seinem Freund bekommen, weil sie Geld von mir wollten. Das passiert hier öfters, dass wir von der Verwandtschaft angeschnorrt werden. Wenn Sie weitere Informationen benötigen, können Sie mich jederzeit über Pisanelli kontaktieren. Ich will, dass Sie Cicias Mörder finden und ins Gefängnis stecken. Im Gegensatz zu ihr bin ich nämlich jemand, der nicht verzeihen kann. Können wir so verbleiben?»

Lojacono nickte. Dann sagte er plötzlich wie aus einer Eingebung heraus:

«Darf ich Ihnen noch eine letzte Frage stellen, Baronessa? Was hatte es mit dieser Sammelleidenschaft Ihrer Freundin auf sich, mit diesen Schneekugeln?»

Langsam drehte die Ruffolo den Kopf. Lojacono spürte den prüfenden Blick unter den dunklen Gläsern auf seinem Gesicht ruhen.

«Warum wollen Sie das wissen? Was soll die Frage?»

«Ich weiß es nicht. Ich glaube nur, dass es eine gewisse Bedeutung hat, wenn jemand einer Sache so viel Zeit widmet. Auch wenn es von außen betrachtet vielleicht nicht so wirkt.»

Die Baronessa starrte ihn an. Ihr Gesicht war vollkommen ausdruckslos.

Aragona zappelte auf seinem Stuhl herum. Diese Frau hatte etwas an sich, das ihn nervös machte. Er konzentrierte sich auf einen der Hafenarbeiter, der ein Tau um einen Poller knotete. Schaukelnd hing es über der Wasseroberfläche.

Endlich begann die Frau zu reden.

«Sie sind Sizilianer, nicht wahr, Ispettore? Sie sehen eher asiatisch aus, aber Sie sind Sizilianer. Das höre ich an Ihrem

Akzent. Eine schöne Gegend, dieses Sizilien. Eine Gegend, aus der tüchtige Leute kommen.» Sie schaute zurück aufs Meer. «Die Schneekugeln … Cicia hat schon vor Jahren angefangen, sie zu sammeln, schon als junge Ehefrau. Ihr Mann hat ihr eine gekauft, auf der Hochzeitsreise. Keine Ahnung, wo genau. Bei ihrer Rückkehr haben wir uns jedenfalls zusammen darüber amüsiert. Ich fand das Ding einfach nur hässlich und grotesk, aber für sie war dieses Geschenk so wertvoll wie ein Diamant. Seitdem hat sie Schneekugeln aus aller Herren Länder gesammelt. Wer weiß, vielleicht hat sie in ihnen das Glück gesucht, das sie damals für einen Moment verspürt hat. Oder sie hat das Sammeln ganz einfach als Zeitvertreib betrachtet, weil ihr Mann sie so oft allein ließ. Jedenfalls hat sie jeden von uns, der auf Reisen ging, gebeten, ihr eine Schneekugel mitzubringen. Ich glaube, auch ich habe ihr eine oder zwei mitgebracht, Gott möge mir verzeihen.»

Als ihren Worten endgültig nichts mehr folgte, erhoben sich die beiden Polizisten für die kleine Scharade, um die die Frau sie gebeten hatte: Aragona bot ihr die Wange, und Lojacono reichte ihr die Hand.

Und wieder wurden sie verfolgt von den aufdringlichen Blicken, während sie durch den rauchgeschwängerten Raum auf den Ausgang zustrebten.

Draußen tobte der Wind, als wollte er sich einmal mehr als mächtige Naturgewalt beweisen.

38

Auf dem Rückweg zum Kommissariat sprachen sie kaum ein Wort miteinander. Die wenigen Leute auf der Straße suchten an den Hauswänden Schutz vor den Sturmböen.

Plötzlich sagte Aragona:

«Irgendwie hat sie mir leidgetan, trotz allem. Du findest das bestimmt lächerlich, Lojacono, aber die alte Lady tut mir einfach leid. Sie kam mir so einsam vor, so verzweifelt. Obwohl sie mehr Geld hat als alle meine Freunde und Bekannte zusammen. Schon seltsam ...»

Lojacono nickte.

«Wohl wahr, Kollege. Lieber am Hungertuch nagen und nicht wissen, was man seinen Kindern zu essen geben soll, als in Geld zu ertrinken. Wenigstens kriegt man auf diese Weise seine Tage rum und wird nicht zum Canasta-Junkie.»

Aragona warf ihm einen schrägen Blick zu. Gekränkt erwiderte er:

«So habe ich das nicht gemeint. Aber ich möchte trotzdem nicht mit ihr tauschen. Wie dem auch sei, unser Dottore hat ja eher keinen guten Stand bei Pisanellis Freundin. Apropos Freundin: Wie die beiden sich wohl kennengelernt haben? Ist bestimmt schon hundert Jahre her. Vielleicht ja eine Jugendsünde.»

«Was geht's uns an. Jedenfalls bin ich dem Kollegen dankbar für den Kontakt. Ohne ihn wären wir kaum an diese Informationen gekommen. Dank der Baronessa haben wir jetzt immerhin eine gewisse Vorstellung von Festas jüngster Flamme. Wir sollten zusehen, dass wir sie zu fassen kriegen, bevor auch sie sich gänzlich in Schweigen hüllt.»

Als sie das Kommissariat betraten, wurden sie von einem ähnlichen Sturm wie draußen auf der Straße empfangen, nur dass dieser verbaler Natur war: Die Kollegen Di Nardo und Romano waren in eine heftige Diskussion über den Fall verwickelt, den sie gemeinsam bearbeiteten.

Sie hörten Romano sagen:

«... okay, einverstanden, der Typ ist ein widerliches Arschloch. Und ich wäre der Letzte, der sagen würde, das Mädel ist bloß eine entfernte Bekannte von ihm. Aber wir haben ihre Papiere überprüft, und sie waren in Ordnung – oder nicht? Also, was können wir deiner Meinung nach noch tun?»

Alex Di Nardo hatte die Sonnenbrille abgenommen, sodass ihre dunklen Augenringe sichtbar wurden. In ruhigem, aber festem Ton erklärte sie:

«Du und ich, wir haben beide den gleichen Eindruck gehabt: Das hier ist nicht der übliche alte Lustmolch, der sich eine junge Gespielin hält. Sondern hier hat jemand einen anderen Menschen hörig gemacht, wenn ihm nicht sogar den Willen gebrochen. Dieses Mädchen ist ganz bestimmt nicht glücklich. Der Kerl terrorisiert sie, erniedrigt sie, erfüllt sie mit Panik. Sollen wir so tun, als hätten wir das nicht mitgekriegt? Oder als ginge uns das alles nichts an? Sollen wir ausgerechnet vor jemandem einknicken, der uns empfiehlt, wir sollten lieber nach den wahren Gangstern dieser Stadt fahnden, statt harmlose Bürger zu schikanieren, und der uns droht, sich in der Chefetage zu beschweren?»

Palma mischte sich in die Diskussion ein.

«Wie ‹Chefetage›? Womit genau hat euch dieser Architekt gedroht?»

Romano warf seiner Kollegin einen vielsagenden Blick zu. Gleich würde Palma, wie alle Kommissare, die er bisher kennengelernt hatte, von ihnen verlangen, die Ermittlungen einzustellen, um keine Unannehmlichkeiten zu bekommen.

In wenigen Worten brachte er seinen Vorgesetzten auf den neuesten Stand. Ohne einen Blick in Alex' Richtung zu riskieren, erwähnte er außerdem, dass ihm um ein Haar der Kragen geplatzt und er handgreiflich geworden wäre, wenn die Kollegin Di Nardo ihn nicht zurückgehalten hätte.

Zur Überraschung aller sagte Palma:

«Ach, das hättet ihr mir gleich sagen sollen. Wenn das so ist, machen wir weiter. Ihr solltet auf jeden Fall der Familie des Mädchens einen Besuch abstatten und euch anhören, was die zu sagen haben. Wenn euch da irgendwas komisch vorkommt, knöpfen wir uns den Typen vor und heizen ihm mal so richtig ein. Alle einverstanden?»

Sämtlichen Anwesenden blieb vor Erstaunen der Mund offen stehen. Was für ein Mann, dachte Ottavia Calabrese und stellte sich vor, von ihm geküsst zu werden.

Lojacono zog seinen Mantel aus und hängte ihn über einen Stuhl.

«Aragona und ich verbringen derweil unsere Nachmittage in vornehmen Yachtclubs und schlürfen Cocktails mit adeligen Damen. Wir können gerne tauschen.»

In gespielter Verzweiflung hob Palma die Hände.

«Irgendjemand muss hier ja schließlich arbeiten ... Schießt los, was habt ihr zu berichten?»

Der Inspektor fasste die Ereignisse vom Vormittag zusammen, inklusive ihrer Unterhaltung mit dem Pförtner und ihrem Besuch im Labor des Kriminaltechnischen Instituts. Aragona ergänzte bitter:

«Ihr hättet mal das Gesicht von dieser Dumpfbacke aus dem KTI sehen sollen, als er hörte, wo wir herkommen! Am liebsten hätte ich ihm die Fresse poliert. Wenn Lojacono nicht die ... Ich meine, wenn er nicht sein Handy gezückt hätte, um einen Anruf zu tätigen, hätte der uns was vom Pferd erzählt. Nicht ein Wort hätten wir aus dem rausgekriegt.»

Palma nickte.

«Aha, verstehe. Nächstes Mal lasst ihr mich bitte machen, und zwar auf offiziellem Weg. Dann werden sie schon aufhören, sich querzustellen.»

Lojacono erwiderte:

«Das Unglaubliche ist, dass sie uns die Schuld an dem geben, was hier passiert ist. Dabei sind wir erst danach gekommen. Was haben wir mit diesen Kriminellen am Hut?»

Aus dem hinteren Teil des Zimmers dröhnte Pisanellis tiefe Stimme:

«Wir hatten einiges mit diesen ‹Kriminellen›, wie du sie nennst, am Hut. Es waren unsere Kollegen, Männer wie du und ich und die anderen hier. Männer, die hart gearbeitet und wenig verdient haben, mit kranken Kindern und Schulden am Hals. Männer, die der Versuchung nicht widerstehen konnten, als sie plötzlich diesen Haufen Scheiße in der Hand hielten. So was kann jedem von uns früher oder später passieren.»

Es war still geworden im Raum. Alle hatten die Augen auf den Stellvertretenden Kommissar geheftet.

«Das soll nicht heißen, dass sie kein Unrecht begangen haben – dass wir uns da richtig verstehen. Einmal mehr, weil sie sich nicht bloß das Geld in die Tasche gesteckt haben, sondern weil sie das Zeug an unschuldige Kinder verkauft haben, die sich ihr Hirn damit ruinieren. Das ist es, was sie ihnen nicht verzeihen und was sie auch jedem anderen nicht verzeihen werden, der das Kommissariat weiterbestehen lässt: die Tatsache, dass wir alle miteinander genauso wie die Kollegen die Gelegenheit beim Schopf ergriffen hätten.»

Palma versuchte, die Unterhaltung in weniger trübe Gewässer zu lenken.

«Sie werden sich noch daran gewöhnen, dass hier gute Arbeit geleistet wird. Und wenn nicht, dann haben sie eben Pech gehabt. Ich kann mich über diese Story mit den ‹Gaunern von Pizzofalcone› nur amüsieren. Ottavia, sag, was gibt's Neues für Lojacono und Aragona?»

Ottavia Calabrese öffnete einige Dateien auf ihrem Computer.

«Was es Neues gibt? Nichts wirklich Aufregendes. Der Obduktionsbericht ist gekommen. Alles ist genauso, wie der Rechtsmediziner schon am Tatort festgestellt hat: Die Frau ist an den Folgen einer Schädelfraktur gestorben. Ansonsten war sie ihrem Alter gemäß in guter Verfassung. In seiner E-Mail behauptet der Arzt sogar, die Signora hätte 100 Jahre alt werden können, wenn ihr nicht einer mit einem stumpfen Gegenstand den Schädel zertrümmert hätte.»

Romano lachte höhnisch auf.

«Gefällt mir, die Vorstellung, dass man via Obduktionsbericht erfährt, wie kerngesund man ist. Besser als jede CT! Bestell dem Doktor einen schönen Gruß von mir, Ottavia.»

«Stimmt schon, es geht doch nichts über eine ordentliche Obduktion, wenn man seinen Körper mal so richtig durchchecken lassen will. Wäre bestimmt auch was für dich, Romano, so schön kompakt, wie du bist. Auf jeden Fall ist das nicht die einzige Neuigkeit, die wir für Lojacono haben. Mein Informatikerfreund hat mich angerufen: Sie sind so gut wie durch mit der Überprüfung von Festas Computer. Und ... dreimal dürft ihr raten!»

Sichtlich triumphierend strahlte sie die anderen an. Palma fand sie einfach unwiderstehlich.

«Komm schon, spann uns nicht länger auf die Folter! Was hat er rausgefunden, dein Informatikerfreund?»

Ottavia konnte es kaum glauben, plötzlich im Mittelpunkt der Aufmerksamkeit zu stehen.

«Ich musste ihm regelrecht drohen und ihn daran erinnern, dass er früher in der Schule immer bei mir abschreiben durfte, um ihm die Informationen aus der Nase zu ziehen. Jedenfalls war auf der Festplatte wohl nichts Besonderes zu entdecken, nur die üblichen Dinge: Akten vor allem, Gesetztestexte und sonstiges juristisches Zeug. Also haben sie den Zugangscode zum E-Mail-Account geknackt, aber auch hier abgesehen von ein paar Spams nur E-Mails gefunden, die seinen Job betreffen.»

Aragona machte lautstark seiner Enttäuschung Luft.

«Dann heißt das wohl, der alte Lustmolch verwendet noch Brieftauben, um sich mit seinen Gespielinnen zu verabreden. Verdammte Scheiße.»

Verneinend wackelte Ottavia mit dem Zeigefinger.

«Nein, nein, am Ende ist doch noch was Interessantes dabei rausgekommen. Etwas sehr Interessantes! Leider konnte ich meinen Freund nicht dazu überreden, mir eine Kopie seines Berichts zu schicken, die geht an die Staatsanwaltschaft, sobald die Untersuchung abgeschlossen ist. Aber immerhin hat er mir das Ergebnis am Telefon vorgelesen.»

Sie wedelte mit einem Blatt Papier. Palma lachte.

«Was willst du machen: Wenn Frauen sich was in den Kopf setzen, dann kriegen sie es auch. Also, schieß los!»

Ottavia hielt das Blatt dicht vor ihre Nase.

«Es handelt sich um eine E-Mail an das Online-Reisebüro iltuoviaggio.com, eines der meistgenutzten im Netz. Vor zwei Wochen hat der Notar dort einen Flug nach Mikronesien für zwei Personen gebucht, mit drei Zwischenstopps, die letzte Etappe per Doppeldecker. Abflug ist übermorgen.»

Der Erste, der sich von seiner Verblüffung wieder erholt hatte, war Aragona.

«Und wo zum Teufel ist dieses Mikronesien?»

Pisanelli erwiderte:

«Mehr oder weniger am anderen Ende der Welt. Ein Inselgebiet, das zu Ozeanien gehört.»

Alex Di Nardo fragte:

«Muss man nicht seinen Namen angeben, wenn man eine solche Reise bucht? Keine Ahnung, die üblichen Angaben wie Name, Adresse, Geburtsdatum …»

Ottavia nickte.

«Gut beobachtet, Kollegin. Genau so ist es: Man muss sämtliche personenbezogene Daten liefern. Was der Notar auch gemacht hat: Name, Vorname, Ausstellungsdatum des Passes et cetera. Eine sehr ausführliche Mail. Er hat sogar – hat mir mein Freund berichtet – angefragt, ob er die Dokumente noch als Scan nachliefern soll.»

Lojacono hatte keine Miene verzogen, wie ein tibetischer Mönch, der sich mit Hilfe von Meditation in einen Schwebezustand versetzen will.

«Okay, wir kennen also die Namen der Reisenden und das Abflugdatum, vier Tage nach dem Tod seiner Frau. Und für wann ist der Rückflug gebucht?»

Ottavia erwiderte wie aus der Pistole geschossen:

«Da gibt's kein Datum. Es handelt sich nur um einen Hinflug.»

Palma verstand die Welt nicht mehr.

«Wie? Der Notar wollte nach Mikronesien fliegen und nie mehr zurückkommen?»

Romano überlegte laut.

«Das ist nicht gesagt. Vielleicht wollte er sich das Datum offen halten, um vor Ort zu entscheiden, wann er zurückfliegt. Manchmal macht man das doch so, vor allem bei Fernreisen.»

Aragona wirkte wenig überzeugt.

«Scheißegal, ob mit oder ohne Rückflug – als Verdachtsmoment scheint mir das doch ziemlich gravierend zu sein. Da bucht der Notar für sich und seine Gespielin eine Fernreise nur mit Hinflug, und siehe da, vier Tage, bevor das reizende Pärchen die Biege macht, wird das einzige Hindernis, das dem jungen Glück im Wege steht, die alternde Ehefrau, mit Hilfe einer Glaskugel mit Kunstschnee ins Jenseits befördert. Wenn das nicht zum Himmel stinkt!»

Pisanelli kratzte sich am Kopf.

«Keine Frage, der Kollege hier liegt nicht so falsch mit seiner These. Auch weil, wie Anna Ruffolo meinte, der Notar seine rothaarige Freundin seit einiger Zeit ganz offen präsentiert hat.»

Ottavia wollte sich nicht so schnell das Heft aus der Hand nehmen lassen.

«Warum fragt mich eigentlich keiner, ob ich mit meinen Ausführungen schon fertig bin, bevor ihr hier wild zu spekulieren anfangt? Was haltet ihr davon, euch mal nach den Namen für die Buchung zu erkundigen?»

Alle schwiegen verblüfft. Ottavia fuhr fort.

«Die Flugtickets wurden auf folgende Namen gebucht: Dottor Arturo Festa, Notar, und Signora Cecilia De Santis, seine Ehefrau – und das Mordopfer.»

Sämtlichen Anwesenden hatte es die Sprache verschlagen. Ratlos blickten sie einander an. Schließlich fand Ottavia, sie hätte die Kollegen lange genug zappeln lassen.

«Allerdings hat der Notar in seiner Buchungsmail ausdrücklich auf einer schriftlichen Bestätigung des Vertragspassus bestanden, demzufolge bei berechtigtem Rücktrittsgrund bis zu 24 Stunden vor Abflug einer der beiden Namen ausgetauscht werden kann.»

Aragona machte vor Freude einen kleinen Hüpfer.

«Da seht ihr's, Kollegen: Wir haben ihn! Er hat für seine Frau gebucht, damit keiner Verdacht schöpft, um dann im letzten Moment ihren Namen gegen den seiner Geliebten auszutauschen. Plötzliches Dahinscheiden ist ja wohl ein berechtigter Rücktrittsgrund, oder nicht?»

Palma schüttelte den Kopf.

«Seltsame Geschichte. Wenn du die Absicht hast, deine Frau umzubringen, dann kannst du doch nicht ernsthaft davon ausgehen, dass sie dich anschließend mit deiner Geliebten an der Hand und einem Strohhut auf dem Kopf im Hawaiihemd nach Mikronesien fahren lassen.»

Als würde er zu sich selbst sprechen, sagte Lojacono:

«Mal ganz davon abgesehen, dass du ja wohl kaum deinen Bürocomputer für die Reservierung benutzen würdest, den die Polizei als allerersten auswertet – wie es ja auch geschehen ist.»

Alex Di Nardo wirkte nicht sehr überzeugt.

«Kann schon sein. Aber vielleicht wollte er sie ja ursprünglich gar nicht umbringen. Vielleicht – um jetzt mal eine ganz neue These zu wagen – wollte er ihr bloß sagen, dass er sie verlassen und nach Mikronesien auswandern will. Woraufhin sie ihm eine Szene gemacht hat und ihm die Sicherung durchgebrannt ist. Tötung im Affekt, nennt man so was.»

Romano nickte.

«Und zwar mit dem erstbesten Gegenstand, der ihm in die Finger gekommen ist: der Schneekugel. In der Hoffnung, dass sie kaputt gehen würde und er sie genauso los wäre wie seine Ehefrau.»

Pisanelli wandte ein:

«Wir sollten die These mit dem Einbrecher nicht aus den Augen verlieren, der sie ausgerechnet zu dem Zeitpunkt getötet hat, als der arme Notar sich wieder mit ihr versöhnen und ihr zweite Flitterwochen spendieren wollte, nachdem er sich nach einem stressigen Wochenende von seiner Geliebten getrennt hat.»

Ottavia hatte noch eine dritte Variante zu bieten.

«Vielleicht hat er ja auch nach der Möglichkeit mit dem austauschbaren Reisebegleiter gefragt, um im letzten Moment einen wichtigen Termin vorschützen zu können und seine Frau mit einer Freundin in den Flieger zu setzen, während er sich mit der Rothaarigen daheim im Bett vergnügt. Und sie ist von einem Einbrecher umgebracht worden, der mit der Haushälterin unter einer Decke steckte, aber dummerweise zu einer Zeit in die Wohnung eingedrungen ist, als die Signora wider Erwarten doch nicht weggegangen war.»

Aragona konnte es nicht fassen.

«Meine Fresse, und ihr behauptet, ich würde zu viele Kriminserien glotzen! Warum seid ihr nicht Drehbuchschreiber statt Bullen geworden? Ihr würdet euch dumm und dämlich verdienen. Mit anderen Worten: Wir sind keinen Deut klüger, kann das sein?»

Lojacono machte eine abwiegelnde Geste.

«Das ist nicht gesagt. Im Gegenteil, man könnte auch behaupten, wir loten die verschiedenen Optionen aus. Wie das halt so ist bei einer Klärung der Beweislage. Zumindest wissen wir jetzt zum Beispiel, dass der Notar, ob mit oder ohne Ehefrau, eine Fernreise geplant hat. Was mir nicht gerade unwichtig erscheint.»

«Und was machen wir nun? Festa will nicht mit uns reden, die Rothaarige können wir nicht befragen, weil sie offiziell nichts mit der Sache zu tun hat ...»

Palma versuchte, ihn zu beruhigen.

«Das steht noch nicht fest, dass wir mit dem Notar und der jungen Dame nicht sprechen können. Wir arbeiten daran, zusammen mit Dottoressa Piras. Bis wir so weit sind, gibt's noch genug für euch zu tun. Oder, Lojacono?»

Der Inspektor nickte.

«Allerdings. Wir müssen zum Beispiel dringend diese Haushälterin verhören, die Signorina ...» – er warf einen Blick auf die Kopie ihres Personalausweises – «Mayya Iwanowa Nikolaeva. Immerhin besitzt sie einen Schlüssel zur Wohnung. Vielleicht hat sie uns ja was zu sagen. Los, Aragona, lass uns ruhig das Auto nehmen, damit du auf deine Kosten kommst. Mal gucken, ob wir es diesmal mit dem Kopf durch die Wand schaffen.»

39

«Also, was dieser Anwalt dir da erzählt, das überzeugt mich gar nicht. Für meine Begriffe sind wir dabei, eine riesengroße Dummheit zu machen.»

«Wenn man sich von jemandem beraten lässt, muss man Vertrauen in ihn haben. Es heißt ja nicht von ungefähr, ‹sich jemandem anvertrauen›.»

«Ich bitte dich, erzähl mir nichts von ‹beraten lassen› und ‹Vertrauen haben›! Nicht mir, die ich mindestens viermal am Tag diesen Spruch runterleiern muss. Hast du vergessen, was für einen Job ich mache?»

«Natürlich nicht. Aber weder du noch ich haben genug Erfahrung auf diesem speziellen Gebiet. Ich dachte, wir hätten lange genug darüber geredet.»

«Schon wahr, aber mir scheint doch, die Umstände haben sich geändert. Sagen wir, ein neuer Aspekt ist hinzugekommen.»

«…»

«Deswegen müssen wir die Eckdaten neu überdenken. Und zwar schnell. Wann hast du zum letzten Mal mit deinem Staranwalt gesprochen?»

«Vor einer halben Stunde, stell dir vor. Wenn ich nicht bei ihm anrufe, ruft er bei mir an. Er scheint einen echten Coup landen zu wollen.»

«Genau darüber wollte ich mit dir reden. Vielleicht siehst du das

ja ähnlich wie ich: Wenn du jemandem empfehlen sollst, welchen Weg er in einer bestimmten Angelegenheit gehen soll – sagen wir, bei einer Fusion, einem Anteilskauf oder einer Erbschaftssache –, hast du dann nicht auch im Blick, wie du dabei am besten Profit rausschlagen kannst?»

«Hör mal, ich ...»

«Erzähl mir jetzt keine Märchen. Es ist wichtig, dass du die Wahrheit sagst.»

«Also, ich ...»

«Eben! Und ich genauso. Das ist absolut menschlich, glaube ich. Aber zurück zu uns: In welchem Fall würde dieser Anwalt – wie übrigens jeder andere Anwalt, dem wir uns anvertrauen – am meisten verdienen?»

«Hör mir doch mal zu, ich will ja gar nicht sagen, dass ...»

«In dem Fall, wo du oder ich oder wir beide zusammen angeklagt würden. In dem Fall, wo ein langer, nervenaufreibender Prozess auf unsere Kosten geführt würde. In dessen Verlauf nach und nach und kaum merklich unsere Existenz für immer ruiniert würde. Und nicht nur unsere, wie du genau weißt.»

«Spinnst du? Ist dir klar, was du da sagst? Der Mann ist einer der profiliertesten Anwälte aus einer der etabliertesten Kanzleien im ganzen Land, der ...»

«... der genauso gut oder schlecht ist wie alle anderen – nur dass er viel mehr kostet! Ich würde mich in dieser speziellen Situation nicht mal meinem eigenen Cousin anvertrauen.»

«Und was würdest du stattdessen tun? Einmal angenommen – was auf keinen Fall heißt, dass ich das wollte –, wir handelten auf eigene Faust: Was sollten wir deiner Meinung nach tun?»

«Ganz einfach: Wir müssen uns absprechen. Wir müssen sachlich und gelassen bleiben, unsere Aussagen genau aufeinander abstimmen und in aller Ruhe das sagen, was wir zu sagen haben. Sodass

niemand auf die Idee kommt, wir hätten mit der Sache etwas zu tun.»

«Du bist verrückt, weißt du das? Total verrückt! Ist dir klar, dass die Gefängnisse in diesem Land voll sind mit Leuten, die in blindem Vertrauen auf den Rechtsstaat ihre Aussage gemacht haben? Vor einer Woche erst habe ich von einem gelesen, den sie für 22 Jahre eingebuchtet haben. 22 Jahre! Und er war unschuldig, unschuldig wie ein Kind. Ein anderer, angeklagt für weiß der Himmel was, hat auf einmal die Tat gestanden, für die der Mann verurteilt worden war. Und was haben sie gemacht? Ihn freigelassen und sich vielmals bei ihm entschuldigt. 22 Jahre, das musst du dir mal vorstellen! Ein komplett ruiniertes Leben! Begreifst du das?»

«Siehst du? Du gerätst in Panik. Genau das, was du eher vermeiden solltest. Sag mir lieber, wer hier eigentlich die Beweislast trägt.»

«Was?»

«Müssen wir beweisen, dass wir unschuldig sind, oder sie, dass wir schuldig sind?»

«Was hat das denn damit zu tun? Was soll die Frage? Ist doch logisch, dass sie die Schuld beweisen müssen. Aber ...»

«Na also. Und auf wen würdest du dich bei deinen Ermittlungen konzentrieren, wenn du Staatsanwalt wärst? Wer bietet sich deiner Ansicht nach freiwillig an, eine Aussage zu machen? Und wer verkündet, kein einziges Wort zu sagen, nur über seine Leiche?»

«Mein Gott, wie furchtbar! Wie absurd! Wenn es doch nur nicht geschehen wäre, wenn ich doch nur mit ihr hätte reden können ...»

«Jetzt fängst du schon wieder an zu jammern. Denk lieber nach, überleg dir was! Und antworte mir auf meine Frage: Auf wen würdest du dich bei deinen Ermittlungen konzentrieren?»

«Ich ... Ist doch vollkommen klar: Wenn jemand nicht den Mund aufmacht, wird härter ermittelt, das sagt auch der Anwalt. Aber dafür riskiert man nicht, sich in Widersprüche zu verwickeln, was *schnell passieren kann. Oder glaubst du etwa, sie verhören uns zusammen? Womöglich noch bei einer Pizza? Du kennst die nicht.»*

«Aber du, ja? Oder dein habgieriger Anwalt. Ich sage dir noch einmal, wir müssen uns absprechen! Daran gibt's für mich nichts zu rütteln. Wenn wir wirklich gemeinsame Sache machen, dann wird alles gut, glaub mir. Letztlich sind da immer noch die gestohlenen Silberteile; vielleicht knöpfen sie sich ja die Haushälterin vor.»

«Ich werde darüber nachdenken. Keine Ahnung, wie es weitergeht, aber ich denke darüber nach.»

«Und vergiss nicht: Es ist nicht nur unser Problem. Da ist jemand, an den wir auch denken müssen. Wir dürfen jetzt keinen Fehler machen.»

«Nein, wir dürfen keinen Fehler machen. Nicht noch einen.»

40

Mit dem Teil seines Gehirns, der nicht damit beschäftigt war, sich auszumalen, an welcher Straßenecke er unter welchem Lastwagen sein Leben aushauchen würde, widmete sich Lojacono seinen Betrachtungen über die Stadt.

Sie so an sich vorbeiziehen zu sehen, aus einem Zivilfahrzeug der Polizei heraus, bei einer halsbrecherischen Fahrt durch enge Gassen und überfüllte Straßen, mit einem Kollegen am Steuer, der munter vor sich hin plapperte, als hockte er im eigenen Wohnzimmer, das war wirklich eine neue Erfahrung.

Ohne sich dessen bewusst zu sein, änderte sich allmählich seine Sicht auf diesen seltsamen Ort. Er sah die Stadt nicht mehr als eine Art Gefängnis an, als Zwangsexil, in das eine üble Verleumdung ihn gebracht hatte, als Vollzugsstätte, ohne dass ihm der Prozess gemacht worden wäre, und er versuchte, sie besser kennenzulernen, um zumindest in ihr arbeiten zu können. Ein Polizist, fand er, musste die Stadt, in der er arbeitete, mit jeder Pore aufsaugen. Er musste ein Gefühl für ihr Schweigen und Zaudern bekommen, ihre Angst und Gleichgültigkeit erspüren, ihrem Hochmut und Argwohn zu begegnen wissen, um dagegen ankämpfen zu können, sonst war man verloren.

Gewiss, einen so komplexen Schauplatz zu deuten war nicht einfach, dachte er, während Aragona, der ihm den Inhalt eines Fernsehfilms referierte, haarscharf an einer Vespa mit drei Mitfahrern vorbeischrammte. Vornehme Boulevards mit Designerläden und Luxuskarossen wurden abgelöst von steilen Gässchen mit baufälligen Häusern und Kleinkindern, die auf der Straße spielten und die Abgase einatmeten. Riesige Piazzas, die für den Autoverkehr gesperrt waren und von Polizeitrupps bewacht wurden, bildeten das Tor zu einem engen Geflecht aus Straßen und Winkeln, in denen jede erdenkliche Art von Handel getrieben wurde, ob auf Marktständen oder mitten im Weg geparkten Karren. Breite Avenuen, gesäumt von Bankhäusern mit geschäftig umhereilenden Aktenkofferträgern, öffneten sich hin zu dunklen Plätzen vor entweihten Prunkkirchen, wo trotz Sturmböen halbnackte Jugendliche zwischen den geparkten Mopeds ihre endlosen Fußballmatches spielten. Als wären der Bazar von Casablanca oder die Altstadt von Marrakesch ins Zentrum von Mailand verpflanzt worden, so kam die Stadt ihm vor. Lojacono fragte sich, wie man einen solchen Ort verstehen sollte.

«Eine unglaubliche darstellerische Leistung, sage ich dir. Du hättest ihn sehen sollen, mit seinen langen Haaren, der dunklen Sonnenbrille, den abgeranzten Klamotten – der perfekte Bulle! Sogar die Kollegen hielten sich von ihm fern, weil sie ihn für korrupt hielten. Ich musste die ganze Zeit über denken, dass wir ja eigentlich genauso sind. Findest du nicht?»

Lojacono hatte die Erfahrung gemacht, dass man Aragona am besten keine Beachtung schenkte, wenn er am Steuer saß, um Schlimmeres zu verhüten. Der Kollege neigte nämlich dazu, wie bei einem Kneipengespräch seinem Beifahrer ins Gesicht zu schauen und ihm hin und wieder sogar einen Klaps auf die Schulter zu geben – ohne jemals das Tempo zu drosseln. Am liebsten wäre er selbst gefahren, doch er kannte den

Weg nicht: Mayya Nikolaeva, die Haushälterin der verstorbenen Signora De Santis, wohnte in einer Seitenstraße unweit vom Hauptbahnhof.

Das Viertel war, wie Lojacono rasch feststellte, hauptsächlich von Ausländern bewohnt. Farbige Männer und Frauen mit riesigen Einkaufstaschen quetschten sich zwischen den mehrreihig geparkten Autos hindurch zu den dahinter liegenden Häusern, von Kindern umringte Inder hielten Schwätzchen mitten auf der Straße, und die Lebensmittelhändler priesen ihre Waren sowohl in italienischer als auch in weiteren Sprachen an, mit oftmals nicht zu deutenden Schriftzeichen auf den Verkaufsschildern.

Aragona, der in eine Seitengasse abgebogen war, parkte den Wagen quer zum Bürgersteig, sodass kein Durchkommen mehr war.

«Hier müsste es sein. Unnötig zu sagen, dass wir alles andere als einen Überraschungscoup gelandet haben.»

Die eben noch mit prallem Leben gefüllte Straße wirkte plötzlich wie ausgestorben, obwohl nichts hatte erkennen lassen, dass es sich bei ihrem Fahrzeug um ein Polizeiauto handelte.

«Sie riechen es, ganz einfach. Und kriegen sofort Panik, mit ihrer Aufenthaltsgenehmigung könnte was nicht stimmen, obwohl ihre Papiere vermutlich absolut in Ordnung sind oder ihr verdammtes Herkunftsland sowieso längst EU-Mitglied ist und sie gar keine Erlaubnis mehr bräuchten.»

Mürrisch vor sich hin brummelnd, verglich Aragona die Hausnummer des Gebäudes mit der auf der Kopie der Passes, den sie von der Haushälterin hatten. Mit einem kurzen Nicken zu Lojacono schlüpfte er in einen dunklen Hauseingang hinein.

Bei einer alten Frau, die die Stufen wischte, erkundigten sie sich nach Mayyas Wohnung.

Ohne den Blick zu heben, erwiderte die Frau mit schwerem osteuropäischem Akzent:

«Dritter Stock, Wohnung mit Tür.»

Mühsam tasteten sie sich in dem finsteren Treppenhaus, in dem es keinerlei Beleuchtung zu geben schien, nach oben. Der Dunst von gebratenen Zwiebeln und scharf gewürzten Speisen umfing sie. Hinter einigen Türen waren Stimmen zu hören, die sich in unbekannten Sprachen unterhielten. Im dritten Stock gab es tatsächlich nur eine Wohnung mit Tür; die andere stand offen und schien unbewohnt.

Kaum hatten sie angeklopft, machte Mayya ihnen auch schon die Tür auf, als hätte sie auf sie gewartet.

«Guten Abend. Bitte, kommen Sie rein.»

Die Wohnung hatte nicht die geringste Ähnlichkeit mit dem Rest des Hauses. Das warme Licht mehrerer Stehlampen beleuchtete einen Esstisch mit vier Stühlen, eine Sitzecke und einen Fernseher mit Flachbildschirm. An den Wänden hingen mehrere großformatige Fotos. Fast alle zeigten sie Mayya Arm in Arm mit einem bulligen dunkelhaarigen Mann, der zugleich ernst und verlegen in die Kamera schaute. Die Leute, die hier wohnten, schwammen nicht in Geld, aber es mangelte ihnen auch an nichts.

Lojacono sprach als Erster.

«Signorina, Sie erinnern sich noch an uns, oder? Wir sind uns neulich schon in der Wohnung von Dottor Festa begegnet.»

Die junge Frau nickte betrübt. Auf die beiden Polizisten wirkte sie längst nicht mehr so jung wie bei ihrem ersten Aufeinandertreffen. Ihr Gesicht war von aufrichtiger Trauer gezeichnet, wenngleich sie kaum nervös schien. Polizeibesuch war in dieser Gegend vermutlich an der Tagesordnung.

«Sicher, ich nicht vergessen. Bitte, nehmen Sie Platz. Möchten Sie einen Espresso?»

Der Inspektor schüttelte den Kopf, während Aragona mit unverhohlener Neugier die Fotos an den Wänden betrachtete.

«Nein danke. Wir müssen Ihnen ein paar Fragen stellen, wenn Sie gestatten. Wir dachten, es ist besser, zu Ihnen zu kommen, als Sie auf die Wache zu bestellen. Es dauert auch nicht lange, nur ein paar Minuten.»

Mayya fuhr sich mit der Hand durchs Haar, eine unbewusste Geste, denn ihre Frisur saß perfekt,

«Ich verstehe. Natürlich. Bitte, setzen wir uns.»

Sie zeigte auf das Sofa. Sie selbst nahm auf dem Sessel Platz. Nur durch das unaufhörliche Falten und Kneten ihrer Hände gab sie ihre innere Unruhe preis. Weder ihre aufrechte Körperhaltung noch ihre regelmäßigen, ein wenig banalen Gesichtszüge verrieten ihre Aufregung.

Aragona, der neben einem der Fotos stehen geblieben war, fragte:

«Wer ist der Mann da auf den Fotos? Wohnt er hier mit dir?»

Lojacono registrierte den barschen Tonfall des Kollegen.

Ohne sich zu Aragona umzudrehen, erwiderte die junge Frau mit ruhiger Stimme:

«Das ist Adrian, mein Freund. Er ist noch bei Arbeit, aber kommt bald nach Hause.»

Aragona setzte eine bedeutungsvolle Miene auf und warf Lojacono einen Blick zu, als hätte er den Schuldigen gefunden.

Doch der Inspektor ignorierte ihn und wandte sich stattdessen an die Frau.

«Seit wann arbeiten Sie für die Familie Festa?»

«Seit zwei Jahre und halbe, fast drei. Wollen Sie sehen Arbeitserlaubnis?»

Lojacono hob abwehrend die Hand.

«Nein, vielleicht später. Und, wie ist es Ihnen bei den Festas ergangen?»

«Dottore fast nie zu Hause. Ich bin dort von neun Uhr morgens bis fünf – Dottore nur ganz wenig da. Die Signora ist gute Frau. Sehr nett. Ich sie mögen ... ich habe gemögen sie sehr gern.»

Ihre Lippen zitterten, und ihre Augen füllten sich mit Tränen. Dann, nach einem kurzen Räuspern, hatte sie sich wieder im Griff.

Sie musste die Tote wirklich gemocht haben, überlegte Lojacono. Oder aber sie war eine hervorragende Schauspielerin. Vielleicht hatte sie auch nur für einen kurzen Moment ein schlechtes Gewissen verspürt.

«Wenn Sie morgens kamen, hat Ihnen dann die Signora die Tür aufgemacht?»

«Nein, ich habe Schlüssel. Wenn Signora nicht zu Hause oder noch schläft, ich nicht störe.»

Aragona, der seinen Standort nicht verlassen hatte, fragte in den Rücken der jungen Frau hinein:

«Seit wann haben Sie den Schlüssel?»

Der feindselige Unterton in Aragonas Frage war nicht zu überhören. Die junge Frau hatte den Blick nicht von Lojacono abgewendet. Sie hatte sich für ihren Ansprechpartner entschieden.

«Signora gibt mir nach zwei Wochen Schlüssel. Ich habe ihn seit damals.»

Der Inspektor fragte:

«Und neulich morgens haben Sie nichts Ungewöhnliches

bemerkt? Was weiß ich – Dinge, die nicht an ihrem Platz waren ...»

«Nein, alles wie immer. Ich merke nichts von silberne Sachen, die fehlen, ich schaue nicht zu Konsole, ich gehe sofort in Küche. Ich mache Frühstück, und dann ich suche die Signora. Aber Signora ist nicht in Schlafzimmer, also ich ...»

Sie schluckte und machte Anstalten, ihr Gesicht mit der Hand zu bedecken. Ihre Unterlippe begann erneut zu zittern, und eine Träne lief ihr die Wange hinab. Sichtlich um Fassung ringend, schaute sie Lojacono aus rot geränderten Augen an.

«Signora gute Frau. Gut mit mir, gut mit allen. Ich nie gehört, dass sie schreit oder böse ist mit mir oder andere Leute. Ich verstehe nicht, wie jemand so was tun kann. Ich verstehe nicht, wie und warum.»

Aragona ließ ein Schnauben hören. Lojacono warf ihm einen scharfen Blick zu und fragte weiter:

«Haben Sie mitbekommen, dass die Signora sich mit jemandem gestritten hat? Vielleicht auch nur am Telefon? Oder hat sie Besuch bekommen, und sei nur für ein paar Minuten? Oder haben der Dottore und sie vielleicht gestritten?»

Mayya dachte nach. Schließlich sagte sie:

«Wenn ich in Wohnung war, fast nie Besuch gekommen. Manchmal Freundin von Signora, Baronessa, alte Dame ... Immer redet ganz laut mit Signora, aber Signora lacht nur – streitet nicht mit Freundin. Baronessa ist wütend auf Signora, aber Signora streitet nicht mit alte Dame.»

Sie schwieg einen Moment. Dann fuhr sie fort:

«Dottore redet nicht viel, wenn in Wohnung. Immer in Arbeitszimmer. Auch nicht redet mit Signora beim Essen. Ich höre nie Dottore mit Signora streiten, nie.»

Lojacono nickte. Im Geiste hörte er die Baronessa schlecht

über den Notar reden und sah dessen Frau vor sich, wie sie die Vorhaltungen an sich abprallen ließ. Das Bild entsprach dem, was sie bereits an Informationen zusammengetragen hatten.

«Ist die Signora häufiger mal ausgegangen, wenn Sie in der Wohnung waren?»

«Nein. Manchmal Chauffeur kommt mit Wagen von Notar und bringt sie zu Geschäft in Zentrum. Signora ganz verliebt in Schneekugeln. Sie haben gesehen, wie viele in Wohnzimmer, oder? Manchmal Signora kommt zurück mit neue Kugeln, sie guckt mich an, wie kleines Kind mit schlechte Gewissen. Muss immer neue kaufen.»

Sie konnten hören, wie in dem Moment die Wohnungstür aufgeschlossen wurde. Kurz darauf baute sich eine nur unwesentlich ältere Ausgabe des dunkelhaarigen Hünen von den Fotos vor den beiden Polizisten auf.

Stirnrunzelnd wandte sich der Mann an Mayya:

«Was ist los? Wer sind die beiden?»

Aragona trat vor.

«Polizei. Und du, wer bist du? Name, Vorname – ich will alles wissen.»

Er ging dem Dunkelhaarigen, dessen kräftige Statur und finstere Miene an einen Bodybuilder erinnerten, gerade mal bis zur Brust. Doch sein drohender Tonfall verfehlte nicht seine Wirkung.

Mit flatternden Lidern erwiderte der sichtlich eingeschüchterte Mann:

«Florea, Adrian. Ich wohne hier. Was ist passiert?»

Ohne ihn einer Antwort zu würdigen, musterte Aragona ihn von Kopf bis Fuß.

Unbehaglich verlagerte Florea das Gewicht von einem Bein aufs andere.

Lojacono hatte Mitleid mit ihm.

«Keine Sorge, nichts ist passiert. Wir mussten der Signorina bloß ein paar Fragen zu den Ereignissen an ihrem Arbeitsplatz stellen. Können Sie uns dazu auch etwas sagen?»

Bevor der Mann den Mund aufmachen konnte, herrschte Aragona ihn an.

«Erst mal will ich wissen, wo du herkommst, seit wann du hier bist und was für eine Arbeit du hast.»

Lojacono war kurz davor, ihm über den Mund zu fahren, besann sich dann aber eines Besseren. Die von Aragona verlangten Auskünfte würden sie auf jeden Fall benötigen.

Florea sah von einem zum anderen. Offenbar war ihm diese Art Befragung nicht neu.

«Ich bin rumänischer Staatsbürger und dreißig Jahre alt. Mit zwanzig bin ich nach Italien gekommen. Ich fahre Getränke für eine Firma aus Poggioreale aus.»

Sein Italienisch war nahezu perfekt und akzentfrei, was seiner Aussage noch einmal eine andere Gewichtung verlieh.

Den Rumänen nicht aus den Augen lassend, nickte Aragona zufrieden, als entspräche dessen Aussage dem erwarteten Geständnis. Schließlich sagte er:

«Wir werden Ihre Aussage überprüfen. Und jetzt zeigen Sie uns Ihre Papiere. Nun machen Sie schon!»

Der Mann holte seine Brieftasche hervor.

Lojacono seufzte innerlich. Aragonas Verhalten, seine erkennbaren Vorurteile einem Ausländer gegenüber, gegen den nicht der Hauch eines Verdachtsmoments bestand, gefielen ihm gar nicht. Aber genauso wenig lag es ihm, einen Kollegen in Anwesenheit Dritter zurechtzuweisen. Er nahm sich vor, später mit Aragona zu reden und dann kein Blatt vor den Mund zu nehmen.

Erneut wandte er sich an Mayya, die die ganze Zeit kein Wort gesagt hatte.

«Signorina, ich möchte Sie etwas fragen: Der Schlüssel zur Wohnung der Eheleute Festa befand sich die ganze Zeit in Ihrem Besitz? Sie haben ihn nicht zufällig mal verloren und wiedergefunden? Oder ihn für ein paar Stunden jemand anderem überlassen, etwa einem Lieferanten oder dem Pförtner? Bitte, versuchen Sie sich genau zu erinnern.»

Adrian, der seine Jacke ausgezogen hatte, wandte sich zu ihm um. Mit einem sarkastischen Unterton bemerkte er:

«Ist ja klar, wenn etwas Schlimmes passiert und ein Ausländer im Spiel ist, fällt der Verdacht zuallererst auf ihn. Auch wenn seine Papiere in Ordnung sind, er sich den Arsch aufreißt, um sein täglich Brot hier zu verdienen, und er von allen geschätzt wird. Sobald ein Ausländer im Spiel ist, macht ihr es euch verdammt leicht: ‹Ach, da haben wir ja unseren Schuldigen ...›»

Aragona preschte einen Schritt vor, riss sich in seiner unnachahmlichen Art die Sonnenbrille von der Nase und erhob drohend die Stimme:

«Jetzt hör mir mal gut zu, Freundchen: Wir stellen hier die Fragen, und ihr habt sie zu beantworten, ist das klar? Niemand hat von einem Schuldigen geredet. Aber du hast wohl Dreck am Stecken, was? Überhaupt, wo warst du eigentlich in der Nacht von Sonntag auf Montag?»

Lojacono erhob sich von seinem Sofa.

«He, jetzt reicht's aber, ihr beiden! Florea, glauben Sie mir, es gibt keine Vorurteile Ihnen gegenüber. Jedenfalls nicht von meiner Seite.» Er warf einen vielsagenden Blick auf Aragona, der sich die Sonnenbrille wieder auf die Nase gesetzt hatte. «Wir versuchen lediglich, so schnell wie möglich an die erforderlichen Informationen zu kommen, und dann gehen wir auch schon wieder.»

Der Mann verschränkte die Arme vor der Brust und erwiderte langsam und betont:

«In der Nacht von Sonntag auf Montag lag ich in meinem Bett und schlief. Ich muss schon um vier Uhr aufstehen, damit ich um halb fünf Dutzende von Wasserkästen in meinen Lieferwagen laden kann, um sie einmal quer durch die Stadt zu kutschieren. Für einen Hungerlohn. Und trotzdem danke ich meinem Gott tagtäglich dafür. Es gibt genug Leute, die für ein Butterbrot Dinge tun würden, die ich nie getan habe und auch niemals tun würde. Aber sie tun es, damit sie und ihre Kinder sich was zu essen kaufen können. Dabei gibt's hier bei uns in der Gegend kaum Reiche, die man beklauen könnte. Und noch eins sage ich Ihnen: Rumäne ist nicht gleich Zigeuner. Es gibt Zigeuner, und es gibt Rumänen. Und ich bin Rumäne, und ich habe eine Arbeit, die mich von morgens bis abends auf Trab hält. Eine ehrliche Arbeit, wohlgemerkt.»

Mit ätzender Stimme gab Aragona zurück:

«Na, großartig, herzlichen Glückwunsch! Jetzt werden wir auch noch politisch, was? Willst wohl Präsident werden! Mir könnt ihr viel erzählen – das ist doch lächerlich! Typen wie dich habe ich jede Menge kennengelernt, alles brave Lämmchen: Ich habe doch gar nichts gemacht, bin ganz unschuldig, der allerliebste Mensch auf der Welt, ein Heiliger! Und dann gräbst du ein bisschen tiefer, und zum Vorschein kommt so viel Scheiße, dass man damit einen Lastwagen füllen könnte, der dreimal so groß ist wie deine Karre. Wir werden das alles akribisch überprüfen, darauf kannst du Gift nehmen. Und wenn dabei rauskommt, dass du oder ein Freund von dir … Wir wissen genau, wie ihr tickt – einer besorgt den Job, und der andere erledigt ihn ... Wenn ihr mit dem Mord bei den Festas was zu tun habt, dann reiße ich dir so was von den Arsch auf, das kannst du dir gar nicht vorstellen! Und zwar höchstpersönlich.»

Lojacono nahm sich vor, Aragona zu seiner eigenen Sicherheit zu verbieten, weiter ins Kino zu gehen. Er würde ihm höchstens noch seichte italienische Komödien oder Zeichentrickfilme durchgehen lassen.

Wieder flatterten die Lider des Rumänen, als er von seinen ein Meter neunzig zu dem zwanzig Zentimeter kürzeren Aragona hinuntersah. Seine Stimme klang plötzlich verunsichert.

«Aber ... aber ich habe doch gar nichts gemacht! Ich ... ich schwöre es. Um mir was dazuzuverdienen, arbeite ich auch sonntags, deswegen bin ich an dem Tag genauso früh wie sonst aus dem Haus. Ich war todmüde abends. Mayya hat mir was zu essen gemacht. Wir waren alleine, nur wir beide, und ...»

Mit ruhiger Stimme warf Mayya ein:

«Ich habe nie Schlüssel abgegeben, immer in Tasche, nie verloren, nie verliehen. Schlüssel sind hier – wenn Sie wollen, ich gebe Ihnen jetzt. Weil ... ich gehe nie mehr dorthin. Nie mehr. Ich nachts ... Immer, jede Nacht sehe ich arme Signora auf Boden, mit Kopf in Blut, ganz viel Blut ... Nie mehr gehe ich dorthin.»

Als sie wieder im Auto saßen, drehte sich Lojacono zu Aragona um.

«Darf man fragen, was da eben in dich gefahren ist? Du bist den Mann angegangen, als wüsstest du bereits, dass er der Täter ist.»

Aragona zuckte mit den Achseln.

«Kannst du dir vorstellen, wie viele von dieser Sorte ich im

Präsidium schon erlebt habe? Du hast keine Ahnung, wozu die alles in der Lage sind. Das ist doch alles ein Klüngel, die arbeiten wie am Fließband: Vielleicht hat er den Schlüssel genommen, und das Mädchen war einverstanden, dann haben sie einen Nachschlüssel machen lassen und ihn einem Kumpel gegeben, der das Auto gefahren hat, in dem noch ein paar mehr Kumpel saßen, und zusammen sind sie ab zur Wohnung von der Signora, um das zu tun, was sie getan haben.»

Lojacono nickte.

«Vielleicht. Vielleicht auch nicht. Vielleicht schnappen wir sie uns und buchten sie ein, wie wir es immer tun, wenn diese Jungs kein Alibi haben oder sich nur gegenseitig eins geben können. Und derjenige, der die Signora tatsächlich umgebracht hat, lässt sich derweil an einem hübschen Fleckchen Erde die Sonne auf den Bauch scheinen. Vielleicht ja auf Capri oder in Cortina, wie die Baronessa meinte, mit einem Cocktailglas in der Hand, und beglückwünscht sich dafür, sich so leicht aus der Affäre gezogen zu haben. Mit dem Segen dieser beiden Schwachköpfe namens Lojacono und Aragona, die sich, um ihren Fall möglichst schnell abzuschließen, den erstbesten Rumänen geschnappt und ihn für dreißig Jahre hinter Gitter gebracht haben.»

Aragona setzte eine nachdenkliche Miene auf.

«Nehmen wir mal an, du hast recht. Wobei ich mich jedes Mal, wenn ich solche Typen sehe, echt frage, woher sie die Kohle für ihren Flachbildschirm haben. Für meine Glotze musste ich meinen Alten anpumpen ... Aber egal, nehmen wir mal an, du hast recht. Fest steht jedenfalls, dass unsere zwei balkanesischen Turteltäubchen kein Alibi haben, denn sie haben ja gesagt, sie wären an dem Abend zusammen gewesen, nur sie beide. Davon abgesehen haben wir nichts in der Hand –

weil der Notar nicht mit uns redet, weil wir die Geliebte nicht ohne Verhörbefugnis vernehmen dürfen und weil bei dem Smalltalk mit der Adelstante nicht mehr rausgekommen ist, als dass die Signora eine Heilige war. Also, sag an: Was sollen wir tun?

Lojacono seufzte.

«Ich weiß es nicht. Wir müssen versuchen, mit dem Notar zu sprechen, daran führt kein Weg vorbei. Wie wir das anstellen sollen, weiß der Himmel. Ich jedenfalls nicht. Aber so oder so: Heute Abend gibt's für uns nichts mehr zu tun. Lass uns nach Hause gehen, vielleicht bringt die Nacht ja irgendwelche Überraschungen mit sich.»

Mit quietschenden Reifen und ohne auf die Vorfahrt zu achten, raste Aragona davon.

41

Auf dem Treppenabsatz begegnete Giorgio Pisanelli seinem Nachbarn, Commendator Lapiana. Er sagte höflich guten Abend, blieb aber anders als sonst nicht stehen, um ein Schwätzchen zu halten, denn er hatte es eilig. Als wäre das Erklärung genug, deutete er auf den DIN-A4-Umschlag unter seinem Arm und zog rasch die Wohnungstür hinter sich zu.

Er konnte nicht verhindern, dass einige Tropfen Urin in die Unterhose gingen. Beim Pinkeln stöhnte er vor Schmerzen und versuchte, das Blut in der Kloschüssel zu ignorieren. Er schaute dem Wasserschwall nach, der seine Sorgen, seine Angst und einen Anflug von schlechtem Gewissen wegspülte.

Im Wohnzimmer schaltete er die Stereoanlage ein. Die reinen, seelenvollen Klänge einer Mozart-Symphonie begannen die abgestandene Luft im Raum zu füllen. Pisanelli hatte den Commendatore im Verdacht, dass er ihn seit seiner Pensionierung verstärkt beobachtete, und er wollte ihm nicht die Genugtuung gönnen zu denken, er spräche mit sich selbst. Er hatte an diesem Abend Carmen etwas mitzuteilen, und dabei wollte er nicht belauscht werden.

Erneut nahm er den Umschlag zur Hand und schüttete seinen Inhalt auf den Wohnzimmertisch. Während er die Melodie der g-Moll-Symphonie mitpfiff, begann er, die Fotos und Papiere zu sortieren.

«Siehst du, mein Schatz», sagte er, «schon wieder eine. Leonardo meint, ich soll mit diesen fixen Ideen aufhören. Ich würde das, was mir auf der Seele liegt, meine Ängste und Nöte, auf andere projizieren. Aber du und ich, meine Liebste, wir beide wissen, dass dem nicht so ist.

Nimm zum Beispiel die von letzter Woche an der Piazza Dante, also außerhalb von unserem Bezirk: Die U-Bahn kam, sie hat genau die Sekunde vor Einfahrt des Zuges abgepasst und sich davorgeworfen. Unglaublich, keiner hat's gemerkt. Da wirft sich jemand in der Rushhour auf die Gleise, Tausende sind in der U-Bahn, Hunderte auf dem Bahnsteig – wir wissen ja, was für ein Kampf das ist, wenn alle Viertelstunde mal eine kommt –, und keiner kriegt was mit. Kommt dir das nicht seltsam vor?

Tatsächlich ist an der Geschichte einiges seltsam, auch diesmal wieder. Ich sagte ja schon: Der Fall hat sich außerhalb unseres Bezirks zugetragen. Jetzt wirst du bestimmt wissen wollen – klug, wie du bist –, wie ich überhaupt davon erfahren habe. Und wie das zu den anderen ‹Selbstmorden› passt, die in Form von Fotos und Zeitungsausschnitten an unserer Wand hängen. Nun, ganz einfach: Carmela Del Grosso, 79 Jahre alt, wohnt, oder vielmehr wohnte, im Vico Terzo Nocelle. Allerdings wäre das nicht mehr für lange gewesen, denn sie hatte schon vor einiger Zeit den Bescheid für die Zwangsräumung bekommen, und es war nur noch eine Frage von Tagen, bis die Ordnungskräfte eingeschritten wären. Na und? Ist das etwa ein Grund, Schluss zu machen? Wenn sich in dieser Stadt alle, denen eine Zwangsräumung droht, vor die U-Bahn werfen wollten, dann müssten sie wohl mehr Züge einsetzen.

Klingt logisch, oder? Stattdessen heißt es: ‹Pisanelli, nun mach mal halblang. Die Signora hat Schluss gemacht, weil sie finanziell am Ende war, und zwar richtig. Sie konnte ihre Miete nicht mehr zahlen und wusste nicht, wohin.› Widersprich mir, Liebling, sollte ich hier falschliegen, aber ich frage mich wirklich: Nimmt jemand, der sich umbringen will, die U-Bahn und fährt zur Piazza Dante? Und geht vorher bei seinem Gemüsehändler vorbei, der ihm die drei Tomaten oder Kartoffeln, die er so isst, umsonst gibt? Die er im Übrigen in einer Plastiktüte mit sich rumgetragen und auf einer Bank liegen lassen hat?

Genau, mein Schatz, du hast es erfasst: So eine fährt nicht extra zur Piazza Dante, um sich vor die U-Bahn zu werfen. Sie bringt sich zu Hause um, damit diese Arschlöcher, die arme Schlucker wie sie mit aller Gewalt aus ihren Wohnungen vertreiben wollen, es wenigstens mit einer hübschen Leiche zu tun kriegen. Vielleicht hilft das ja ihrem Gewissen auf die Sprünge, vielleicht wenigstens das! Nein, nein, die Del Grosso hat mehrere Kilometer zu Fuß zurückgelegt, um für ihr Essen nichts bezahlen zu müssen ... Schauen wir mal, was im Protokoll steht: zwei Tomaten, ein Zweig Basilikum, ein Apfel und eine Mandarine. Und eine Schachtel Käse-Ecken. Was kostet das? Fünf, sechs Euro? Gibt jemand, der sterben will, mal eben so viel Geld aus?

Und diese Idioten haben, um bloß kein Verfahren eröffnen, um bloß keine Nachforschungen anstellen zu müssen, nichts Besseres zu tun, als den Fall sofort zu den Akten zu legen. ‹Selbstmord, Pisanelli. Krieg dich ein, es war Selbstmord.› Und mit welchem Recht behaupten die das? Weil da dieser verfluchte Abschiedsbrief ist!

Schau ihn dir an, den berühmten Brief. Wie immer in Druckbuchstaben geschrieben, nicht ansatzweise zitterig – eine fast Achtzigjährige, die schreibt wie gedruckt! – und alles ohne Rechtschreibfehler. Dabei hat die Frau gerade mal die Volksschule besucht und zu Hause weder Bücher noch Zeitungen, sondern nur einen alten Fernseher stehen. In dem Abschiedsbrief steht: ‹Ich kann nicht mehr. Ich gehe auf meinen eigenen zwei Beinen aus dieser Welt. Gott möge mir verzeihen.› Was meinst du, Schatz, sind das die Worte einer Frau, die ihren Selbstmord geplant hat?

Sie haben den Abschiedsbrief in der Plastiktüte gefunden, bei den Käseecken. Einen Abschiedsbrief hinterlässt man zu Hause. Das ist eine Frage des Stils. Meinetwegen auch auf dem Küchentisch. Aber wenn jemand bis zur Piazza Dante läuft, dann hinterlässt er gar keinen Abschiedsbrief.

Du merkst, Liebste, ich glaube weiterhin oder glaube immer mehr, dass es da jemanden gibt – vielleicht sogar mehrere –, der andere Leute mutwillig um die Ecke bringt und das als Selbstmord tarnt. Die haben gut reden, die Kollegen! Die denken doch alle, ich sei übergeschnappt, ein seniler Knacker mit fixen Ideen. Meinst du, ich wüsste nicht, dass die mich für verrückt halten?

Aber ich bin nicht verrückt. Wir beide, du und ich, wir wissen, dass ich nicht verrückt bin. Und weißt du, warum ich mir so sicher bin, dass es keine Selbstmorde sind?

Natürlich weißt du es, mein Schatz. Du weißt es. Weil du dort bist, wo man alles weiß. Aber nicht nur aus dem Grund. Du weißt es, weil du es selbst getan hast. Du weißt, wie viel Angst man haben kann vor diesem Gebirge an Schmerz, das man bewältigen muss. Du weißt, wie sich einem das Herz zusammenzieht, wenn der Arzt das Urteil spricht.

Du, meine Geliebte, hast es einfach nicht mehr ertragen.

Ich habe gesehen, wie sich die Lebenslust immer mehr in deinem Blick verlor. Ich habe gehört, wie dein Schweigen immer länger wurde, bis du gar nicht mehr gesprochen hast, wie du meinem sinnlosen Geplapper nicht weiter folgen wolltest, mit dem ich die Totengeister verscheuchen wollte, die deine Seele trübten.

Du *wolltest* gehen, Liebling. Und als sich die Gelegenheit bot und deine Zeit gekommen war, hast du gar nicht daran gedacht, einen Abschiedsbrief zu schreiben. So etwas Albernes – als gäbe es da was zu feiern! Oder als wärst du die Hauptperson in einer Seifenoper. Du hast es getan und basta. Du hast alle Tabletten, die in Reichweite waren, auf einmal genommen, ganz systematisch, eine nach der anderen. Wie lange du wohl gebraucht hast?

Du wusstest von Anfang an, dass du zu leiden haben würdest. Dass du bei einem Krampfanfall an deinem eigenen Erbrochenen ersticken könntest. Während ich irgendeinem Kleinganoven hinterherjage, auf der Suche nach einer Gerechtigkeit, die es auf dieser Welt nicht gibt.

Du *wolltest* sterben, meine Geliebte. Du wolltest, dass ich dich gehen lasse. Und als du am Abend vor deinem Tod meine Hand nahmst und mich anschautest, so liebevoll, mit Tränen in den Augen, da dachte ich, du hättest Schmerzen, und wollte dich ablenken mit meinem dummen Geschwätz. In Wirklichkeit haben deine Augen nur das gesagt, was in deinem Abschiedsbrief gestanden hätte.

Die Del Grosso mit ihrer Plastiktüte und den Tomaten und den *Bel Paese*-Ecken wollte nicht gehen. Und weil ich das weiß, muss ich weitersuchen. Ich darf nicht aufgeben, ich muss am Leben bleiben. Bevor ich mich von diesem dummen Krebs in die Knie zwingen lasse, muss ich den Mörder all jener armen Seelen finden. Und begreifen, warum er das tut.

Wir sehen uns bald, meine Geliebte.

Und dann werden wir für immer zusammen sein.»

42

Polizeihauptwachtmeister Francesco Romano wollte nicht nach Hause. Er hatte ein ungutes Gefühl bei dem Gedanken.

Den ganzen Tag über hatte er versucht, seine Frau zu erreichen, doch Giorgias Handy war ausgeschaltet geblieben. Er wollte ihr sagen, dass es ihm leidtat. Dass er bei dem Gedanken, sie geschlagen zu haben, am liebsten vor Scham im Erdboden versinken würde. Dass seine Gereiztheit an seiner Arbeit lag, weil sie ihn aus dem Kommissariat Posillipo wegversetzt hatten, wo er sich zwischen den ganzen Arschkriechern im Übrigen sowieso immer beschissen gefühlt hatte, aber dass zu seiner großen Verwunderung die ersten Tage bei dieser komischen neuen Arbeitsstelle gar nicht so übel gewesen waren. Dass er fest daran glaubte, nun würde wieder alles ins Lot kommen, die Stimmung zwischen ihnen gut werden, und sie könnten zusammen lachen wie früher.

Dass er sie immer noch liebte, wollte er ihr sagen, wenn das verdammte Handy nicht ausgeschaltet wäre. Dass ohne sie sein Leben keinen Sinn hatte. Dass tief in seinem Inneren, hinter diesem stumpfsinnigen Gorillagehabe, dessen er sich mehr als bewusst war, dass sich dahinter noch immer der schüchterne junge Mann von damals versteckte, der sie an ihrem Geburtstag an der Uni mit einem riesigen Strauß Rosen überrascht hatte. Wenn dieser alberne Anrufbeantworter nicht alle fünf Minuten «Der von Ihnen gewünschte Gesprächspartner ist vorübergehend nicht erreichbar» behauptet hätte, dann hätte er ihr auch gesagt, dass das Kind, das einfach nicht kommen wollte, eine so große Liebe wie ihre, die seit so vielen Jahren andauerte, nicht kaputt machen konnte. Dass der «gewünschte Gesprächspartner» von ihm wirklich gewünscht, gewollt, begehrt war – mehr als alles andere auf dieser verfluchten Welt.

Doch das Handy blieb ausgeschaltet. Und Francesco Romano drehte wie ein Geistesgestörter eine Runde nach der anderen um den Block, um seine Heimkehr hinauszuzögern, aus Angst vor der eigenen Schwäche, vor der Gewissheit zusammenzubrechen, sollte er Giorgia nicht vorfinden.

Die Natur des Menschen, dachte er, seine wahre Natur ist eine grausame Bestie. Irgendwann kommt sie immer zum Vorschein. Ganz plötzlich ist sie da und konfrontiert dich mit deinen Geistern.

Schließlich stellte er den Wagen auf einem etwas weiter entfernten Parkplatz ab und ging den Rest zu Fuß nach Hause. Der Wind scherte sich nicht darum, dass es mitten in der Nacht war, und trieb weiter sein Unwesen in der Stadt, wie die ganzen letzten Tage schon bis auf einige Unterbrechungen. Papierfetzen, leere Pappkartons, Plastiktüten, Äste, Müll aller Art trudelte an Romano vorbei durch die Luft, als wollte er eine Kulisse für seine Gedankenspiele bilden.

Unendlich oft hatte er darüber nachgedacht, was genau in jenen Momenten mit ihm geschah: wenn der rote Schleier sich über seine Augen legte, wenn er die Kontrolle über sein Verhalten verlor, als würde ein Beifahrer ihm plötzlich das Steuer entreißen, um selbst die Fahrtrichtung zu bestimmen. In jenen Momenten, hätte Romano gesagt, sofern man ihn jemals zum Reden über diese Dinge gebracht hätte, in jenen Momenten schien ihm alles ganz logisch. Also das Gegenteil von dem, was man meinen könnte – es war nicht absurd, es war eine logische Folge. Es war erschreckend normal, einem Fremden an die Gurgel zu gehen, es war eine Selbstverständlichkeit, die eigene Ehefrau zu ohrfeigen, es lag in der Natur der Dinge, einen finsteren Typen so lange zu schütteln, bis er das Bewusstsein verlor. Alles andere, das Gegenteil davon wäre in jenen Momenten das Verkehrte gewesen.

Hätte man ihn jemals zum Reden über diese Dinge gebracht, hätte Romano sein Gegenüber gefragt: «Bist *du* denn immer ehrlich? Wenn du in einer bestimmten Situation denkst, den Kerl würdest du am liebsten erschießen, aber stattdessen gute Miene zum bösen Spiel machst – ist das ehrlich? Wenn du dem hübschen Gesicht vor dir bei seinem x-ten ‹Manchmal kann ich dich wirklich nicht verstehen› am liebsten das Näschen abbeißen würdest, stattdessen aber mit gefasster Stimme sagst: ‹Also, pass auf, ich erklär's dir jetzt mal› – ist das ehrlich? Hältst du dich in solchen Momenten für einen ehrlichen Menschen, verdammte Scheiße?»

Ihm wurde bewusst, dass er schon eine ganze Weile reglos auf das Eingangstor gestarrt hatte. Er zog seinen Hausschlüssel hervor und schloss auf. Um noch ein paar Minuten Zeit zu schinden, bevor er aller Wahrscheinlichkeit nach auf etwas stieß, was ihn dazu zwingen würde, sich mit den Folgen seines Tuns auseinanderzusetzen, entschied er sich für die Treppe und gegen den Aufzug. Er zählte die Stufen, zwanzig, dreißig, vierzig. Wieder zu Atem gekommen, betrat er die Wohnung.

Dunkel. Nicht das geringste Geräusch war zu hören. Nur der Wind, der von außen gegen die Fensterläden schlug und ins Haus einzudringen versuchte. Romano lauschte in die Düsternis hinein und dachte, sogar wenn er mucksmäuschenstill im dunklen Flur stand, veränderten sich die Geräusche in der Wohnung. Jetzt war er da, aber vorher war niemand da gewesen. Niemand. Die Wohnung war leer. «Der von Ihnen gewünschte Gesprächspartner ist nicht erreichbar.»

Er holte tief Luft und schaltete das Licht ein. Nichts schien verändert. Alles war wie immer, die Möbel, die Garderobe, der Teppich. Alles wie immer. Doch kein Geruch nach Essen hing in der Luft. Kein Gemurmel drang aus dem leise gestellten Fernseher, kein Geschirrklappern war zu hören. Kein Begrüßungskuss erwartete ihn.

Er zog seinen Mantel aus, hängte ihn an die Garderobe. Er hatte das Gefühl, sich wie unter Wasser zu bewegen, mit langsamen, bewussten Arm- und Beinbewegungen. Er spürte sein Herz klopfen, ein heftiges Pulsieren in Kehle und Ohren, ein unerträgliches Gewummer.

Das Wohnzimmer. Wie erwartet war der Tisch nicht gedeckt. Keine Spur von Liebe, weder in der Luft noch sonst wo. Nichts. Nein, falsch, da war doch etwas. Und zwar genau das, was er den ganzen Tag schon unterschwellig geahnt hatte, indem er das Bild bei jedem Anruf, der ins Leere gegangen war, vor seinem inneren Auge heraufbeschworen hatte, Detail um Detail, Pixel für Pixel.

Ein Zettel.

In der Mitte zusammengefaltet, auf dem Wohnzimmertisch. Mit einem Stift obendrauf, der vermutlich dazu gedient hatte, etwas aufzuschreiben. Aber was? Sein Polizistengehirn begann Vermutungen anzustellen, noch bevor sein anderes Ich, jenes hin und wieder in ihm auflodernde ungezähmte Ich, sein höhnisches Ätzen loslassen konnte: «Was glaubst du denn, du Arschloch, was auf dem Zettel steht? Hast wohl nicht den Mumm, ihn zu lesen, was? Willst dir am Ende noch den Hintern damit abwischen, oder wie?»

Er streckte die Hand nach dem Zettel aus und verzog das Gesicht, als er die Handschrift seiner Frau erkannte. Wie oft hatte er sie früher mit ihrer runden Mädchenschrift aufgezogen.

Und wenn ich den Brief einfach nicht lese?, fragte er sich. Wenn ich ihn einfach zusammenknülle und wegwerfe? Vielleicht würde dann alles wieder wie früher sein.

Doch dann begann er zu lesen.

Bis zum bitteren Ende.

Lieber Francesco,
du wusstest es. Du hast immer gewusst, dass wir eines Tages an diesen Punkt gelangen würden. Weil du in deinem tiefsten Inneren dorthin gelangen wolltest. Und dein tiefstes Inneres haben wir beide gestern Abend kennengelernt.

Ich habe dich immer geliebt, ich habe immer gedacht, dass du der Mann meines Lebens bist, mein Ehemann, der Vater meiner Kinder. Dass wir zusammen alt werden würden, Hand in Hand. Wir waren noch ganz jung, du erinnerst dich, und jedes Mal, wenn mir irgendwo das Wort «Liebe» begegnete, dachte ich an dich. Ich wusste, dass sich tief in deinem Inneren etwas Schreckliches verbirgt, dass dein Wesen nicht ausschließlich aus dem Mann besteht, der so zärtlich sein konnte, dass er mich zu Tränen rührte. Denn manchmal war da etwas in deinem Blick, das mir Angst einjagte.

Du weißt, wenn eine Frau sich für einen Mann entscheidet, dann hat sie ihn unter vielen auserwählt. Sie sieht seine Fehler und denkt, sie kann ihn verändern, doch Männer verändern sich nie. Umgekehrt wählen Männer eine Frau in der Hoffnung aus, dass sie so bleibt, wie sie ist, aber auch das ist ein Trugschluss: Frauen verändern sich ständig.

Ich habe mich verändert, und du bist derselbe geblieben. Wir haben unterschiedliche Wege eingeschlagen, obwohl wir zusammengeblieben sind.

Bis gestern Abend.

Du hast mich nie zuvor geschlagen. Ich weiß, dass du oft genug das Bedürfnis danach verspürt hast; die Hände in die Sessellehnen gekrallt, die Muskeln unter dem Hemd angespannt, den Kiefer verkrampft. Deine Augen waren leer und ausdruckslos. Aber du hast mich nicht geschlagen, nie.

Gestern Abend hast du es getan.

Die Ohrfeige kann ich verschmerzen. Die aufgeplatzte Lippe kann ich verschmerzen, das blaue Auge.

Aber die Angst, die ich nun vor dir habe, sie ist und bleibt da. Ich kann nicht mit einem Mann zusammenleben, vor dem ich Angst habe. Niemals werde ich das können.

Ich weiß nicht, was mit uns passiert ist. Und wann es passiert ist. Vielleicht liegt es an mir, weil ich keine Kinder bekommen kann. Vielleicht liegt es auch an dir, weil sich deine Arbeit anders entwickelt hat als erhofft. Was auch immer, ich fühle mit allen Fasern meines Körpers, dass da zwischen uns etwas kaputtgegangen ist, das sich nicht mehr reparieren lässt.

Ich verlasse dich. Bitte suche nicht nach mir. Es wäre schlimm, wenn ich dir all diese Dinge noch einmal ins Gesicht sagen müsste, für dich mehr noch als für mich. Ich glaube nicht, dass ich dir nach gestern Abend noch alleine gegenübertreten könnte: Meine Angst vor dir ist zu groß. Ich will die wunderschönen Erinnerungen an unsere glücklichen Tage nicht von dieser Angst zerstören lassen.

In Trauer und Zuneigung,

Giorgia

Mit den abgezirkelten Bewegungen eines Roboters legte Romano den Brief zurück auf den Wohnzimmertisch: langsam, behutsam, als wäre er ein totes Vögelchen, das für immer aufgehört hatte zu singen.

Dann, noch immer wie fremdgesteuert, ging er ins Schlafzimmer.

Das Bett war sorgfältig gemacht, die beiden Kopfkissen akkurat ausgerichtet, die Überdecke frisch gewaschen und gebügelt. Er hob eine Ecke an: Auch das Laken war ausgewechselt. Als hätte sie sogar ihren Geruch mitnehmen wollen.

«Lieber Francesco», hatte sie geschrieben. «Lieber Francesco». Nicht «Fra», wie sie ihn normalerweise nannte. Nicht «Geliebter», «Liebster», wie sie ihn in ihren innigsten Momenten genannt hatte. Nein. «Lieber Francesco». Wie einen Fremden, wie jemanden, den sie nur flüchtig kannte. Wie einen verdammten Bekannten, einen Arbeitskollegen. «Lieber Francesco».

Und am Schluss, dachte er und trat auf den Kleiderschrank zu, während das Rauschen seines Blutes in den Adern immer lauter wurde: «In Trauer und Zuneigung». Was soll das denn heißen, verdammte Scheiße? Zuneigung empfindet man für einen Hund, für ein Kind; und Trauer verspürt man, wenn jemand stirbt – oder nicht? Aber hier sind keine Hunde, und gestorben ist auch keiner. Wir leben, Giorgia, deswegen können wir auch alles wieder in Ordnung bringen, meinst du nicht? Vielmehr – könnten.

Wenn wir es denn wollten.

Ein Blick auf das Dach des Kleiderschranks bestätigte ihm, was er schon geahnt hatte: Der große Koffer war weg. Der Abschiedsbrief, das Laken, der Koffer: drei Indizien, die Beweis genug sind, Herr Polizeihauptwachtmeister.

Er öffnete den Schrank. Leer. In einer Ecke ein Lavendelsäckchen gegen Motten. Er erinnerte sich, wie sie es gekauft hatten, ein ganzer langer Tag bei Ikea, schrecklich.

Siehst du, Giorgia, dachte er, während er die Schranktür schloss, ich habe sogar einen ganzen Tag meines Lebens bei Ikea verschwendet, um dich glücklich zu machen. Bedeutet das vielleicht nichts? Einen Scheiß bedeutet das, stimmt's? Nichts bedeutet mehr etwas. Der von Ihnen gewünschte Gesprächspartner ist nicht erreichbar, Herr Polizeihauptwachtmeister Romano. Nie mehr.

Ruckartig holte er aus und boxte so fest gegen die Schranktür, dass ein faustgroßes Loch in der Sperrholzplatte aufklaffte.

Und endlich konnte er weinen.

43

Nacht. Eine weitere Nacht. Die dritte.

Die dritte, seit das Meer sich in die Lüfte erhoben hat, seit überall nur noch Wasser ist, in den Augen, den Haaren, der Lunge. Nacht des Windes, Nacht des Blutes. Des wehen Herzens.

Die dritte Nacht ohne Schlaf. Die dritte Nacht, die ich hochgeschreckt bin beim Gedanken an dich, bei der Erinnerung an deine Stimme, die jenes letzte Wort zu mir sagte.

«Nein».

Nacht der Geräusche. Merkwürdige Geräusche, wie von zersplitterndem Holz, ein leises Krraack, ein feuchtes Knirschen. Wie wenn man ein riesiges Insekt zerdrückt. Und die Kugel, die davonrollte, nachdem sie ihre Arbeit getan hatte. Wo sie wohl hingerollt ist? Vielleicht hat das Grauen über ihre Tat sie gepackt, und sie hat sich davongemacht.

Dein Rücken. Und dieses Knirschen. Du hättest mir nicht den Rücken zudrehen dürfen. Die kalte Schulter. Das war dein Fehler. Du bist gestorben, weil du mir den Rücken zugedreht hast. Deshalb.

Ich habe irgendwo gelesen, die Wahrscheinlichkeit, einen Mörder zu finden, sei nach 72 Stunden bereits um 60 Prozent gesunken. Nicht, dass es überhaupt keine Chance mehr gibt, das nicht, aber die Wahrscheinlichkeit ist doch deutlich geringer.

Wer weiß, ob sie es jemals herausfinden. Ob sie mich am Ende doch noch kriegen. Aber an dieses Knacken werde ich mich für alle Zeiten erinnern, das ist mehr als gewiss.

Ich bereue nichts. Du hättest mir nicht den Rücken zudrehen dürfen und auch nicht dieses Wort sagen.

«Nein».

Man zeigt einem nicht einfach die kalte Schulter. Nicht mir. Und außerdem stellt man sich der Liebe nicht in den Weg. Die Liebe ist nicht aufzuhalten – jemand, der so viel gelesen hat wie du, sollte das wissen. Der Liebe muss man sich hingeben, ihr folgen, huldigen. Sie spielt die Hauptrolle, sie ist die Heldin schlechthin, sie duldet keine Vernachlässigung, sie wartet nicht geduldig hinter den Kulissen, bis sie auf die Bühne gerufen wird.

Und vor allem zeigt man der Liebe nicht die kalte Schulter.

Und dann das Meer. Ich habe einen Spaziergang gemacht, nach dem Krraack. Einen langen Spaziergang. Ich war unsichtbar in diesem Wind, der zu einem Meer der Lüfte geworden war.

Ich musste nachdenken, musste allein sein. Wenn ich allein bin und nachdenke, finde ich immer eine Lösung. Jedes Mal.

Nun ist die dritte Nacht gekommen. Diesmal muss ich nicht spazieren gehen. Diese Nacht bleibe ich zu Hause, ganz in Ruhe.

Und ich werde an das Wort denken, das Wort, das du zu mir gesagt hast. «Nein». Und an dein trauriges, erschöpftes Gesicht. Und an deinen Rücken.

Wer weiß, vielleicht wolltest du ja, dass ich es tat. Vielleicht hast du es sogar von mir erwartet.

Die dritte Nacht: seit heute, laut Statistik, nur noch 40 Prozent Wahrscheinlichkeit, gefunden zu werden.

Die dritte Nacht.

Krraack.

Wenn ich nur schlafen könnte.

44

Ottavia ging in aller Herrgottsfrühe ins Kommissariat. Gaetano hatte sie erzählt, sie müsse bereits vor Tagesanbruch dort sein, doch in Wirklichkeit wollte sie einfach nur so wenig Zeit wie möglich zu Hause verbringen.

Seit dem Vorfall im Schwimmbad, den sie immerhin vor ihrem Mann hatte geheim halten können, war Riccardo noch besitzergreifender geworden. Er wich nicht einen Zentimeter von ihrer Seite, folgte ihr überallhin, hing an ihrem Arm, selbst wenn sie kochte oder andere Hausarbeiten erledigte. Wenn sie im Badezimmer war, setzte der Junge sich vor die Tür und begann, mit dem Kopf gegen das Holz zu bollern, dong, dong, dong, jede Sekunde ein Schlag, wie bei einer Pendeluhr. Zum Verrücktwerden. Weil sie gegangen war, bevor ihr Sohn aufgewacht war, zumindest an diesem Morgen, hatte sie vermeiden können, sich gewaltsam aus seiner stummen Umklammerung zu winden. Und, wie sich ein Teil ihres Gehirns unwillig erinnerte, sie war außerdem Gaetanos wiederholtem Versuch entgangen, mit ihr zu schlafen.

Im Foyer rief sie dem Wachmann, der etwas verschlafen wirkte, aber ansonsten eine tadellose Haltung aufwies, einen kurzen Morgengruß zu. Seine Verwandlung war so offensichtlich, dass sie sich zum wiederholten Male fragte, was zum Teufel ihn zu diesem Bilderbuchpolizisten gemacht hatte. Als sie das Großraumbüro betrat, bemerkte sie sofort den Lichtstreifen, der aus der offen stehenden Tür von Palmas Zimmer in den Raum fiel. Ein schummriges Licht, als wollte die Nacht sich noch nicht kampflos dem Tag ergeben.

Jemand musste in Palmas Büro gewesen sein, überlegte sie. Vielleicht ein unangekündigter Kontrollbesuch. Seit dieser Geschichte mit den Drogen dealenden Kollegen hatte es zahlreiche Inspektionen gegeben, vom Gericht, der Polizei oder irgendwelchen Geheimorganisationen, die sich anonym per Fax ankündigten. Aber das war vorbei, zumindest hatte sie das gedacht.

Vorsichtig steckte sie die Nase durch den Türspalt. Ein Teil des Schreibtischs war zu sehen, die eingeschaltete Lampe, ein paar Handakten, ein Bleistift, ein Textmarker – und eine Hand, die auf einem der Dokumente lag. Reglos.

Ottavia spürte, wie ihr Herz einen Sprung machte.

Mit sechzehn wollte sie ihren Vater, einen Rechtsanwalt, in seinem Arbeitszimmer überraschen, um ihm eine Karikatur zu zeigen, die sie von ihm angefertigt hatte. Sie konnte gut zeichnen, und das Verhältnis zwischen ihr, der Jüngsten von vier Kindern und einzigen Tochter, und dem Vater war immer ein besonders inniges gewesen.

Mit der Zeichnung in der Hand war sie im Türrahmen erschienen. Und wie angewurzelt stehen geblieben. Ihr Lächeln gefror, es würde nie mehr dasselbe sein, und starr blickte sie auf den Vater, dessen Kopf auf die Akten gesunken war, die Hand um die Schreibtischkante geklammert. Tot. Herzinfarkt. Sie hatte nie wieder gezeichnet.

Als wäre es eben erst geschehen, spürte Ottavia das schreckliche Ereignis von damals nach ihr greifen. Sie stieß einen unartikulierten Laut aus, eine Mischung aus Schrei und Stöhnen.

Die Hand vor den Mund gepresst, fixierte sie mit aufgerissenen Augen Palmas Oberkörper. Er lag genauso da wie ihr Vater, als sie ihn zum letzten Mal gesehen hatte, bevor sie seine sterblichen Überreste für die letzte Reise hatte fertig machen müssen.

Als sie aufschrie, richtete sich der tot geglaubte Kommissar Luigi Palma, genannt Gigi, ruckartig auf und schaute sie aus rot geränderten Augen orientierungslos an. Er wirkte noch derangierter als sonst: Das Haar hing ihm in die Stirn, die Schreibtischunterlage hatte eine tiefe Spur wie von einer Messerklinge in sein Gesicht gegraben, Bartstoppeln bedeckten Kinn und Wangen, das Hemd war zerknittert. Noch nie hatte Ottavia einen schöneren Anblick gesehen.

«Aber ... Wer ... Ah, Ottavia ... Ciao! Ich fürchte, ich bin eingeschlafen. Wie viel Uhr ist es denn?»

Mühsam brachte die Polizeimeisterin ihren Atem wieder unter Kontrolle und sah auf die Uhr.

«Guten Morgen, Commissario. Tut mir leid, dass ich Sie erschreckt habe, es ist noch früh, es ist ... Viertel vor sechs. Vielleicht sind Sie einfach nur kurz eingenickt. Das kommt vor, wenn man wegen der Arbeit zu früh aufsteht ...»

Palma gähnte und rieb sich die Augen. Langsam wurde er wach.

«Schön wär's! Nein, ich bin gestern Abend gar nicht erst nach Hause gegangen. Zum Glück habe ich hier im Büro immer Wechselwäsche und ein frisches Hemd liegen. Und Strom für den Rasierapparat und sogar eine Dusche gibt es. Ist schon traurig, oder nicht? So endet man, wenn man seine Arbeit so wichtig nimmt, dass sie das ganze Leben bestimmt.»

Ein wenig unschlüssig machte Ottavia Anstalten, sich zurückzuziehen.

«Dann lasse ich Sie mal in Ruhe alles erledigen. Ich bin drüben und fahre schon mal die Computer hoch.»

Palma hob die Hand.

«Nein, nein, bleib hier, du kannst mir Gesellschaft leisten. Ich lasse uns etwas von der Bar gegenüber raufbringen – die sogar nachts aufhat. Was möchtest du denn? Cappuccino, Croissant?»

Er hatte den Telefonhörer schon in der Hand. Ottavia wusste nicht recht, wie sie sich verhalten sollte, aber dann machte sie einen großen Schritt in den Raum hinein.

«Nur einen Espresso, danke. Ich trinke morgens sonst bloß ein Glas Milch, mehr nicht. Ich versuche ... also, ich achte darauf, was ich esse.»

Palma gab die Bestellung auf. Er selbst nahm einen Caffè Latte, eine Brioche und einen frisch gepressten Orangensaft.

«Du machst einen Fehler, das Frühstück ist die wichtigste Mahlzeit des Tages. Und dann – entschuldige meine Indiskretion – diese Angst, auch nur ein Gramm zuzunehmen! Ich finde dich genau richtig so, wie du bist. Komm, setz dich, setz dich zu mir.»

Ottavia errötete bei dem Kompliment. Sie hasste sich dafür, aber nahm trotzdem brav auf einem Stuhl vor dem Schreibtisch Platz.

«Danke schön. Leider verhält es sich nicht ganz so, wie Sie sagen – ich muss unbedingt ein paar Kilo abnehmen. Aber, wenn ich mir die Frage erlauben darf, warum ... Also, gibt es ein Problem, weshalb Sie im Büro bleiben mussten?»

Sie wusste nicht, was sie sagen sollte. Sie hatte den Verdacht, die Phantasien, die seit ein paar Tagen in Bezug auf Palma in ihrem Kopf herumspukten, stellten nicht länger eine Art Flucht aus einer unbefriedigenden Realität dar, sondern waren eine explizite Botschaft, die sich lebhaft in ihrem Gesichtsausdruck widerspiegelte. Krampfhaft bemühte sie sich, eine möglichst professionelle Miene aufzusetzen.

Palma hingegen schien froh, ein bisschen plaudern zu können. Er räumte einen Stapel Akten zur Seite, sodass der Schreibtisch etwas weniger unaufgeräumt wirkte.

«Nein, nein, da ist nichts. Oder anders gesagt, in unserem Job gibt's immer etwas zu tun, das weißt du besser als ich. Der Beruf eines Polizisten besteht zu drei Viertel aus Schreibtischarbeit – und irgendjemand muss sich ja darum kümmern. Außerdem müssen wir alles daransetzen, um den Polizeipräsidenten davon zu überzeugen, den Standort hier nicht dichtzumachen.»

Erstaunt erwiderte Ottavia:

«Aber ... ich dachte, die Gefahr sei schon lange vom Tisch! Durch die Einstellung der vier neuen Kollegen, die Umstrukturierung des Teams ...»

«Leider nein. Zumindest noch nicht. Der Polizeipräsident hat ziemlich deutliche Worte gefunden: Wenn es uns nicht gelingt, das verlorengegangene Vertrauen zurückzugewinnen, vor allem hier im Viertel, dann war's das. Sowohl im Präsidium als auch im Rathaus gibt es Leute, die meinen, es wäre besser, unsere Kapazitäten auf die anderen Kommissariate zu verteilen. Außerdem ist da, wie du weißt, diese Carabinieri-Kaserne um die Ecke, mit anderen Worten ...»

Ottavia verspürte ein Stechen in der Magengrube.

«Und wir, können wir denn gar nichts tun?»

Palma schaute sie an. Mit seinen verstrubbelten Haaren, dem zerknitterten Hemd und dem Abdruck im Gesicht sah er aus wie ein kleiner Junge nach einem Fußballmatch auf der Straße. Eine Welle von Zuneigung überschwemmte sie.

«Ihr macht alle einen Superjob, mehr kann man gar nicht machen. Die Kollegen auf Streife tun, was möglich ist, und Pisanelli und du, ihr unterstützt uns genauso, wie ich das erhofft habe. Klar, wenn es uns gelänge, den oder die Mörder von der Notarsgattin zu schnappen, je eher, desto besser, wäre das ein großer Schritt nach vorne. Aber ich fürchte, wenn wir nicht spätestens im Lauf der nächsten Woche erste Erfolge vorweisen können, ziehen sie uns von dem Fall ab. Für diese Geschichte interessieren sich einfach zu viele wichtige Leute.»

Ottavia versuchte, ihm Mut zuzusprechen.

«Der Chinese ist richtig gut, habe ich das Gefühl. Vielleicht war das mit dem Krokodil doch nicht reine Glückssache, wie die bösen Zungen hier behaupten.»

Palma lachte.

«Ja, ja, der ‹Chinese› ... Dass ihr ihn so nennt, habe ich auch schon gehört. Mit diesen Augen sieht er wirklich ein bisschen so aus. Der Mann ist verdammt gut. Ich habe ihn ja bei der Sache mit dem Krokodil erlebt: Während wir uns immer noch auf der falschen Fährte befanden, hatte er als Einziger längst alles durchschaut. Hätten wir nur eher auf ihn gehört ... Na ja, hoffen wir mal und schauen optimistisch in die Zukunft. Aber was ist mit dir? Warum bist du zu so unchristlichen Zeiten schon im Büro?»

Betreten starrte Ottavia auf ihre Schuhspitzen.

«Ich ... ich weiß nicht, ich konnte nicht schlafen, und statt mich sinnlos im Bett zu wälzen, dachte ich, komme ich lieber her und erledige noch ein paar Dinge, die mir auf den Nägeln brennen. Ich bin dabei, eine Recherche für Alex und Romano über diesen Architekten zu machen, diesen Brasco. Er ist ein echt dicker Fisch, eine Menge Betriebe hängen von ihm ab, überall hat er seine Baustellen, und ich ...»

Palma betrachtete sie interessiert. Ihm war klar, dass sie die Aufmerksamkeit von sich abwenden wollte, und das machte ihn neugierig.

«Und warum konntest du nicht schlafen? Du hast doch nicht etwa Probleme mit deinem Sohn, oder?»

Abrupt hob Ottavia den Kopf, die Stirn in Falten gelegt.

«Nein, natürlich nicht. Außerdem ... was wissen Sie schon von meinem Sohn?»

Der Kommissar machte eine entschuldigende Geste.

«Entschuldige. Ich ... ich habe es in den Unterlagen gelesen und ... aber ich wollte nicht aufdringlich sein, tut mir leid.»

Ottavia seufzte.

«Nein, nein, im Gegenteil, ich muss mich entschuldigen. Es ist ... es ist einfach ziemlich schwierig, verstehen Sie? Und wenn dann andere Leute mich bedauern, wird die Last manchmal so groß, dass ich sie kaum mehr tragen kann. Das ist alles.»

«Das kann ich gut verstehen. Mein Bruder, der ein Jahr älter war als ich, hatte das Downsyndrom. Er lebt schon lange nicht mehr, mit zwanzig ist er gestorben. Meine Eltern haben mit seinem Anderssein ziemlich gehadert, vielleicht war es ihnen peinlich, keine Ahnung. Aber ich hing sehr an ihm, wir waren ständig zusammen. Als er starb, war ich noch relativ jung, aber das war ein echter Schlag für mich. Der schlimmste Verlust in meinem Leben. Klar, ich war nicht seine Mutter, und viele Dinge kann ich nicht nachvollziehen. Aber ich weiß, wie schwierig so was ist, besser als manch anderer.»

Aus einem Impuls heraus fragte Ottavia:

«Und Sie? Haben Sie keine Kinder?»

«Du schaffst es einfach nicht, mich zu duzen, was? Aber du wirst sehen, eines Tages kriege ich dich auch noch so weit.

Ich kann sehr hartnäckig sein, wenn ich etwas unbedingt erreichen will ... Nein, ich habe keine Kinder. Und wie du siehst habe ich nicht mal eine Ehefrau, die sich fragt, ob ich in der Gosse gelandet bin, wenn ich nachts nicht nach Hause komme. Nicht mehr zumindest – ich bin geschieden.»

Dieses Mal war es an Ottavia, peinlich berührt zu sein.

«Oh, Entschuldigung. Ich wusste nicht ...»

Der Kommissar fuhr sich mit der Hand über die zerstrubbelten Haare. Mit einem kleinen Lachen sagte er:

«Mach dir nichts draus, das ist jetzt drei Jahre her, inzwischen habe ich mich dran gewöhnt. Außerdem war meine Scheidung eine echte Befreiung, die letzten Monate waren nämlich die reinste Hölle. So eine Ehe kann schlimmer sein als Gefängnis, weißt du.»

Schlimmer als Gefängnis, dachte Ottavia. Viel schlimmer. Beim Gefängnis weiß man wenigstens, dass es irgendwann ein Ende haben wird, und man kann die Tage im Kalender ausstreichen.

«Ja, kann ich mir vorstellen. Aber wenn jemand seine plötzliche Freiheit dazu nutzt, im Büro zu übernachten, fragt man sich doch, wozu das gut ist, oder?»

Palma dachte nach.

«Weißt du, Ottavia, es gibt zwei Gründe, warum man seine Zeit hauptsächlich im Büro verbringt: Entweder weil man nichts Besseres zu tun hat, oder weil man einfach gerne da ist. Lieber als woanders. Meinst du nicht?»

In dem Moment ertönte ein Klopfen. Mühsam ein Tablett mit Kaffee und Gebäck balancierend, stand ein verschlafener Barjunge in der Tür und entschuldigte sich für die Störung.

«Ah, da ist ja unser Frühstück! Jetzt musst du aber wirklich die andere Hälfte der Brioche nehmen, Ottavia. Sonst denke ich noch, du findest mich so abstoßend wie einen dieser ungewaschenen Penner und willst nicht eine Sekunde länger als nötig mit mir im selben Raum verbringen.»

Er zwinkerte ihr zu.

Ottavia lachte. Guten Morgen, mein Lieber, dachte sie.

Guten Morgen, meine Liebe, dachte Palma.

45

Die Bombe platzte am Vormittag, und zwar genau im richtigen Moment, denn die Stimmung im Kommissariat war nicht eben euphorisch.

Ottavia hatte sich schon den ganzen Morgen hinter ihrem Bildschirm verschanzt und sich mit gerunzelter Stirn und zusammengepressten Lippen in ihre Recherchen vergraben. Hauptsache, sie geriet nicht ins Grübeln und musste vor sich selbst Farbe bekennen.

Pisanelli blätterte in alten Akten und verglich die Kopien von Briefen, deren Absender sich von der Welt verabschiedet hatten – drängte es ihn nicht gerade, von den anderen glücklicherweise unbemerkt, einen seiner vielen Toilettengänge anzutreten.

Das Team Romano Di Nardo war auf dem Sprung zu der Personenüberprüfung in der Wohnung von Annunziata Esposito im Vico Secondo all'Olivella 22. Hin und wieder warf Alex einen verstohlenen Blick auf ihren Kollegen, dessen Gesicht völlig versteinert wirkte und mit seinem gräulichen Teint auf eine durchwachte Nacht schließen ließ. Seit Romano am Morgen um halb acht ins Büro gekommen war, hatte er noch kein Wort gesagt.

Aragona und Lojacono saßen am Computer, um die Verhöre zu Protokoll zu bringen, die sie am Vortag mit der Haushälterin und dem Pförtner geführt hatten. Sie waren an einem toten Punkt angelangt. Nicht einmal die allerersten Mutmaßungen hatten sie wirklich ausschließen können: Die These, dass es sich um einen Raubüberfall mit unglücklichem Ende handelte, war genauso wenig vom Tisch wie die von einem Mord aus Leidenschaft oder Habgier. «Wenn wenigstens die Tür aufgebrochen worden wäre», hatte Aragona gesagt, «ich hätte gute Lust, sie selbst aufzuhebeln, im Nachhinein.» Auf diese Weise, hatte er hinzugefügt, hätten sie wenigstens einen guten Grund, diesen rumänischen Hanswurst, den Freund der Haushälterin, einzubuchten.

Lojacono war auch aus persönlichen Gründen angespannt. Am Vorabend in Letizias Trattoria, während er ihr von der Höllenfahrt mit dem verrückten Kollegen erzählte, die er nur wie durch ein Wunder überlebt habe, hatte Marinella angerufen, zu einer für sie eher ungewöhnlichen Uhrzeit.

In Tränen aufgelöst hatte das Mädchen von einem heftigen Streit mit der Mutter berichtet.

«Diese dumme Kuh», hatte sie schluchzend hervorgebracht. «Die ganze Zeit hat sie sich einen Scheiß um mich gekümmert – und jetzt fängt sie auf einmal an, mich einzusperren.»

Lojacono hatte versucht, sie zu beruhigen.

«Bitte, Liebling, sprich nicht so von deiner Mutter. Sie will doch nur dein Bestes.»

Es hatte ihn seltsam berührt, dass ausgerechnet er Sonia gegenüber ihrer Tochter in Schutz nahm. Davon abgesehen war er in der Sache absolut der Ansicht seiner Exfrau, aber aus der Ferne konnte er ohnehin nicht viel tun.

«Sie ist wirklich eine dumme Kuh, das musst du mir glauben. Bei mir war eine Freundin zu Besuch, die in meinem

Zimmer geraucht hat. Sie – nicht ich! Und plötzlich kommt sie reingestürmt wie eine Furie, fängt an zu brüllen und macht mich voll zum Affen. Meine Freundin hat mich nur angeguckt und einen Lachanfall gekriegt. Verdammt, ich bin doch kein Kind mehr! Du bist Hunderte von Kilometern weit weg und verstehst das, aber sie, obwohl sie mit mir zusammenwohnt, begreift es einfach nicht.»

Lojacono hatte eine Viertelstunde auf Marinella einreden müssen, bis sie endlich aufhörte, zu weinen und zu schimpfen. Er hatte ihr das Versprechen abgerungen, am Abend zu Hause zu bleiben, in ihrem Zimmer, statt bei einer Freundin zu übernachten, nur um ihrer Mutter eins auszuwischen.

In die Trattoria zurückgekehrt, hatte Letizia ihm eine neue Portion Rigatoni bringen lassen, weil die alte längst kalt geworden war. Er hatte ihr von dem Telefonat erzählt, und sie hatte versucht, ihn zu trösten und den Vorfall herunterzuspielen.

«Aus der Ferne sieht alles viel schlimmer aus, als es ist», meinte sie. «Vor allem, wenn zwei Frauen miteinander streiten. Und in einem Punkt hat Marinella recht: Sie ist jetzt eine Frau und kein Kind mehr – und Eltern sind in der Regel die Letzten, die so etwas mitkriegen.»

An dem Abend trug sie einen leuchtend blauen Angorapullover mit weitem Ausschnitt, der ihren wohlgeformten Busen zur Geltung brachte und für einige Wortgefechte an den Zweiertischen in ihrem Restaurant gesorgt hatte. Ohne jeden Hintergedanken, jedenfalls fast, legte sie ihre besten Argumente in die Waagschale, um den Inspektor für sich einzunehmen, der jedoch so mit seinen eigenen Sorgen beschäftigt war, dass sie sogar nackt auf dem Tisch hätte tanzen können, und er hätte es nicht bemerkt.

Verzweifelt fügte Lojacono hinzu:

«Immerhin redet sie mit mir, das ist ja schon mal was. Wenn diese Geschichte vor, sagen wir, sechs Monaten passiert wäre, dann hätte sie das alles mit sich alleine ausmachen müssen. Weiß der Himmel, was sie dann angestellt hätte. Diese Situation macht mich fertig.»

Letizia musste lachen. Schließlich sagte sie:

«Weißt du, hier in der Nähe ist ein Gymnasium, und manchmal kommt mittags ein Grüppchen Schüler zum Essen her. Ich mache ihnen einen Spezialpreis, sodass sie sich einen Teller Spaghetti leisten können, wenn sie nachmittags noch was vorhaben und nicht zwischendurch nach Hause gehen können. Ich beobachte sie gern bei ihren Gesprächen. Sie sind viel besser drauf, als wir denken. Viel liebenswerter, leidenschaftlicher, idealistischer. Auf uns wirken sie zynisch, ohne Begeisterungsfähigkeit. Aber in Wirklichkeit wissen sie genau, was sie wollen. Sie wollen in einer besseren Welt leben. Von ein paar Ausnahmen abgesehen haben sie viel weniger kriminelle Energie als die Erwachsenen. Das sind einfach junge Leute, nicht anders als wir in ihrem Alter. Ich an deiner Stelle würde mir keine Sorgen machen, es ist völlig normal, dass ein Teenager mit seiner Mutter streitet, das war bei mir und meinen Freundinnen damals auch nicht anders.»

Sie hatte über den Tisch hinweg seine Hand gestreichelt. Und ihm ein Lächeln geschenkt.

Doch noch immer, eine schlaflose Nacht später, erfüllte ihn der Gedanke an Marinella, die mit niemandem reden konnte und nur schweren Herzens zur Schule ging, mit Traurigkeit – was seiner Konzentrationsfähigkeit keineswegs guttat. Auch das Wetter, das wieder schlechter geworden war, drückte auf seine Stimmung.

In genau dieser Situation schlug die Bombe ein.

Die Bombe entstieg einer blauen Dienstlimousine, die geräuschlos in den Innenhof des Kommissariats gerollt war.

In ein dunkles Kostüm gekleidet, das ihre Rundungen eher betonte als verhüllte, kam sie wie üblich dem Chauffeur zuvor, der ihr die Wagentür öffnen wollte, und eilte auf den Eingang zu. Guida schnellte hoch und wollte ihren Namen wissen, doch sie rauschte grußlos an ihm vorüber und stürmte die Stufen hinauf.

Ihr Vormarsch endete im Büro der Polizisten. Obwohl von kleiner Statur, zog sie sofort die Aufmerksamkeit sämtlicher Anwesender auf sich. Für einen kaum wahrnehmbaren Moment verharrten ihre dunklen Augen auf den beiden Frauen, Ottavia und Alex. Letztere erwiderte den Blick, sichtlich angetan von dem wohlgeformten Körper unter dem strengen Tailleur. Endlich entdeckte die Besucherin Lojacono und sagte mit erkennbar sardischem Akzent:

«Hier steckst du also, Lojacono! Bring mich zum Kommissar, wir müssen reden.»

Bei ihrem Eintritt erhob sich Palma mit einem erfreuten Lächeln von seinem Schreibtischstuhl, doch seine Augen konnten seine Besorgnis nicht leugnen.

«Dottoressa Piras, das ist aber eine Überraschung! Nach unserem gestrigen Telefonat habe ich nicht damit gerechnet, Sie so schnell wiederzusehen.»

Laura bat ihn mit einer Handbewegung, wieder Platz zu nehmen, und setzte sich ebenfalls. Lojacono blieb stehen.

«Guten Morgen, Palma. Ich dachte, es sei besser, wenn ich selbst vorbeikomme – es gibt Neuigkeiten. Hier drinnen sind wir ungestört, oder?»

«Natürlich, Dottoressa. Worum geht es?»

«Ich habe Lojacono gebeten dazuzukommen, denn schließlich leitet er ja die Ermittlungen im Mordfall De Santis, nicht wahr?»

Palma nickte.

«In der Tat, gemeinsam mit Polizeihauptwachtmeister Aragona. Soll ich ihn holen lassen?»

Die Piras hob abwehrend die Hand.

«Gott bewahre, nein. Lojacono kann ihm ja hinterher berichten. Also, wie weit sind wir?»

Mit einer Geste forderte Palma Lojacono auf zu sprechen.

«Leider an einem toten Punkt angelangt, so wie es aussieht. Wir haben alle verhört, die Haushälterin, den Pförtner, die Mitarbeiter des Notars. Sogar mit einer engen Freundin des Opfers konnten wir dank des Kollegen Pisanelli ein informelles Gespräch führen. Abgesehen von der These eines in Gewalt ausgearteten Raubüberfalls, die trotz des wiedergefundenen Diebesguts noch immer ihre Berechtigung hat, halte ich die Überlegung, dass die Tat mit dem Verhalten des Ehemanns zusammenhängt, mit seinem ständigen Fremdgehen, für nach wie vor am wahrscheinlichsten. Aber da wir ja weder mit ihm noch mit der Signorina sprechen können ...»

Die Staatsanwältin nickte.

«So ungefähr habe ich mir das schon gedacht. Allerdings habe ich vor einer halben Stunde einen Anruf bekommen. Vom Anwalt des Notars, einem stadtbekannten Strafverteidiger. Genauer gesagt, einem der haarspalterischsten, unangenehmsten und scheinheiligsten Arschlöcher, die mir je begegnet sind.»

Je mehr Geld einer hatte, umso besser seine Verteidigung. Palma seufzte.

Doch noch hatte die Piras ihre Bombe gar nicht platzen lassen.

«Um es kurz zu machen, Signori: Der Notar hat zugestimmt, eine Aussage zu machen.»

Lojacono und Palma blickten sie verblüfft an. Was hatte das zu bedeuten?

Sichtlich zufrieden mit der Wirkung ihrer Worte auf die beiden Männer, fuhr Laura Piras fort:

«Sein Anwalt hat die übliche Nummer abgezogen, er meinte, dass er natürlich dagegen sei und ewig auf seinen Mandanten eingeredet habe, aus den bekannten Gründen, wegen des Risikos von Missverständnissen und weil schließlich alle wüssten, dass Polizei und Staatsanwaltschaft gerne die Tatsachen verdrehen. Aber es scheint, als hätte sich der Notar davon nicht abbringen lassen. Er sagt, er habe nichts zu verbergen, er sei unschuldig, man könne ihm nichts anhängen et cetera. Und nicht nur das: Unter der Prämisse, dass hier keinesfalls von einem Schuldeingeständnis die Rede sein könne, hat unser guter Witwer wohl auch seine Freundin davon überzeugt, dass es besser sei zu reden.»

Lojacono zeigte sich überrascht.

«Was denkst du, hat das zu bedeuten, Laura? Warum dieser plötzliche Sinneswandel?»

Palma war derjenige, der seine Frage beantwortete.

«Das kann bedeuten, dass sie wirklich nichts zu verbergen haben, aber nicht wissen, wie sie es beweisen sollen. Deswegen hoffen sie, dass durch ihre Mitarbeit bei der Ermittlung am Ende wir es beweisen können.»

Die Piras schnitt eine Grimasse.

«Oder es bedeutet, dass sie in den letzten Tagen die Spuren beseitigt haben und man ihnen nun nichts mehr nachweisen kann. Es wäre nicht das erste Mal, dass so etwas passiert.»

Lojacono steckte die Hände in die Hosentaschen.

«Wie dem auch sei, immerhin haben wir jetzt die Möglichkeit, mit ihnen zu sprechen. Und die rothaarige Lady zu Gesicht zu kriegen. Jene Dame, die der Notar dreisterweise einfach in den Yachtclub mitgebracht hat, wodurch er ein paar Tage zum Stadtgespräch geworden ist.»

Bevor die Piras etwas erwidern konnte, stand plötzlich Ottavia im Türrahmen.

«Commissario, die Kollegen Romano und Di Nardo machen sich jetzt zu der Personenüberprüfung auf. Möchten Sie ihnen noch etwas mit auf den Weg geben?»

«Nein danke, Ottavia. Sie sollen sich nur gleich zurückmelden, wenn sie wieder da sind.»

Die Staatsanwältin sah den Blick, den die beiden sich zuwarfen. Die Frau war hübsch und erkennbar angetan von ihrem Vorgesetzten, wie umgekehrt auch. Lustig, dachte sie. Und: besser so. Einen kurzen Moment fragte sie sich, was der Grund für ihre Erleichterung war, aber dann zog sie es vor, sich mit dieser Frage lieber nicht länger zu beschäftigen. Stattdessen sagte sie:

«Der Anwalt hat darum gebeten, dass seine Mandanten für das Verhör weder ins Präsidium noch ins Gericht kommen müssen, wohl um sie nicht den Geiern von der Presse zum Fraß vorzuwerfen. Und dann hat er noch etwas verkniffen hinzugefügt, der Notar lege keinen Wert auf seine Begleitung. Kann ich mir vorstellen – bei dem Honorar, das er fürs bloße Dabeisitzen abkassiert.»

Palma fragte:

«Möchten Sie ihn hier im Kommissariat verhören, Dottoressa? Oder wollen Sie lieber zu ihm gehen?»

«Nein, aus dem Grund bin ich sofort hierhergekommen. Ich glaube, in dieser Phase wäre es am besten, wenn Lojacono und

Aragona ihn in seiner Kanzlei aufsuchten, und zwar alleine. Meine Anwesenheit würde dem Ganzen einen viel zu offiziellen Anstrich verleihen. Nachher würde unser Freund nur wieder in die Defensive gehen. Aber in seiner Umgebung und alleine mit den beiden Polizisten, die er schon vom letzten Mal kennt, wird er sich in Sicherheit fühlen und weniger zugeknöpft sein. Und außerdem ist da immer noch diese andere Sache ...»

Lojacono und Palma blickten sich fragend an.

Laura Piras seufzte.

«Sie wissen doch, die Zukunft des Kommissariats ist immer noch ungeklärt. Wenn es Fortschritte bei der Ermittlung geben sollte, ist es auf jeden Fall besser, sie sind der Pizzofalcone-Truppe zu verdanken. Wenn ich dabei bin, wäre es nicht dasselbe.»

Palma dankte ihr mit einem Lächeln.

«Dottoressa, das ist wirklich sehr großzügig von Ihnen. Ich wünschte mir ...»

Laura unterbrach ihn mit einer raschen Handbewegung.

«Reden wir nicht mehr davon. Außerdem habe ich absolutes Vertrauen in Lojacono, darüber haben wir ja bereits gesprochen. Ich bin überzeugt, dass er das Gespräch mit dem nötigen Fingerspitzengefühl angehen wird. Ich kann nur hoffen, dass auch Aragona sich seiner Verantwortung bewusst ist.»

Lojacono begleitete die Staatsanwältin in den Innenhof zu ihrem Wagen. Als sie an Guida vorbeikamen, nahm dieser sofort Haltung an und warf Lojacono einen so verängstigten Blick zu, dass Laura Piras sich das Lachen verkneifen musste.

«Ich muss schon sagen, seit meinem letzten Besuch hat sich dieses Kommissariat ganz schön verändert. Fühlst du dich einigermaßen wohl hier?»

Lojacono zuckte mit den Schultern.

«Ach, weißt du, letztlich ist es auch nur ein Job. Die Kollegen scheinen alle ziemlich kompetent zu sein und erpicht darauf, ihre Sache gut zu machen. Aber noch ist es keine Woche her, dass ich hier bin.»

«Typisch Lojacono: überschäumend vor Begeisterung. Kannst du nicht einfach mal zufrieden sein? Aber jetzt hoffen wir erst mal, dass das Kommissariat wirklich erhalten bleibt. Leider ist das noch nicht gesagt.»

Das Grübchen am Kinn der Staatsanwältin und ihre Angewohnheit, die Konsonanten zu verdoppeln, brachten den Inspektor auf Gedanken, die eindeutig an Respekt einer hohen Justizbeamtin gegenüber mangelten.

«Wir tun unser Bestes, das verspreche ich dir. Wie immer.»

Mit ihrem durchdringenden dunklen Blick schaute sie zu ihm auf.

«Wie immer. Aber vergiss nicht, hin und wieder auch mal ein bisschen zu leben.»

Kaum war sie den Wagen gestiegen, gab der Chauffeur auch schon Gas und fuhr davon. Verdattert blickte Lojacono ihr nach und fragte sich, was zum Teufel sie ihm damit hatte sagen wollen.

46

Zum Vico Secondo all'Olivella 22 zu gelangen war alles andere als ein Kinderspiel.

Das kurze Sträßchen befand sich inmitten eines Gewirrs von Gassen, die alle gleich aussahen und hangauf-, hangabwärts voneinander abgingen. Noch dazu war das halbe Viertel verbarrikadiert durch Baugerüste zur Sicherung einsturzgefährdeter Häuser, auf denen jedoch nie jemand zu arbeiten schien, von Fisch- und Gemüseständen, deren Betreiber sich nicht einen Deut um die ohnehin schon zu enge Durchfahrt scherten, oder von Stühlen mitten auf der Gasse, die die Autos vom Parken abhalten sollten. Das Durcheinander komplett machten die von allen Seiten herbeiflitzenden Motorroller, die ihre Abgase den zwischen den Kellerlöchern herumtollenden Kinder direkt in die Nase bliesen, streunende Hunde, die sich an den unmöglichsten Orten zu einem Nickerchen zusammengerollt hatten, und Dutzende von Lieferwagen, deren Fahrer ohne Rücksicht auf die wütend hupende Autoschlange hinter ihnen seelenruhig ihre Waren ein- und ausluden.

Alex, die sich fragte, wie man in einem solchen Chaos bloß leben konnte, musste an einen riesigen Hexenkessel denken, in dem ein übelriechender Brei vor sich hin brodelte, eine dunkle, erdige Masse, die unablässig Blasen warf.

Und sie fragte sich auch, was wohl mit Romano los war, der ihr noch schweigsamer, noch finsterer schien als sonst. Fast bildete sie sich ein, ein dumpfes Grummeln von ihm ausgehen zu hören, ein fernes Donnern, Vorbote eines herannahenden Gewitters.

Sie waren zu Fuß weitergegangen und suchten die Fassaden der alten Palazzi nach den wenigen Hausnummern ab. Es war unmöglich, mit dem Auto hierherzugelangen. Hin und wieder, gleich einem verirrten Sonnenstrahl im tiefsten Dunkel, konnten sie einen Blick durch eines der verwitterten Tore auf phantastische Gärten mit hohen Sträuchern erhaschen, die sich sanft im Wind wiegten.

Vor dem Haus, das aller Logik nach die Nummer 22 sein musste, versperrte ein Kleinlaster den Eingang zu einer der für diese Gegend typischen Souterrainwohnungen. Zwei Männer waren dabei, Gerümpel in den Wagen zu laden, Umzugskisten und schäbiges Mobiliar. Eine übergewichtige Frau mittleren Alters, deren Haare auf dem Hinterkopf von einer riesigen Plastikspange zusammengehalten wurden, überwachte das Manöver und bellte mit heiserer Stimme Anweisungen in tiefstem Dialekt.

Romano versuchte, ihre Aufmerksamkeit auf sich zu ziehen.

«Entschuldigen Sie, Signora, ist das die Nummer 22?»

Mit mürrischem Gesicht drehte sich die Frau zu ihnen um.

«Kommt drauf an. Wen suchen Sie denn?»

Zweifellos hatte sie auf den ersten Blick begriffen, wen sie bei dem zivil gekleideten Pärchen vor sich hatte. In solchen Gegenden, dachte Alex, wittern die Leute Polizisten schon von weitem. Falls sich nicht längst eine Horde Straßenjungs in dem Moment, da sie das Viertel betreten hatten, in alle vier

Winde verteilt und den Schlachtruf «Achtung, die Bullen kommen!» ausgegeben hatte.

Romano stand nicht der Sinn nach Geplänkel.

«Signora, wen wir suchen, spielt bei der Frage, ob dies die Nummer 22 ist, keine Rolle. Ich nehme an, es *ist* die 22, und Sie sind Assunta Esposito.»

Alex bewunderte den Kollegen für seine direkte Art. Plötzlich entdeckte auch sie in den unter Fettschichten verborgenen Zügen der Frau, die von schlechter Ernährung und frühzeitiger Alterung zeugten, eine gewisse Ähnlichkeit mit dem wunderschönen jungen Mädchen aus der verrammelten Wohnung.

Das Schweinchengesicht stieß ein meckerndes Lachen aus.

«Hier heißen fast alle Esposito. Woher soll ich denn wissen, wen Sie suchen? Auf jeden Fall: Ja, ich bin Assunta Esposito. Und Sie?»

Die beiden Möbelpacker hatten in ihrer Arbeit innegehalten und folgten dem Gespräch aus einem gewissen Abstand. Ein Mann und eine Frau beugten sich aus einem der gegenüberliegenden Fenster heraus.

Die Feindseligkeit, die in der Luft lag, war mit Händen zu greifen. Alex legte die Hand auf die Wölbung an ihrer Hüfte unter dem Regenmantel. Sofort fühlte sie ein Stück Sicherheit zurückkehren.

Romano hatte den Blick nicht von dem Gesicht der Frau abgewandt. Sein Kiefermuskel zuckte. Alex wusste, dass das nichts Gutes bedeuten konnte.

«Sie haben eine Tochter namens Annunziata Esposito, die achtzehn Jahre alt ist – stimmt das? Wenn ja, müssen wir ein paar Worte mit Ihnen und Ihrem Mann wechseln.»

Die Frau warf einen Blick zu dem Paar am Fenster hinauf.

«Kommen Sie mit.»

Sie drehte sich um und watschelte zum Kellereingang. Den wogenden Riesenhintern direkt vor Augen, fragte sich Alex unwillkürlich, ob das traumhafte Geschöpf, das sie am Vortag noch so bewundert hatte, wohl genetisch dazu verdammt war, ein ähnliches Ende zu nehmen. Oder war das alles nur eine Frage der Mäßigung?

In der Souterrainwohnung herrschte das übliche Chaos eines Umzugs, der voll im Gange war. Die Matrone ließ sich schwer auf einen Schaukelstuhl fallen, der unter ihrem Gewicht zu ächzen begann. Den beiden Polizisten, die vergeblich nach einer Sitzgelegenheit suchten, blieb nichts anderes übrig, als stehen zu bleiben.

«Was ist mit meiner Tochter, was hat sie getan? Warum suchen Sie nach ihr?»

«Wer hat gesagt, dass wir nach Ihrer Tochter suchen? Wir haben *Sie* gesucht, die Mutter. Ich bin Polizeioberwachtmeisterin Di Nardo, und das ist mein Kollege Romano. Wir kommen vom Kommissariat Pizzofalcone.»

Die Frau gluckste verächtlich und zündete sich eine Zigarette an.

«Da sind Sie hier am falschen Ort. Wir gehören zum Bezirk Montecalvario.»

Romano nickte.

«Da kennt sich jemand aber gut aus mit den Zuständigkeiten. Sie haben wohl öfter mit der Polizei zu tun, was?»

Einer der beiden Männer, die ihnen ins Haus gefolgt waren, um weiteres Gerümpel auf den Kleinlaster zu laden, mischte sich ins Gespräch.

«Was wollen Sie damit sagen?»

Alex trat einen Schritt zur Seite, um sowohl die Frau als

auch die beiden Männer im Blick zu haben. Sie waren noch jung, kaum mehr als Halbwüchsige, und einer der beiden wies erkennbare Ähnlichkeit mit der Frau und dem jungen Mädchen auf.

Ohne sich umzudrehen, fragte Romano:

«Wer sind die beiden Herrschaften? Warum stellen Sie sie uns nicht vor, Signora? Nachher denken wir noch, wir hätten es hier mit zwei Flegeln zu tun.»

Derjenige, der die Frage gestellt hatte, machte einen Schritt nach vorn. Doch die Frau hob die Hand und hielt ihn zurück.

«Das sind meine Söhne, Commissario. Pietro und Costanzo. Sie müssen die Jungs entschuldigen, sie sind etwas nervös, weil ich sie eine anstrengende Arbeit tun lasse, die sie nicht gewöhnt sind. Wir ziehen gerade um, wie Sie sehen.»

«Ich bin kein Kommissar. Und meine Kollegin genauso wenig. Wohin ziehen Sie denn?»

Die Frau versuchte vergeblich, eine würdevolle Haltung einzunehmen.

«In eine schönere Wohnung.»

Romano machte eine raumgreifende Geste.

«Scheint mir kaum möglich, das hier noch zu toppen. Wo befindet sich denn diese Wohnung?»

Die Frau erwiderte:

«Am Corso Vittorio Emanuele. In einem frisch sanierten Haus.»

Alex ergriff das Wort.

«Ich kann mir schon vorstellen, wer der Eigentümer dieses Hauses und des Sanierungsbetriebs ist. Ihre Söhne hier, haben die einen Job?»

Der andere Mann, ein finster dreinblickender Bursche, kam seiner Mutter zuvor.

«Klar haben wir Jobs. Unser Arbeitgeber ist derselbe, der …»

Die Frau unterbrach ihn brüsk.

«Halt den Mund, du Idiot! Rede, wenn du gefragt wirst. Hast du nicht gehört, was der Kommissar gesagt hat? Du sollst dich anständig benehmen.»

Romano hatte das Gesicht zu einer Maske des Abscheus verzogen.

«Neuer Job, neue Wohnung – alles neu macht der Mai, was? Ganz schön viel Neues für eine einzelne Familie … Und Ihr Gatte, wo steckt der, wenn ich so indiskret fragen darf?»

Die Frau starrte ihn an, die Augen zusammengekniffen vor dem Qualm der Zigarette.

«Mein Mann ist arbeiten. Er hat eine sehr verantwortungsvolle Arbeit. Er bringt Überweisungen zur Bank, chauffiert die Frau und Kinder einer wichtigen Persönlichkeit durch die Stadt. Er verdient viel Geld.»

Romano senkte die Stimme.

«Mit anderen Worten, euch geht es gut. Euch allen, mit euren Jobs, bei denen ihr an die frische Luft kommt, euch in einem ordentlichen Umfeld bewegt, ein Gehalt kriegt und so weiter. Dazu kommt die neue Wohnung und wahrscheinlich auch noch extra Geld. ‹Wohlstand› nennt man so was. Und das alles auf Kosten von diesem armen Mädchen. Alles im Austausch gegen eure Tochter.»

«Du verdammter Scheißbulle!»

Schon hatte der junge Mann, der direkt hinter Romano stand, sich auf ihn gestürzt. Reflexartig ging Alex' Hand zur Waffe an ihrer Hüfte, doch Romano hatte bereits, ohne sich umzudrehen, mit dem Ellbogen ausgeholt und seinem Angreifer einen kräftigen Hieb in den Solarplexus versetzt. Sofort ging der Mann in die Knie und würgte heftig, während der andere sich langsam an den Polizisten heranpirschte.

Romano bedachte ihn mit einem vernichtenden Blick von der Seite.

«An deiner Stelle würde ich das lieber lassen.»

Verblüfft hielt der junge Mann inne. Seine Mutter hatte die ganze Zeit nicht eine Miene verzogen. Mit gedämpfter Stimme begann sie zu sprechen.

«Meiner Tochter geht es gut. So gut wie nie zuvor. Sie wohnt in einer tollen Wohnung, einer richtigen Luxuswohnung. Sie hat genug zu essen, schicke Klamotten, Designermöbel, eine Einbauküche. Den ganzen Tag kann sie fernsehen, ihr Kühlschrank ist voll mit Köstlichkeiten. Und was für Köstlichkeiten! Meiner Tochter geht es gut, verdammt gut.»

Alex hatte ihre Pistole hervorgeholt. Den Lauf auf den Boden gerichtet, beobachtete sie die beiden Brüder aus den Augenwinkeln: der eine, der sich hustend wieder aufrichtete und seinen schmerzenden Brustkorb massierte, der andere, der wie versteinert von Romanos Drohung in seiner Haltung verharrte. Wenn sie nicht alles täuschte, hatte sie ein zufriedenes Lächeln über das Gesicht ihres Kollegen huschen sehen, als er zu seinem Hieb mit dem Ellbogen ausgeholt hatte. Doch sie musste sich eingestehen, dass Romano in der Hierarchie der wenigen Männer, die sie schätzte, eindeutig gestiegen war.

Ohne die Frau anzusehen, sagte sie:

«Ihr geht es gut, sagen Sie? Eine Achtzehnjährige, die in eine Wohnung gesperrt wird, ohne je ans Tageslicht zu kommen? Unter Aufsicht von einem, der ihr Großvater sein könnte? Das nennen Sie ‹gutgehen›?»

Ein Moped, das knatternd in die Gasse einbog, begleitet vom Fluch eines Passanten, unterbrach die plötzliche Stille.

Schließlich sagte die Frau:

«Fragen Sie meine Tochter, wie es ihr geht. Sie werden schon sehen, was sie Ihnen antwortet. Schönheit ist nicht für die Ewigkeit. Und außerdem, was denken Sie denn? Glauben Sie etwa, die Flittchen aus dem Fernsehen, die auf Kommando mit dem Hintern wackeln, gehen nicht mit diesen Typen ins Bett, die dreimal so alt sind wie sie selbst? Kinder sind dazu da, ihre Familien zu unterstützen. Jeder tut das, was er kann. Was er am besten kann. Glauben Sie mir, meine Tochter ist glücklich. Und jetzt sagen Sie endlich, was Sie von uns wollen, wir müssen hier nämlich noch einen Umzug über die Bühne bringen.»

Romano, der die Hände aus den Taschen genommen hatte, trat einen Schritt vor. Alex sah, dass er wiederholt die rechte Faust öffnete und schloss, als wäre seine Hand eingeschlafen.

«Natürlich, verstehe. Einen Umzug über die Bühne bringen. Wann habt ihr schon mal die Möglichkeit dazu? Ich würde euch wirklich empfehlen, das Optimum aus der Sache rauszuholen. Denn in einem haben Sie recht, Signora: Schönheit ist vergänglich. Danach fangen ernste Zeiten an. Sehr ernste. Nicht für uns, uns betrifft das nicht. Aber für euch. Denn auf eins könnt ihr euch verlassen: Wenn hier einer von euch auch nur ansatzweise Mist baut, dann werden wir euch die Ärsche doppelt so breit treten, wie sie jetzt schon sind. Darauf könnt ihr euch verlassen.»

Seine Stimme war kaum mehr als ein Hauch gewesen, aber klar und deutlich vernehmbar. Der junge Mann, dem er den Schlag verpasst hatte, war wieder zu Atem gekommen und stieß ein Knurren aus wie ein wildes Tier. Mit einem Klappmesser in der Hand, das er aus seiner Hosentasche hervorgezogen hatte, stürzte er sich auf den Polizisten.

Alex ging leicht in die Knie, die Pistole mit beiden Händen umfasst, und zielte auf den anderen Bruder, der eine Eisenstange vom Boden aufgehoben hatte.

«Stillgestanden, keine Bewegung!»

Blitzschnell drehte Romano sich um, packte das Handgelenk seines Angreifers und wehrte die Attacke in der Luft ab. Klirrend fiel das Klappmesser zu Boden. Seine andere Hand legte sich um die Kehle des Mannes und drückte zu. Die Mutter stieß einen Klagelaut aus, der wie das Jaulen eines Hundes klang. Der zweite Bruder starrte auf die Mündung von Alex' Pistole, als wäre es das einzige Auge einer gefährlichen Bestie, und ließ die Eisenstange fallen.

Die Polizistin bemerkte das seltsame Funkeln in den Augen ihres Kollegen, der trotz der bläulichen Gesichtsfarbe den Hals des röchelnden Mannes noch immer umklammert hielt, und sagte leise:

«Francesco, es reicht. Hör auf.»

Als würde er aus einem bösen Traum erwachen, ließ Romano abrupt von seinem Opfer ab. Verzweifelt nach Luft schnappend, kauerte sich der Junge in eine Ecke. Auch Romano atmete schwer. Schließlich wandte er sich erneut an die Mutter.

«Sie haben Glück, Signora, diesmal lasse ich noch Gnade vor Recht ergehen, und Ihre Söhne kommen ungeschoren davon, statt in den Knast zu wandern. Ist ja auch keine schöne Vorstellung, von drei Kindern drei in Gefangenschaft zu wissen. Auch wenn Sie Ihre Tochter selbst dahin verfrachtet haben. Denken Sie dran, was ich Ihnen gesagt habe, vergessen Sie das nicht! Denn ich werde es auch nicht vergessen.»

Er drehte sich auf dem Absatz um und verließ die Souterrainwohnung, dicht gefolgt von Alex, die noch immer ihre

Pistole in der Hand hielt, wenn auch unter ihrem Regenmantel verborgen.

Am gegenüberliegenden Fenster war niemand mehr zu sehen.

Erst als sie wieder im Auto saßen und Romano den Motor angelassen hatte, sprachen sie wieder miteinander.

Der Polizist drehte den Kopf zu seiner Kollegin auf dem Beifahrersitz.

«Ich … ich muss mich bei dir bedanken, Di Nardo. Wenn du mich nicht aufgehalten hättest, keine Ahnung, was ich … Bei mir läuft's gerade nicht so gut, und ich …»

Alex fiel ihm ins Wort.

«Lass gut sein, Romano. Ich habe nichts gesehen, gar nichts. Außerdem hast du dich bloß verteidigt. Dieser Scheißkerl hat sich immerhin zweimal auf dich gestürzt.»

Schweigend lenkte Romano den Wagen durch die Straßen. Nach einer Weile sagte er:

«Das Schlimmste ist: Wir können nichts tun. Das ist dir doch klar, oder? Gar nichts können wir tun. Wenn das Mädchen sein Einverständnis gegeben hat, können wir sie auch nicht da rausholen. Immerhin ist sie volljährig.»

Alex nickte.

«Ich weiß. Aber ich möchte trotzdem noch mal bei ihr vorbeischauen. Und zwar alleine, wenn du nichts dagegen hast. Wenn du dabei bist, traut sie sich wahrscheinlich nicht, den Mund aufzumachen. Aber bei mir, so von Frau zu Frau, hat sie vielleicht weniger Hemmungen.»

Romano dachte nach. Schließlich sagte er:

«Okay, mach das. Aber sei vorsichtig und lehn dich nicht zu weit aus dem Fenster. Das Ganze darf keinen offiziellen Anstrich haben. Denn wenn das Mädel Anzeige erstattet, hast du ein Problem. Vergiss nicht, dass deine Weste auch nicht mehr blütenweiß ist – wie bei uns allen.»

«Tja, wie bei uns allen ... Aber ich will, dass sie mir ins Gesicht sagt, dass sie freiwillig in diesem Gefängnis hockt. Vorher lasse ich nicht locker.»

Wieder verharrten sie im Schweigen, im Schutz ihres fahrenden Gehäuses, während draußen um sie herum der Wind und der Verkehr tobten.

Nach einer Weile sagte Romano:

«Du bist eine klasse Frau, Di Nardo. Es ist mir eine Ehre, mit dir zusammenzuarbeiten.»

Alex schaute ihn nicht an, doch ein breites Grinsen zog sich über ihr Gesicht.

47

Als sie im Notariat eintrafen, bemerkten sie sofort, dass sich die Atmosphäre seit ihrem letzten Besuch verändert hatte.

Im Foyer standen ein halbes Dutzend Leute mit Zetteln in der Hand und warteten, bis sie an der Reihe waren, während Imma Arace, die für die Treuhanddepots zuständig war, hinter einem mit Panzerglas geschützten Schalter Geldscheine abzählte und abgestempelte Wertpapiere zurückgab. Jenseits der Glastür sah man etwa genauso viele Leute von Schreibtisch zu Schreibtisch gehen und mit den dort arbeitenden Angestellten sprechen. Der Notar war nirgends zu entdecken.

Als sie den Blick der beiden Polizisten auf sich spürte, schaute die junge Frau am Schalter auf, runzelte die Stirn und begann, mit den Augen das Großraumbüro abzusuchen. Ihren Lippenbewegungen nach zu urteilen bat sie schließlich den Kunden, den sie gerade bediente, für einen Moment um Geduld. Sie trat aus dem Kassenschalter, schloss die Tür hinter sich ab und kam mit einem riesigen Schlüsselbund bewaffnet auf Lojacono und Aragona zu.

«Wir haben Sie erwartet, man hat uns Ihr Kommen angekündigt. Bitte folgen Sie mir. Der Notar hat noch zu tun, wird sich aber so rasch wie möglich Ihrer annehmen.»

Sie führte die beiden Polizisten in das Zimmer, in dem sie bei ihrem letzten Besuch die Angestellten verhört hatten.

Während sie das Großraumbüro durchquerten, fühlten sie die feindseligen Blicke der anderen drei Notariatsgehilfen auf sich ruhen, die ihre Mandantengespräche für einen kurzen Moment unterbrachen.

Sie waren schon fast bei der Tür angelangt, als Aragona plötzlich Lojacono den Ellbogen in die Seite stieß und ihm zuraunte:

«Guck dir die mal an.»

Er zeigte auf Lina Rea, die älteste der Angestellten, die eine wahre Metamorphose vollzogen hatte: Aus der grauhaarigen alten Jungfer mit den schmalen Lippen im faltigen Gesicht und den winzigen Augen hinter den dicken Brillengläsern war eine vollkommen andere Frau geworden. Das Haar schien frisch frisiert und mahagonirot gefärbt, die Lippen waren sorgfältig geschminkt, und eine dicke Schicht Make-up übertünchte die Falten. Statt der entstellenden Brille trug sie Kontaktlinsen.

Mit der üblichen, aufreizend langsamen Geste nahm Aragona seine Sonnenbrille ab, um sich seinerseits dem ungnädigen Blick der Frau auszusetzen. Ohne die Stimme zu senken, sagte er zu Lojacono:

«Sie glaubt wohl, sie hätte das Beste aus ihrem Typ gemacht. Dabei sieht sie jetzt noch abartiger aus als vorher.»

Sein Kommentar wurde begleitet von einem vielsagenden Zwinkern in Richtung Marina, der blonden Kollegin, die am Kopiergerät stand und betreten zurücklächelte.

Lojacono nickte De Lucia zu, dem Mitarbeiter, der hin und wieder auch als Chauffeur für Cecilia De Santis tätig gewesen war.

Ihm fiel ein, dass er die Wartezeit gut damit überbrücken konnte, den Notariatsangestellten noch ein paar Fragen zu stellen, die ihm bei den Verhören durch den Kopf gegangen waren. Er bat die Arace, ihre Kollegen Rea und De Lucia zu ihm zu schicken, sobald sie einen Moment Zeit hätten.

Die junge Frau nickte und hastete in ihrem üblichen Eiltempo davon.

Als Erster kam ein sichtlich nervöser De Lucia in das kleine Zimmer. Lojacono vermutete, dass der Notar und sein Anwalt das ganze Büro zum Stillschweigen verdonnert hatten, und beschloss, von Anfang an nicht um den heißen Brei herumzureden.

«Signor De Lucia, wir möchten die Zeit nutzen, bis Ihr Chef uns empfangen kann, um Ihnen und Ihrer Kollegin ein paar Fragen zu stellen. Sie verstehen sicher, dass wir Sie ungern extra ins Kommissariat einbestellen wollen. Das ist ja sicher auch in Ihrem Sinne, nicht wahr?»

Mit zitternden Händen zupfte der Mann an einer Haarsträhne, die seine Glatze verdecken sollte.

«Auch in unserem Sinne, gewiss doch, Ispettore. Bitte, fragen Sie.»

Aragona verdrehte die Augen. Er hatte vergessen, dass der Mann die Angewohnheit hatte, penetrant den letzten Satz seines Vorredners zu wiederholen.

«Sie haben doch auch als Chauffeur für die Signora gearbeitet, nicht wahr?»

«Ja, ich habe auch als Chauffeur für die Signora gearbeitet. Der Notar hat mir seinen Wagen überlassen, damit ich sie überall hinfahren kann, wo sie hinwollte.»

«Wissen Sie noch, ob Sie sie in den Tagen vor ihrem Tod an einen besonderen Ort fahren sollten? Woandershin als sonst, zum Beispiel in eine Boutique, in der sie noch nie war, zu einem Arzt ...»

Der Mann versuchte sich zu erinnern.

«In eine Boutique, in der sie noch nie war, zu einem Arzt ... Nein, bestimmt nicht. Die Signora wollte immer an dieselben Orte gebracht werden, da war sie ganz Gewohnheitsmensch. Zu ihren Wohltätigkeitsvereinen, zu dem Geschäft mit den Schneekugeln in der Via Duomo, zu ihrer Freundin, der Baronessa Ruffolo. Früher wollte sie hin und wieder auch zum Yachtclub gefahren werden, aber das letzte Mal ist schon Monate her. Ja, das sind im Prinzip die Orte, wo ich sie immer hingebracht habe.»

Lojacono nickte.

«Und wann haben Sie sie zum letzten Mal gefahren?»

«Wann ich sie zum letzten Mal gefahren habe? Vor etwa zehn Tagen, würde ich sagen. In der letzten Woche hat der Dottore mich nicht geschickt.»

«Und war sie da nervös? Irgendwie angespannt? Machte sie einen bekümmerten Eindruck?»

Der Mann schüttelte den Kopf.

«Bekümmert? Nein, sie hat wie immer viel gelächelt und war sehr freundlich. Ich habe Ihnen schon neulich gesagt: Die Signora war wie eine Heilige. Sie hat sich nie aufgeregt, war immer gut gelaunt. Ich habe sie nie wütend erlebt. Die arme Signora.»

Lojacono seufzte. Das fehlte ihm gerade noch, dass der Mann vor ihm in Tränen ausbrach.

Er signalisierte dem Notariatsgehilfen, dass das Verhör beendet war, und bat ihn, seine Kollegin zu ihm zu schicken.

Die Verwandlung der Rea beschränkte sich nicht allein auf ihren Kopf, wie die beiden Polizisten bei ihrem Eintreten feststellen konnten, sondern sie hatte ihrer ganzen Erscheinung ein neues Styling verpasst. Das enge Kleid sollte sexy wirken, bewirkte aber nur das Gegenteil und betonte eher ungünstige Partien. Noch dazu hatte sie ihre Beine in zu enge Strumpfhosen gezwängt, was sie, zusammen mit den schwindelerregend hohen Absätzen, zum Trippelgang einer Geisha verdammte. Die Wirkung war schier grotesk.

Lojacono versuchte, eine ernste Miene zu bewahren, während Aragona sein Prusten hinter einem fingierten Hustenanfall versteckte, der jedoch niemanden täuschen konnte.

Die Frau warf ihm einen giftigen Blick zu.

«Sie können sich Ihre kleine Komödie ruhig schenken. Mir reicht's, wenn sich die Kollegen den ganzen Tag hinter meinem Rücken das Maul zerreißen. Abgesehen davon ist mir völlig egal, was ihr alle von mir denkt. Ich habe lange genug meine Weiblichkeit verleugnet. Es wird Zeit, dass ich sie endlich zeige.»

Lojacono machte eine abwiegelnde Geste.

«Signora, tun Sie, was Sie für richtig halten, das ist allein Ihre Sache. Ich wollte Ihnen nur ein paar Fragen zu Ihrer Rolle hier im Notariat stellen.»

Die Rea warf sich in die Brust.

«Ich bin die älteste Mitarbeiterin des Notars und besitze sein volles Vertrauen. Ich erledige meinen Job hochprofessionell, und ich will auf keinen Fall …»

Der Inspektor hob die Hand.

«Ich bitte Sie, das steht doch alles gar nicht zur Debatte. Es ist nur so, dass Sie, als engste Mitarbeiterin des Notars, mir vielleicht etwas über seine Gepflogenheiten sagen könnten – sowohl hier in der Kanzlei als auch außerhalb. Zum Beispiel …»

Die Frau zischte ihn an.

«Glauben Sie wirklich, dass ich Ihnen ohne ausdrückliche

Genehmigung des Dottore auch nur ein Wort zu den Abläufen im Notariat erzähle? Für mich kommen die Interessen von Notar Festa an erster Stelle. Sogar noch vor meinem Ruf.»

Lojacono versuchte sie zu beruhigen.

«Signora, mir scheint es da ein Missverständnis zu geben. Mich interessiert lediglich, ob Sie – zum Beispiel – Zugang zum Computer des Dottore haben. Oder, falls er außerhalb der Kanzlei tätig ist, wer ihm dann zuarbeitet. Mehr will ich gar nicht wissen.»

Die Rea fixierte ihn aus schmalen Augen. Aus jeder Pore atmete abgrundtiefes Misstrauen.

«Der Kollege De Lucia und ich, wir arbeiten hier am längsten und haben Zugang zu sämtlichen Vorgängen innerhalb des Notariats, sowohl in Papierform als auch elektronisch. Die Kollegin Lanza, die als Letzte zu uns kam, kümmert sich um die Datenverarbeitung. Sie ist nicht gerade die Hellste, sie versteht nur davon etwas. Wirklich wichtig sind hier ganz andere Dinge, aber das begreift sie nicht.»

Aragona fühlte sich persönlich beleidigt, dass ausgerechnet die Frau, die Gefallen an ihm gezeigt hatte, auf einmal als beschränkt galt.

«Ach ja? Was sind denn diese ‹wirklich wichtigen Dinge›, wenn ich fragen darf?»

Ohne ihn direkt anzuschauen, sagte die Frau steif:

«Bei diesen Dingen handelt es sich um Vermächtnisse, meist handschriftliche Dokumente, die in einem Extraverzeichnis erfasst werden, versehen mit Jahr, Tag und Stunde ihres Eingangs. In der Regel sind es Testamente, aber nicht nur. Der Dottore muss sie alle beglaubigen, das heißt, sie müssen in seinem Beisein verfasst und unterschrieben werden. Um diese Angelegenheiten kümmere ich mich, und zwar ausschließlich ich. Weil ich nun mal diejenige bin, die das größte Vertrauen des Dottore genießt.»

Lojacono heuchelte Interesse.

«Und wie funktioniert das im Detail? Lässt der Dottore seine Mandanten in die Kanzlei kommen, damit sie in seiner Anwesenheit das Dokument unterschreiben?»

Die Rea gab ein abfälliges Schnalzen von sich.

«Nicht in allen Fällen, versteht sich. Er macht auch jede Menge Besuche, schließlich handelt es sich oft genug um Kranke im Endstadium oder um sehr alte Leute. Ich begleite ihn dann. Nur er und ich, niemand sonst.»

Den letzten Satz hatte sie in einem sehr viel sanfteren Tonfall gesagt. Aragona warf Lojacono einen genervten Blick zu.

Der Inspektor ließ nicht locker.

«Dieses Extraverzeichnis ist also de facto eine Art Liste, in der die betreffenden Fälle chronologisch aufgeführt werden, ist das so?»

Die Frau nickte gravitätisch, untermalt vom leisen Klimpern ihrer Ohrgehänge.

«So ist es. Aber wenn Sie gestatten, werde ich jetzt an meinen Arbeitsplatz zurückkehren, bevor da irgendein Unsinn passiert. Ich lasse Sie rufen, sobald der Dottore Zeit für Sie hat.»

Aragona schaute ihr hinterher, während sie aus dem Raum stöckelte.

«Lojacono, glaub mir, wenn diese Frau nicht so dumm wäre, könnte man sie für richtig böse halten. Ich möchte wetten, sie hofft, dass sich der Dottore jetzt, wo seine Frau tot ist, an sie heranmacht. Meine Güte, dabei ist sie dermaßen hässlich!»

Der Inspektor konnte nicht anders, als ihm zuzustimmen.

«Ja, ich fürchte, da hast du recht. Es würde mich auch nicht wundern, wenn sie über Informationen verfügt, die wir gut gebrauchen könnten. Aber sie wird sie kaum rausrücken, solange sie davon ausgehen muss, dass es zum Schaden ihres geliebten Festa sein könnte.»

Kurz darauf stand De Lucia in der Tür.

«Der Dottore hat jetzt Zeit für Sie. Bitte kommen Sie mit.»

48

Der Notar war kaum wiederzuerkennen. Innerhalb von wenigen Stunden hatte sich Arturo Festa in einen anderen Menschen verwandelt.

Aus dem alerten Sonnyboy mit dem gebräunten Teint und der optimistischen Ausstrahlung, den sie nach einem offensichtlich netten Wochenende in seiner Kanzlei angetroffen hatten, war über Nacht ein gramgebeugter alter Mann geworden, dem man das Herz aus dem Leib gerissen zu haben schien. Als sie das Zimmer betraten, in dem Festa sie erwartete, dachte Lojacono, dass für den Notar wohl nie mehr etwas so sein würde wie zuvor.

Was jedoch keineswegs bedeutete, dass er ihn aus dem Kreis der Mordverdächtigen ausschloss. In seiner langen Polizistenlaufbahn hatte er oft genug erlebt, dass ein Mord für denjenigen, der ihn begangen hatte, enorme psychische Schäden mit sich brachte. Nicht selten nahm das Opfer, wenn es seine Reise ohne Wiederkehr antrat, einen Teil der Seele des Mörders mit, der im Gegensatz zu ihm unter den Lebenden und der Last seines Gewissens verharren musste.

Festa jedenfalls war am Boden zerstört. Das bleiche Gesicht unter dem wirren Haar war gezeichnet von dunklen Augenringen und tiefen Falten, die dem Inspektor bisher nicht aufgefallen waren. Vielleicht waren sie auch vorher einfach nicht da gewesen. Der Hemdkragen unter der lose gebundenen Krawatte war geöffnet, und das Jackett sah aus, als hätte er es wahllos aus dem Schrank genommen und seit Tagen nicht mehr ausgezogen.

Als er Lojaconos Blick auf sich spürte, verzog der Notar die Lippen zu einem traurigen Lächeln.

«Guten Morgen, Ispettore. Bitte, nehmen Sie Platz. Und danke, dass Sie sich die Mühe gemacht haben, in mein Büro zu kommen und mich die Fassade wahren zu lassen. Ich weiß das Feingefühl von Dottoressa Piras sehr zu schätzen, die mir die Peinlichkeit erspart hat, ins Präsidium zu fahren. Die Journalisten lauern wie die Geier darauf, mich an den Pranger stellen und zum Hauptverdächtigen abstempeln zu können.» Er fuhr sich mit zittriger Hand über das Gesicht. «Entschuldigen Sie, ich habe seit drei Tagen kein Auge mehr zugetan. Ich kann nicht schlafen. Ich habe Angst ... Angst vor meinen Träumen, deswegen schlafe ich lieber gar nicht erst. Und vor dem Moment des Erwachens. Sie kennen das sicher: Dieser Moment, in dem man aufwacht und sich nicht an das erinnert, was passiert ist. Und dann kehrt schlagartig die Erinnerung zurück. Unser Bewusstsein weiß wieder, was passiert ist, und man macht all den Schmerz, all das Leid noch einmal durch.»

Aragona nahm seine Sonnenbrille ab, einfach so, vielleicht ja aus Mitgefühl.

«Warum wollten Sie uns treffen, Dottore? Warum haben Sie sich entschieden, Ihr Schweigen zu brechen?»

Festa starrte den Inspektor an, als hätte er seine Frage nicht verstanden. Statt zu antworten, nahm er den Telefonhörer ab.

«Möchten Sie auch einen Espresso? Ich brauche jetzt dringend einen. Seit drei Tagen lebe ich nur von Kaffee.»

Lojacono und Aragona nickten, und mit leiser Stimme gab der Notar telefonisch seine Bestellung durch. Dann sagte er:

«Ich habe mir überlegt, ganz simpel, dass ich es ja nicht war. Ich habe ... ich habe diese schreckliche Tat schlicht nicht begangen. Nur dass ich – leider – keine Beweise habe, um Sie von meiner Unschuld zu überzeugen. Aber dann dachte ich, weil die Dinge nun mal so sind, wie sie sind, könnten Sie mir vielleicht sogar helfen, aus dieser absurden Situation rauszukommen. Also habe ich ...»

Aragona lehnte sich vor.

«Also haben Sie ...?»

«Also habe ich mit ... mit der Dame gesprochen, mit der ich an dem fraglichen Abend zusammen war. Ich hatte sie zunächst nicht in die Sache mit hineinziehen wollen, aber sie meinte, ich dürfte ruhig mit Ihnen reden. Ja, sollte es sogar. Und auch ihren Namen nennen. Denn wie gesagt, wir waren an dem Abend zusammen, sie und ich. Das ganze Wochenende über waren wir zusammen.»

Ein Tablett mit drei Tassen Espresso und einer Zuckerdose vor sich herbalancierend, stöckelte die Rea in den Raum. Sie hatte sichtlich Probleme, auf ihren hohen Absätzen das Gleichgewicht zu wahren, und schenkte dem Notar ein Lächeln, das nur sie für unwiderstehlich hielt.

Festa würdigte sie nicht eines Blickes.

«Danke, Lina. Den Zucker nehmen wir uns selbst, Sie können gehen.»

Mit gekränkter Miene trat die Frau den Rückzug an. Angewidert schaute Aragona ihr nach.

Lojacono nahm den Faden wieder auf.

«Mit anderen Worten, Sie bestätigen Ihre Aussage von Montagmorgen?»

Der Notar nickte bekräftigend.

«Ja. Weil es die Wahrheit ist. Ich bin Samstagmorgen nach Sorrent gefahren, nachdem ich der armen Cecilia erzählt hatte, ich müsste zu einer Konferenz nach Capri. Mir war klar, dass sie mich niemals begleitet hätte, da sie solche Events wie die Pest mied. Ich habe also besagte Dame abgeholt, und gemeinsam sind wir nach Sorrent gefahren, wo Freunde von mir, ein reiches Unternehmerpaar aus Kanada, die nur selten nach Italien kommen, uns ihr Haus überlassen hatten. Bis zu unserer Rückkehr am Montagmorgen haben wir uns keinen Schritt aus dem Haus bewegt.»

Aragona, der fleißig mitgeschrieben hatte, fragte:

«Die Kontaktdaten dieser Freunde reichen Sie uns ja sicher noch nach. Und wie lautet der Name von besagter Dame?»

Der neuralgische Punkt war erreicht. Der Notar zögerte einen Moment und nahm einen Schluck Espresso. Schließlich sagte er seufzend:

«Iolanda Russo.»

Lojacono nickte.

«Mit dieser Dame sind Sie schon länger zusammen, nicht wahr? Sie hat Sie neulich auch zu einer Veranstaltung in einem stadtbekannten Club begleitet, kann das sein?»

Für einen Moment glomm Zorn in den Augen des Notars auf. Doch sofort legte sich wieder der Schleier der Melancholie über seinen Blick.

«Das haben Sie von der Ruffolo, was? Die alte Hexe hat einen diebischen Spaß an der Geschichte. Sie hat mich schon immer gehasst. Und mit ihr dieses ganze blasierte High-Society-Pack in dieser Stadt. Immerhin hat die Ruffolo nie einen Hehl aus ihrer Abneigung mir gegenüber gemacht, das muss man ihr lassen.»

Lojacono kommentierte seine Bemerkung nicht weiter.

«Bei der Dame, die Sie nach Sorrent begleitet hat, handelt es sich also um Iolanda Russo – können Sie das fürs Protokoll bestätigen?»

Festa nickte erschöpft.

«Ja, es war Iolanda Russo. Sie müssen wissen, ich stamme aus kleinen Verhältnissen, Ispettore. Meine Familie kommt vom Land, aus der Basilikata, meine Eltern waren Bauern. Um mich studieren zu lassen, haben sie sich krummgelegt, und es gab nicht einen Moment in meinem Leben, nicht einen einzigen, wo ich nicht genau wusste, dass die Kanzlei meine einzige Chance ist, um nicht so zu enden wie mein Vater. Herzinfarkt, an einem Abend im strömenden Regen. Und diese einzige Chance hatte viel mit Cecilia zu tun.»

Aragona hatte aufgehört zu schreiben. Sein Stift schwebte über dem Papier, als wüsste er nicht genau, ob er sich weiter Notizen machen sollte. Lojacono machte ihm unauffällig ein Zeichen, damit fortzufahren.

«Cecilia war keine Schönheit. Aber sie gab mir alles, was ich brauchte – und damit meine ich nicht Geld oder Kontakte, die sie natürlich auch reichlich besaß. Nein, Cecilia gab mir etwas anderes, eine gewisse Leichtigkeit. Mit ihr an meiner Seite konnte ich mich weiterentwickeln, besser werden, an die Spitze gelangen. Ich kann mir vorstellen, dass die Ruffolo oder eine andere von diesen Hyänen Ihnen erzählt hat, ich würde meine Mandanten aus Cecilias Bekanntenkreis rekrutieren. Das stimmt so nicht, das war allenfalls zu Beginn meiner Karriere so. Meine Mandanten kommen zu mir, weil ich meinen Job gut mache. Sehr gut sogar. Dieses Metier kann man nur ausüben, wenn man genau weiß, was man tut. Und außerdem Diskretion bewahrt.»

Lojacono schwieg einen Moment. Schließlich sagte er:

«Glauben Sie, dass Sie Feinde haben, Dottore? Jemand, der ...»

Festa fiel ihm ins Wort.

«Nein, Ispettore. Ich habe darüber auch schon nachgedacht. Sogar sehr lange, nicht zuletzt wegen der unversehrten Wohnungstür. Cecilia hätte nie einem Fremden die Tür aufgemacht. Aber niemand – ich wiederhole: niemand –, mit dem ich jemals beruflich zu tun hatte, könnte ein Motiv für eine solche Tat haben. Die Leute haben Vertrauen zu mir als Notar, ich helfe ihnen, beschütze sie. Ich bin kein Staatsanwalt und auch kein Straf- oder Zivilverteidiger. Es gibt keinen Anlass für Streitigkeiten zwischen meinen Mandanten und mir, das kommt einfach nicht vor, nie. Ich habe gar nicht die Möglichkeit, ihnen Schaden zuzufügen.»

Aragona fragte:

«Sie haben gesagt, Cecilia hätte nie einem Fremden die Tür aufgemacht. Was glauben Sie denn, was passiert sein könnte? Dass vielleicht der Hausschlüssel in falsche Hände gekommen ist?»

Der Kollege hielt wohl immer noch an der «heißen Spur» mit Mayyas Verlobtem fest, dem Rumänen, der sich den Schlüssel der Haushälterin angeeignet hatte, schoss es Lojacono durch den Kopf.

«Das kann gut sein. Jedenfalls weiß ich mit Sicherheit, dass Cecilia an dem Abend bester Stimmung war. Sie war absolut heiter und sorglos. Wir haben gegen zehn miteinander telefoniert, und ... mein Gott ...»

Die Stimme des Notars war immer brüchiger geworden. Die beiden Polizisten rechneten fest damit, dass er jeden Moment in Tränen ausbrechen könnte. Doch er bedeckte nur kurz sein Gesicht mit den Händen. Dann hatte er sich wieder gefasst.

«Ich habe Cecilia angelogen. Ich habe sie ständig belogen, es war mir zur Gewohnheit geworden. Nichts als Lügen habe ich ihr erzählt. Und sie tat so, als würde sie mir glauben. Oder vielleicht hat sie es auch wirklich getan, keine Ahnung. Sie war eine kluge Frau, müssen Sie wissen, eine sehr kluge Frau. Vielleicht hatte sie beschlossen, meine Lügerei hinzunehmen, vielleicht wusste sie oder hoffte es zumindest, dass ich sie nie verlassen würde. Also hörte sie sich meine Lügengeschichten an, als wäre es die Wahrheit.» Er richtete seinen matten Blick auf Lojacono. «Ich habe ihr am Telefon erzählt, ich sei auf Capri und alles sei in bester Ordnung. Und dass sie gut daran getan habe, nicht mitzukommen, weil ich mich zu Tode langweilen würde.»

«Und die Signora, was hat sie gesagt?»

«Dass auch bei ihr alles bestens sei, sie bald schlafen gehen werde und sie sich schon bettfertig gemacht habe. Und dass draußen ein fürchterlicher Sturm tobe und sie deshalb alle Fenster verrammelt habe. Das hat sie sonst nie getan, aber dieser heftige Wind machte ihr offenbar Angst. Sie hat noch erwähnt, dass der Pförtner den Riegel von einem der Läden repariert hat, ich weiß nicht mehr, von welchem Fenster. Ich hatte es eilig – Gott möge mir verzeihen – und wollte zum Ende kommen. Wenn ich gewusst hätte … wenn ich es nur hätte ahnen können … Aber ich wollte wie gesagt das Telefonat beenden, auch weil ich schließlich nicht alleine war … Iolanda … sie mag es nicht, wenn man sie warten lässt … Mit anderen Worten: Cecilia war dabei, zu Bett zu gehen – wenn sie jemanden erwartet hätte, dann hätte sie mir das bestimmt erzählt.»

«Was schließen Sie daraus?», fragte Aragona.

«Was ich daraus schließe? Entweder es war jemand, den sie so gut kannte, dass sie ihm im Morgenmantel die Tür aufgemacht hat – was sie bei einem Fremden niemals getan hätte. Oder aber jemand hatte den Wohnungsschlüssel und stand plötzlich vor ihr. Das kann gar nicht anders gewesen sein, da bin ich absolut sicher.»

Lojacono ergriff das Wort.

«Dottore, es tut mir leid, dass ich Ihnen diese Frage stellen muss, aber wir haben keine andere Wahl. Wie genau würden Sie Ihr Verhältnis zu Iolanda Russo beschreiben? Gab es ... Pläne, Überlegungen für eine gemeinsame Zukunft? Und falls ja: Kann die Signora davon gewusst haben?»

Lojaconos Frage schien ihn nicht zu erreichen. Festa starrte auf seine Fingerspitzen und kaute gedankenverloren auf seiner Unterlippe herum. Das Schweigen dauerte so lange, dass der Inspektor nicht mehr wirklich mit einer Antwort rechnete.

Doch dann sagte der Mann:

«Ich habe früher oft ... sehr oft ... Affären gehabt, um ehrlich zu sein. Auch mit Freundinnen von Cecilia, was mich wahrlich nicht mit Stolz erfüllt. Ich konnte einfach der Versuchung nicht widerstehen. Aber diesmal war es anders. Iolanda ... sie ist eine sehr besondere Frau, sie lehnt es ab, sich zu verstecken und mit dem Dasein einer heimlichen Geliebten zu begnügen. Bis man so etwas mitkriegt, ist es meistens schon zu spät. Außerdem kommt bei uns hinzu, dass ... Mit anderen Worten, Ispettore, unsere Beziehung ist nicht so einfach aus der Welt zu schaffen, ich kann Iolanda nicht verlassen. Ich wollte es Cecilia sagen. Iolanda hat immer mehr Druck gemacht, ich war kurz davor, reinen Tisch zu machen.»

«Und an diesen zwei Tagen waren Sie beide ununterbrochen zusammen? Signorina Russo ist nicht zufällig mal für einen Moment alleine weggegangen?»

Der Notar flatterte mit den Lidern, als wäre ihm plötzlich eine verrückte Idee gekommen.

«Wer, Iolanda? Aber ... wo denken Sie hin, nein! Nein! Wir waren die ganze Zeit zusammen, wir sind nicht mal zum Essen rausgegangen, wir haben uns alles mitgebracht, was wir brauchten.»

Lojacono und Aragona blickten sich an. Die Situation war eindeutig, und sie wussten beide, dass sie auf einer Aussage basierte, die sie nicht überprüfen konnten. Damit blieb der Notar der Hauptverdächtige, zusammen mit seiner Geliebten Iolanda Russo; sie waren die Einzigen, die ein Interesse daran haben konnten, dass Cecilia De Santis, verheiratete Festa, ihren Ehemann freigab und ihm ein großes Vermögen hinterließ.

Wie auf einen Gedanken gebracht, fragte Lojacono:

«Dottore, Ihre wirtschaftliche Situation ... Die Signora ... Ich meine, wie sieht es mit ...»

«Ich habe auf diese Frage gewartet, Ispettore. Cecilia und ich hatten Gütertrennung vereinbart, das gesamte Vermögen war auf sie überschrieben. Aus steuerlichen Gründen gehörte alles ihr.»

Also hatte Lojacono mit seiner Annahme richtiggelegen.

Es blieb noch eine letzte offene Frage zu klären, allerdings war hier größte Behutsamkeit angebracht, denn noch warteten sie auf den Untersuchungsbericht des IT-Experten und wollten außerdem den Notar nicht unnötig in die Defensive drängen.

«Wir haben von einer Reise gehört, die Sie zusammen mit der Signora antreten wollten. Eine Fernreise, nach der Sie sich bei einem Online-Reisebüro erkundigt haben sollen. Was können Sie uns dazu sagen?»

Der Notar wirkte ehrlich verblüfft.

«Meine Frau hat mich vor langer Zeit einmal gefragt, ob ich mit ihr verreisen würde. Vielleicht hoffte sie, unsere Beziehung dadurch kitten zu können, wer weiß. Jedenfalls habe ich ihr damals gesagt, ich könnte nicht weg, weil ich ein paar größere Fälle am Wickel hätte. Was stimmte: Ich konnte mir zu der Zeit partout keine längere Abwesenheit erlauben. Vielleicht habe ich ein bisschen im Internet in den entsprechenden Portalen recherchiert, aber ernsthaft habe ich ganz sicher nicht über eine Reise nachgedacht.»

Den beiden Polizisten war klar, dass sie an diesem Punkt keine weiteren Auskünfte von Festa erwarten durften. Sobald sie den offiziellen Bericht vorliegen hatten, wollten sie der Sache gegebenenfalls weiter nachgehen.

Sie baten den Notar um die Kontaktdaten von Iolanda Russo einschließlich ihrer Telefonnummer zwecks Terminvereinbarung und versicherten sich seiner Zustimmung, sämtliche für die Ermittlung erforderlichen Erkundigungen bei ihm einholen zu können.

Festa erwiderte, ohne zu zögern:

«Selbstverständlich. Sie bekommen alles von mir, was Sie brauchen. Ich werde tun, was ich kann. Glauben Sie vielleicht, ich hätte es noch immer nicht begriffen? Sie sind meine letzte Chance.»

49

Alex hatte sich in einer Nische versteckt, halb verborgen hinter einem Tor.

Der hochgeschlagene Mantelkragen und die dunkle Sonnenbrille ließen sie aussehen wie eine Geheimagentin oder Privatdetektivin aus einem dieser B-Movies, die der Kollege Aragona so gerne guckte. Trotz des noch immer tobenden Windes, der zumindest ihre eigene Wut etwas gedämpft hatte, war es ein guter Platz, um zu warten und das gegenüberliegende Haus zu beobachten. So abgeschirmt hatte sie die alte Spannerin, die von ihrem Fenster aus die halbe Straße überwachte, perfekt im Blick.

Sie hätte natürlich ebenso gut hineingehen können. Was kümmerte sie die alte Guardascione, die auf ihrem Sessel saß und das x-te Deckchen für ihre Sammlung häkelte – bestimmt für den Klodeckel, falls da nicht längst eins lag –, ihre Zugehfrau als «Schlampe» beschimpfte und jeden ihrer Schritte argwöhnisch beäugte?

Aber aus irgendeinem Grund wollte sie der Alten den Triumph nicht gönnen, einen Straftatbestand erkannt und alles im Vorhinein gewusst zu haben. Sie hätte das Gefühl gehabt, ein Verhalten zu billigen, das sie im Grunde abstoßend fand. Und außerdem, seit sie Nunzia Espositos Blick gesehen hatte, diesen verzweifelten Blick eines gequälten Tieres, der so völlig ihrem aufgesetzten Lächeln widersprach, seit sie diesen widerlichen Architekten und diese armselige Mutter erlebt hatte, seit diesem Moment hatte sie eine sehr klare Meinung darüber, wer hier die Guten und wer die Bösen waren.

Während sie auf ihrem Wachposten stand, nach oben starrte und sich zum hundertsten Mal fragte, wann die alte Schachtel wohl endlich einem natürlichen Bedürfnis nachgeben würde, wanderten ihre Gedanken zurück zu Francesco Romano. Sie hatte von einer Kollegin aus dem Kommissariat Posillipo gehört, dass er zu cholerischen Anfällen neigte, weshalb man dort die erstbeste Gelegenheit genutzt hatte, ihn loszuwerden. Doch ihn wegen seines Verhaltens zur Rede zu stellen, lag ihr fern. Sie hatte ja selbst einen gewissen Kitzel verspürt, als sie mit dem Finger am Abzug diese beiden Halbstarken in Schach gehalten hatte, was sie allerdings schon öfter an sich beobachtet hatte. Wir sind schon ein hübsches Pärchen, der Kollege Romano und ich, grinste sie in sich hinein. Aber vielleicht sollten sie uns lieber in «Lethal Weapon» mitspielen lassen, statt uns als Ordnungshüter in einer Stadt wie dieser einzusetzen.

Im Geiste dankte sie Romano dafür, dass er begriffen hatte, wie wichtig es für sie war, allein zu dem Mädchen zu gehen. Sie wollte noch mehr über sie herausfinden, sich ein genaueres Bild von der Situation machen. Bestimmt hielt sich die kleine Esposito gegen ihren Willen in der Wohnung auf. Wenn sie, Alex, herausfand, dass sie sich in einer Zwangslage befand und ihre Hilfe benötigte, dann würde sie alles tun, um sie zu befreien. Irgendeinen Weg würde sie schon finden.

Endlich hatte die Alte am Fenster ihren Ausguck verlassen. Alex hatte den Moment so lange herbeigesehnt, dass er am Ende völlig unerwartet eintrat und sie ihn fast verpasst hätte.

Rasch schlüpfte sie durch die angelehnte Eingangstür in das Haus, in dem Nunzia wohnte. Die erste Hürde war genommen.

Sie eilte die Stufen hinauf und klopfte an die Wohnungstür. Nach wenigen Sekunden hörte sie die Stimme des jungen Mädchens fragen:

«Wer ist da?»

«Ich bin's. Die Polizistin von neulich ... Alex Di Nardo. Aber heute bin ich nicht im Dienst. Kann ich reinkommen?»

Schweigen. Alex warf einen nervösen Blick auf die angelehnte Tür der Immobilienagentur. Sie hatte keine plausible Begründung für ihren Besuch, sollte jemand aus der Agentur sich danach erkundigen.

Schließlich fragte die Stimme hinter der Wohnungstür:

«Und was wollen Sie? Haben Sie was vergessen beim letzten Mal?»

Alex hatte damit gerechnet, dass Nunzia zurückhaltend reagieren würde. Wahrscheinlich konnte sie ihr gar nicht öffnen, weil sie keinen Wohnungsschlüssel besaß. Aber sie wollte Gewissheit haben.

«Nein, ich habe nichts vergessen. Ich wollte mit dir reden.»

Wieder folgte ein längeres Schweigen. Als das Mädchen endlich zu sprechen begann, bebte ihre Stimme vor Angst.

«Ich ... ich möchte lieber nicht aufmachen, ehrlich gesagt. Können Sie nicht so mit mir reden?»

Alex verspürte Mitleid mit ihr.

«Du kannst gar nicht aufmachen, stimmt's? Du bist in der Wohnung eingeschlossen. Selbst wenn du wolltest, könntest du mir nicht die Tür aufmachen. Ich weiß Bescheid, ich kenne deine Situation. Wir waren bei deiner Familie, wir haben mitbekommen, was Sache ist. Du bist eingesperrt, ich weiß. Aber ich kann dir helfen, verstehst du?»

Die Polizistin meinte ein Seufzen gehört zu haben, vielleicht auch ein Schluchzen. Als sie schon fast dachte, keine Antwort mehr zu erhalten, ertönte die Stimme erneut.

«Sind Sie alleine? Steht der andere Polizist auch vor der Tür?»

Alex beeilte sich zu antworten.

«Nein, nein, ich bin alleine. Wie gesagt, ich bin nicht im Dienst. Ich möchte einfach wissen, was los ist. Einfach nur verstehen.»

«‹… einfach nur verstehen …›»

Es klang, als würde sie zu sich selbst sprechen, wie eine Selbstrechtfertigung.

Dann, zum großen Erstaunen der Polizistin, war plötzlich das Klacken des Schlosses zu hören, und die Tür sprang auf.

Die Wohnung wirkte anders als beim letzten Mal, es war offensichtlich, dass niemand erwartet wurde. Eine Zeitschrift lag aufgeschlagen auf dem Sofa, und auf dem Couchtisch befanden sich ein halbvolles Glas mit einer dunklen Flüssigkeit, vielleicht Coca-Cola, und eine Chipstüte, aus der ein paar Krümel auf den Boden gefallen waren. Eine weiche Melodie, Sechziger-Jahre-Jazz, drang aus den unter der Deckenverkleidung verborgenen Lautsprechern.

Das Mädchen trug ein Negligé, das mit einem Tuch in der Taille zusammengehalten wurde. Sie war barfuß und weder frisiert noch geschminkt. Sie sah wunderschön aus und genauso alt, wie sie war. Alex war verblüfft über die Ähnlichkeit mit ihrer Mutter, doch zugleich hätte der Unterschied zwischen ihr und der schrecklichen Matrone, die Romano und sie am Vormittag aufgesucht hatten, nicht größer sein können.

Die beiden Frauen musterten einander aus nächster Nähe. Auch ohne Schuhe war Nunzia größer als Alex.

Zu ihrem Entsetzen musste die Polizistin feststellen, dass sie so wenig damit gerechnet hatte, in die Wohnung eingelassen zu werden, dass ihr plötzlich die Worte fehlten.

«Entschuldige, dass ich hier einfach so reingeschneit komme. Ich ... ich wollte nicht stören. Es ist nur, dass ... Ich dachte, du ...»

Das Mädchen zeigte nach oben zu den Lautsprechern.

«Das ist seine Musik. Ich kann damit nichts anfangen, ich mag lieber Eros Ramazzotti. Aber er hat nur diese Musik hier, entweder die oder keine.»

Sie machte ein paar Schritte im Rhythmus der Musik, um dann in einer anmutigen Haltung mit untergeschlagenen Beinen auf dem Sofa Platz zu nehmen. Sie streckte die Hand aus und griff in die Tüte mit den Kartoffelchips.

Alex fühlte sich unwohl, wie auf dem falschen Fuß erwischt. Das Mädchen auf dem Sofa wirkte absolut nicht wie eine Gefangene. Sie fragte sich, was sie eigentlich in der Wohnung zu suchen hatte.

«Entschuldige, ich hätte nicht kommen sollen. Tut mir leid. Ich dachte, du ...»

Nunzia blickte sie ernst an.

«Ich weiß, was Sie gedacht haben. Ist doch klar, dass Sie das denken. Ich habe ihn angerufen und ihm das erzählt, deshalb ist er dann auch gekommen. Sie haben gedacht, ich kann hier nicht raus, stimmt's? Sie haben gedacht, ich würde hier gefangen gehalten.»

Alex nickte. Nunzia fuhr fort.

«Sie wissen das sicher besser als ich: Manche Dinge scheinen auf den ersten Blick anders zu sein, als sie sind. Und manche nicht. Aber es ist schon richtig, ich kann hier nicht raus.»

Alex wusste nicht mehr, was sie denken sollte. Wollte das Mädchen sie veräppeln? Sie zeigte auf die Tür und sagte:

«Aber ... aber du hast mir doch gerade erst die Tür aufgemacht ...»

Statt etwas zu erwidern, stand Nunzia auf und lugte durch den Vorhangspalt.

«Da ist sie schon wieder! Ständig ist sie da, immer am Fenster. Hier ich, dort sie, die Alte. Wir beobachten uns, sie beobachtet mich, ich beobachte sie. Manchmal schläft sie, mit offenem Mund, und das Gebiss fällt ihr raus. Ekelhaft, in jeder Hinsicht.»

Sie drehte sich zu Alex um.

«Er ist verrückt nach mir, verstehen Sie? Das Ganze läuft seit ein paar Monaten; er kam zufällig mit dem Auto in unserer Straße vorbei. Ein richtig dickes Auto. Er wollte sich ein altes Haus ansehen, das er im Viertel gekauft hat, er möchte eine Residenz daraus machen, eine Art Luxushotel. Meiner Meinung nach ist das totaler Quatsch – welcher Hotelgast will schon in diesem abgewrackten Viertel wohnen?»

Sie setzte sich zurück aufs Sofa und angelte sich einen Kartoffelchip aus der Tüte.

«Ich muss aufpassen mit diesen Dingern, sonst ende ich noch wie meine Mutter. Sie haben sie ja kennengelernt, oder?»

Sie kicherte hinter der vorgehaltenen Hand. Alex dachte, noch nie eine schönere Frau gesehen zu haben.

«Jedenfalls hatte er sich verirrt und das Haus nicht gefunden. Er hat mitten auf der Straße angehalten und sein Fenster runtergelassen, um nach dem Weg zu fragen. Ich war zufällig draußen vor der Tür, weil ich auf eine Freundin gewartet habe. Er hat gesagt, dass er an nichts anderes mehr denken konnte, seit dem Moment, wo er mich gesehen hat. Er ist vom ersten Augenblick an verrückt nach mir gewesen. Von da an ist er jeden Tag gekommen, manchmal zu Fuß, manchmal mit dem Taxi, einmal hat er sich auch von einem Bekannten vorbeibringen lassen.»

Alex hatte in einem Sessel Platz genommen.

«Und du? Was hältst du davon?»

«Was soll ich schon davon halten? Dass die Männer verrückt nach mir sind, ist seit etwa zwei Jahren so. Meine Brüder übrigens auch, wenn Sie es genau wissen wollen. Aber er war immer nett zu mir, hat Geschenke mitgebracht, für mich und meine Familie. Einen Haufen Geschenke. Mal Ohrringe, mal einen Armreif. Irgendwann hat er meinen Vater gefragt, ob ich ihn für ein paar Tage auf einen Kurztrip begleiten dürfe, er müsse zu einer Baustelle oben im Norden. Mein Vater hat gesagt: meinetwegen.»

Fasziniert hörte Alex dem Mädchen zu. Ihr Tonfall war beiläufig, als redete sie vom Wetter.

«Ich dachte, der kriegt bestimmt sofort einen Herzinfarkt, in dem Alter. Aber hat er nicht. Dafür sind ihm, als er mich zum ersten Mal ohne Kleider gesehen hat, fast die Augen aus dem Kopf gefallen.»

Sie lachte auf, als hätte sie einen Witz gemacht. Dann, wie einer plötzlichen Eingebung folgend, stand sie mit einer fließenden Bewegung auf und öffnete ihr Negligé. Darunter war sie nackt.

«Sie sind eine Frau, Sie können ein ehrliches Urteil abgeben: Wie finden Sie mich?»

Alex schluckte. Nunzias Körper war vollkommen. Ihre Brüste waren üppig, aber fest, ihr Bauch flach, die Beine schlank und ihre Scham ein perfektes Dreieck.

«Du bist wunderschön. Wirklich, wunderschön.»

Das Mädchen lachte und drehte eine Pirouette, bei der sie die beiden Negligéhälften wieder über der Brust zusammenzog.

«Ich weiß. Das sagt er mir ständig. Und deshalb will er auch nicht, dass ich rausgehe. Aus Eifersucht. Er will nicht, dass mich jemand sieht, weil die Männer hier sonst wie die Schmeißfliegen um einen Kackhaufen rumschwirren würden. Er hat mich darum gebeten, und ich habe es ihm versprochen. Wahrscheinlich hat er auch Angst, dass seine Frau von mir erfährt. Einmal habe ich sie gesehen, als ich mich zu seinem Haus geschlichen habe, weil ich spionieren wollte. Mein lieber Schwan, sie ist drei Jahre jünger als er, aber sieht viel älter aus.»

«Aber wenn du weißt, dass er verheiratet ist, warum bist du dann mit ihm zusammen?»

Nunzias Gesicht wurde ernst. Mit leiser Stimme sagte sie:

«Sie haben doch das Haus hier gesehen. Und Sie haben das Haus gesehen, in dem ich vorher gewohnt habe. Meine Mutter haben Sie auch gesehen. Und mein altes Viertel. Was fragen Sie da noch?»

«Aber er ist uralt, und du bist ... du bist so ... Ja, du bist noch so jung!»

«Na und? Mir ist wichtig, in was für einer Umgebung ich wohne und wie ich behandelt werde. Wären Sie etwa lieber mit einem jüngeren Mann zusammen, der es Ihnen meinetwegen zehnmal am Tag besorgt, Ihnen ein Dutzend Kinder macht und Sie in einem Rattenloch hausen lässt? Er ist ein guter Mann, immer nett zu mir und überhäuft mich mit Geschenken. Und er hat sich auch um meine Familie gekümmert. Ich bin froh, dass sie jetzt besser dran sind. Und in Sachen ... na, Sie wissen schon: Das dauert gerade mal zwei Minuten, dann schläft er schon ein. Ich kriege es kaum mit, ich muss einfach nur an was anderes denken. Für all das, was ich von ihm bekomme, ist der Preis nicht zu hoch, finden Sie nicht?»

Alex glaubte ihren Ohren nicht zu trauen.

«Aber – willst du nicht frei sein? Du bist rund um die Uhr hier eingesperrt, kannst nie vor die Tür. Fehlt dir das nicht, an der frischen Luft zu sein?»

Nunzia dachte einen Moment nach.

«Manchmal ja, um ehrlich zu sein. Aber es ist nur eine Frage der Zeit. Wissen Sie, was ich im Sinn habe? Meine Mutter hat mir dazu geraten.»

«Und das wäre?»

«Ich will, dass er die Wohnung auf mich überschreibt. Derzeit ist sie nur gemietet, aber ich möchte ihn überreden, sie zu kaufen und auf mich zu überschreiben. Er soll auch ein Konto für mich eröffnen und ab und zu ein bisschen Geld überweisen. Dann habe ich vorgesorgt. Davor muss ich zusehen, dass er zufrieden mit mir ist, ich muss ihm das geben, was er verlangt. Und wenn er nicht will, dass ich rausgehe, weil er eifersüchtig ist und Angst wegen seiner Frau hat, dann ist das okay für mich. Nicht zuletzt, weil ich hier einen Fernseher, ein Radio und genug zu essen habe. Was brauche ich mehr?»

«Verstehe. Entschuldige, das war mir anfangs nicht so klar. Aber jetzt habe ich es verstanden. Als mein Kollege und ich beim ersten Mal hier waren, hatten wir das Gefühl, du hättest Angst. Weil du ... Ja, dein Blick hatte so was Panisches. Deshalb dachten wir, du brauchst Hilfe. Das war alles.»

«Das stimmt, ich hatte wirklich Angst. Angst, dass er denkt, es wäre zu gefährlich. Wenn sogar die Polizei kommt, nur weil diese blöde Alte da oben ihre Nase in Dinge steckt, die sie nichts angehen. Ich hatte Angst, dass er mich zurück in das Kellerloch schickt, aus dem ich komme, zurück in dieses schreckliche Leben. Deswegen hatte ich Angst. Sie hätten mal sehen sollen, wie er am ganzen Leib gezittert hat, nachdem Sie weg waren. Ihr Kollege hat ihm echt den Rest gegeben, er hat sich total aufgeregt. Aber dann habe ich ihn wieder davon runtergebracht. Ja, das kann ich – ihn runterbringen.»

Sie kicherte in sich hinein und war wieder ganz das naive junge Mädchen, das sie eigentlich war.

Plötzlich hatte Alex das dringende Bedürfnis zu gehen. Hastig stand sie auf.

«Gut, dann lasse ich dich jetzt in Ruhe. Hier ist meine Karte, falls du ... Ich meine, wenn du mich brauchst, bin ich zur Stelle. Da ist auch meine Handynummer drauf.»

Geschmeidig erhob sich Nunzia von ihrem Sofa und drückte Alex einen leichten Kuss auf die Lippen.

«Kommen Sie mich doch mal besuchen, wenn Sie Zeit und Lust haben. Er ist nur ganz selten hier und immer nur tagsüber. Abends bin ich immer alleine. Sie können mir ja eine Pizza mitbringen, die esse ich so gerne.»

50

Da war etwas.

Irgendetwas rumorte in Lojaconos Hinterkopf, wie ein umherkullender Gegenstand auf einem Boot bei hoher See. Kurz unter der Oberfläche des Bewusstseins, zu weit unten, um es deutlich zu erkennen, aber weit genug oben, um ihn nervös und unruhig zu machen.

Etwas, das er gehört hatte? Das er gesehen hatte? Etwas, das man ihm erzählt oder eben nicht erzählt hatte?

Er versuchte, Licht ins Dunkel zu bringen, während er in seinen Nudeln herumstocherte. Aragona, der einen seiner üblichen Monologe hielt, warf ihm hin und wieder einen schrägen Blick zu. Sie hatten eine Mittagspause in einer Trattoria eingelegt, um die Zeit bis zu ihrer Verabredung mit Iolanda Russo zu überbrücken, der geheimnisvollen Steuerberaterin, Geliebten des Notars und somit dem mutmaßlich letzten Puzzleteil, das ihnen zur Aufklärung des Mordes an dessen Ehefrau noch fehlte.

Aragona schwadronierte:

«... verstehst du, wenn die irgendwo reinwollen, um die Bude auszuräumen, dann wissen die verdammt genau, wie sie es anstellen müssen. Das sind keine Gelegenheitsdiebe. Die sind so geschickt, dass selbst unsere Jungs von der Technik vor Neid erblassen würden. Deshalb kann es gut sein, dass die mit einem Nachschlüssel da rein sind, angefangen haben, das Silber einzusammeln, und dann von der Signora überrascht wurden, woraufhin das Ganze in die Hose gegangen ist.»

Lojacono wusste ihn prompt zu widerlegen.

«Wer so perfekt organisiert ist, dass er sich sogar einen Nachschlüssel besorgt, der hat nicht auf dem Schirm, dass sonntagsabends die Leute zu Hause sind und früh zu Bett gehen? Und plant seinen Einbruch ausgerechnet zur besten Fernsehkrimizeit statt ein paar Stunden später, mitten in der Nacht, wenn ihn keiner mehr hört und sieht, zumal bei so einem Unwetter, seelenruhig mit seinem Nachschlüssel die Tür aufzusperren? Nein, das glaube ich einfach nicht.»

Aragona, verliebt in seine Einbruchsthese, zeigte sich wenig überzeugt von den Argumenten des Inspektors.

«Na gut, vielleicht haben sie sich nicht sehr geschickt angestellt, waren besoffen oder auf Entzug. Diese Typen gehen ja über Leichen, wenn sie den nächsten Schuss brauchen, da kennen die nichts. Sie haben also die Lady gesehen, sich den erstbesten Gegenstand geschnappt, um sie auszuknocken, eben diese Schneekugel, und dann war sie tot ... Es ist doch so: Diese geklauten Silberteile sind der einzige konkrete Hinweis, den wir haben. Oder nicht?»

Das war wohl wahr, musste Lojacono zugeben. Neben diesem Etwas, das in seinem Hirn umherkullerte und das er nicht einzuordnen wusste.

Noch nicht.

Das Steuerbüro Russo befand sich im Banken- und Geschäftsviertel, dem einzigen und noch dazu ziemlich überschaubaren Bezirk der Stadt, der daran erinnerte, dass sie auch ein Finanzplatz war. Das Gebäude war riesig, mit einem weitläufigen Eingangsbereich, der um diese Uhrzeit am frühen Nachmittag wie ausgestorben wirkte.

Statt eines Pförtners wies ihnen eines von ungefähr zehn Messingschildern den Weg zu der Etage, in der das Steuerbüro lag.

An der Tür wurden sie von der Chefin selbst empfangen.

«Guten Tag. Bitte, kommen Sie rein. Ich habe Sie extra um die Uhrzeit hergebeten, weil meine Mitarbeiter dann noch alle in der Pause sind. Sie müssen schließlich nicht alles wissen.»

Aragona ließ seinen Blick beifällig auf dem Hinterteil der Frau ruhen, die ihnen voran durch den Büroflur eilte.

Sie war wirklich eine beeindruckende Erscheinung, die Dottoressa Iolanda Russo, mit ihrer roten Mähne, den forsch blickenden grünen Augen, der schlanken Figur und den wohlgeformten Beinen unter dem kurzen Rock. Sie schien sich ihrer Schönheit durchaus bewusst zu sein, aber sie konnte auch die Krallen ausfahren, das war genauso offensichtlich.

«Kommen wir gleich zur Sache, Signori. Ich weiß, dass Sie mit Arturo gesprochen haben. Dass er Ihnen erzählt hat, wo wir an dem besagten Wochenende waren und was wir dort gemacht haben. Sie wissen auch, dass wir mit niemandem Kontakt hatten und kein Alibi vorweisen können.»

Aragona setzte sich in Pose. Er stützte den Ellbogen auf der Sessellehne auf und sagte mit einer Stimme, die um einiges tiefer klang als sonst:

«Und wie kommt's, dass Sie mit niemandem Kontakt hatten?»

«Ihnen ist die Situation wohl nicht ganz klar. Wenn eine Frau mit einem verheirateten Mann das Wochenende zusammen verbringen will, der in der ganzen Stadt bekannt ist und noch dazu seiner Gattin weisgemacht hat, er befände sich auf einer langweiligen Konferenz auf Capri, dann ist da nichts mit Flanieren und Eis essen gehen. Ich kann mir vorstellen, dass Sie, Herr Wachtmeister, kaum in die Verlegenheit einer solchen Situation kommen, aber so ist das eben.»

Aragona schlug die Augen nieder, als hätte man ihn geohrfeigt. Lojacono übernahm die Verhörführung.

«Seit wann kennen Sie den Notar?»

«Kennengelernt haben wir uns vor fünf Jahren, aber wir treffen uns erst seit einem Jahr und ein paar Monaten regelmäßig. Das heißt, wir sind erst seit diesem Zeitpunkt ein Paar.»

Der Inspektor wusste die Offenheit seiner Gesprächspartnerin zu schätzen. Die Frau war bereit zu reden, und zwar ohne langes Federlesen, was sie nur unnötig Zeit gekostet hätte.

«Kannten Sie Cecilia De Santis persönlich?»

«Ich habe sie ein paarmal bei gesellschaftlichen Ereignissen gesehen. Einmal im Teatro San Carlo, ein anderes Mal bei einem Wohltätigkeitsbasar, den sie organisiert hat, letztes Jahr an Weihnachten. Arturo hatte mich angefleht, nicht dort hinzugehen, er war regelrecht panisch. Ich habe ihm gesagt, er braucht sich keine Sorgen zu machen, ich hätte nicht vor hinzugehen, aber am Ende bin ich es doch. Ich muss sagen, sie hat eine Geistesgegenwart bewiesen, die ich nicht erwartet hatte.»

Aragona fragte:

«Aber warum ... Wusste die Signora, dass Sie ... Ich meine, wusste sie von Ihnen und dem Dottore?»

Erneut musterte die Russo ihn mit dem Blick einer Insektenforscherin.

«Natürlich wusste sie das. Die ganze Stadt wusste es; schon vor Monaten hat sich die sogenannte bessere Gesellschaft das Maul darüber zerrissen und tut es bis heute. Wie kommen

Sie auf die Idee, dass niemand etwas gewusst hätte? Auch sie wusste es seit Monaten, ganz bestimmt. Das kann gar nicht anders sein.»

Aragona war fasziniert.

«Und hatte das Folgen? Ich meine, hat die Signora Sie mit ihrem Wissen konfrontiert? Hatten Sie eine Auseinandersetzung, einen Streit?»

Die Frau brach in Gelächter aus und zeigte ihr perfektes Raubtiergebiss.

«Ich bitte Sie! Sie war intelligent genug zu wissen, dass der Schuss nach hinten losgegangen wäre. Ich habe nichts anderes erwartet, alles andere wäre ein wahres Wunder gewesen. Sie hat keinen Ton gesagt, sondern sich sogar bei mir bedankt, als ich eine von ihren schrecklichen Schneekugeln gekauft habe. Zu einem vollkommen überzogenen Preis übrigens.»

Lojacono war ihren Worten aufmerksam gefolgt.

«Die Signora war also auf dem Laufenden. Und Sie und der Notar wussten, dass sie es wusste. Wie verhält man sich in einer solchen Situation? Worauf haben Sie gewartet?»

Die Russo stand auf und trat zum Fenster. Draußen ballten sich schon wieder die Wolken zusammen, schwarz und bedrohlich.

«Ispettore, kennen Sie diese Stadt? In Wirklichkeit sind es ja drei Städte. Die erste, die wichtigste, ist ein Dorf mit ein paar tausend Einwohnern. Die zweite besteht aus Leuten, die einen halbwegs ordentlichen Job haben, sich von einem Monatsende zum nächsten hangeln und hoffen, sich auch im nächsten Jahr noch ihren Sommerurlaub am Meer leisten zu können. Die dritte, mit über einer Million Einwohner, schlägt sich irgendwie durch und versucht, so gut es geht, zu überleben.»

Ein Wassertropfen klatschte gegen die Fensterscheibe und begann, langsam nach unten zu gleiten.

«Zutritt zu der ersten Stadt zu bekommen ist nicht einfach. Nicht, weil dort bessere Menschen lebten als in den beiden anderen Städten, um das ganz deutlich zu sagen: Die meisten ihrer Bewohner sind dumme, oberflächliche Nichtsnutze, die sich seit Generationen keine Sorgen machen müssen und auch gar nicht wüssten, wie sie damit umzugehen hätten. Aber sie haben Geld. Viel Geld. Und sie sitzen darauf. Komme, was da wolle.»

Iolanda Russos Definition der oberen Zehntausend stimmte haargenau mit der Beschreibung überein, die ihnen die Baronessa Ruffolo im Yachtclub von der eigenen Kaste gegeben hatte, dachte Lojacono. Obwohl die beiden Frauen aus völlig entgegengesetzten Richtungen kamen, waren ihre Aussagen von seltener Übereinstimmung.

«Arturo und ich, wir stammen beide nicht aus dieser Welt. Wir sind nicht dort hineingeboren worden, keine höhere Macht, kein offizieller Auftrag hat uns dorthin gebracht. Aber wir haben mehr auf dem Kasten als sämtliche Bewohner dieser Welt zusammen, einiges mehr. Wir wissen beide aus der Vergangenheit, was es bedeutet, Probleme zu haben, wie man mit ihnen umgeht, wie man sie löst. Aus diesem Grund können wir auch die Probleme der oberen Zehntausend lösen – und nichts anderes tun wir.» Sie hatte die Arme über der Brust verschränkt und sah die beiden Polizisten herausfordernd an. «Also engagieren sie uns. Sie können gar nicht mehr ohne uns. Aber bis sie uns in ihren Inner Circle vorlassen, ist es noch ein weiter Weg. Cecilia, die Frau von Arturo, sie wusste um ihre Machtposition. Und sie hat sie ausgenutzt. Sie hat so getan, als wüsste sie nichts von ihrem Mann und mir, sie hat gedacht, sie könnte den Schein wahren. Aber mit einer Möglichkeit hat sie nicht gerechnet.»

Als sie nicht weitersprach, hakte Aragona nach.

«Und das wäre?»

«Ich bin schwanger. Ich erwarte ein Kind von Arturo.»

Der Satz durchbrach die plötzliche Stille wie ein Schuss. Schließlich fragte Lojacono:

«Wusste die Signora davon?»

«Nein, ich weiß es selbst erst seit kurzem, seit ein paar Wochen. Mein Zyklus ist normalerweise sehr regelmäßig – schon als meine Periode zwei Tage überfällig war, habe ich einen Schwangerschaftstest gemacht. Arturo ist als Einziger eingeweiht, ich bin neulich extra zu ihm ins Büro gefahren, um es ihm zu sagen. Ich wollte sein Gesicht sehen, wenn ich ihm diese Neuigkeit verkünde.»

«Und, was hat er für ein Gesicht gemacht?»

Die Russo trat hinter den Schreibtisch und setzte sich auf ihren Bürostuhl.

«Im ersten Moment ein glückliches, ein sehr glückliches Gesicht. Er kommt aus einer Bauernfamilie, Kinder sind für ihn etwas Gottgewolltes, und mit Cecilia hatte er keine. Sie konnte keine Kinder bekommen. Doch dann fing er an – womit ich im Übrigen gerechnet hatte –, jede Menge Einwände hervorzubringen.»

«Und die lauteten?»

«Die lauteten: Was soll ich ihr sagen? Wie stellst du dir das vor? Wie regele ich das mit dem Geld, das ihr alleine gehört? Wie verhalte ich mich den Mandanten gegenüber, die mit ihr befreundet sind? Und so weiter. Sein ganzes Denken hat sich nur um sie gedreht.»

Lautlos glitten die Wassertropfen die Fensterscheibe hinab.

Mit ihrem forschen grünen Blick sah Iolanda Russo Lojacono direkt ins Gesicht.

«Ispettore, reden wir nicht um den heißen Brei herum. Diese Frau war das einzige Hindernis, das mir bei der Erfüllung meines Herzenswunschs im Weg stand. Ich habe diesen Mann gesehen und gewusst, dass ich ihn haben will. Noch bevor er überhaupt irgendetwas von meiner Existenz ahnte. Frauen – solche, die wissen, was sie wollen – machen das so. Arturo und ich, wir sind aus demselben Holz geschnitzt. Wir sind beide clever, wir nehmen uns, was wir brauchen. Ihre gesellschaftliche Stellung hat ihm genutzt, am Anfang. Mittlerweile kommt er bestens alleine klar. Ich musste ihn nur noch überzeugen, und mit Hilfe dieses Kindes habe ich es schließlich geschafft. Es war bloß noch eine Frage der Zeit.»

Aragona fragte:

«Welcher Zeit?»

Die Russo fuhr fort zu sprechen, sah aber unverwandt Lojacono an.

«Der Zeit, bis er mit ihr gesprochen haben würde. Er hätte es getan. Nicht mehr lange, und er hätte es getan.»

Der Inspektor schaute sie ausdruckslos an.

«Aber er hat es nicht getan. Und nun ist die Signora tot. Ermordet, um genau zu sein.»

«Ja. Und mir ist klar, dass aus Ihrer Sicht der Fall eindeutig ist. Aber so war es nicht. Das müssen Sie uns glauben: Wir haben sie nicht umgebracht. Wir waren zur Tatzeit zusammen, in dieser Villa in Sorrent, wo wir versucht haben, ‹Beziehungsalltag› zu spielen – eine Frau, die für ihren Liebsten kocht, ein Mann, der sich mit seiner Liebsten unterhält, mit ihr lacht, als ob es die Welt da draußen nicht gäbe. Wir haben sie nicht umgebracht. Aber wir können es nicht beweisen.»

Auch an sie richtete Lojacono die Frage, die er dem Notar gestellt hatte.

«Warum haben Sie eingewilligt, mit uns zu reden, Dottoressa? Was hat Sie dazu bewogen?»

«Sie müssen den Täter finden, nicht wahr? Wenn wir nicht mit Ihnen geredet hätten, wären Sie davon ausgegangen, dass wir etwas zu verbergen haben. Arturos Anwalt befürchtet, wir könnten uns in Widersprüche verwickeln. Aber wie sollen wir uns in Widersprüche verwickeln, wenn wir doch die Wahrheit sagen?»

Lojacono nickte.

«Verstehe. Aber Sie haben keinerlei Beweise. Die einzige gesicherte Tatsache, von der wir ausgehen können, ist der Tod der Signora.»

«Das stimmt, ihr Tod ist eine Tatsache. Es wäre unsinnig zu leugnen, dass ich einige Probleme, die ich sonst hätte, dadurch in Zukunft nicht haben werde – allerdings nur, wenn Sie den wahren Mörder wirklich finden. Jetzt im Moment ist ihr Tod auch für mich eine Katastrophe: weil Arturo nicht in der Lage ist, sich von seinen Erinnerungen zu lösen, von den Bildern in seinem Kopf, von den Gedanken an ein langes gemeinsames Leben. Das eine ist ein verheultes Gesicht, das dir seine Trauer entgegenschreit und dir Verrat vorwirft, und das andere ein verliebtes Lächeln und die Erinnerung an glückliche Zeiten. Wie soll man gegen eine Fotografie ankämpfen?»

Lojacono nickte.

«Dottoressa, was denken Sie, wer der Täter ist? Haben Sie einen Verdacht, eine Vermutung?»

Die Frau dachte nach. Schließlich sagte sie:

«Ich weiß es nicht. Vielleicht irgendwelche Kriminelle. Diese Stadt macht ihren Bewohnern Angst, und die Polizei kann nichts dagegen tun – ohne dass ich Ihnen jetzt zu nahe treten will. Hinzu kommt, dass ich eigentlich nichts über ihr Leben weiß. Zugegeben, ich habe nie jemanden schlecht über sie reden hören, und glauben Sie mir, das ist eine Seltenheit in diesen Kreisen. Gerade mir gegenüber hätten sich diese Hyänen garantiert gefreut, ein paar Tratschgeschichten zum Besten geben zu können. Aber da war nie etwas. Das einzige ‹Laster›, das sie hatte, waren diese Schneekugeln. Wer weiß, vielleicht hat sie die Zukunft darin gelesen. Sie war eine gute Frau, und ich hatte ganz bestimmt nichts gegen sie. Die Dinge passieren nun einmal, man trifft jemanden und verliebt sich. So läuft das eben.»

Als sie auf die Straße traten, schüttete es wie aus Kübeln. So schnell sie konnten, suchten sie Schutz in ihrem Wagen und schafften es immerhin, ohne vollkommen durchnässt zu werden.

Mit der Inbrunst eines Priesters bei der Zubereitung des Abendmahls wienerte Aragona seine Brillengläser mit einem Taschentuch trocken.

«Da verhört man jemanden, von dem man eine ganz bestimmte Vorstellung hat, und muss sie prompt revidieren. Ich habe eine völlig andere Type erwartet. Aber das ist ja eine stinknormale Frau, die sich vom erstbesten Kerl, der ihr über den Weg läuft, schwängern lässt. Von wegen Dark Lady, die den ergrauten Notar zum Mord angestiftet hat! Mir scheint, wir sind kein Stück weitergekommen.»

Lojacono fuhr sich mit der Hand durch die feuchten Haare.

«Immerhin war sie ehrlich und hat keinen Hehl daraus gemacht, dass ihr Cecila De Santis im Weg stand, um diesen Mann zu bekommen. Und die Tatsache, dass sie schwanger ist, sollten wir auch nicht unterschätzen: Frauen in diesem Zustand ändern ziemlich oft ihren Standpunkt.»

Aragona dachte über die Worte seines Kollegen nach.

«Kann schon sein, aber mir schien sie vor allem besorgt um die Zukunft. Ich sehe sie einfach nicht der De Santis auflauern und sie um die Ecke bringen. Und genauso wenig sehe ich sie den Notar bedrängen, dass der seine Frau umlegt. Allerdings hätte ich ja zu gerne Mäuschen gespielt, als sie in die Kanzlei gefegt ist, um ihm von dem Kind zu erzählen, und er angefangen hat rumzueiern von wegen ‹die Freunde, die Mandanten, die oberen Zehntausend›. Die hat ihm garantiert eine solche Szene gemacht, dass man ihr Gezeter noch kilometerweit hören konnte.»

Er lachte und polierte weiter so eifrig seine Brillengläser, dass er gar nicht mitbekam, wie Lojacono neben ihm die Augen aufriss und sich abrupt zu ihm umdrehte.

Als er endlich den Blick des Kollegen auf sich spürte, hielt er inne, Brille und Taschentuch noch in der Hand.

«He, was ist denn? Habe ich was Falsches gesagt?»

Der Inspektor begann in sich hineinzugrinsen. Sein Lächeln wurde immer breiter, bis es fast von einem Ohr zum anderen reichte.

«Weißt du, was, Aragona? Ich habe dich unterschätzt. In Wirklichkeit bist du nämlich ein Genie. Ein verfluchtes Genie, das bist du, Aragona!»

Der Polizeioberwachtmeister hatte nicht die leiseste Ahnung, wovon sein Kollege redete.

Draußen verwandelte sich der Regen in Hagel. Dicke Eiskörner kullerten die Windschutzscheibe hinunter.

Doch in Lojaconos Gehirn kullerte nichts mehr umher: Alles war an seinen Platz gerückt.

51

Es war wie beim Ausbruch einer Fieberepidemie. Ab dem Moment ging alles so rasant, als hätte jemand einen Zeitraffer in ihren Tagesablauf eingebaut.

Während Lojacono Aragona seine Theorie darlegte, machte er die verblüffende Entdeckung, dass sich während des Sprechens alle Puzzleteilchen von alleine in die richtige Ordnung brachten. Für alles gab es plötzlich eine Erklärung, sämtliche Unklarheiten waren schlagartig beseitigt.

Aragona freute sich, als hätte er ein lang ersehntes Geschenk bekommen.

«Phantastisch, Lojacono! Wirklich phantastisch! Und die ganze Zeit hatten wir die Lösung praktisch vor der Nase. Los, worauf warten wir noch? Lass uns den Fall abschließen!»

Lojacono schüttelte den Kopf.

«Nein, noch nicht. Wir müssen vorher noch ein paar Dinge überprüfen. Komm, beeilen wir uns.»

Sie hatten beschlossen, aus Zeitgründen getrennte Wege zu gehen. Lojacono kehrte zu der Kaserne zurück, in der die Kriminaltechnik ihren Sitz hatte.

Im Wartezimmer konnte er gerade noch seinen nassen Mantel ausschütteln, als Bistrocchi auch schon mit fliegenden Kittelschößen auf ihn zugeeilt kam. Er schien den schlechten

Eindruck, den er beim letzten Mal gemacht hatte, wiedergutmachen zu wollen, indem er dem Inspektor seine volle Aufmerksamkeit schenkte.

Lojacono kam sofort zum Punkt. Bedauernd breitete der Wissenschaftler die Arme aus.

«Leider, Ispettore, haben wir schon wieder keine Fingerabdrücke vorzuweisen. Offenbar hat man auch hier mit Handschuhen gearbeitet. Abgesehen davon gibt es auf dieser Art Gegenstand selten klar definierte Fingerabdrücke, es kommt fast nie zum direkten Kontakt mit den Fingerkuppen …»

Lojacono unterbrach ihn, er hatte keine Zeit, sich einen Vortrag über kriminaltechnische Finessen anzuhören.

«Entschuldigen Sie, Dottore, ich will den Gegenstand bloß anschauen. Ist das möglich?»

Bistrocchi verzog sich sichtlich enttäuscht, um kurz darauf mit einer transparenten Plastiktüte zurückzukehren. Er schlüpfte in ein Paar Latexhandschuhe und griff in die Plastiktüte, um die darin enthaltenen Gegenstände herauszuholen.

Noch eine Plastiktüte.

«Wie Sie sehen, sind in dieser Tüte die gestohlenen Silberteile aufbewahrt worden. An ihrer Seite befindet sich ein Riss, der möglicherweise während des Transports durch eins der Objekte verursacht wurde. Oder als die Tüte nach Gebrauch weggeworfen wurde.»

Lojacono interessierte sich jedoch für etwas anderes. Seitlich an der Plastiktüte befand sich eine Art Logo mit einem Schriftzug. Er wandte sich an Bistrocchi:

«Verzeihen Sie, könnten Sie die Tüte bitte in meine Richtung drehen, sodass ich lesen kann, was da steht?»

Er reckte den Hals, um die Buchstaben zu entziffern.

Der erste Beweis.

Im gewohnt halsbrecherischen Tempo raste Aragona Richtung Notariat. Wasserfontänen spritzten auf und durchnässten die Fußgänger auf den Bürgersteigen, doch darum konnte sich der Polizeioberwachtmeister, die eine Hand am Steuer, mit der anderen eine Nummer in sein Handy eintippend, jetzt nicht kümmern. Er hatte Wichtigeres zu tun, er musste unbedingt Ottavia Calabrese erreichen.

Zum Glück ging sie direkt an den Apparat.

«Ah, Aragona! Ich wollte dich auch gerade anrufen. Du hast mich doch um Informationen zu diesem Adrian Florea gebeten, dem Freund von Festas Haushälterin. Also, er ist sauber. Keine Vorstrafen, auch keine Kontakte ins Milieu oder ...»

Mit einem Schnauben würgte Aragona ihre Ausführungen ab.

«Habe ich mir doch gedacht! Ich wollte nur der Vollständigkeit halber die Infos haben, mir war vom ersten Moment an klar, dass der Typ absolut in Ordnung ist. Schrecklich, diese Vorurteile, dass alle Ausländer Kriminelle sind. Sag mal, was anderes: Ist der Bericht aus der EDV-Abteilung schon da?»

Ottavia lächelte bedauernd.

«Noch nicht, diese Computerfritzen haben offenbar die Ruhe weg. Wofür brauchst du ihn denn?»

«Ich brauche Datum und Uhrzeit, wann die Reservierungsmail für die Reise nach Weiß-der-Geier-wohin vom Notariat aus verschickt wurde. Kannst du da was machen?»

Als er wenige Minuten später die Kanzlei erreichte, hatte er die gewünschte Information bereits erhalten. Er fragte nach dem Notar, der ihn sofort in sein Büro bat. Er musste sich zwingen, Lojaconos dringenden Rat zu befolgen und keinen Blickkontakt mit den Angestellten aufzunehmen, als er an ihnen vorbeiging.

Kaum hatte er das Büro betreten und sich vergewissert, dass die Tür ins Schloss gefallen war, erklärte er dem Notar, was er von ihm benötigte.

Der Jurist war sprachlos.

«Es handelt sich um äußerst vertrauliche Dokumente. Diese Unterlagen sind nicht für die Öffentlichkeit bestimmt, wir unterliegen hier der absoluten Schweigepflicht ...»

Auch auf diesen möglichen Widerstand hatte Lojacono ihn vorbereitet. Doch die Zeit drängte zu sehr, als dass er sich groß mit Formalitäten hätte aufhalten können. Daher sagte Aragona genau den Satz, den er vorher mit seinem Kollegen eingeübt hatte.

«Dottore, wenn Sie heil aus der Sache rauskommen wollen, gibt es keine andere Möglichkeit. Tun Sie es für sich selbst, wenn Sie es schon nicht für das Andenken Ihrer Frau tun.»

Nach kurzer Überlegung nahm der Notar den Telefonhörer ab und bestellte in barschen Worten seine Mitarbeiterin Lina Rea zu sich.

Lojacono hatte sich ein Taxi genommen. Er genoss die Fahrt durch die Stadt, ohne Angst haben zu müssen, entweder selbst zu sterben oder mitzuerleben, wie ein Dutzend unschuldiger Passanten den Tod fanden.

Der Dauerregen hatte die Straßen unter Wasser gesetzt und die ohnehin katastrophalen Verkehrsverhältnisse noch unerträglicher gemacht. Als der Inspektor von dem Taxifahrer wissen wollte, wie lange sie noch brauchen würden, erntete er nicht mehr als ein vielsagendes Schulterzucken. Er versuchte Marinella anzurufen, die er seit dem erregten Telefonat nach dem Streit mit ihrer Mutter nicht mehr gesprochen hatte, doch ihr Handy war ausgeschaltet.

Also rief er Laura Piras an, um sie auf den jüngsten Stand der Ermittlungen zu bringen. Bereits beim zweiten Klingeln nahm die Staatsanwältin ab.

«Ciao! Was gibt's, hast du Neuigkeiten für mich?»

«Ich glaube, ja. Mir scheint, wir sind auf dem richtigen Weg.»

«Wirklich? Komm schon, erzähl! Aber alles, von Anfang an.»

Lojacono berichtete zunächst von ihrem Treffen mit dem Notar in der Kanzlei und dann von ihrer Begegnung mit Iolanda Russo. Schließlich kam er auf den eigentlichen Punkt zu sprechen, den Moment, als Aragonas dahingeworfene Bemerkung für ihn den Schleier gelüftet hatte und jene neue These in seinem Kopf entstanden war, die sie gerade verifizierten.

Laura Piras hatte ihm die ganze Zeit über aufmerksam zugehört und nur hin und wieder eine kurze Zwischenfrage oder einen Kommentar eingeworfen. Als Lojacono seinen Bericht beendet hatte, sagte sie:

«Unglaublich. Wirklich, unglaublich! Was mich bei der ganzen Sache am meisten überrascht, ist die Entdeckung, dass der gute Kollege Aragona wohl doch so etwas wie eine Daseinsberechtigung hat. Und jetzt, wie willst du weiter vorgehen?»

Lojacono erzählte ihr, was sie zur Überprüfung seiner These geplant hatten, Aragona im Notariat und er bei der Kriminaltechnik.

«Und gerade bist du auf dem Weg in das Geschäft, um den Schriftzug auf der Plastiktüte gegenzuchecken? Ich muss schon sagen, die Sache hat Hand und Fuß. Es wäre wirklich ein Segen, weißt du, ein richtig schöner Erfolg, den wir all denen unter die Nase halten könnten, die das Kommissariat

Pizzofalcone dichtmachen wollen. Trotzdem, an eurer Stelle wäre ich vorsichtig: Ihr braucht auf jeden Fall ein umfassendes Geständnis, sonst zerlegt euch irgendein Winkeladvokat in null Komma nichts eure Theorie. Ihr habt zwar eine Reihe von Indizien, aber noch keinen Beweis.»

Lojacono begehrte auf.

«Wie, ‹Indizien›? Ich habe dir doch alles genau erklärt – es kann nur so gewesen sein! Wir haben des Rätsels Lösung gefunden, wir wissen, wer es war, und vermutlich auch, warum.»

«Ja, aber auf der Basis kann ich keinen Haftbefehl beantragen. Wir können nicht mal per Ausschlussverfahren vorgehen, verstehst du? Wir brauchen Indizien, verwertbare Beweismittel. Und wenn du mich fragst, hast du beides nicht. Bleibt nur eine Möglichkeit: Du musst ein Geständnis besorgen. Was das Allerschwierigste ist, wie du weißt. Und leider kann ich dir nicht mal dabei helfen.»

Als Lojacono das Geschäft erreichte, hatte sich eine neue Verunsicherung in ihm breitgemacht. Auf den wenigen Metern zwischen Taxi und Laden wurde er nass wie ein begossener Pudel. Er erkundigte sich nach einer Verkäuferin, die ihm Auskunft erteilen konnte, und wurde ins Untergeschoss geschickt. Am Ende eines langen Ganges mit voll beladenen Tischen für Hochzeitslisten befand sich ein Ausstellungsregal, das wie die exakte Kopie der Konsole vom Tatort wirkte.

Er trat näher, die Hände in den Taschen vergraben. Regenwasser lief in dünnen Rinnsalen seinen Mantel hinab und bildete eine Pfütze auf dem blankgebohnerten Fußboden. Aus dem Regal blickte ihm eine Tänzerin mit einer Ukulele im Arm entgegen, die ihm ein liebreizendes Lächeln schenkte. Doch er dachte nicht daran zurückzulächeln.

Wenige Minuten später verließ er das Geschäft mit einer Plastiktüte in der Hand, die bis auf den seitlichen Riss vollkommen identisch war mit der aus dem kriminaltechnischen Institut.

In dem Moment vibrierte sein Handy in der Tasche: Aragona. In heller Aufregung versicherte ihm der Kollege, im Notariat auf genau die Beweise gestoßen zu sein, die ihnen noch fehlten.

Jetzt mussten sie den Sack nur noch zumachen, wie Aragona gesagt hatte.

Was das Allerschwierigste war, wie Laura Piras gesagt hatte.

52

Mit den gesammelten Beweismitteln waren sie ins Kommissariat zurückgekehrt.

Auf Palmas Wunsch hin hatten sich alle Kollegen an der kurzen, aber intensiven Besprechung beteiligt. Es war klar, dass von der konsequenten Durchführung ihrer Strategie und deren Gelingen, also von der Aufklärung des Mordfalls, das Überleben des Kommissariats abhing.

Lojacono und Aragona hatten dargelegt, wer ihrer Meinung nach Cecilia De Santis getötet hatte und wie sie zu diesem Schluss gekommen waren. Bestätigen ließ sich ihre These durch die zusammengetragenen Beweismittel aus dem KTI, dem Notariat und dem Haushaltswarengeschäft.

Ein hochkonzentriertes Schweigen war auf ihren Bericht gefolgt.

Romano und Alex hatten schließlich Aragona beigepflichtet, der den Täter sofort dingfest machen wollte, da seiner Ansicht nach die vorliegenden Beweismittel für einen Haftbefehl ausreichten. Palma und Pisanelli hingegen hatten für ein bedächtiges Vorgehen plädiert. In den vielen Jahren ihrer Berufstätigkeit hatten sie oft genug erlebt, wie ein dringend Verdächtiger wieder auf freien Fuß gesetzt werden musste, weil das Ermittlungsverfahren zu hastig durchgepeitscht worden war.

Ottavia schloss sich den beiden älteren Kollegen an.

«Das ist wohl wahr, was ihr da sagt. Aber genauso wahr ist, dass nicht wir, sondern die Staatsanwaltschaft den Fall abschließen wird, wenn wir jetzt die Beweismittel aus der Hand geben. Und dass es idiotisch wäre, die Kollegen die Lorbeeren ernten zu lassen, wenn wir doch alle der festen Überzeugung sind, den Täter zu kennen. Einmal mehr, als unsere Zukunft von der Aufklärung dieses Mordfalls abhängt. Ich für meinen Teil habe vollstes Vertrauen in Lojacono und Aragona. Für mein Gefühl wird es ihnen gelingen, den Täter zu einem Geständnis zu bewegen. Ich würde den Versuch wagen.»

Pisanelli hatte vorsichtig eingewendet, dass ein fehlgeschlagener Versuch den Täter warnen und ihn zu einer neuen Verteidigungsstrategie veranlassen könnte. Doch auch er hatte zugeben müssen, dass dies ihre einzige und letzte Chance war, das Kommissariat zu retten.

Aus diesem Grund hatten Lojacono und Aragona nun das zweifelhafte Vergnügen, im Zwielicht einer Straßenfunzel unter einem Dachvorsprung Zuflucht vor dem strömenden Regen zu suchen und darauf zu warten, dass der Mörder von Cecilia De Santis sich dazu bequemte, endlich das gegenüberliegende Gebäude zu verlassen.

Die Spannung war mit Händen zu greifen. Schon seit ein paar Minuten hatte keiner der beiden Männer mehr ein Wort verloren. Hin und wieder nahm Aragona seine Sonnenbrille ab, um sie mit einem durchweichten Taschentuch zu putzen, und Lojacono fragte sich, wie er durch die verschmierten dunklen Gläser überhaupt noch etwas erkennen konnte.

Plötzlich trat der Mörder von Cecilia De Santis tatsächlich aus dem Haus. Mit Blick in den strömenden Regen stand er auf der Türschwelle, wie um die Laufzeit bis zu der Luxuslimousine abzuschätzen, die von ihm in ihre Garage gefahren werden wollte. Er stieß einen Seufzer aus und zog ein Paar schwarze Lederhandschuhe aus der Manteltasche.

In dem Moment lösten sich die beiden Polizisten aus dem Schatten und eilten, ohne auf die Pfützen zu achten, zur anderen Straßenseite hinüber, um den Mörder von Cecilia De Santis in ihre Mitte zu nehmen.

Lojacono sagte:

«Setzen wir uns ins Auto und reden wir ein bisschen.»

Als sie im Schutz des Wagens saßen, Aragona auf der Rückbank, Lojacono auf dem Beifahrersitz, sagte der Mörder:

«Reden wir ein bisschen, Ispettore. Aber worüber sollen wir reden? Ich habe Ihnen alles gesagt, was ich weiß, Ispettore. Alles, was ich weiß.»

Lojacono entgegnete:

«Nein, De Lucia, Sie haben uns nicht alles gesagt. Weshalb wir da so sicher sind? Erstens meinten Sie bei unserem Verhör neulich, die arme Signora hätte sich in ihrer Wohnung vollkommen verbarrikadiert. Das hätten Sie aber gar nicht wissen können, denn dem Notar zufolge hatte seine Frau ihm am Telefon erzählt, dass sie gerade erst die Fensterläden, auch die kürzlich vom Pförtner reparierten, verrammelt hatte, was sie normalerweise nie tat. Zweitens besitzen nur Sie das Passwort zum Computer des Notars – neben der Kollegin Rea, die aber gar nicht damit umgehen kann –, von welchem aus eine Reise für zwei Personen mit der Option gebucht wurde, einen der beiden Namen noch am Abreisetag auszutauschen, und dieser auszutauschende Name war der des Notars, weil die Reisenden Sie und die Signora sein sollten. Drittens wurde die E-Mail am 5. März um 10.13 Uhr verschickt, zu einem Zeitpunkt, als der Notar, statt im Büro zu sein, mit besagter Kollegin Rea bei einer Beurkundung in der Via Posillipo weilte. Viertens war die Plastiktüte, in der das vermeintlich gestohlene Silber mitgenommen und in einen Müllcontainer geworfen wurde, dieselbe, in der die Schneekugel – und damit die Tatwaffe – in die Wohnung der Signora gelangt war. Gekauft hatte jene Schneekugel niemand anders als Sie selbst, und zwar in dem Geschäft, zu dem Sie die Signora viele Male gefahren haben und wo man sich genau an den Käufer erinnern konnte, weil dieser erklärte, im Auftrag der Signora gekommen zu sein. Möchten Sie noch mehr Gründe hören, warum wir denken, dass Sie uns nicht alles gesagt haben? Nun, die fehlenden Fingerabdrücke am Tatort sind auf Ihre Chauffeurhandschuhe zurückzuführen, die Sie zur Schonung des Lenkrads aus Wurzelholz tragen, weil Sie durch den täglichen Umgang mit den Wertpapieren oft Tinte an den Händen haben. Und dass Sie in dieser vertrauensvollen Position für den Notar arbeiten, erklärt nicht zuletzt, warum die Signora Ihnen im Morgenmantel am späten Sonntagabend noch die Tür aufgemacht hat. Sie sehen, De Lucia, wir wissen alles. Das Einzige, was wir nicht wissen, ist, warum Sie es getan haben.»

Ein Schweigen folgte, das den beiden Polizisten wie eine Ewigkeit vorkam.

Den Kopf gesenkt, die schwarz behandschuhten Hände im Schoß, saß der untersetzte kleine Mann minutenlang, ohne sich zu rühren, auf dem Fahrersitz. Seine dicken Brillengläser waren beschlagen, und sein Toupet erinnerte an einen ausgefransten Wischmopp. Draußen prasselte der Regen auf die Windschutzscheibe nieder.

Schließlich hob er den Blick, verloren in seinen Gedanken und Erinnerungen.

Das Einzige, was Sie nicht wissen, ist, warum ich es getan habe.

Meinen Sie, ich hätte mich das nicht auch gefragt?

Und meinen Sie, ich würde mich das nicht immer wieder fragen, seit es passiert ist?

Wer weiß schon, warum ich es getan habe.

Ich weiß nur, dass ich es getan habe und dass mein Leben im selben Moment zu Ende war wie ihres.

Er hat sie nicht verdient, verstehen Sie? Er ist ein Schuft, ein oberflächlicher, aufgeblasener Schuft. Ein Weiberheld – nicht eine, die er links liegen lassen hätte! Wenn Sie wüssten, wie viele Frauen ich in all den Jahren an seiner Seite gesehen habe, junge, alte, sogar halbe Kinder. Ich weiß es, weil dieses Schwein mich benutzt hat, ihm Rückendeckung zu geben. Ich musste ständig Lügengeschichten für ihn erzählen, allen Beteiligten gegenüber, wenn er, statt zu arbeiten oder nach Hause zu gehen, sich wieder mal rumgetrieben hat, heute hier, morgen dort.

Und dabei hat er alles nur ihr zu verdanken. Sogar die Zulassung zum Notar hat sie ihm bezahlt. Und die Mandanten, die Bekanntschaften, auf die er so stolz war – das geht ausschließlich auf ihr Konto. Er hat ihr wirklich alles zu verdanken.

Meine Position ist wie ein Platz in der ersten Reihe gewesen. Man sieht viel, begreift viel, wenn man dort sitzt. Im Laufe der Jahre ist mir klargeworden, was für ein Mann er ist. Und was für eine wunderbare Frau sie ist. War. Denn jetzt ist sie ja tot, nicht wahr? Tot. Und ich habe sie umgebracht.

Er hat zu mir gesagt: «Rino, tu mir einen Gefallen: Wenn du sie irgendwo hinfährst, dann mach einen Umweg, damit's länger dauert. Oder tu so, als hättet ihr eine Panne. Je später ihr zurückkommt, desto mehr Zeit habe ich gewonnen. Das verstehst du doch, oder?» Er hat gelacht und mir zugezwinkert. Wie mich das angewidert hat, dieses Zwinkern! Und dann hat er noch gesagt: «Wir Männer, wir müssen zusammenhalten, stimmt's?» Aber was hatte ich schon mit ihm gemeinsam? Ich mit meiner möblierten Bude, nur ein Buch oder den Fernseher zur Zerstreuung, während er sich in Fünfsternehotels mit den schönsten Frauen amüsierte und das Geld, das er dank ihrer Beziehungen verdiente, zum Fenster hinauswarf.

Aber ich war trotzdem glücklich. Ich war glücklich, weil ich mit ihr zusammen sein durfte. Sie war eine wunderbare Frau, wissen Sie? Sie hat gelitten – und wie sie gelitten hat! Er dachte, er könnte sie hintergehen, aber sie hat alles durchschaut, alles gewusst. Sie hat ihren Schmerz für sich behalten und sich mit niemandem mehr verabredet, weil ihre sogenannten Freunde nichts Besseres zu tun hatten, als ihr brühwarm die neuesten Kapriolen ihres Gatten zu berichten. Dieses Pack ist ekelhaft: Sie suhlen sich im Schmerz der anderen. Manchmal haben wir jemanden im Auto mitgenommen, und obwohl ich vorne am Steuer saß, hat man sie bedrängt: «Merkst du denn gar nichts, Cecilia? Bist du blind?» Tizia habe ihn in Capri mit der einen Flamme gesehen, hieß es, und Caia in Sorrent mit der anderen. Sie hat immer nur gelächelt, «Das interessiert mich nicht» gesagt und das Thema gewechselt. Aber ich wusste, wie sehr es sie tief in ihrem Inneren verletzt hat.

Mit mir hat sie geredet. Sie war die Einzige, die mit mir geredet hat. Ich rede sonst mit niemandem; die Kanzlei ist ein reines Schlangennest – setzen Sie drei Frauen zusammen, und es herrscht permanent Krieg. Besser, man hält sich da raus. Ich führe ein sehr zurückgezogenes Leben, ich bin niemand, der abends vor die Tür geht. Sie war die Einzige, die mit mir geredet hat.

Was sollten wir auch anderes tun? Sie in ihrem Luxus, ich in meinem bescheidenen Angestelltendasein, wir waren beide einsam. Wenigstens konnten wir uns gegenseitig trösten. Und wir haben uns getröstet.

Wir hatten uns angewöhnt, zusammen nach Bagnoli zu fahren,

ans Meer. Es gibt dort eine kleine Bar, nichts Besonderes, eher eine Art Kiosk mit zwei, drei Tischen. Es ist sehr ruhig dort, und wir konnten mit Sicherheit davon ausgehen, dass niemand vorbeikommen würde, der einen von uns beiden kennt. Sie hat mich zu sich bestellt, hat ihrem Mann erzählt, sie müsste einkaufen, und er sofort: «Rino, hol meine Frau ab und sieh zu, dass du möglichst lange brauchst, bis ihr zurückkommt.» Und natürlich hat er mir zugezwinkert. Sie hat dann nur gelacht und gemeint, das sei die einzige Gelegenheit, wie sie ihm eins auswischen könnte.

In Bagnoli haben wir uns an einen der drei Tische gesetzt und geredet, stundenlang. Sie hat sich einen Tee bestellt, im Sommer Eistee, im Winter heißen Tee. Ich habe bezahlt. Das war mir wichtig. Ein Mann lädt seine Begleiterin schließlich ein, nicht wahr? Auch wenn sie reich ist und er bloß ein armer Schlucker.

Er hingegen, er ist reich. Und sieht noch dazu gut aus und hat Charisma. Aber er ist nicht echt. Er hat all die Jahre auf ihre Kosten gelebt. Und ich habe sie nicht mal ihren Tee bezahlen lassen. Wir haben Hand in Hand dort gesessen. Ich weiß noch, beim ersten Mal hat sie einfach meine Hand genommen, ich hätte das nie gewagt.

Ich habe sie gefragt, warum sie sich das alles antut. Mit einem traurigen Lächeln hat sie geantwortet: «Er ist mein Mann.» Ich glaube, sie fühlte sich schuldig ihm gegenüber, diesem Mistkerl, weil sie keine Kinder kriegen konnte. Und weil sie sich nicht schön genug fand.

Aber in Wirklichkeit war sie wunderschön. Sie haben sie nicht kennengelernt, Sie haben nicht gesehen, wie sie aufs Meer geschaut hat oder wie sie plötzlich in Gelächter ausbrach. Sie war wunderschön, wirklich, wunderschön.

Das letzte Jahr ist die Hölle für sie gewesen. Weil diese andere aufgetaucht ist, die Rothaarige. Sie ist anders als die anderen Flittchen, mit denen er sich rumgetrieben hat, zwei Tage, um sie anschließend *gleich wieder abzuservieren, hier ein Lunch, da ein Luxusdinner und dann ab ins Hotelzimmer. Den Strauß Rosen für den Morgen danach, den musste ich besorgen. Er hat mir ein paar Münzen und einen Zettel in die Tasche gesteckt und mir auf seine widerliche Weise zugezwinkert. Nein, bei der Roten war alles anders.*

Ich habe es gleich beim ersten Mal gemerkt, als sie zu einem Termin in die Kanzlei kam. Knallhart, schnell und aggressiv war sie. Er hat sein übliches Alligatorenlächeln aufgesetzt, und sie hat zurückgelächelt, wie sie es alle tun. Aber in ihrem Lächeln habe ich gleich die Raubkatze erkannt, die nur darauf wartet zuzuschlagen. Es hat mich überhaupt nicht gewundert, dass sie ein Paar wurden.

Sie hat es sofort gewusst – obwohl sie natürlich alles drangesetzt hatten, es vor ihr geheim zu halten. Arme Cecilia. Sie hat sich einzureden versucht, auch das würde vorübergehen, aber das tat's nicht.

Ich glaube, sie hat sich an den Gedanken geklammert, dass sie immerhin die Ehefrau war und er nach seinen Abenteuern stets wieder zu ihr zurückkehren würde. Dass die anderen für ihn bloß ein Zeitvertreib waren, ihn in seiner Männlichkeit bestärkten, ihn sein zunehmendes Alter vergessen ließen. Und dass sie für ihn der sichere Hafen war, wo er seine Schwächen offenbaren und sich in Mamas Schoß verkriechen konnte. Vielleicht war er tatsächlich das Kind für sie, das sie nie hatte. Vielleicht fühlte sie sich wie seine Mutter, und seine Mutter verlässt man nicht.

Aber sie, die Rote, war nicht bereit dazu, sich so behandeln zu lassen wie die anderen. Die Rote wollte ihn haben, mit Haut und Haaren. Er konnte ihr nützlich sein – in puncto Prestige, Geld, Kontakte und so weiter. Letztlich hat er in ihr jemanden gefunden, der genauso ist wie er. Sogar schlimmer als er.

Sie ist intelligent, die Rote. Und durchtrieben. Nach und nach hat sie ihn sogar dazu gebracht, sich mit ihr in der Öffentlichkeit zu zei-

gen, wobei es sie einen Dreck geschert hat, dass sie ihn dadurch zum Narren machte und was das für seine arme Ehefrau bedeutete. Aber wenn eine wie sie sich etwas in den Kopf setzt, dann wird auf nichts und niemanden Rücksicht genommen.

Eines Tages hat sie, Cecilia, nach mir rufen lassen. Sie war völlig aufgelöst, als ich kam, das verquollene Gesicht hinter einer riesigen schwarzen Sonnenbrille verborgen. Er war nachts nicht nach Hause gekommen, hatte ihr nicht mal Bescheid gesagt. Sie hatte hinter ihm hertelefonieren müssen, und er meinte nur: «Lass mich in Ruhe.» Und im Hintergrund konnte man eine Frau lachen hören. Ganz verzweifelt hat sie mir davon erzählt, in unserem Stammcafé am Meer. Ich habe versucht, sie zu beruhigen. Sie sagte zu mir: «Ich hätte mir einen Mann wie dich suchen sollen. Ich habe mir einen gesucht, der von außen kam, nicht aus meinen Kreisen, weil die mich angewidert haben. Aber ich hätte einen wie dich nehmen sollen.»

Seit diesem Moment, von da an habe ich angefangen, meinen Gedanken freien Lauf zu lassen. Vorher hätte ich im Leben nicht zu träumen gewagt, dass eine Frau wie sie, eine Königin, eine Göttin, jemanden wie mich auch nur eines Blickes würdigen könnte. Aber sie hat es gesagt, nicht wahr? Sie hat gesagt, dass sie sich einen wie mich hätte suchen sollen. Und nun?

Sie hat oft gemeint, dass sie eines Tages weggehen wollte. Weg von hier, irgendwo ans Meer, an einen weißen Strand mit Palmen. Sie wisse genau, hat sie gelacht, dass dies der Traum einer jeden Verkäuferin oder Friseuse sei, aber vielleicht sei sie ja im Herzen eine Friseuse. Und ich habe geantwortet, dass vielleicht ja ich sie an diesen Ort bringen würde, ja, ich, und sie hat noch mehr gelacht. Sie meinte, wir müssten sie im Bauch eines Schiffes verstecken, um sie von hier fortzubringen, wie die Afrikaner, die nach Amerika geschmuggelt wurden. Wie schön sie war, wenn sie lachte – das können Sie sich gar nicht vorstellen.

Dann, eines Tages, kam die Rote ins Notariat gestürmt, hat sich mit ihm in seinem Büro eingeschlossen und wie eine Furie angefangen rumzubrüllen. Ihr Geschrei konnte man bis nach draußen hören. Die Rea hat ein Gesicht gezogen – Sie haben sie ja gesehen; sie ist bis über beide Ohren in den Notar verknallt; vollkommen absurd die Idee, einer wie er würde sie auch nur angucken –, und es hätte nicht viel gefehlt, und sie wäre in sein Büro gelaufen, um ihn zu verteidigen. Jedenfalls hat die Frau gebrüllt, dass sie jetzt, mit dem Kind im Bauch, es auf keinen Fall länger hinnehmen würde, als heimliche Geliebte dieses Schattendasein zu führen. Dass sie ihm im Gegensatz zu seiner unfruchtbaren Alten einen Sohn schenken wird und endlich den Platz einnehmen will, der ihr zusteht. Genau so hat sie es gesagt: «der unfruchtbaren Alten». Und wissen Sie, was: Imma und Marina, diese beiden Idiotinnen, haben doch tatsächlich angefangen zu lachen! Unerträglich, diese Vorstellung – zwei dumme Hühner, die sich vor Lachen kugeln über die klügste und schönste Frau der Welt, nur weil ihr Schwein von Ehemann seinen Hosenstall nicht dicht halten kann.

In dem Moment stand mein Entschluss fest. Geld zum Leben hatte ich genug, weil ich immer mal wieder etwas zur Seite gelegt hatte. Aber für die Reise hat es nicht gereicht. Dafür musste ich an das Treuhanddepot gehen, das wir für die Wertpapiere eingerichtet haben und wo die Erträge hingebucht werden. Das sind ziemliche Summen, das Konto ist immer gut gedeckt. Die anderen hätten erst einen Monat später etwas davon mitgekriegt, aber das wäre zu spät gewesen, weil sie und ich längst an unserem weißen Strand unter Palmen gesessen hätten. Glücklich. Denn wenn wir in Bagnoli glücklich sein konnten, an einem rostigen Kiosktischchen mit Blick aufs verseuchte Mittelmeer, dann musste der Palmenstrand ein wahres Paradies für uns sein.

Ich habe die Flüge auf seinen und ihren Namen gebucht, mich aber erkundigt, bis wie lange vor der Abreise man einen der beiden Namen austauschen kann. Ich hatte Zeit genug. Jetzt musste ich es nur noch ihr sagen.

Ich habe den richtigen Moment abgepasst, als das Schwein auf seinem üblichen Wochenendtrip mit der Roten war. Ich hatte sie selbst nach Sorrent gefahren, ich wusste also, dass sie nicht vor Montag zurück sein würden. Ich habe mir in Gedanken alles zurechtgelegt – ich wollte es ihr schonend beibringen, aber zugleich auch Entschlossenheit demonstrieren, denn mir war bewusst, dass es eine schwierige Entscheidung für sie sein würde. Aber es war trotzdem notwendig, verstehen Sie? Nur so hätten wir ein wenig Glück finden können. Das stand uns schließlich zu, oder? Hatten nicht auch wir den Anspruch auf ein wenig Glück?

Ich hatte mir überlegt, dass es sinnvoll wäre, ihr etwas mitzubringen, ein kleines Geschenk, das ihr zeigen sollte, dass auf mich Verlass ist. Also bin ich zu diesem Haushaltsgeschäft in der Via Duomo gefahren. Sie war Stammkundin dort und hat mich oft mitgenommen, sie war ja ganz verrückt nach diesen Schneekugeln, diesen boules de neige, *wie sie in ihrem eleganten Französisch sagte. Einmal habe ich sie gefragt, was für sie das Besondere an diesen Kugeln sei. Und sie hat geantwortet, wenn sich ihr Blick in einer dieser Schneelandschaften verliere, dann sehe sie eine Zukunft vor sich, von der sie wisse, dass sie nie eintreten werde, die ihr aber in dem Moment als wahr erscheine. Sie war einfach wunderschön, wenn sie lächelte – das sagte ich bereits, oder?*

In dem Geschäft habe ich nach einer Schneekugel gesucht, die etwas über den Ort erzählte, an den ich sie bringen wollte. Ich hatte vor, es ihr auf diese Weise zu sagen. Sie durfte sich einfach nicht länger selbst belügen, so tun, als gäbe es die Wirklichkeit nicht. Die Rote bekam ein Kind, und er würde Cecilia über kurz oder lang für immer verlassen – das lag auf der Hand.

Umso mehr sprach aus meiner Sicht dafür, dass sie ihm zuvorkam und selbst wegging. Ihr Geld hätte er ruhig behalten können – ich hätte schon für sie gesorgt, irgendeinen Job hätte ich bestimmt gefunden.

Sie hat mir sofort die Tür geöffnet. Ihr Blick war ganz starr vor Angst. Draußen tobte der Sturm, die Gischt spritzte hoch bis zum vierten Stock, sie hatte sich vollkommen verrammelt in ihrer Wohnung. Aber sie hat mir sofort geöffnet, und ihre erste Frage war, ob ihm etwas passiert sei. Dem Schwein von Ehemann. Kein gutes Zeichen, oder? Vielleicht hätte mir ihre Frage eine Warnung sein müssen, dass ich bis dahin und nicht weiter gehen sollte. Dann wäre sie jetzt noch am Leben, zumindest das. Und ich wäre frei. Aber frei für was?

Ich versicherte ihr, dass mit ihrem Mann alles bestens sei, ja, dass es ihm im Moment sogar viel besser gehen würde als ihr und mir zusammen. Dass er wie so oft in einer Villa in Sorrent saß, mit der Roten zusammen, nackt und Champagner schlürfend, um auf ihre Zukunft als glückliche Familie anzustoßen, er, sie, das Kind und ihr, Cecilias, Geld. Ich war knallhart; mir schien der Zeitpunkt gekommen, dass sie endlich die Augen öffnen und erkennen musste, was für mich längst klar war. Glasklar.

Sie hörte mich an. Sie schaute mich an, ohne einen Ton zu sagen. Ich musste meine Stimme erheben, denn der Wind und die Wellen draußen schlugen gegen die Fenster, als wollten sie Einlass begehren. Es war wie im Film.

Ich sagte ihr, dass wir fortgehen sollten, dass auch wir beide ein Recht auf Glück hätten. Ich erzählte ihr von dem Flug, den ich gebucht hatte, dass sie nichts mitnehmen müsse und ich an alles gedacht habe. Sie ließ den Blick über ihre Schneekugelsammlung schweifen – Sie haben sie ja gesehen, nicht wahr? Hunderte von Schneekugeln, nach Ländern geordnet, jede mit einer Zukunft in sich, einer imaginierten Zukunft, wie die Kristallkugel einer Wahrsagerin.

Schließlich begann sie zu sprechen. In ihrem Herzen, in ihrer Zukunft sei kein Platz für das Glück, für ein Glück ohne ihn. Sie liebe ihn, würde ihn für alle Zeiten lieben. Er werde zu ihr zurückkehren, so wie er es immer getan habe. Und sie werde ihn zurücknehmen, auch mit Kind. Am Ende werde das Geld schon alles regeln, wie jedes Mal. Und dann sagte sie noch, dass es ihr leidtue für mich, sehr leid, aber sie habe nicht die Absicht, irgendwo anders hinzugehen.

Sprach's und hat mir den Rücken gekehrt.

Ich weiß nicht, ob es ihre Worte waren, dass es ihr leidtue für mich. Oder ob es war, weil sie sich von mir abgewendet hat, um zu gehen. Jedenfalls habe ich mich in dem Moment wie ausgelöscht gefühlt, wie ausgestoßen. Und auch auf den Arm genommen. Wie konnte sie es wagen, sich einfach von mir abzuwenden und zu gehen? War ich etwa ein Niemand? Ich? Hatte ich nicht mal eine liebevolle Berührung verdient, ein paar Tränen? Ein Wort des Bedauerns?

Das Einzige, woran ich mich erinnere, ist die Wut, die mich plötzlich gepackt hat. Ich weiß nicht mehr, was ich in jenen Sekunden dachte, und auch nicht mehr, wie ich es tat. Aber ich habe es getan. Ich stand dort, mitten im Raum, meine Handschuhe noch an, die Plastiktüte in der einen, die Schneekugel mit der Tänzerin in der anderen Hand. Und sie dreht sich einfach um und geht.

Vielleicht wollte ich sie aufhalten. Vielleicht wollte ich auch bloß diese Schneekugel loswerden, die plötzlich Sinnbild war für alle meine Illusionen. Ich weiß es nicht. Tatsache ist, ich habe sie weit von mir geschleudert. Auf sie, während sie den Rückzug in ihr Zimmer antrat, um sich wie jede Nacht in den Schlaf zu weinen.

Danach – ich kann nicht sagen, wie lange danach – sah ich sie am Boden liegen, reglos, ohne zu atmen. Ich habe versucht, mich zu sammeln, ich hatte Angst. Instinktiv habe ich mir ein paar von den Silberobjekten geschnappt, die in der Wohnung herumstanden, sie in meine Plastiktüte gesteckt und bin raus. Auf der Straße habe ich einen Müllcontainer entdeckt und die Tüte mit dem Silber dort reingeworfen. Dann habe ich mich auf ein Mäuerchen gesetzt und gehofft, das Meer würde so hoch ansteigen, dass die Wellen mich verschlingen und davontragen würden. Vielleicht bis zu dieser Insel an den Palmenstrand.

Vielleicht hätte ich sie dort getroffen. Vielleicht hätte sie mit einem Lächeln auf den Lippen dort auf mich gewartet.

Sie war so schön, wenn sie lächelte. Wunderschön.

Sagte ich das schon, dass sie wunderschön war?

53

Bruder Leonardo, Pfarrherr in der Santissima Annunziata, stieß einen übertriebenen Seufzer aus.

«Teodoro, wann begreifst du endlich, dass wir bloß einfache Kuttenträger sind? Du kannst nicht jeden Tag angelaufen kommen und mich fragen, was wir zu Mittag essen sollen, um mir anschließend Speisen aufzutischen, die man nicht mal im Restaurant kriegt. Mach, was du willst, aber gib möglichst kein Geld aus. Denn wir haben keins, wie du weißt.»

Bruder Teodoro kratzte sich den kahlen Schädel.

«Was soll das heißen? Nur weil wir Kuttenträger sind, sollen wir nichts Anständiges zu essen kriegen? Ich achte sämtliche Vorschriften und Gebote, Leonardo, das weißt du genau. Was man essen darf und was nicht, kein Fleisch, wenn es sich vermeiden lässt, et cetera. Und ich gebe fast kein Geld für Lebensmittel aus. Aber was ist daran schlecht, wenn jemand einen Linseneintopf so gut kocht, wie er kann? Das ist immer noch von Gott gewollt, würde ich meinen.»

Aus jeder Pore seines Zwergenkörpers atmete Leonardo die schiere Verzweiflung aus. Ihm war klar, dass es kaum Schlimmeres geben konnte, als sich mit dem Küchenmönch anzulegen, vor allem wenn draußen vor der Sakristei die Gläubigen zur Beichte anstanden.

«Na gut, mach, was du willst, Teodoro, ich muss zur Beichte. Übrigens könntest du mir dabei auch mal wieder zur Hand gehen, statt dich hinter deinen Garten- und Küchenpflichten zu verschanzen. Sonst kommen unsere Schäfchen noch auf die Idee, neue Sünden zu begehen, statt ihre alten zu beichten.»

Teodoro, der Leonardo um gut zwei Köpfe überragte und überdies mit einem stattlichen Bauch gesegnet war, lief rot an.

«Ach, weißt du, Leonardo, die Beichte … Wenn es nicht unbedingt sein muss, lasse ich das lieber. Mir ist das peinlich. Keine Ahnung, wir haben oft genug darüber gesprochen. Ich komme mir dann immer so vor, als würde ich zu Hause bei den Leuten mit dem Ohr an der Wand stehen und ihren dunkelsten Geheimnissen lauschen.»

Der kleinwüchsige Mönch, der dabei war, sein Beichtgewand anzulegen, hielt mitten in der Bewegung inne. Verblüfft starrte er seinen Kollegen an.

«Teodoro, ich hoffe doch, du machst Witze. Du würdest sonst eine schlimme Sünde begehen. Die Beichte abzunehmen ist für einen Geistlichen eine heilige Pflicht. Ich weiß, das ist nicht einfach – im Gegenteil, diese Gelübde zu befolgen ist gewiss am schwierigsten für unsereins. Aber stell dir bitte mal vor, wir würden uns alle davor drücken. Wer würde dann diesen armen Seelen Trost zusprechen? Wer würde ihnen helfen, ihren Frieden zu finden? Ich will so etwas nicht noch einmal von dir hören.»

Beschämt schaute Teodoro zu Boden.

«Du hast ja recht, ich weiß. Aber wenn es irgendwie geht, möchte ich davon befreit sein. Ich kann mich um alles andere kümmern, und du hast doch immer noch Pietro, Roberto und Samuele. Also, wenn es sein muss, kannst du auf mich zählen, aber sonst …»

Der große schwere Mann mit dem butterweichen Herzen tat Leonardo leid. Er boxte ihm aufmunternd gegen die Brust.

«Mach dir keine Sorgen, Teodoro. Ich weiß, dass du das nicht gerne machst, und wenn ich es dir irgendwie ersparen kann, tue ich das auch. Aber jetzt lass mich gehen, und zum Mittagessen koch, was du willst. Ich bin sicher, uns läuft wie immer das Wasser im Mund zusammen, und wir wissen, unsere Entscheidung, ins Kloster zu gehen, war die richtige, und sei es nur des guten Essens wegen.»

Als er aus der Sakristei heraustrat, schlug ihm die kühle Luft des Kirchenschiffs entgegen. Das Prasseln des Regens auf das Dach war sanfter geworden, und durch die großen bunten Fenster fiel ein mildes graues Licht. Er ließ seinen Expertenblick über die Bankreihen schweifen: Abgesehen von den üblichen drei Mütterchen mit Kopftuch, die jeden Abend kamen und sich die Zeit mit dem Herunterbeten des Rosenkranzes vertrieben, entdeckte er eine Gruppe von Jugendlichen mit zwei Gitarren, die für das Konzert am Sonntag probten. Und vier Wartende in der Nähe des Beichtstuhls, der am weitesten entfernt vom Altar lag.

Der Priester zwinkerte einem der Mütterchen zu, blieb kurz bei den Jugendlichen stehen, um ihnen seine Bewunderung für ihr vierstimmiges *Laudato Si* zu zollen, und trat endlich auf die Wartenden am Beichtstuhl zu.

Er seufzte. Teodoro hatte nicht ganz unrecht, manchmal war es auch für ihn ein Angang, sich den Schmerz und die dunklen Gedanken aufzuladen, die andere Leute im Herzen trugen. Zum Glück kannte er viele seiner Schäfchen inzwischen recht gut, so auch drei der vier Wartenden: eine ältere Witwe, die ihre noch immer unkeuschen Gedanken in pikanten Träumen zu verarbeiten pflegte, über die sie prompt am nächsten Morgen berichtete; ein frömmelnder Knabe, dessen Pubertätskrise sich gelegentlich in dem Wunsch entlud, Tiere zu quälen und Graffiti auf Mauern zu sprühen; und eine Frau, die ihren nichtsahnenden Ehemann mit dem Nachbarn betrog, dem eigentlichen Vater ihres Kindes. Harmlose Seriensünder, die ihre befleckte Seele mit ein paar Gebeten reinwuschen, bevor sie sie erneut auf die übliche Weise beschmutzten.

Den vierten Sünder hingegen hatte er noch nie gesehen. In seinem viel zu großen Ornat, das an Saum und Ärmeln überhing, eilte er auf den Beichtstuhl zu, als ihm plötzlich Giorgio Pisanelli in den Sinn kam. Irgendetwas an der Haltung des knienden Mannes oder auch nur seine reuevolle Miene beim Gebet erinnerte ihn an seinen Freund.

Während er der Witwe und dem Knaben die Beichte abnahm, dachte Leonardo an den Polizisten, dem nach dem Selbstmord seiner Frau jeglicher Lebenswille abhandengekommen war, jegliches Interesse an einer Verbindung zur Außenwelt. Auch die Telefonate mit seinem Sohn wurden immer seltener und kürzer; Giorgio selbst hatte ihm anvertraut, dass er sich manchmal unwohl dabei fühle, den mittlerweile auch in der Erinnerung fremd gewordenen erwachsenen Sohn nach seinem Befinden zu befragen. Und dann war da noch die Krankheit, die der Stellvertretende Kommissar trotz seiner, Leonardos, Ermahnungen beharrlich ignorierte.

Der kleine Mönch mochte seinen Freund sehr. Es schmerzte ihn, dass dieser keinerlei Trost im Glauben fand, doch er wusste, dass er ihm das nicht aufzwingen konnte. Er hätte sich gewünscht, dass Giorgio das Leben entweder wirklich bejahen oder sich ganz davon lösen würde. Dieser Zustand der latenten Verzweiflung, diese Manie mit den Selbstmordfällen, die er untersuchte, hatte etwas Ungesundes an sich, ja, war eine Art

Überlebenskampf, der in seiner Besessenheit fast zwanghaft wirkte.

Der Mann, den er noch nie zuvor gesehen hatte, trat in den Beichtstuhl und kniete sich seufzend nieder.

«Pater, erbarmen Sie sich meiner, ich habe gesündigt.»

Er sei Rentner und seit Jahren allein, ohne Freunde und Verwandte, erzählte der Fremde, und bis vor einigen Wochen habe er nur für seine Arbeit gelebt. Leonardo musste erst recht an Giorgio Pisanelli denken, was ihn einmal mehr betrübte. Dann sprach der Mann von seinem langjährigen Verhältnis zu einer verheirateten Arbeitskollegin, mit der ihn eine unglückliche Liebe verbunden hatte. Ihr plötzlicher Tod habe eine fürchterliche Leere in seinem Herzen hinterlassen.

Er erklärte, in seinem Leben nie größere Verfehlungen begangen zu haben, nicht im üblichen Sinne jedenfalls, doch seit einiger Zeit verspüre er den großen Wunsch zu sterben. Er sei ein gläubiger Mensch und wisse, dass mit dem Tod zu liebäugeln eine Sünde sei, eine schwere Sünde. Er habe nicht den Mut, seinem Leben selbst ein Ende zu bereiten, zumal es ja nicht ihm gehöre.

«Aber, Pater, den Tod so sehr herbeizusehnen und Gott an jedem neuen Tag, den er werden lässt, anzuflehen, es möge der letzte gewesen sein, bedeutet das nicht auch, sich dem Willen des Herrn zu widersetzen?»

Gas, dachte Leonardo. Dieser Mann ist ein Fall für eine Gasvergiftung. Er lebt alleine in seinem Haus, ohne Angehörige, niemand wird ihn vermissen, kein Anruf, der ins Leere geht, kein Spontanbesucher vor verschlossenen Türen. Sie werden ihn erst finden, wenn es zu spät ist, vorausgesetzt, die Fenster sind richtig isoliert.

Giorgio, Giorgio, dachte Leonardo, mein armer alter

Freund. Begreifst du nicht, was für eine Gnade es sein kann, jemandem zu begegnen, der dir die Bürde abnimmt, deinem traurigen Leben ein Ende zu setzen, deinem einsamen, nur von Schatten der Vergangenheit behausten Dasein, in dem jede Erinnerung dir einen weiteren Stich ins Herz versetzt? Erkennst du nicht, wie schwierig es ist, diesen armen Teufeln zu helfen, ohne dass ihre Seele von der schlimmsten aller Sünden befleckt wird? Siehst du nicht, dass derjenige, der diesen enormen Akt der Barmherzigkeit begeht, ihnen in Wirklichkeit das Paradies schenkt?

Als der Mann seine Beichte unterbrach, um seine Einsamkeit zu beweinen, dachte Leonardo, während er auf das Verebben des Schluchzens wartete, an den Chor der Engel, der seinen Einzug ins Himmelsreich flankieren würde. Engel, die bei ihrem letzten Schritt, den zu gehen ihnen der Mut gefehlt hatte, von seiner helfenden Hand geführt worden waren und die ihm bescheinigen würden, was für ein Heiliger er in Wahrheit war.

Leise erteilte er dem Mann die Absolution. Dann zog er einen Zettel und einen Stift aus seinem Gewand hervor und sagte:

«Mein Sohn, gib mir deine Adresse. Ich werde dich besuchen kommen, um dir ein wenig Gesellschaft zu leisten. Und dir Trost zu bringen.»

54

Die Idee kam Ottavia am Ende eines chaotischen Vormittags.

Das Telefon hatte ununterbrochen geklingelt. Die Ü-Wagen der staatlichen Rundfunksender hatten sich schon am frühen Morgen vor dem Tor postiert und den anderen Autos die Durchfahrt versperrt; ein wütendes Hupkonzert war die Folge. Guida versuchte unterdessen im Foyer, den Ansturm der Journalisten und Kameraleute, die schwere Geräte auf den Schultern trugen, in den Griff zu kriegen.

Zu allem Überfluss war Palma vom Polizeipräsidenten zu einer Pressekonferenz zitiert worden, um die Öffentlichkeit über die Umstände aufzuklären, die zur Entdeckung und Verhaftung des Mörders geführt hatten. Seinem Team im Büro erzählte der Kommissar später, er habe sich damit aus der Affäre gezogen, dass er den Ermittlungserfolg als natürliche Konsequenz des hochprofessionellen Vorgehens seiner Mitarbeiter dargestellt habe, die einfach nur ihrem Job nachgegangen seien. Pressekonferenzen sollten andere abhalten, die dafür bezahlt würden, sie bräuchten nicht die große Bühne, sie seien Polizisten.

Sie hatten verabredet, außerhalb der Abteilung nicht über Lojaconos und Aragonas Sonderrolle bei der Lösung des Falles zu sprechen; es handelte sich schließlich um einen gemeinsamen Erfolg, der logischerweise auch als solcher verkauft werden sollte. «Schauen wir mal, ob sie das Kommissariat jetzt immer noch dichtmachen wollen», hatte Aragonas bissiger Kommentar gelautet, der insgeheim ein wenig der verpassten Chance nachtrauerte, endlich einmal selbst vor der Kamera zu stehen. Auf der anderen Seite war es eine Tatsache, dass Lojacono ohne seine, Aragonas, Bemerkung über die Russo, die für alle Welt deutlich vernehmbar ihre Schwangerschaft hinausposaunt hatte, nie über die Auswirkungen dieser Neuigkeit auf De Lucia nachgedacht hätte, der darin den Startschuss für seine geplante Liebesflucht mit dem späteren Mordopfer gesehen hatte.

Der Täter, der sein Geständnis anstandslos unterzeichnet hatte, wollte sich keinen Anwalt nehmen, weshalb ihm ein Pflichtverteidiger zugeteilt worden war. Er schien jedes Interesse an seinem weiteren Schicksal verloren zu haben. Palma hatte den Notar informiert, der es zunächst nicht glauben wollte; der Kommissar vermutete, dass auch er eine tiefe Schuld an dem Vorgefallenen verspürte.

Gegen ein Uhr mittags sagte Ottavia mit gereiztem Blick auf das permanent schrillende Telefon:

«Was haltet ihr davon, wenn wir heute Abend eine Pizza an einem Ort essen gehen, wo es weder Telefone noch Handyempfang gibt?»

Palma, der neben dem von Regenschlieren bedeckten Fenster stand, rief euphorisch:

«Das ist eine großartige Idee, das machen wir! Ich lade euch ein.»

Romano nickte bestätigend, ebenso wie Pisanelli. Alex sagte:

«Ich bin dabei.»

Lojacono fügte hinzu:

«Und ich kenne den passenden Ort. Ich rufe gleich an und bestelle uns einen Tisch.»

Aragona brach in Gelächter aus.

«Was ist das denn? Der Einzige, der nicht von hier ist, kennt den passenden Ort! Na, das wirft aber kein gutes Licht auf uns Einheimische.»

Letizia hatte für sie das komplette Hinterzimmer reserviert. Palma hatte sie aufgefordert mitzubringen, wen immer sie wollten, doch alle waren ohne Begleitung gekommen.

Aragonas Kommentar lautete, dass sie sich unter diesen Umständen ja gleich eine Pizza ins Büro hätten bestellen können und dass dies mal wieder zeige, was für einsame, bedauernswerte Kreaturen Polizisten doch seien – ein Zitat aus einer amerikanischen TV-Serie –, was ihm ein einstimmiges «Du kannst uns mal!» von den Kollegen einbrachte. Palma fragte Ottavia, warum sie ihren Mann zu Hause gelassen habe, woraufhin sie errötete und erwiderte, er bleibe lieber bei ihrem Sohn. Dass sie ihn gar nicht erst gefragt hatte, verschwieg sie wohlweislich.

Letizia war eine ebenso aufmerksame wie beeindruckende Gastgeberin. Später holte sie ihre Gitarre hervor und sang ein paar *canzoni* in neapolitanischem Dialekt, die ihr begeisterten Applaus einbrachten. Nicht nur einmal machten die Kollegen scherzhafte Bemerkungen, weil sie Lojacono schmachtende Blicke zuwarf, der von den Anfängen ihrer Freundschaft erzählte, als er jeden Abend, den Gott werden ließ, zum Essen in ihre Trattoria gekommen sei.

«Und wie kommt's, dass du dann nicht drei Zentner wiegst?», fragte Pisanelli und tunkte mit einem Stück Brot die restliche Bolognese auf seinem Teller auf.

«Und vor allem: Wie kommt's, dass du dann nicht mit ihr im Bett gelandet bist?», fragte Aragona und versuchte, in Letizias üppiges Dekolleté zu schielen, die gerade einen Nachbartisch bediente. Als Romano ihm den Ellbogen in die Seite stieß, empörte er sich:

«Was soll das, was habe ich denn gesagt? Und überhaupt, was ist schlimm daran? Sie ist nett, eine hervorragende Köchin, ein herzensguter Mensch und hat offensichtlich einen Narren an dem Kollegen Lojacono gefressen. Und der ist nun mal Bulle – kein Priester!»

Lojacono konterte:

«Freundschaft ist ein hohes Gut, Aragona. So was macht man nicht mutwillig kaputt.»

Alex raunte ihm zu:

«Was soll das denn heißen? Eine Freundschaft geht überhaupt nicht kaputt, wenn man Sex miteinander hat. Das ist nur eine andere Form der Kommunikation, sonst nichts.»

Lojacono dachte nach. Laura Piras kam ihm in den Sinn. Eine andere Form der Kommunikation ... Marinella dagegen hatte noch immer nicht auf seine Nachricht auf ihrem Anrufbeantworter reagiert. Gleich am nächsten Morgen würde er ihre Mutter anrufen, so schwer es ihm auch fiel, um sich nach seiner Tochter zu erkundigen. Er hoffte aus tiefstem Herzen, dass ihr Schweigen nichts zu bedeuten hatte.

Das ausgezeichnete Essen, der gute Wein, die Musik und die allgemeine Euphorie ließen trotz gegenteiliger Erwartungen den Abend zu etwas ganz Besonderem werden.

Aragona, der eindeutig einen über den Durst getrunken hatte, erhob sich.

«Jetzt will ich aber mal sehen, ob sie uns immer noch die ‹Gauner von Pizzofalcone› nennen. Obwohl, wenn ich es mir recht überlege: Sollen sie doch! Das ist ein guter Kampfname, findet ihr nicht? Lasst uns uns doch auch untereinander mit Decknamen anreden, wäre doch echt witzig! Sozusagen voll A.C.A.B. Du, Lojacono, wärst ‹der Chinese›, und der Kollege Romano hier …» – er schlug seinem Sitznachbarn schwer auf die Schulter – «… der wäre ‹Hulk›.»

Romano warf ihm einen finsteren Blick zu.

«An deiner Stelle würde ich das Maul nicht so weit aufreißen, Aragona. Denn eins ist klar: Dich würden wir ‹Nervensäge› taufen.»

Mitten in das allgemeine Gelächter hinein trat plötzlich Laura Piras durch die Eingangstür des Lokals. Sofort stand sie im Mittelpunkt der Aufmerksamkeit sämtlicher männlicher Gäste. Die Staatsanwältin trug eine helle Jeans mit Stiefeln und einen blauen Regenmantel über der weißen Bluse. Die sportliche Kleidung und das zu einem Pferdeschwanz zurückgebundene Haar ließen sie noch jünger aussehen als sonst.

«Guten Abend allerseits. Ich hoffe, ich störe nicht.»

Palma eilte ihr entgegen.

«Dottoressa, welch unerwartetes Vergnügen! Bitte, setzen Sie sich zu uns, wir lassen Ihnen etwas zu essen bringen.»

«Nein danke, ich habe schon gegessen. Vielleicht nehme ich ein Glas Wein.»

Wie von einer unsichtbaren Macht gerufen, tauchte Letizia im Hinterzimmer auf. Die beiden ungleichen Frauen standen einander gegenüber und musterten sich von oben bis unten, die Gastgeberin stattlich und mit ausladenden Kurven, die Sardin zierlich, aber nicht minder wohlgeformt. Nur Ottavia bemerkte die leichte Anspannung in dem Lächeln, das sie austauschten. Es war ihre erste Begegnung, doch beide hatten sie über Lojacono schon viel von der jeweils anderen gehört.

Letizia fragte:

«Was darf ich Ihnen bringen, Signora?»

Die Staatsanwältin erwiderte:

«Danke, nichts. Ich gehe gleich wieder.» Sie wandte sich an die Runde am Tisch. «Ich bin nur kurz auf einen Sprung vorbeigekommen, um Ihnen allen zu sagen, dass heute Nachmittag im Präsidium eine Klausur der obersten Führungsebene stattgefunden hat. Weil der Mordfall erfolgreich gelöst wurde, hat man beschlossen, dass das Kommissariat Pizzofalcone weiterbestehen und die aktuelle Belegschaft fest übernommen werden soll. Palma, Sie bekommen in den nächsten Tagen noch ein offizielles Schreiben dazu. Ich hoffe, das ist für alle eine gute Nachricht – ich selbst freue mich jedenfalls sehr.»

Ihren Worten folgte heftiger Applaus; schon begannen die Gäste aus dem Nachbarraum, neugierig zu ihnen hinüberzuschauen.

Der Abend war an seinem Ende angelangt, man verabschiedete sich und wünschte einander eine gute Nacht. Sie waren keine Freunde, und es war fraglich, ob sie jemals welche sein würden, aber sie waren eine eingeschworene Gemeinschaft, daran bestand nicht der geringste Zweifel.

Als sie das Lokal verlassen hatten, trat Laura Piras zu Lojacono und sagte:

«Ich bin mit dem Auto hier – soll ich dich nach Hause fahren?»

Letizia, die vorgab, mit ihren letzten Gästen beschäftigt zu sein, versuchte herauszufinden, worüber die beiden draußen vor der Tür sich unterhielten. Der Inspektor hatte sie mit einem zärtlichen Kuss auf die Wange verabschiedet, der sie ganz beglückt hatte, aber nun sah sie ihn und diese kleine Sardin mit dem großen Busen und den funkelnden Augen da draußen so eng beieinanderstehen, was ihr gar nicht gefiel.

Lojacono vergewisserte sich, dass die Kollegen außer Hörweite waren. Er wusste nur zu gut, dass er sich dem Gespött insbesondere Aragonas ausgesetzt hätte, wenn man ihn mit der berühmt-berüchtigten, ebenso kühlen wie umschwärmten Dottoressa Piras in die Nacht hätte entschwinden sehen. Er nahm das Angebot an, ohne zu ahnen, dass er damit Letizias Herz brach, die sie zusammen weggehen sah, aber sich vornahm, die Schlacht, wenn es denn eine werden sollte, noch nicht für immer verloren zu geben.

Die Fahrt durch den Nieselregen zu Lojaconos Wohnung verlief in einträchtigem Schweigen. Laura Piras fuhr zügig und sicher, unter Beachtung sämtlicher Ampeln und Durchfahrt-verboten-Schilder, was für Lojacono nach den drei Tagen mit Aragona am Steuer eine wohltuende Abwechslung war. Jedes Mal, wenn die Staatsanwältin einen anderen Gang einlegte, streifte ihre Hand den Oberschenkel des Polizisten.

Immer wieder ließ Lojacono seinen Blick zu ihrem markanten Profil wandern, das von dem warmen Licht der Straßenlaternen angestrahlt wurde. Es erschien ihm fremd, aber zugleich seltsam vertraut, als wäre sie aus einer längst vergessenen Vergangenheit wieder aufgetaucht.

Laura Piras löste die Augen für einen Moment von der Straße und erwiderte seinen Blick.

«Was ist? Warum schaust du mich so an?»

Lojacono antwortete nicht. Ein Teil von ihm fragte sich, was passieren würde, wenn sie seine Wohnung erreicht hätten, ob er sie hinaufbitten sollte und ob sie seine Einladung annehmen würde. Ob sie sich küssen würden. Leicht alarmiert dachte er an das Chaos in seiner Junggesellenbude, an die dreckige Wäsche auf dem Fußboden und den fast leeren Kühlschrank. Immerhin hatte er eine Flasche Weißwein kalt gestellt, fiel ihm zu seiner Beruhigung ein.

Sie erreichten just in dem Moment seine Wohnung, als es wie aus Kübeln zu schütten begann. Als wollte sie ihm noch etwas länger Bedenkzeit einräumen, sagte Laura leichthin:

«Komm, ich bringe dich noch mit meinem Schirm bis vor zur Tür. So wie ich dich kenne, hast du bestimmt keinen dabei.»

Lachend über die Pfützen hüpfend, überquerten sie die Straße.

Als sie in die Toreinfahrt kamen, lachten sie noch immer ohne rechten Grund und übersahen gänzlich die Gestalt, die in einer dunklen Ecke des Hausflurs kauerte.

Doch dann löste sich die Gestalt aus dem Schatten und trat vor ins Neonlicht.

Das junge Mädchen versenkte seinen Mandelaugenblick in den des Inspektors und sagte schniefend:

«Ciao, Papi.»

DANKSAGUNG

Manche Geschichten haben viele Augen. Und wenn man ihren Blicken begegnet, kann man sie entstehen lassen und somit erzählen.

Das sind die Augen dieser Geschichte:

Ed McBain, unerreichtes Vorbild.

Die Engel dieser Stadt, Fabiola Mancone, Valeria Moffa, Luigi Bonagura, Luigi Merolla, die mir Gutes und Schlechtes zu erzählen wussten.

Giulio Di Mizio, der mir vom Tod erzählte.

Dino Falconio, mein Bruder im Geiste, der mir von einem Notariat erzählte und von dem, was dort geschieht. Und Anna Giulia, sie weiß, warum.

Laura Pace und Annamaria Torroncelli, die mir von Autismus erzählten.

Eliana und Chiara, die mir von der Liebe erzählten.

Mein Roberto, der mir vom Schmerz erzählte.

Francesco Colombo, der meinen Worten entgegentrat.

Severino Cesari, der meine Geschichte unter den vielen anderen erkannte.

Paolo Repetti, der an sie glaubte und sie gegen alle Widerstände verteidigte.

Maria Paola Romeo, die sie in die Welt hinausträgt.

Die Corpi Freddi, mit deren Segen sie entstand und die sie für mich bewachen.

Meine Augen, mein Erkennen, jedes meiner Worte – für meine Paola.

Maurizio de Giovanni bei Kindler und rororo

Lojacono ermittelt in Neapel

Das Krokodil

Die Gauner von Pizzofalcone

Der dunkle Ritter

Maurizio de Giovanni
Das Krokodil

Sie nennen ihn das Krokodil. Er ist die perfekte Mordmaschine. Aber warum weint er, wenn er tötet?

Am Tatort liegt ein junger Mensch, kaltgemacht durch einen Schuss aus nächster Nähe. Neben ihm ein mysteriöser Gruß des Täters: ein tränenbenetztes Taschentuch. Inspektor Lojacono, von Sizilien nach Neapel strafversetzt, sitzt in einem tristen Polizeibüro und dreht Däumchen. Bis ihn die schöne Staatsanwältin Laura Piras mit diesem Fall betraut. Und nun treffen der Inspektor und «das Krokodil» in der morbiden Szenerie Neapels aufeinander. Ein neues Kapitel des ewigen Kampfes zwischen Gut und Böse beginnt.

352 Seiten

«Der feinste italienische Krimi seit langem!»

Die Welt

«So genial konstruiert, dass man es nicht anders beschreiben kann als mit dem abgenutzten Wort atemberaubend.»

Corriere del Mezzogiorno

Ro 362/1

MIX
Papier aus verantwortungsvollen Quellen
FSC® C083411

Das für dieses Buch verwendete Papier ist FSC®-zertifiziert.